हिन्द पॉकेट बुक्स

खाली मकान

सुरेन्द्र मोहन पाठक का जन्म 19 फरवरी, 1940 को पंजाब के खेमकरण में हुआ था। विज्ञान में स्नातकोत्तर उपाधि हासिल करने के बाद उन्होंने *भारतीय दूरभाष उद्योग* में नौकरी कर ली। युवावस्था तक कई राष्ट्रीय और अंतरराष्ट्रीय लेखकों को पढ़ने के साथ उन्होंने मारियो पूजो और जेम्स हेडली चेज़ के उपन्यासों का अनुवाद शुरू किया। इसके बाद मौलिक लेखन करने लगे।

सुरेन्द्र मोहन पाठक के प्रसिद्ध उपन्यास *असफल अभियान* और *खाली वार* थे, जिन्होंने पाठक जी को प्रसिद्धि के सबसे ऊंचे शिखर पर पहुंचा दिया। इसके पश्चात उन्होंने अभी तक पीछे मुड़ कर नहीं देखा। उनका *पैंसठ लाख की डकैती* नामक उपन्यास अंग्रेज़ी में भी छपा और उसकी लाखों प्रतियाँ बिकने की ख़बर चर्चा में रही। उनकी अब तक 305 पुस्तकें प्रकाशित हो चुकी हैं और उनका विमल सिरीज़ का नवीनतम उपन्यास *मैं अपराधी जन्म का* प्रकाशन की राह पर है।

उन पर अन्य जानकारी के लिये www.smpathak.com पर लॉग ऑन करें। उनसे smpmysterywriter@gmail.com पर सम्पर्क किया जा सकता है। पत्राचार के लिये उनका पता है : पोस्ट बॉक्स नम्बर 9426 दिल्ली – 110051

हिन्द पॉकेट बुक्स से प्रकाशित

लेखक की अन्य पुस्तकें

क़हर
जाके बैरी सन्मुख जीवै
काला नाग
एक करोड़ का जूता
आठ दिन
एक ही रास्ता
बीवी का हत्यारा

खाली मकान

सुरेन्द्र मोहन पाठक

हिन्द पॉकेट बुक्स
पेंगुइन रैंडम हाउस इम्प्रिंट

हिन्द पॉकेट बुक्स

यूएसए | कनाडा | यूके | आयरलैंड | ऑस्ट्रेलिया | सिंगापुर
न्य ज़ीलैंड | भारत | दक्षिण अफ्रीका | चीन

हिन्द पॉकेट बुक्स, पेंगुइन रैंडम हाउस ग्रुप ऑफ़ कम्पनीज़ का हिस्सा है,
जिसका पता global.penguinrandomhouse.com पर मिलेगा

पेंगुइन रैंडम हाउस इंडिया प्रा.लि.,
चौथी मंजिल, कैपिटल टावर 1, एमजी रोड,
गुरुग्राम 122002, हरियाणा, भारत

पेंगुइन
रैंडम हाउस
इंडिया

प्रथम हिन्दी संस्करण हिन्द पॉकेट बुक्स में पेंगुइन रैंडम हाउस द्वारा 2021 में प्रकाशित

10 9 8 7 6 5 4 3 2

इस पुस्तक में व्यक्त विचार लेखक के अपने हैं, जिनका यथासंभव तथ्यात्मक सत्यापन किया गया है, और इस संबंध में प्रकाशक एवं सहयोगी प्रकाशक किसी भी रूप में उत्तरदायी नहीं हैं।

ISBN 9789353497231

मुद्रक : मणिपाल टेक्नॉलजीस् लिमिटेड, भारत

www.penguin.co.in

FSC
www.fsc.org
MIX
Paper | Supporting responsible forestry
FSC® C043100

This is a legitimate digitally printed version of the book and therefore might not have certain extra finishing on the cover.

''मुझे तुमसे शिकायत है।''

मैं सकपकाया। मैंने सिर उठाया तो पाया कि मेरे सीरीज के उपन्यासों का एक प्रमुख पात्र मुझसे सम्बोधित था।

उसका नाम इन्स्पेक्टर प्रभूदयाल था और मेरे सुनील सीरीज के उपन्यासों में उसके प्रस्तुतीकरण की गोल्डन जुबली तो निश्चय ही हो चुकी थी।

''शिकायत!'' – मेरे मुंह से निकला – ''कैसी शिकायत?''

''मेरे साथ ज्यादती हो रही है।'' – वह बोला।

''कौन कर रहा है तुम्हारे साथ ज्यादती?''

''तुम!''

''मैं?'' – मैं हड़बड़ाया।

''हां, तुम। तुम मेरे साथ ज्यादती कर रहे हो।''

''अच्छा! कैसे?''

''तुम इतने अरसे से मेरा चित्रण एक बहुत काबिल, बहुत मुस्तैद, बहुत समझदार पुलिस अधिकारी के रूप में करते आ रहे हो लेकिन क्या एक बार भी तुमने मुझे किसी केस को हल करने में कामयाब होता दर्शाया है? जब मैं आज तक कोई केस ही हल नहीं कर सका तो मैं काबिल, मुस्तैद वगैरह-वगैरह काहे का हुआ?''

''तुम कैसे केस हल कर सकते हो? केस हल करना तो हीरो का काम होता है। केस तो सुनील द्वारा हल हुआ होना लाजमी है।''

''क्यों लाजमी है?''

''क्योंकि वह हीरो है और कामयाबी का सेहरा हीरो के ही सिर पर बंधे, ऐसा इस प्रकार के सीरीज के उपन्यासों का दस्तूर होता है।''

''किसने बनाया यह बेहूदा दस्तूर? मुझे उसका नाम बताओ। मैं उसे अभी गिरफ्तार करता हूं।''

मैं हंसा।

‘‘यह हंसने की बात नहीं है।’’ – प्रभूदयाल भुनभुनाया – ‘‘ऐसा कोई दस्तूर अगर है तो तुम उसे तोड़ भी तो सकते हो! तुम उसके खिलाफ भी तो जा सकते हो!’’

‘‘नहीं जा सकता।’’ – मैं गम्भीरता से बोला।

‘‘क्यों नहीं जा सकते?’’

‘‘क्योंकि ऐसा करने से उपन्यास के पिट जाने का अन्देशा पैदा हो सकता है। ऐसा करने से हीरो का इमेज खराब होगा और हीरो का इमेज खराब होना पाठकों को तो हज्म होगा नहीं, ऊपर से इतनी लोकप्रिय सीरीज को आगे चलाए रखने में भी दिक्कत पैदा होगी।’’

‘‘यानी कि सुनील सीरीज के हर उपन्यास में केस को अगर कोई हल करेगा तो वह सुनील ही होगा?’’

‘‘हां। यह मेरी मजबूरी है।’’

‘‘अगर ऐसी बात थी तो तुमने मुझे एक काबिल और समझदार इन्स्पेक्टर क्यों चित्रित किया? तुमने मुझे कोई सुपरिंटेण्डेण्ट रघुनाथ जैसा काठ का उल्लू क्यों नहीं बनाया?’’

‘‘क्योंकि पुलिस अधिकारी वास्तव में वैसे होते नहीं। जरा सोचो, जिस पुलिस अधिकारी को एक मामूली जेबकतरे को भी पकड़ने के लिए हीरो की मदद दरकार हो, वह भला पुलिस सुपरिंटेण्डेण्ट कैसे बन गया? मेरी निगाह में पुलिस अधिकारी वैसा ही होना चाहिए जैसा कि मैं तुम्हें चित्रित करता हूं। काबिल! मुस्तैद! समझदार! कर्तव्यनिष्ठ! ईमानदार! दूर की कौड़ी लाने वाला तजुर्बेकार!’’

‘‘ये तमाम खसूसियात तुम्हारी निगाह में मुझमें हैं?’’

‘‘हां।’’

‘‘फिर भी मैं कोई केस नहीं हल कर सकता?’’

‘‘कर सकते हो लेकिन . . .’’

''क्या लेकिन?''

''मैं तुम्हें ऐसा करने नहीं देता।''

''क्यों नहीं करते देते हो? इसलिए क्योंकि ऐसा करने से तुम्हारे हीरो का, उस साले 'आ बैल मुझे मार' जैसी नीयत के प्रेस रिपोर्टर का इमेज खराब हो जाएगा?''

''हां।'' – मैं धीरे से बोला – ''यही बात है।''

''हां, यही बात है!'' – प्रभूदयाल मेरे स्वर की नकल करता हुआ व्यंग्यपूर्ण स्वर में बोला – ''कहते शर्म भी तो नहीं आई!''

मैं खामोश रहा।

''देखो, पाठक साहब।'' – प्रभूदयाल इस बार तनिक नम्र स्वर में बोला – ''तुम मेरे सृजनकर्ता हो। मैं तुम्हारा मानस पुत्र हूं। वैसे ही जैसे सुनील तुम्हारा मानस पुत्र है। एक पिता को अपनी हर औलाद बराबर प्यारी होनी चाहिए, यह तुम मानते हो या नहीं?''

''मानता हूं।''

''तो फिर मेरे साथ यह सौतेला व्यवहार क्यों?''

''भई, मैंने बताया न, कि सीरीज के उपन्यासों में हीरो का इमेज बनाए रखना जरूरी होता है।''

''मैं तुम्हारे हीरो को अगर गिरफ्तार करके जेल में डाल दूं तो तुम क्या करोगे?''

''तो मुझे कोई ऐसा प्लॉट सोचना होगा, जिस पर लिखे उपन्यास में वह जेल में बैठे-बैठे ही केस को हल करके दिखा देगा।''

''यानी कि केस हल हर हालत में वही करेगा?''

''हां। अगर उपन्यास में वह मौजूद है तो ऐसा होना लाजमी है।''

''तो फिर उसको अपने किसी उपन्यास में से दफा करो।''

''ताकि तुम्हें साबित करने का मौका मिल सके कि केस को सुनील की प्रत्यक्ष या परोक्ष में हासिल हुई सहायता के बिना तुम बाखूबी हल कर सकते हो?''

''हां।''

''अगर फेल हो गए तो?''

''क्या सुनील कभी फेल हुआ है?''

''नहीं।''

''तो मैं क्यों फेल होऊंगा? फेल-पास तो तुम्हीं ने करवाना होता है, पाठक साहब!''

''यानी कि'' – मैं विनोदपूर्ण स्वर में बोला – ''तुम अपने बाहुबल से पास नहीं होना चाहते हो, मेरे पास करवाए पास होना चाहते हो।''

''मजाक मत करो।'' – प्रभूदयाल भुनभुनाया – ''बाल की खाल मत निकालो। अपने हीरो की तरह सवाल के बदले में सवाल मत करो। तुम जानते हो कि तुम्हारे पात्र तुम्हारे हाथों की कठपुतलियां होते हैं। अगर ऐसा न होता तो अब तब सुनील कब का जेल में एड़ियां रगड़ रहा होता और अब तक कई बार कई केसों में कामयाबी का सेहरा मेरे माथे पर बंध चुका होता।''

''चाहते क्या हो तुम?''

''मैं चाहता हूं कि कम-से-कम एक बार तो ऐसा हो – कसम खाने के लिए ही ऐसा हो – कि जब मैं किसी कत्ल के केस की तफ्तीश के लिए मौकाए-वारदात पर पहुंचूं तो सुनील वहां पहले से ही मौजूद न हो।''

''ओके।'' – मैं बड़ी दयानतदारी से बोला – ''कनसिडर इट डन।''

''वह बाद में भी वहां न टपक पड़े जैसे कि टपक पड़ता है।''

''डन।''

''वह मेरे मौकाएवारदात पर पहुंचने से थोड़ी ही देर पहले, केस के महत्वपूर्ण सूत्रों के साथ छेड़खानी या हेराफेरी करके वहां से रुखसत न हुआ हो।''

''डन।''

''उसका वारदात से दूर-दराज का कोई रिश्ता न हो।''

''डन। और बोलो।''

''और बस। एक बार तुम ऐसा करके दिखाओ और फिर देखो मैं क्या करके

दिखाता हूं।''

''मंजूर। लेकिन अब मेरी भी सुन लो।''

''बोलो।''

''केस बहुत पेचीदा होगा।''

''बेशक हो।''

''उसमें ऐसे कोई रेडीमेड सूत्र मुहैया नहीं होंगे जो कि हीरो की नाक नीची होने से बचाये रखने के लिए मुझे सुनील को अक्सर मुहैया कराने पड़ते हैं।''

''कोई परवाह नहीं।''

''मैं तुम्हारी कोई मदद नहीं करूंगा।''

''मुझे तुम्हारी या किसी की मदद दरकार भी नहीं।''

''एक पर्यवेक्षक के तौर पर मैं हर क्षण तुम्हारे साथ मौजूद रहूंगा। अगर मुझे लगेगा कि केस को हल करने की दिशा में तुम्हारी कोई दाल नहीं गल रही तो अपने उपन्यास का पटड़ा होने से बचाने के लिए मुझे मजबूरन सुनील को बुलाना पड़ेगा।''

''ऐसी नौबत नहीं आएगी। लेकिन यह फैसला तुम्हें पूरी ईमानदारी से करना होगा कि मेरी दाल नहीं गल रही है, किसी पूर्वाग्रह की भावना के साथ नहीं, सुनील से ज्यादा लगाव होने की वजह से उसकी हिमायत की खातिर नहीं।''

''ओके।''

''पर्यवेक्षक के तौर पर मेरे साथ कैसे मौजूद होगे?''

''तुम्हारे एक मातहत के रूप में।''

''वाह! तो मेरा सृजनहार मेरा मातहत बनेगा!''

''नहीं। तुम्हारा सृजनहार तुम्हारे किसी मातहत में अपने आपको आत्मसात कर लेगा और फिर उसी का पर्यवेक्षण उपन्यास की सूरत में पाठकों के सामने आएगा।''

''मेरे कौन-से मातहत पर तुम्हारी यह मेहरबानी होने वाली है?''

''किसी को भी चुन लूंगा मैं।''

''फिर भी?''

''जगदीश प्रसाद सिंह के बारे में तुम्हारा क्या खयाल है?''

''वह हवलदार जो हाल ही में मेरे स्टाफ में ट्रांसफर होकर आया है?''

''वही।''

''लेकिन वह तो . . .''

''वह तो क्या! तुम क्या किसी शरलाक होम्ज जैसी काबिलियत वाले मातहत की इच्छा कर रहे थे?''

''नॉनसेंस! तुम क्या समझते हो कि मैं केस को हल करने के लिए अपने किसी मातहत की मदद का, एक हवलदार की मदद का मोहताज होऊंगा?''

''हरगिज नहीं। मैंने तो तुम्हें महज यह बताया है कि तुम्हारे कौन-से मातहत के माध्यम से मैं तुम्हारी कामयाबी – या नाकामयाबी – का रिकॉर्ड रखना चाहता हूं।''

''नाकामयाबी का नाम मत लो, पाठक साहब।''

''ठीक है। नहीं लेता।''

''अब बताओ केस क्या है?''

''केस एक डबल मर्डर का है। एक पुरूष के और एक स्त्री के मर्डर का, जिनकी लाशें कृष्णा नदी में लावारिस तैरती एक किश्ती में पड़ी पाई जाती हैं।''

''आई सी।''

''पहले मेरा इरादा उपन्यास की शुरूआत यूं करने का था कि सुनील सजनानी के याट पर मौजूद होता है जबकि उन दो लाशों वाली लावारिस किश्ती इत्तफाक से याट के विशाल पहलू से आ लगती है। लेकिन अब क्योंकि मेरा तुमसे एग्रीमेंट हो गया है कि इस केस में सुनील मौजूद नहीं होगा तो मैं सोचता हूं कि लाशें नदी के समुद्र में जा मिलने से पहले ही कहीं पुलिस द्वारा बरामद हो जाएं और फिर आगे तुम जानो और केस जाने।''

''तुम न जानो!''

''मैं तो जानूं ही जानूं, इंस्पेक्टर साहब।'' – मैं तनिक विद्रूपपूर्ण भाव से मुस्कराया – ''मेरे जाने बिना कहीं बात बनेगी? लेकिन वक्त की जरूरत और तुम्हारी जिद यह है कि जो मैं जानूं, वह तुम न जानो।''

''न सही। लेकिन बीच-बीच में इतना तो बताते रहोगे न, कि मैं सही राह पर हूं या नहीं?''

''सोचेंगे।''

''ठीक है। सोचना।''

''तो फिर शुरू करें तुम्हारा इम्तहान?''

''बेशक।''

''फौरन?''

''क्या हर्ज है?''

''ओ के। हियर वुई गो। द कर्टेन राइजिज।''

□□□

इंस्पेक्टर प्रभूदयाल के ऑफिस में मैं उसके लिए कॉफी तैयार कर रहा था जबकि कमरे में लगी अंग्रेज़ों के जमाने की वॉल-क्लॉक एक बार खड़की।

प्रभूदयाल ने एक वितृष्णापूर्ण निगाह घड़ी पर डाली जो कि उस वक्त साढ़े दस बजा रही थी और फिर बोला – ''मेरी ड्यूटी चौबीस घंटे की नहीं है, पाठक साहब। तुम खूब जानते हो कि मैं यहां तुम्हारे केस के इन्तजार में बैठा हूं और तुम हो कि . . .''

मैंने कॉफी का कप इंस्पेक्टर के पास रख दिया और विनीत भाव से बोला – ''साहब, मेरा नाम जगदीश है। जगदीश प्रसाद सिंह।''

''मुझे मालूम है।''

''और मैं ''साहब'' नहीं, मामूली हवलदार हूं।''

''तो?''

''तो?''

''आपने मुझे अभी ''पाठक साहब'' कहकर पुकारा न, इसलिये कह रहा हूं।''

प्रभूदयाल ने बड़े विचित्र भाव से मेरी तरफ देखा।

मैं बड़े अदब की मुद्रा बनाए उसके पीछे दीवार पर कहीं निगाह टिकाए रहा।

तभी सब-इंस्पेक्टर बंसल ने भीतर कदम रखा।

''साहब!'' – वह बोला – ''गश्ती पुलिस ने नदीं में लावारिस डोलती एक किश्ती अपने कब्जे में की है जिसमें कि दो लाशें पड़ी पाई गयीं हैं। तफ्तीश के लिए जाना होगा।''

''लाशें किनकी हैं?''

''अभी कुछ पता नहीं लग सका।''

''उनकी शिनाख्त अभी नहीं हो सकी होगी, वैसे देखने में वे लोग क्या लगते हैं? कोई गुण्डे-बदमाश? स्मगलर?''

''नहीं, साहब। खबर आई है कि एक लाश किसी संभ्रांत व्यक्ति की है और दूसरी किसी नौजवान स्त्री की।''

''वे लाश कैसे बने?''

''कत्ल हुआ है, साहब।''

''हूं।'' – प्रभूदयाल एक क्षण ठिठका और फिर मुझसे सम्बोधित हुआ – ''जाकर गाड़ी निकालो।''

''यस, सर।'' – मैं तत्पर स्वर में बोला।

नीचे जाकर मैंने सायबान के नीचे खड़ी जीप को स्टार्ट किया और उसे इमारत के मुख्य द्वार के सामने ला खड़ा किया।

दो मिनट बाद प्रभूदयाल और बंसल नीचे उतरे।

वे जीप में सवार हुए तो मैंने जीप आगे बढ़ा दी।

उस वक्त आंधी-तूफान के आगमन का इशारा करने वाली तेज हवा चल रही

थी और आसमान पर काले बादल उमड़ रहे थे। किसी भी क्षण बारिश शुरू हो जाने का अन्देशा साफ दिखाई दे रहा था।

''लाशें इस वक्त कहां हैं?'' – प्रभूदयाल ने सरसरी निगाह मुझ पर डालते हुए बंसल से सवाल किया।

''अभी किश्ती में ही पड़ी हैं, साहब।'' – बंसल बोला – ''अलबत्ता किश्ती को घाट के साथ लगाकर बांध दिया गया है। मैंने मौकाएवारदात पर मौजूद महकमे के लोगों को कह दिया है कि वे आपके वहां पहुंचने से पहले लाशों के साथ या किश्ती के साथ कोई छेड़खानी न करें।''

''ठीक किया। मैडिकल एग्जामिनर, फिंगरप्रिंट्स एक्सपर्ट और फोटोग्राफर को खबर की?''

''जी हां, कर दी है।''

''गुड।''

दस मिनट बाद मैंने जीप को घाट के समीप की सड़क पर ला खड़ा किया।

हम सब जीप से उतरे और आगे बढ़े।

घाट की सीढ़ियों के दहाने पर गश्ती पुलिस का वह एएसआई खड़ा था जिसने किश्ती को अपने अधिकार में लिया था और हैडक्वार्टर को उसमें से बरामद लाशों की खबर की थी।

उसका नाम कृष्णलाल था।

कृष्णलाल ने प्रभूदयाल को सैल्यूट मारा।

प्रभूदयाल ने सैल्यूट का जवाब दिया और एक सरसरी निगाह नदी की तरफ डाली जहां कि किनारे लगी एक किश्ती नदी की लहरों के साथ धीरे-धीरे डोल रही थी।

''किश्ती की तरफ तुम्हारी तवज्जो कैसे गई?'' – उसने कृष्णलाल से सवाल किया।

''साहब!'' – कृष्णलाल तत्पर स्वर में बोला – ''हम लोग वहां ऊपर पुल पर थे। नदी में एक नौजवान अपनी गर्ल फ्रेंड को चांदनी रात में नौका विहार करा

रहा था कि एकाएक लाशों वाली किश्ती उन लोगों की मोटरबोट के साथ आ टकराई थी। किश्ती में पड़ी लाशें देखकर लड़की ने ऐसी दहशत खाई कि वह एकाएक विक्षिप्तों की तरह चिल्लाने लगी और तब तक चिल्लाती रही जब तक कि वह बेहोश न हो गई। उसकी चीखों की आवाज सुनकर ही हमारी तवज्जो नदी की तरफ गई थी। पहले तो हमने यही समझा या कि नदी में दो जल-वाहनों की टक्कर हो गई थी लेकिन बाद में बात कुछ और ही निकली।''

''वो लड़का-लड़की कहां हैं?''

''लड़की को तो अस्पताल भेज दिया गया है लेकिन लड़के को अभी मैंने बिठाया हुआ है – इस खयाल से कि शायद आप उससे कोई सवाल पूछना चाहें।''

''तुमने उसका बयान लिया है?''

''लिया है, साहब। मुझे तो वह कुछ जानता-बूझता नहीं मालूम होता। उनका लाशों वाली किश्ती से टकरा जाना इत्तफाक के अलावा और कुछ नहीं, साहब।''

''उसका नाम-पता नोट करके उसे रुखसत कर दो।''

''यस, सर।''

''डॉक्टर, फोटोग्राफर वगैरह यहां पहुंचे?''

''अभी नहीं, साहब।''

''लाश दिखाओ।''

''आइए।''

जहां हम खड़े थे, वहां से घाट की पानी से बाहर दिखाई देने वाली आखिरी सीढ़ी के साथ लगी खड़ी किश्ती तो दिखाई दे रही थी लेकिन उसके भीतर पड़ी लाशें नहीं दिखी दे रही थीं। कृष्णलाल ने टॉर्च जला ली थी लेकिन उसकी रोशनी वह अभी प्रभूदयाल के कदमों के आगे-आगे सीढ़ियों पर ही डाल रहा था।

पास ही एक मोटरबोट भी खड़ी थी जो शायद नौका-विहार के रसिया प्रणयबद्ध युवक-युवती की थी।

हम आखिरी सूखी सीढ़ी पर पहुंचे।

प्रभूदयाल ने कृष्णलाल के हाथ से टॉर्च ले ली और फिर आगे को झुककर

उसकी रोशनी में किश्ती का मुआयना करना आरम्भ किया।

वह एक चपटे तले वाली किश्ती थी, जिसको ताजा-ताजा पेंट किया गया मालूम होता था। उसके भीतर पीठ के बल एक पुरुष और एक स्त्री की लाशें पड़ी थीं। पुरुष देखने में चालीस-बयालीस साल से ज्यादा नहीं लगता था। उसकी पथराई हुई आंखें आसमान की तरफ उठी हुई थीं और उसके माथे में ऐन भवों के बीच गोली का छेद दिखाई दे रहा था। माथे से बहे खून से उसके घुंघराले बाल रंगे हुए थे और वह गोली के छेद के आसपास माथे पर चिपक गए मालूम होते थे।

वह गिरजे के पादरियों की प्रचलित पोशाक सफेद रंग का एक लम्बा चोगा पहने था।

उसके पहलू में जिस स्त्री की लाश पड़ी थी, वह अपनी उस हालत में भी बहुत खूबसूरत, बहुत जवान लग रही थी। उम्र में वह अन्दाजन तीस-बत्तीस साल की थी। नयन-नक्श उसके बहुत ही साफ-सुथरे थे और नीले रिबन से ढीले-ढाले तौर से बंधे उसके कटे हुए रेशमी, मुलायम बाल उसके चेहरे पर उड़ रहे थे। वह रिबन के ही रंग की नीली साड़ी पहने थी। उसको गोली छाती में लगी थी, लेकिन छाती में लगी गोली के छेद की तरफ हर किसी का ध्यान इसलिए बहुत देर से गया, क्योंकि पहले हर किसी की निगाह उससे ज्यादा वीभत्स दृश्य पर पड़कर जैसे जड़ हो गई थी।

युवती का गला इस प्रकार कटा हुआ था, जैसे कोई उसका खूबसूरत सिर उसके धड़ से अलग कर देना चाहता था।

एकाएक प्रभूदयाल ने हाथ बढ़ाकर युवती की कलाई को छुआ।

''नदी की नम हवा की वजह से'' – कुछ क्षण बाद वह सीधा हुआ तो बोला – ''लाश अभी अकड़ी भी नहीं है और एकदम से ठण्डी भी नहीं पड़ी है। मेरा अन्दाज़ा है कि कत्ल हुए दो-तीन घण्टे से ज्यादा नहीं हुए हैं। और कत्ल इस किश्ती में नहीं हुए। कत्ल किनारे पर कहीं हुए हैं और बाद में इनकी लाशें किश्ती में डालकर किश्ती को नदी में छोड़ दिया गया था ताकि किश्ती यूं ही लावारिस तैरती समुद्र में जा गिरती और वहां की चट्टानों से टकराकर लाश और

किश्ती दोनों समुद्र की तह में पहुंच जाते। जैसी बेरहमी से लड़की का गला काटा गया है, उसमें बेतहाशा खून बहना लाजमी था लेकिन किश्ती में ऐसा बेतहाशा बहा खून दिखाई नहीं दे रहा है। यह अपने-आपमें सबूत है कि कत्ल कहीं और हुआ है।'' – उसने मेरी तरफ देखा और बड़े अर्थपूर्ण स्वर में बोला – ''ठीक?''

''यस, सर।'' – मैं हड़बड़ाकर बोला – ''यस, सर।''

''इनकी'' – वह कृष्णलाल से सम्बोधित हुआ – ''शिनाख्त हुई?''

''नहीं, साहब।'' – कृष्णलाल बोला – ''अभी हमने ऐसी कोई कोशिश भी नहीं की है। अभी हमने किसी चीज को नहीं छुआ है।''

''इनके कपड़ों में से इनकी शिनाख्त में सहायक होने वाली कोई चीज न भी बरामद हुई तो भी पुरुष की शिनाख्त मुश्किल नहीं होगी। साफ जाहिर है कि यह किसी चर्च का पादरी है और राजनगर में चर्च कोई सौ-पचास नहीं हैं। इसका चोगा बड़े कीमती कपड़े का है, जिससे लगता है कि यह किसी खाते-पीते चर्च का पादरी है। और खाता-पीता चर्च सम्पन्न लोगों के ही इलाके में सम्भव है। हमें मालूम करना होगा कि राजनगर में सम्पन्न क्रिश्चियन कम्यूनिटी का बाहुल्य कहां है! फिर वहीं जरूर इस पादरी का चर्च निकलेगा। एक बार पुरुष की शिनाख्त हो जाएगी तो स्त्री की शिनाख्त कोई ज्यादा मुश्किल काम नहीं होगा। यह लड़की जरूर . . .''

एकाएक प्रभूदयाल खामोश हो गया।

उसने किश्ती के अग्रभाग की तरफ संकेत किया।

सब आंखें फाड़-फाड़कर उधर देखने लगे।

वहां हरकत का आभास मिल रहा था। किश्ती के उस अन्धेरे हिस्से में कोई चीज तेजी से हिल-डुल रही थी।

वह एक बिल्ली थी जो किश्ती के अग्रभाग के अन्धेरे में दुबकी बैठी थी और जो लोगों की आहट सुनकर एकाएक बेचैन हो उठी थी।

यानी कि किश्ती में से दो लाशों के साथ एक जीवित जीव भी बरामद हुआ था।

''इसे पकड़ो।'' – प्रभूदयाल ने आदेश दिया।

कहना आसान था।

बड़ी ही मुश्किल से बिल्ली पकड़ में आई।

प्रभूदयाल ने टॉर्च की रोशनी में बारीकी से बिल्ली का मुआयना किया।

वह एक सफेद रंग की बिल्ली थी। उसकी पूंछ कटी हुई थी और उसके माथे पर आंखों के बीच एक काला चकत्ता था।

उसने यूं मेरी तरफ देखा जैसे जानना चाहता हो कि वह उसके लिये मेरी तरफ से प्लेट में सजाकर पेश किया गया कोई सबूत था या बिल्ली की किश्ती में मौजूदगी महज एक इत्तफाक थी।

मेरी जगह जब उसने हवलदार जगदीश को ही अपलक अपनी तरफ देखता पाया तो उसने निगाह फेर ली।

टॉर्च की रोशनी सीधी आंखों पर पड़ रही होने की वजह से बिल्ली बेचैन हो रही थी और कृष्णलाल के हाथों से छूटने के लिये तड़प रहा थी।

''छोड़ना नहीं।'' – प्रभूदयाल ने चेतावनी दी।

''नहीं छोडूंगा, साहब।'' – कृष्णलाल ने आश्वासन दिया।

''इसे जरा तिरछी करो।''

कृष्णलाल ने आदेश का पालन किया।

बिल्ली के चारों पंजों पर खून लगा पाया गया, जबकि उसके जिस्म के और किसी भी भाग पर खून के निशान नहीं थे।

''किश्ती के तले में खून नहीं है।'' – प्रभूदयाल विचारपूर्ण स्वर में बोला – ''मैं पहले ही कह चुका हूं कि कत्ल किश्ती में नहीं हुए। जहां कत्ल हुए थे, वहां निश्चय ही ढेरों खून बहा था। और वहीं यह बिल्ली खून में चली थी। यानी यह बिल्ली कत्ल के वक्त या उसके तुरन्त बाद घटनास्थल पर मौजूद थी।''

''लेकिन, साहब'' – बंसल बोला – ''बिल्ली बता तो नहीं सकती कि घटनास्थल कहां था!''

''फिर भी इसकी बरामदगी महत्वपूर्ण साबित हो सकती है। इसको कहीं

सुरक्षित रखवाने का इन्तजाम करवाओ।''

बिल्ली कृष्णलाल के सहयोगी एक पुलिसिये को सौंप दी गई।

फिर प्रभूदयाल का अगला आदेश यह था कि लाशों को डिस्टर्ब किए बिना किश्ती को पानी से बाहर निकाला जाए।

''साहब'' – बंसल बोला – ''पहले घटनास्थल का मुआयना तो हो जाता!''

''हो जाएगा।''

''लेकिन . . .''

''समझने की कोशिश करो। मैं घटनास्थल ही हैडक्वार्टर लेकर चल रहा हूं। हमारे लोग अभी यहां पहुंचे भी तो नहीं हैं! डॉक्टर, फोटोग्राफर, फिंगरप्रिंट्स एक्सपर्ट वगैरह सब अपना-अपना काम बाद में हैडक्वार्टर में भी कर सकते हैं।''

बंसल खामोश हो गया।

फिर प्रभूदयाल के आदेश की पूर्ति के हेतु क्रेन तलब की गई। क्रेन की सहायता से किश्ती को लाशों समेत नदी में से उठाया गया और उसे एक ट्रक पर लदवाकर कृष्णलाल की देख-रेख में हैडक्वार्टर रवाना कर दिया गया।

फिर हम भी जीप पर सवार हुए और वहां से विदा हो गए।

हैडक्वार्टर के मोर्ग में हमें किश्ती मोर्ग के मेन हाल के फर्श पर हाल के ऐन बीच में रखी मिली। उससे थोड़ा परे कृष्णलाल अपने दो सहकर्मियों के साथ खड़ा था।

हाल में नदी किनारे जैसा नीमअन्धेरा नहीं था। वहां की सारी बत्तियां जला दी गई थीं जिसकी वजह से वहां खूब रोशनी थी।

उस रोशनी में प्रभूदयाल ने किश्ती का बड़ी बारीकी से दोबारा मुआयना आरम्भ किया।

पहली बात उसने यह नोट की कि वह किश्ती आकार में कुछ ज्यादा ही छोटी थी।

''कैसी किश्ती है यह!'' – फिर वह यूं बोला जैसे अपने आप से बात कर रहा हो – ''इसमें न तो लंगर है और न चप्पू हैं। कहीं यह सिर्फ लाशें ठिकाने लगाने

के वाहिद इरादे से ही तो ठोक-पीटकर तैयार नहीं की गई! घाट से सिर्फ एक मील आगे नदी समुद्र से जा मिलती है। क्या इस किश्ती का यही इकलौता इस्तेमाल हत्यारे ने सोचा था कि यह लाशों समेत समुद्र में जा गिरे!''

वह एक क्षण खामोश रहा और फिर बोला – ''जरूर यही बात है। किश्ती की हालत ही बता रही है कि यह आज पहली बार पानी में उतारी गई थी। इसके तख्तों के बीच की झिरियां अभी मुकम्मल तौर से पानी से नहीं भीगी हैं। पेंट, मैंने घाट पर ही नोट किया था कि, एकदम ताजा है। यह किश्ती एकदम नई-नकोर है। मेरा दावा है कि आज से पहले इसने पानी की सूरत नहीं देखी थी। पाठक साहब!'' – वह मेरी तरफ घूमकर बोला – ''तसदीक करते हो मेरे दावे की?''

इस बार मैं जगदीश ही बना न रह सका। मैंने हौले से सहमति में सिर हिला दिया। अलबत्ता हवलदार जगदीश प्रसाद सिंह जरूर हैरान हो रहा होगा कि उसका सिर खामखाह सहमति में क्यों हिलने लगा था।

''शुक्रिया।'' – प्रभूदयाल बोला – ''वैसे लगता है मेरे दावे की तसदीक करते आपकी मां मरी जा रही है। यह नतीजा आपका ग्लैमर ब्वॉय सुनील निकालता तो आप इसका बयान ऐसे ड्रामाई तरीके से करते कि वाह-वाह हो जाती।''

मैं खामोश रहा।

''खैर!'' – उसने फिर युवती का मुआयना आरम्भ किया – ''घाट के नीम-अन्धेरे में लड़की की शक्ल और लिबास के अलावा कुछ दिखाई नहीं दे रहा था, लेकिन यहां की रोशनी में इसका काफी बारीकी से मुआयना किया जा सकता है। इसके जिस्म पर मौजूद जेवरात की तरफ मेरी तवज्जो वहां नहीं गई थी। यह गले में जो माला पहने है, वह सच्चे मोतियों की मालूम होती है। दायीं कलाई में सोने का कंगन भी काफी भारी मालूम होता है। दूसरी कलाई की चारों चूड़ियां भी सोने की हैं – इतने जेवरात की लाश के जिस्म पर मौजूदगी साफ जाहिर करती हैं कि ये कत्ल चोरी-डकैती की नीयत से नहीं हुए हैं – कान के बाले में भी मेरे खयाल से हीरा जड़ा हुआ है।''

''हीरा ही है, साहब।'' – बंसल बड़ी मुस्तैदी से अपना ज्ञान बघारता बोला।

''लेकिन'' – प्रभूदयाल एकाएक तीखे स्वर में बोला – ''बाला एक ही कान में है। दूसरा कान खाली है। दूसरे कान का बाला कहां गया?''

तुरन्त किश्ती में बाले की तलाश आरम्भ हुई।

मैं मन-ही-मन में खीझ रहा था कि प्रभूदयाल की तवज्जो युवती की मांग की तरफ क्यों नहीं जा रही थी। अगर उसकी जगह सुनील होता तो अब तक . . .

लेकिन मेरी खीझ बेकार थी, बेबुनियाद थी। प्रभूदयाल की काबिलियत और पारखी निगाह के बारे में कोई दो राय नहीं हो सकती थीं।

''लड़की की मांग में सिदूर नहीं है।'' वह बोला – ''लेकिन सिंदूर की वह लाली मांग में साफ दिखाई दे रही है जो कि एकाध बार तो नहाने से भी नहीं मिटती। यानी कि लड़की शादीशुदा है। अब सवाल यह पैदा होता है कि क्या यह इस पादरी की बीवी हो सकती है?''

''कैसे हो सकती है!'' – बंसल तत्काल बोला – ''साहब, पादरी से तो शादी की इजाज़त नहीं होती!''

''सबके साथ ऐसा नहीं है।'' –प्रभूदयाल बोला – ''कुछ को इजाज़त होती है। मालूम करेंगे ये कैसा पादरी है! इजाज़तवाला या गैरइजाज़त वाला। अगर गैरइजाज़त वाला हुआ तो हो सकता है उसने चर्च के नियमों को भंग कर के खुफिया तरीके से शादी की हो।''

''अच्छा!'' – बंसल आश्वासनहीन स्वर में बोला।

तभी कृष्णलाल ने घोषणा की कि दूसरा बाला किश्ती में नहीं था।

''साहब!'' – बंसल बोला – ''क्या यह हत्या और आत्महत्या का केस हो सकता है?''

''वो कैसे?'' – प्रभूदयाल अपने मातहत को घूरता हुआ बोला।

''लड़की शादीशुदा है। शायद पादरी की इससे आशनाई हो। दोनों का मिलाप मुमकिन न हो इसलिए दोनों ने एक साथ इस दुनिया से रुखसत हो जाने का फैसला कर लिया हो। पादरी ने पहले उसे शूट किया हो और फिर अपने-

आपको शूट कर लिया हो।''

''नॉनसेंस।'' – प्रभूदयाल भड़ककर बोला – ''ऐसे स्टुपिड नतीजे निकालोगे तो कभी तरक्की नहीं कर सकोगे, कभी इंस्पेक्टर नहीं बन सकोगे।''

बंसल ने हड़बड़ाकर थूक निगली।

''लड़की शादीशुदा है, कबूल, लेकिन तुम यह कैसे कह सकते हो कि वह पादरी की ही बीवी नहीं है? दूसरी बात, मैं पहले ही कह चुका हूं कि इनकी मौत किश्ती में नहीं हुई। अगर यह हत्या और आत्महत्या का केस है तो फिर इनकी लाशें किश्ती में किसने पहुंचाईं? किसी को क्या जरूरत थी लाशों को किश्ती में लादकर उन्हें समुद्र की तरफ बहा देने की? फिर लड़की के बेरहमी से काटे गए गले की तरफ ध्यान दो। लड़की अपना गला खुद तो काटने से रही! इसका मतलब है कि यह काम पादरी ने किया। लेकिन जब वह लड़की की छाती में गोली मारकर उसकी इहलीला समाप्त कर सकता था तो उसे उसका गला काटने की क्या जरूरत थी? उसकी जरूरत – कोई हौलनाक जरूरत – फर्ज करो, थी तो उसने अपनी जान लेने के लिए पिस्तौल अपने माथे से सटाकर क्यों गोली चलाई? जबकि ऐसे मामलों में व्यावहारिक टारगेट कनपटी होती है। उसने ऐसा भी किया तो माथे पर बने गोली के छेद के इर्द-गिर्द जले हुए बारूद के कण क्यों नहीं दिखाई दे रहे जो कि माथे के साथ सटाकर चलाई गई गोली की सूरत में दिखाई देने चाहिए थे? और सबसे बड़ी बात यह है कि मैंने दोनों के हाथ सूंघकर देखें हैं। किसी के किसी हाथ में से जले बारूद की गन्ध नहीं आ रही जो कि अगर इनमें से किसी के गोली चलाई होती तो आनी चाहिए थी।''

बंसल खामोश रहा।

मैंने प्रशंसात्मक भाव से अपने काबिल, जहीन इंस्पेक्टर की तरफ देखा।

फिर प्रभूदयाल ने युवती के परिधान का मुआयना आरम्भ किया।

''सारे कपड़े नये'' – वह बुदबुदाया – ''बालों में लगा रिबन तक नया। सैंडलें भी लगता है, पहली बार पहनी गई हैं। वजह? यह खास सज-धज किसलिए? जरूर किसी खास तफरीह का सिलसिला रहा होगा! यानी कि यह पादरी सिर्फ

खुदा का बन्दा ही नहीं – विषय-वासना का गुलाम भी था।'' – उसने तनिक आगे को झुककर पादरी के चेहरे का मुआयना किया – ''पट्ठे ने आज ही शाम को हजामत कराई मालूम होती है। इसके कानों के भीतर बारीक-बारीक बाल अभी भी दिखाई दे रहे हैं और चेहरे पर से हज्जामों वाले क्रीम-पाउडर की तीखी खुशबू अभी तक आ रही है। ऐसी खास तैयारी की वजह? फिर कपड़ों में कोई अस्त-व्यस्तता नहीं, कोई छीना-झपटी या खींचातानी के आसार नहीं। माथे पर लगी गोली बहुत करीब से, दो-या तीन फुट से चलाई गई मालूम होती है, फिर भी ऐसा नहीं लगता कि इसने अपने आक्रमणकारी का कोई विरोध करने की कोशिश की हो।''

प्रभूदयाल एक क्षण ठिठका और फिर बोला – ''पादरी की बायीं कलाई पर रगड़ का गोल निशान! कलाई की खाल रगड़ से लाल हो गई है।''

''साहब!'' – बंसल बोला – ''ऐसा निशान मैटल की चेन वाली ऐसी घड़ी से बन सकता है जिसकी चेन जरा टाइट हो।''

''दुरुस्त। लेकिन घड़ी कहां है? कलाई पर यह गोल निशान घड़ी की चेन का ही है, लेकिन घड़ी तो कहीं दिखाई नहीं दे रही! दूसरी कलाई भी खाली है!''

''शायद किसी वजह से इसने घड़ी उतारकर जेब में रख ली हो।''

प्रभूदयाल ने सहमति में सिर हिलाया।

''ऐसा ही निशान इसके बायें हाथ की बीच की उंगली पर भी है।'' – वह बोला – ''जरूर वहां अंगूठी पहने रहा होगा। निशान का हुलिया ही बता रहा है कि घड़ी की तरह अंगूठी भी हाल ही में उतारी गई है।''

कोई कुछ न बोला।

उसने पादरी की पोशाक की जेबें टटोलनी आरम्भ कीं।

घड़ी बरामद न हुई। अंगूठी भी बरामद न हुई।

उसकी पतलून की सामने की एक जेब में नोटों का एक मोटा पुलन्दा मौजूद था।

यह दोहरा सबूत था कि उन दोनों की हत्या उन्हें लूटने की नीयत से नहीं की

गई थी।

लेकिन फिर भी कोई पादरी की कलाई से घड़ी और उंगली पर से अंगूठी उतारकर ले गया था।

उसने उसकी पतलून की एक और जेब में हाथ डाला तो उसकी उंगलियां एक कागज से टकराईं। उसने सावधानी से वह कागज जेब से बाहर निकाला।

वह एक फटा हुआ कागज था जिस पर स्याही से एक इबारत लिखी हुई थी। वास्तव में वह एक चिट्ठी थी जो मुकम्मल नहीं थी। फटे हुए कागज पर जो कुछ लिखा था, उसे प्रभूदयाल ने उच्च स्वर में पढ़ा।

लिखा था:

सूसन, माई डियरेस्ट,

मैंने तुम्हारी कही बातों पर बहुत गौर किया है, अपने-आपको, तुम्हें, तुम्हारे पति को, तुम्हारी बेटी को, अपनी बीवी को और उस परमपिता परमात्मा को निगाह में रखकर गौर किया है जो हम सबका निगाहबान है, जिससे कुछ छुपा नहीं और जिससे हम, जो हमारे दिलों में है, उसकी माफी के तलबगार हैं। मैं नहीं मानता कि आसमानी बाप यह चाहता हो कि हम अपने प्यार का गला घोंट दें, हालांकि समाज का प्रचलित दस्तूर हमें गुनहगार ही ठहराएगा और हम जहन्नुम रसीद होने के ही काबिल माने जाएंगे। वैसे ऐसी नौबत कभी नहीं आएगी। जो आसमानी बाप सबका मालिक है, वह हमारा भी मालिक है। वह हम दोनों के प्यार से नावाकिफ नहीं हो सकता। वह प्यार करने वाले दो दिलों से बेरहमी से पेश नहीं आ सकता। हम उसकी हमदर्दी के हकदार हैं। तुम्हें मानना पड़ेगा, सूसन, कि मैंने हम दोनों को लेकर तुम्हारे मन में उमड़ती तुम्हारी हर शंका का समाधान किया है। लेकिन लगता है तुम्हारी यह शंका तुम्हारे विवेक पर कुछ ज्यादा ही दस्तक दे रही है कि हमारे भविष्य के इरादे हमसे सम्बन्धित लोगों के लिए जिल्लत और रुसवाई का बायस बनेंगे। लेकिन, सूसन, जरा सोचो, लोगों ने हमारे लिए क्या किया है जो हम लोगों के लिए कुछ करें? लोगों को खुश रखने के लिए हम अपनी खुशियों का गला घोट दें,

यह कहां का इन्साफ है? नहीं मेरी जान, ऐसा नहीं हो सकता। तुम अपने मन पर से लोगों की चिन्ता का बोझ हटा दो और जैसे मैंने कहा है वैसे ही मुझसे मिला करो। इस समय मेरी आंखों के सामने तुम्हारी वह छवि घूम रही है जब तुम चर्च में समूहगान की लाइन में खड़ी थीं और मैं ईश्वर की प्रार्थना कर रहा था, वह प्रार्थना कर रहा था जो कि लोग समझते थे कि मैं चर्च में आने वाले हर व्यक्ति के लिए कर रहा था, जबकि मैं केवल हम दोनों के लिए . . .

उससे आगे कागज फटा हुआ था।

पादरी की पोशाक में और किश्ती में कागज का फटा हुआ टुकड़ा तलाश करने की भरपूर कोशिश की गई लेकिन कामयाबी हाथ न लगी।

''चिट्ठी अधूरी है।'' – प्रभूदयाल गम्भीरता से बोला – ''लेकिन फिर भी इससे हमें बहुत-सी नई बातें मालूम होती हैं। मसलन हमें यह मालूम होता है कि ये दोनों विवाहित हैं और एक-दूसरे के प्यार में – अवैध प्यार में – गिरफ्तार हैं। पादरी की बीवी जिन्दा है और युवती के पति के अलावा उसकी एक बेटी भी है। युवती का नाम सूसन है और नाम ही जाहिर करता है कि क्रिश्चियन है औ उसी चर्च में जाती है, जिसका कि यह पादरी है। इस लिहाज से युवती भी पादरी वाले चर्च के ही इलाके में कहीं रहती होनी चाहिए – आखिर वह चर्च के समूहगान वृन्द में धर्मगीत भी गाती है।''

मुझे मानना पड़ा कि मेरा इंस्पेक्टर अक्ल से ताल्लुक रखती कोई कोशिश उठा नहीं रख रहा था।

''साहब'' – बंसल बोला – ''क्रिश्चियन औरतें तो मांग में सिन्दूर नहीं भरतीं! अगर यह क्रिश्चियन है तो मांग में सिन्दूर किसलिए?''

''क्रिश्चियन तो यह है और मांग में सिन्दूर की भी कोई वजह जरूर होगी! हो सकता है यह मूलरूप से क्रिश्चियन न होकर हिन्दू हो और क्रिश्चियन से शादी – शायद लव मैरिज – करने के बाद क्रिश्चियन बन गई हो, लेकिन हिन्दू स्त्रियों के सिन्दूर से लगाव को इसने ईसाई धर्म स्वीकार कर लेने के बाद भी न छोड़ा हो। यह भी हो सकता है कि सिन्दूर का इस्तेमाल इसने फैशन के तौर पर अख्तियार

किया हो – बिल्कुल वैसे ही जैसे मुसलमानों में रिवाज न होते हुए भी कई मुसलमान युवतियां बिन्दी लगाती हैं।''

''या'' – बंसल ने अपना ज्ञान बघारा – ''यह तो क्रिश्चियन हो लेकिन इसका पति हिन्दू हो और वह पसन्द करता हो कि उसकी पत्नी मांग में सिन्दूर भरे और यह उसकी पसन्द पर अमल उसका मान रखने के लिए करती हो!''

''यह भी हो सकता है।''

बंसल खुश हो गया कि उसकी बात सटीक समझी गई थी।

''अब युवती के'' – प्रभूदयाल बोला – ''जिसका नाम कि शायद सूसन है – वही सूसन जिसका पादरी की जेब से बरामद चिट्ठी में जिक्र है – कटे हुए गले की तरफ देखो। किसी ने एक ही वार में सिर को धड़ से लगभग अलग कर दिया है। ऐसा वार कोई बहुत शक्तिशाली आदमी ही कर सकता है।''

''वार किस हथियार से किया गया होगा?'' – बंसल बोला।

''कहना मुहाल है। लेकिन गला किसी छुरी-चाकू जैसे हथियार से यूं नहीं कट सकता। यह तो किसी दराती, खुरपी या गंडासे जैसी चीज का कमाल मालूम होता है। जिस ढंग से युवती का गला कटा है, उससे साफ जाहिर होता है कि गला कटते ही खून फव्वारे की तरह चारों तरफ बिखरा होगा। लेकिन सवाल यह पैदा होता है कि युवती का यूं गला काटने की जरुरत क्यों पड़ी? यह क्या है?''

हम सबने आगे झुककर किश्ती में वहां झांका, जहां प्रभूदयाल की निगाह टिकी हुई थी।

किसी को कुछ विशेष दिखाई न दिया, लेकिन मुझे मालूम था कि प्रभूदयाल की तीखी निगाह से वह चीज छुपी नहीं रही थी जो उसे घटनास्थल तक ले जा सकती थी। वह चीज एक बहुत दूर की कौड़ी जैसा सूत्र था और अब देखना यह था कि मेरा इन्स्पेक्टर, मेरा हीरो से रश्क खाया हुआ इंस्पेक्टर; उसे कैश कर सकता था या नहीं।

प्रभूदयाल ने नीचे झुककर किश्ती के तले में एक स्थान पर पड़ी वह चीज उठाई।

वह चीज एक नन्ही-सी टहनी के साथ जुड़ी कुछ हरी पत्तियां थीं।

तुरन्त प्रभूदयाल के चेहरे पर रौनक आ गई।

उसने एक अर्थपूर्ण निगाह मेरी तरफ डाली।

उस क्षण मैंने अपने-आपको जगदीश प्रसाद सिंह से अलग कर लिया जो कि हड़बड़ाकर परे देखने लगा।

सब उलझनपूर्ण निगाहों से टहनी को देखने लगे।

प्रभूदयाल ने टहनी को नाक के पास ले जाकर सूंघा और बड़े सन्तुष्टिपूर्ण ढंग से गरदन हिलाई।

''यह क्या है?'' – बंसल पूछे बिना रह न सका।

''यह चन्द पत्तियों वाली एक टहनी है'' – प्रभूदयाल बोला – ''जिसका हरापन बता रहा है कि इसे पेड़ से टूटे ज्यादा देर नहीं हुई। ज्यादा देर हुई होती तो यह अभी तक सूख चुकी होती, या इसने सूखना शुरू कर दिया होता।''

''इसकी विशेषता क्या है?''

''इसकी विशेषता यह है कि यह इलायची के पेड़ की टहनी है। देखो।'' – प्रभूदयाल ने टहनी को बंसल की नाक के आगे किया – ''इसमें से कितनी तीखी इलायची की गंध आ रही है! तुम इसकी टहनी या इसकी पत्ती को चबाओगे तो उसमें से भी इलायची जैसा स्वाद आता पाओगे।''

''इसका मतलब क्या हुआ?''

''इसका मतलब यह हुआ कि घटनास्थल की शिनाख्त में सहायक सिद्ध हो सकने वाला एक महत्वपूर्ण सूत्र हमारे हाथ लग गया गया है। जाहिर है कि जिस स्थान से यह किश्ती नदी में उतारी गई थी, वहां इलायची के पेड़ थे। और नदी के रूट में ऐसे स्थान कोई सौ-पचास नहीं होंगे जहां इलायची के पेड़ उगे हों।''

''इतने बड़े शहर में पता कैसे लगेगा कि इलायची के पेड़ कहां उगे हुए है?''

''कोई मुश्किल काम नहीं। इलायची के पेड़ की महक बहुत दूर-दूर तक पहुंचती है। ये कोई छुपा रहने वाला पेड़ नहीं। हम यह बात अपनी कोशिशों से भी मालूम कर सकते हैं कि नदी के रूट में इलायची के पेड़ कहां हैं, लेकिन इसी काम की अंजाम देने का एक सहूलियत का तरीका भी है।''

''वह कौन-सा?''

''नगर के हॉर्टीकल्चर डिपार्टमेंट (उद्यान विभाग) के पास नगर के तमाम पेड़ों का लेखा-जोखा होगा। उनसे मालूम किया जा सकता है कि कृष्णा नदी के रूट पर इलायची के पेड़ कहां-कहां हैं!''

''मैं सुबह हॉर्टीकल्चर डिपार्टमेंट के ऑफिस में जाकर मालूम करूंगा।''

''सुबह नहीं।'' – प्रभूदयाल सख्ती से बोला – ''अभी मालूम करो।''

''अभी! अभी कैसे? ऑफिस तो सुबह ही खुलेगा!''

''डायरेक्टरी में उसके किसी जिम्मेदार अधिकारी के घर का टेलीफोन नम्बर देखो और अभी मालूम करो।''

''साहब, आधी रात होने को आ रही है! इस वक्त किसी को फोन करना क्या मुनासिब होगा?''

''होगा। दिस इज एन अर्जेण्ट पुलिस बिजनेस। दिस इज़ ए केस ऑफ डबल मर्डर। ऐवरी लॉ-अबाइडिंग, राइट थिंकिंग, सिटिजन मस्ट हेल्प पुलिस।''

''मैं अभी फोन करता हूं।''

''और सुनो।''

''यस, सर।''

''कन्ट्रोल रूम से मालूम करो कि क्या किसी पादरी के गुमशुदा होने की कोई रिपोर्ट लिखाई गई है?''

''यस, सर।''

''नगर में चर्च गिने-चुने ही होंगे! सब जगह फोन करके मालूम करो कि क्या किसी चर्च का पादरी गुमशुदा है।''

''साहब, जरूरी नहीं कि हर चर्च में फोन हो!''

''किसी में तो जरूर होगा। एक चर्च में बात हो जाने से वहीं से बाकी चर्चों की जानकारी हासिल हो जाएगी। यूं बात न बने तो ईसाइयों की किसी धार्मिक सोसायटी का या नगर के किसी प्रमुख क्रिश्चियन का फोन नम्बर हासिल करने की कोशिश करो। जरा अक्ल से काम लोगे तो राजनगर के चर्चों की जानकारी

हासिल करना तुम्हें इतना कठिन काम नहीं लगेगा जितना कि तुम इसे साबित करने की कोशिश कर रहे हो।''

''यस, सर।''

''और युवती का हुलिया भी याद कर लो। कन्ट्रोल-रूम से जब किसी पादरी के गुमशुदा होने की रिपोर्ट के बारे में पूछो तो इस युवती के बारे में भी पूछना। ऐसी क्रिश्चियन युवती के बारे में पूछना जिसका नाम सूसन हो सकता है।''

''यस, सर।''

''दो घण्टे में मुझे मालूम हो जाना चाहिए कि कौन-से चर्च का पादरी गायब है, चाहे इसके लिए तुम्हें हर चर्च में कान्स्टेबल भेजना पड़े।''

''यस, सर।'' – बंसल के स्वर में सन्देह का पुट था।

''नाओ गैट गोइंग।''

बंसल तुरन्त वहां से विदा हो गया।

फिर किश्ती लेबोरेटरी विशेषज्ञों के हवाले कर दी गई।

''अब तक कैसा चल रहा है, पाठक साहब?'' – प्रभूदयाल ने पूछा।

''ठीक!'' – मैं बोला – ''तसल्लीबख्श! काबिले-तारीफ! सुबह होने से पहले अगर हत्याओं का घटनास्थल तलाश कर पाओ या मरने वालों की शिनाख्त कर पाओ तो पीठ ठोककर शाबाशी!''

''मैं यह शाबाशी हासिल करके रहूंगा।'' – वह दृढ़ स्वर में बोला।

''गुड।''

दोनों लाशों के बेहद बारीक मुआयने के बाद एक यह बात भी सामने आई कि दोनों में से किसी के कपड़े पर कोई लाण्ड्री का निशान नहीं था। कपड़े या तो एकदम नये थे – यानी कि अभी पहली बार भी नहीं धुले थे – या वे कभी किसी लाण्ड्री में भेजे नहीं गए थे।

यानी लाशों की शिनाख्त का यह एक जरिया कारआमद साबित न हो सका।

फिर बिल्ली की बारी आई।

प्रभूदयाल के आदेश पर बिल्ली के चारों पंजों के निशान इस प्रकार एक कागज पर उतारे गए जैसे किसी के फिंगरप्रिंट्स लिये जाते हैं।

''फायदा?'' – मैं धीरे से बोला।

प्रभूदयाल ने सकपकाकर मेरी तरफ देखा।

''यह एक बेमानी, ड्रामेटिक हरकत है जो तुम मुझ पर अपनी मुस्तैदी का रोब गालिब करने के लिए कर रहे हो। सब बिल्लियों के पंजे एक जैसे होते हैं।''

''शायद न होते हों!'' – प्रभूदयाल ने जिद की।

''नहीं भी होते तो इससे तुम क्या फायदा उठाना चाहते हो?''

''अगर मुझे घटनास्थल मिल गया और वहां से भी बिल्ली के पंजों के निशान बरामद हुए तो मैं यह साबित कर सकूंगा कि यही बिल्ली वहां खून में चली थी।''

''लेकिन जब घटनास्थल ही मिल गया तो बिल्ली की क्या अहमियत रह गई? बिल्ली के माध्यम से अगर तुम घटनास्थल तलाश कर सको, तब तो कोई बात है! बिल्ली के माध्यम से घटनास्थल की शिनाख्त तो बहुत ही ज्यादा दूर की कौड़ी है! आज की रात में राजनगर में कोई दस-बीस कत्ल हुए हों तो बात दूसरी है।''

''मुझे तुम्हारा भरोसा नहीं। कत्ल तो तुम्हीं ने करवाये हैं! हो सकता है केस को उलझाने के लिए और मेरी तफ्तीश को ज्यादा-से-ज्यादा पेचीदा बनाने के लिए तुम दस-बीस कत्ल भी करवा दो।''

उसके उस जवाब ने मुझे खामोश कर दिया। मैं अपने ही एक कैरेक्टर के सामने लाजवाब हो गया।

''पाठक साहब, मेरा दिल गवाही दे रहा है कि मुझे कामयाब देखना तुम्हें रास नहीं आएगा। अपने ग्लैमर बॉय सुनील का इमेज बनाए रखने के लिए तुम यही चाहोगे कि मैं इस केस को हल करने में कभी कामयाब न हो सकूं। फिर मैं हथियार डाल चुका होऊं तो केस में सुनील के कदम पड़ें और वह हैट में से खरगोश निकालने जैसी जादूगरी के अन्दाज से आनन-फानन हत्यारे का गिरेबान थामकर दिखा दे। यही चाहते हो न?''

''नहीं।'' – मैं बड़ी संजीदगी से बोला – ''मेरे मन में ऐसी कोई ख्वाहिश नहीं है। मैं चाहता हूं कि तुम कामयाब होकर दिखाओ।''

''तो फिर हवलदार जगदीश प्रसाद सिंह ही बने रहो और चुपचाप मेला देखो।''

''एक बात और बताओ!''

''पूछो!''

''तुम यह किस आधार पर कह सकते हो कि कत्ल राजनगर में ही हुए हैं और राजनगर में ही किसी स्थान से नदी में किश्ती उतारी गई थी?''

''देखो, लाशों को किश्ती में डालकर बहाने का मुख्य उद्देश्य यही है कि किश्ती समुद्र में जाकर गिरे और वहीं लाशों समेत कहीं गर्क हो जाए। घाट से समुद्र ज्यादा दूर नहीं इसलिए वहां नदी का बहाव बहुत तेज था। यानी कि इस शहर में ही कहीं से नदी में छोड़ी गई किश्ती से यह उम्मीद की जा सकती है कि वह नदी के तेज बहाव के साथ बहती हुई समुद्र में जा गिरेगी। कृष्णा नदी तो सैकड़ों मील लम्बी है, अगर किश्ती इस शहर से दूर कहीं बहाई गई होती तो वह बहती रहने के स्थान पर किनारे भी लग सकती थी। यानी कि तब उसके समुद्र में जा डूबने की गारण्टी नहीं थी।''

''आई सी!''

''फिर इस बात की तरफ भी तवज्जो दो कि किश्ती नई है और अभी मुकम्मल तौर पर पानी से नम नहीं हुई। और कत्ल हुए भी कोई ज्यादा अरसा नहीं हुआ। इन बातों का सामूहिक नतीजा मैं यही निकाल सकता हूं कि लाशें नदी में बहुत लम्बे फासले से बहती नहीं आ रही हैं।''

''अगर लाशें पास ही कहीं से बहाई गई थीं तो फिर तो तुम जिधर से नदी बहकर आती है, उधर की दिशा का वैसे ही मुआयना कर सकते हो कि उस रास्ते पर इलायची के पेड़ कहां हैं!''

''ऐसा भी कर लेते हैं। पहले जरा बंसल लौट आए।''

''इस बात की क्या गारन्टी है कि हत्याओं का घटनास्थल कोई नदी किनारे

का ही स्थान निकलेगा? इलायची के पेड़ जरूरी थोड़े ही है कि नदी किनारे ही हों। वे किनारे से खूब परे भी हो सकते हैं!''

''हो सकते हैं। लेकिन कत्ल नदी के ही किनारे कहीं हुए हैं।''

''क्यों?''

''क्योंकि लाशों को ठिकाने लगाने के लिए किश्ती इस्तेमाल की गई है। लाशें कोई मील-दो मील परे से किश्ती में लादने के लिए लाई गई हों, ऐसा मुझे मुमकिन नहीं लगता। अगर हत्यारा लाशों को किसी लम्बे फासले से नदी की तरफ ला सकता था तो वह उन्हें कहीं और भी फेंककर आ सकता था। फिर युवती के कटे हुए गले की तरफ ध्यान दो। यू वीभत्स ढ़ंग से कटे हुए गले वाली लाश को किसी लम्बे फासले से ढोकर लाना मुझे कोई करने लायक काम नहीं लगता। पाठक साहब, घटनास्थल का नदी के किनारे होना अवश्यम्भावी है। वहीं से रात के अन्धेरे में लाशों को चुपके से किश्ती में लादकर नदी में बहाया जा सकता है।''

''वैरी गुड!''

''और किश्ती का नया होना, उसका पहली बार पानी में उतरा होना साबित करता है कि वह घटनास्थल के पास नदी में तैरती नहीं खड़ी थी, बल्कि घटनास्थल पर ही खुश्की में कहीं मौजूद थी। मुमकिन है घटनास्थल नदी किनारे का कोई मकान, कोई अहाता या कोई शैड हो जहां कि यह किश्ती मौजूद थी और जिसमें कि लाशें रखकर ही जिसे नदी में उतारा गया हो!''

''यानी यह किश्ती लाशें बहाने के लिए ही बनाई गई थी।'' – मैं बड़ी मासूमियत से बोला।

प्रभूदयाल ने घूरकर मुझे देखा।

''पाठक साहब!'' – वह बोला – ''तुम मुझे घिस रहे हो या वक्ती तौर पर तुम्हारी अक्ल घास चरने चली गई है?''

''क्या हुआ?'' – मैं नकली हड़बड़ाहट जताता बोला।

''किश्ती क्या कोई आधे-पौने घण्टे में ठुक जाने वाली चीज होती है जो

किसी ने पहले कत्ल किए होंगे और फिर आनन-फानन में किश्ती ठोक ली होगी?''

''तो? तो फिर घटनास्थल पर नई किश्ती का क्या काम?''

''इत्तफाक! पहली सम्भावना तो यही है कि घटनास्थल पर नई किश्ती इत्तफाकिया मौजूद थी। दूसरी सम्भावना यह हो सकती है कि हत्यारे ने कत्ल का इरादा पहले से किया हुआ हो और लाशों को ठिकाने लगाने के लिए उसने पहले से किश्ती का इन्तजाम किया हुआ हो। तीसरी सम्भावना यह हो सकती है कि कारपेन्टरी और बोटिंग हत्यारे की हॉबी हो, वह हॉबी के तौर पर एक किश्ती तैयार कर रहा हो, जिस दिन किश्ती तैयार हुई हो, उसी दिन ऐसा कुछ हो गया हो कि उसके लिए दो कत्ल करना जरूरी हो गया हो और उसने ये सोचकर लाशों को किश्ती में रख कर बहा दिया हो कि नई होने की वजह से अभी तो किश्ती को कोई पहचानता भी नहीं होगा। किश्ती पुरानी होने की सूरत में उसकी शिनाख्त हो सकती थी और मामूली कोशिशों से उसके मालिक का पता लगाया जा सकता था या उसके माध्यम से मालूम किया जा सकता था कि किश्ती चुराने की सबसे अधिक सुविधा किसे थी।''

''आई सी।''

''पाठक साहब, आपने एक एकदम नयी किश्ती मेरे मत्थे मढ़ी है, इससे भी साबित होता है कि आप मेरा सख्त-से-सख्त इम्तहान लेना चाहते हैं। यही किश्ती अगर मैंने आपके प्रेस रिपोर्टर की मौजूदगी में बरामद की होती तो इस पर दर्जन भर ऐसे शिनाख्ती निशान होते जो सबसे पहले केवल सुनील को दिखाई देते और वह पुलिस से पहले किश्ती के मालिक के पास पहुंचा हुआ होता। क्यों? ठीक कह रहा हूं न मैं?''

मैंने उत्तर न दिया। मैं केवल मुस्कराया।

तब तक लेबोरेटरी के विशेषज्ञ अपने-अपने काम से फारिग हो चुके थे।

प्रभूदयाल ने लाशों को पोस्टमार्टम के लिए रिलीज कर दिये जाने का आदेश दे दिया।

तभी बंसल वहां पहुंचा।

''मैं बड़ी कठिनाई से नगर के हॉर्टीकल्चर डिपार्टमेंट के इंचार्ज पी.एन. ओक से टेलीफोन पर बात करने में कामयाब हो पाया हूं। वह इतनी रात गए यहां आने को तैयार नहीं लेकिन अगर हम उसके यहां जाएं तो वह हमसे बात करने को तैयार हो सकता है।''

''कहां रहता है?''

''जवाहर नगर में।''

''यहां क्यों नहीं आता? जवाहर नगर कोई ज्यादा दूर तो नहीं!''

''मर्जी उसकी।''

''ठीक है। उसी की मर्जी सही। हम चलते हैं।''

मैं, प्रभूदयाल और बंसल मोर्ग की इमारत से बाहर निकले और जीप पर सवार हुए। मैं ड्राइविंग सीट पर बैठा। मैंने जीप जवाहर नगर की दिशा में दौड़ा दी।

आकाश में घुमड़ते काले बादल और गहरे हो गए थे।

हवा और तेज हो गई थी और अब उसमें बारिश की सम्भावना की सूचना देने वाली ठन्डक पैदा हो गई थी।

''गुमशुदा पादरी का कुछ पता लगा?'' – रास्ते में प्रभूदयाल ने बंसल से पूछा।

''अभी नहीं, लेकिन पूछताछ जारी है। मैंने नगर के लगभग सभी चर्चों की लिस्ट बना ली है और सब जगह आदमी भेज दिए हैं।''

''कंट्रोल-रूम से कुछ पता नहीं लगा?''

''जी नहीं। किसी गुमशुदा पादरी की या किसी सूसन नाम की युवती के गुमशुदा होने की रिपोर्ट किसी ने दर्ज नहीं कराई है।''

''आई सी।''

जीप के जवाहर नगर पहुंचने तक खामोशी रही।

वहां मामूली भटकन के बाद हमें पी.एन. ओक का बंगला मिल गया।

हम सबने यह बात गहरी दिलचस्पी के साथ नोट की कि इत्तफाक से ओक

साहब के अपने ही बंगले के कम्पाउण्ड में इलायची का पेड़ उगा हुआ था और उसकी सोंधी-सोंधी खुश्बू से सारा कम्पाउण्ड महका हुआ था।

"साहब!" – बंसल तनिक दबे स्वर में बोला – "यह ओक भी किसी पेड़ का नाम नहीं होता?"

"होता है।" – प्रभूदयाल बोला – "ओक बैलूत के पेड़ को कहते हैं। और मजेदार बात यह है कि इस पेड़ की लकड़ी अक्सर किश्तयां और पानी के जहाज बनाने के ही काम आती है। क्यों, पाठक साहब?"

मैंने सहमति में सिर हिलाया।

"कैसा इत्तफाक है!" – बंसल बोला – "नगर के पेड़-पौधों के इंचार्ज का नाम भी एक पेड़ पर ही है।"

प्रभूदयाल मुस्कराया।

"साहब!" – बंसल बोला।

"अब क्या है?"

"आप हवलदार जगदीश को "पाठक साहब" क्यों कहने लगते हैं?"

"साहब!" – जगदीश विनीत भाव से बोला – "मैं खुद भी यह सवाल पूछना चाहता था।"

"बेहूदा सवालों में वक्त जाया न करो।" – प्रभूदयाल तनिक कर्कश स्वर में बोला – "घण्टी बजाओ।"

बंसल ने कालबैल बजाई।

दरवाजा खुद ओक ने खोला।

बंसल ने उसका इंस्पेक्टर से परिचय करवाया।

वह उन्हें एक ड्राइंगरूम में ले आया।

हम सब लोग बैठ गए तो वह बोला – "मैं दिल का मरीज हूं। सिडेटिव लेकर सोता हूं। रात को मुझे मुकम्मल आराम की जरूरत होती है। आप लोगों की फोन-काल से मैं जाग तो गया था लेकिन हैडक्वार्टर आप लोगों के पास इसी वक्त हाजिर होना मेरे बस की बात नहीं थी।"

''कोई बात नहीं!'' – प्रभूदयाल शिष्ट भाव से बोला – ''आपकी यही बहुत मेहरबानी है जो आप इतनी रात गए हमसे बात कर रहे हैं। हम आपका ज्यादा वक्त नहीं लेंगे, ओक साहब। बात निहायत जरूरी न होती तो हम कभी यूं आपको डिस्टर्ब न करते।''

''बात क्या है?'' – ओक तनिक उत्सुक भाव से बोला।

प्रभूदयाल ने उसे दोहरे कत्ल के बारे में बताया।

''अब जरा'' – प्रभूदयाल किश्ती में से बरामद हुई इलायची के पेड़ की नन्ही-सी टहनी उसके सामने रखते हुए बोला – ''इसे देखिये और बताइए यह क्या है?''

''यह इलायची के पेड़ की टहनी है।'' – ओक निसंकोच बोला – ''बाहर इलायची का पेड़ लगा हुआ है। आपने इसे कम्पाउण्ड में से उठाया होगा!''

''नहीं। आपके कम्पाउण्ड से नहीं उठाया हमने इसे। यह टहनी वास्तव में एक सूत्र है जो एक हत्यारे की गिरफ्तारी की दिशा में बहुत महत्त्वपूर्ण रोल अदा कर सकता है।''

''अच्छा! कैसे?''

''हमारी धारणा है कि जहां हत्याएं हुई हैं, वहां आसपास कहीं इलायची के पेड़ हैं। आप नगर के हॉर्टीकल्चर डिपार्टमेंट के इंचार्ज हैं। आपको तो मालूम होगा कि नगर में इलायची के पेड़ कहां-कहां उगे हैं?''

''मुझे तो उन्हीं पेड़ों के बारे में मालूम होगा न, जो कि सरकारी प्रॉपर्टी हैं। अगर इलायची का कोई पेड़ किसी के अहाते में उगा हुआ हो – जैसे कि बाहर मेरे ही कम्पाउण्ड में उगा हुआ है – तो उसकी मुझे क्या खबर होगी?''

''आप इलायची के उन्हीं पेड़ों के बारे में बताइए जो कि सरकारी प्रॉपर्टी माने जाते हैं।''

''ऐसे पेड़ तो नगर में कई जगह हैं। नेपियन हिल पर हैं, सेन्ट्रल पार्क में तो बहुतायत में हैं . . .''

''आप किसी ऐसी जगह का नाम लीजिए जो कृष्णा नदी के किनारे पर हो।''

''कौन-से किनारे पर? पूर्वी या पश्चिमी?''

''किसी भी किनारे पर!''

ओक सोच में पड़ गया।

प्रभूदयाल व्यग्र भाव से उसका मुंह देखता उसके दोबारा बोलने की प्रतीक्षा करता रहा।

''नदी के किनारे तो ऐसी दो ही जगहें हैं।'' – अन्त में ओक बोला – ''एक नदी से थोड़ा हटकर है और दूसरी ऐन नदी पर है।''

''आप दूसरी जगह के बारे में बताइए।'' – प्रभूदयाल बोला।

''वह दूसरी जगह जॉर्जटाउन के नाम से जाना जाने वाला एक इलाका है जिसमें कि मुगलों और अंग्रेजों के जमाने तक के पेड़ लगे हुए हैं। उन्हीं में इलायची के भी पेड़ हैं।''

''जॉर्जटाउन।'' – प्रभूदयाल ने नाम दोहराया।

''मुझे मालूम है'' – बंसल उतावले स्वर में बोला – ''यह इलाका कहां है! यह इलाका . . .''

''मुझे भी मालूम है।'' – प्रभूदयाल उठता हुआ बोला – ''बहुत-बहुत शुक्रिया, ओक साहब आप नहीं जानते हैं आपने हमारी कितनी बड़ी मदद की है।''

ओक शिष्टाचारवश मुस्कराया।

वह हमें बंगले के बाहर तक छोड़ने आया।

हम फिर जीप पर सवार हो गए।

''जॉर्जटाउन चलो।'' – प्रभूदयाल ने आदेश दिया।

मैंने जीप को जॉर्जटाउन की दिशा में दौड़ दिया।

''साहब!'' – बंसल बोला – ''जॉर्जटाउन में एक बहुत पुराना चर्च भी है।''

''वैरी गुड।''

''हो सकता है मृत पादरी उसी चर्च से सम्बन्धित हो!''

''सरासर हो सकता है।''

''और हत्याओं का घटनास्थल भी जॉर्जटाउन से लगते नदी के तट पर कहीं हो!''

''करैक्ट।''

जॉर्जटाउन के इलाके में दाखिल होते ही रात के स्तब्ध वातावरण में हमें इलायची की महक का अनुभव होने लगा। हवा और भी कई तरह की खुशबुओं से रची-बसी हुई थी, इलाके में भिन्न-भिन्न प्रकार के फूलों और फलों के पेड़ों की भरमार थी।

मैंने नदी के समीप एक स्थान पर जीप रोकी।

''इतनी रात गये पूछताछ के लिए'' – प्रभूदयाल बोला – ''लोगों को सोते से जगाना मुनासिब नहीं होगा। यहां कोई चौकीदार वगैरह जरूर होगा। उसे तलाश करो।''

बंसल ने सहमति में सिर हिलाया।

वह चौकीदार की तलाश में निकल पड़ा।

थोड़ी देर बाद वह एक लगभग पचास साल के पहलवानों जैसे डील-डौल वाले आदमी के साथ वापिस लौटा।

''साहब!'' – बंसल बोला – ''यह इस इलाके का चौकीदार है धनीराम। यहां का पुराना आदमी है।''

धनीराम ने इंस्पेक्टर का अभिवादन किया।

''सारे इलाके में तुम इकलौते चौकीदार हो?'' – प्रभूदयाल ने पूछा।

''हां, साहब।'' – धनीराम बोला – ''यह छोटा-सा इलाका है। मैं अकेला बाखूबी इसकी चौकीदारी कर सकता हूं।''

''आज रात इस इलाके में कहीं कोई असाधारण घटना तो नहीं घटी?''

''असाधारण घटना?''

''कोई ऐसी बात जो अमूमन न होती हो लेकिन आज हुई हो?''

''ऐसा तो कुछ नहीं हुआ यहां आज!''

''तुम यहां के रहने वाले हर शख्स को जानते हो?''

''हां, साहब।'' – वह तनिक गर्वपूर्ण स्वर में बोला।

''नदी के साथ-साथ की मकानों की कतार में जो लोग रहते हैं, उन सबको जानते हो?''

''यहां के पक्के रहने वालों को तो जानता हूं, साहब!''

''पक्के रहने वाले! क्या मतलब?''

''साहब, इस लाइन के कुछ मकान ऐसे लोगों की मिल्कियत हैं जो स्थायी रूप से यहां नहीं रहते। जब मौसम बढ़िया होता है तो वे लोग यहां आ जाते हैं और जब मौसम नाकाबिलेबर्दाश्त हो जाता है, तो यहां से कूच कर जाते हैं।''

''आजकल क्या पोजीशन है?''

''आजकल तो काफी सारे मकान खाली पड़े हैं!''

''यानी कि खाली मकानों के मालिकान के बारे में तुम्हारी जानकारी मुकम्मल नहीं है।''

''कैसे हो, साहब! लोग बदलते जो रहते हैं! कभी कोई आ जाता है तो कभी कोई आ जाता है। अक्सर जो सूरतें एक बार दिखाई देती हैं, वे जरूरी नहीं कि दोबारा भी दिखाई दें। राजनगर में सैलानी भी तो बहुत आता है। लोग यहां आने वाले अपने रिश्तेदारों को, यार-दोस्तों को भी तो यहां की चाबियां दे देते हैं!''

''धनीराम, मकान मालिकों से तुम्हारी मुकम्मल वाकफियत न सही लेकिन मकानों से तो तुम पूरी तरह से वाकिफ होओगे?''

''वह तो मैं हूं, साहब। आखिर बाईस साल से इस इलाके का चौकीदार हूं।''

''तुम्हारी जानकारी में नदी किनारे के मकानों की कतारों में कोई ऐसा मकान है जिसके कम्पाउण्ड में इलायची का पेड़ हो?''

''नहीं, साहब।'' – वह इनकार में सिर हिलाता बोला।

''नहीं!'' – प्रभूदयाल मायूसी से बोला।

''लेकिन, साहब, नदी के एक किनारे पर उगा हुआ एक बहुत पुराना इलायची

का पेड़ है एक जगह।''

''इन्हीं मकानों की कतार के सामने कहीं?''

''जी, हां।''

''दिखाओ।''

''आइए।''

हम धनीराम के साथ हो लिए।

इलायची का जो पेड़ उसने दिखाया, वह इस प्रकार उगा हुआ था कि आधे से ज्यादा नदी के ऊपर झुका हुआ था। उसकी जड़ के आसपास नर्म घास का कालीन-सा बिछा दिखाई देता था।

प्रभूदयाल ने बंसल से टॉर्च लेकर जलाई और वहां की जमीन का मुआयना करना आरम्भ किया।

''वह देखो।'' – वह एक स्थान पर टॉर्च की रोशनी स्थिर करता बोला – ''यहां की घास कुछ दबी-दबी लग रही है। साफ मालूम हो रहा है कि हाल ही में यहां कोई भारी चीज रखी गई थी।''

''किश्ती!'' – बंसल के मुंह से निकला।

''यकीनन। जरूर यही वह जगह है जहां से किश्ती नदी में उतारी गई थी। तभी इस पेड़ की एक टहनी इत्तफाक से टूटकर किश्ती में आ गिरी थी। धनीराम, इन सामने के मकानों में रहते किसी ऐसे शख्स को जानते हो जो चपटे तले वाली एक छोटी-सी किश्ती रखता हो?''

धनीराम ने इनकार में सिर हिला दिया।

''सोचकर जवाब दो।'' – प्रभूदयाल ने जिद की – ''दिमाग पर जोर दो जरा।''

''साहब, किश्ती से अगर आपका मतलब उस नाव से है, जो लकड़ी की होती है और चप्पुओं से चलती है तो . . .''

''हां-हां। उसी से मतलब है मेरा।''

''ऐसी किश्ती तो यहां किसी के पास नहीं है! अलबत्ता एक-दो साहबान के

पास मोटरबोट जरूर है।''

''मोटरबोट नहीं, किश्ती की बात करो।''

''मेरी जानकारी में यहां किश्ती किसी के पास नहीं है।''

''ओह!''

उसने एक असहाय निगाह सामने मौजूद मकानों की कतार की तरफ डाली और बड़बड़ाया – ''कत्ल का घटनास्थल होना तो इन मकानों में से ही कोई चाहिए। अब कैसे पता लगे कि इन मकानों में से कौन-से मकान की हमें तलाश है!''

''सब मकान देखने होंगे, साहब।'' – बंसल बोला – ''घटनास्थल छुपा तो रह नहीं सकता! आखिर लाशों में से ढेरों खून बहा था। खास तौर पर लड़की की कटी हुई गरदन में से। इतना खून-खराबा इतनी जल्दी तो छुपाया भी नहीं जा सकता! और फिर . . .''

''बिल्ली!'' – प्रभूदयाल के मुंह से निकला।

''जी!'' – बंसल सकपकाया।

''बिल्ली को तो मैं भूल ही गया था! बिल्ली लाशों के साथ नदी के बीच में तैरती किश्ती में पाई गई थी। किश्ती में बिल्ली आसमान से तो टपकी नहीं होगी! जरूर वह किनारे से ही किश्ती में कूदी होगी और तभी किश्ती नदी की धार में बह चली होने की वजह से वह किनारे पर वापस नहीं कूद पाई होगी। कहने का मतलब यह है कि अगर किश्ती नदी में इस जगह से उतारी गई थी तो बिल्ली भी जरूर यहीं से नाव में कूदी थी। सूरत से वह कोई लावारिस, आवारागर्द बिल्ली नहीं लगती थी। जरूर वह किसी की पालतू बिल्ली है। और जरूर उस बिल्ली का मालिक कोई इसी इलाके का बाशिन्दा है। धनीराम?''

''जी साहब।''

''सामने के मकानों में किसी ऐसे शख्स को जानते हो जो बिल्ली पालने में रुचि रखता हो?''

''साहब, मैं ऐसे एक क्या, कई लोगों को जानता हूं।''

''अच्छा! यानी कि यहां कई लोगों ने बिल्लियां पाली हुई हैं?''

''जी, साहब।''

''तुम उन बिल्लियों को पहचानते हो?''

''सबको पहचानता हूं, साहब। कभी कोई बिल्ली खो जाती है तो उसकी तलाश के लिए धनीराम को ही तलब किया जाता है। एक बार तीन नम्बर वाले नाडकर्णी साहब की बिल्ली कुछ आवारागर्द कुत्तों से डरकर पेड़ पर चढ़कर बैठ गई थी और वहां से उतरती ही नहीं थी। उसे मैंने खुद पेड़ पर चढ़कर उतारा था। कम-से-कम चालीस फुट ऊंचा चढ़ना पड़ा था मुझे और . . .''

''यहां किसी के पास कोई ऐसी बिल्ली है जिसका रंग सफेद है, जिसके माथे पर आंखों के बीच काला चकत्ता है और जिसकी पूंछ कटी हुई है?''

''डार्लिंग!'' – धनीराम के मुंह से निकला।

''डार्लिंग! क्या मतलब?''

''उस माथे पर काले चकत्ते वाली, पूंछ कटी, सफेद बिल्ली का यह नाम है साहब।''

''डार्लिंग?''

''हां, साहब।''

''मालिक कौन है डार्लिंग का?''

''वह पन्द्रह नम्बर वालों की मिल्कियत है, साहब।''

''पन्द्रह नम्बर वाले कौन हुए?''

''वे लोग जो आजकल उस मकान में रहते हैं। एक औरत और एक आदमी।''

''यह पन्द्रह नम्बर कहां हुआ?''

धनीराम ने एक मकान की तरफ इशारा कर दिया।

वह मकान इलायची के पेड़ के ऐन सामने था।

प्रभूदयाल के चेहरे पर उम्मीद की नई चमक पैदा हुई।

''मैं वह मकान देखना चाहता हूं।'' – वह बोला।

''लेकिन मकान तो खाली पड़ा है, साहब।'' – धनीराम बोला।

''अभी तो तुम कह रहे थे कि उसमें एक आदमी और एक औरत रहते हैं?'' – प्रभूदयाल उसे घूरता हुआ बोला।

''साहब मैंने कहा है कि मकान इस वक्त खाली पड़ा है।''

''तुम्हें कैसे मालूम?''

''साहब, वहां रात को कोई नहीं रहता। कभी रहता है तो मुझे इस बात की खबर होती है। वैसे भी खाली मकानों पर मैं खास निगाह रखता हूं। मालिकान का ऐसा ही हुक्म है। उन लोगों ने मुझे चाबियां तक दी हुई हैं अपने-अपने मकान की ताकि अगर मैं कभी जरूरत समझूं तो उनका ताला खोलकर भीतर भी झांककर आ सकूं।''

''पन्द्रह नम्बर की भी चाबी है तुम्हारे पास?''

''हां, साहब। मैंने अर्ज किया न, कि अक्सर खाली रहने वाले यहां के सब मकानों की चाबियां मेरे पास हैं।''

''यहां के मालिकान तुम पर बहुत भरोसा करते मालूम होते हैं!''

''मैं उनका बाईस साल का आजमाया हुआ चौकीदार हूं, साहब।'' – वह बड़े गर्व से बोला।

''मुझे वह मकान खोलकर दिखाओ।''

वह हिचकिचाया।

''सुना नहीं!''

''साहब, मैं ऐसे कैसे आपको मकान खोलकर दिखा सकता हूं?''

''क्यों नहीं दिखा सकते हो?''

''आखिर मेरी भी कोई जिम्मेदारी है, साहब!''

''धनीराम, ज्यादा होशियार बनकर मत दिखाओ। तुमने मकान पुलिस के लिए खोलना है, किसी चोर-उचक्के के लिए नहीं, किसी अजनबी के लिए नहीं।''

''साहब, मैंने सुना है कि ऐसे कामों के लिए पुलिस वारंट लेकर आती है जो कि मैं मजिस्ट्रेट इशू करता है।''

''बड़े होशियार हो!''

वह खामोश रहा।

''जानते हो मैं तुम्हें गिरफ्तार कर सकता हूं!''

''किस इल्जाम में?'' – वह सकपकाया।

''कत्ल के इल्जाम में।''

''कत्ल!'' – वह एकाएक बौखलाकर बोला।

''एक नहीं, दो-दो कत्ल। डबल मर्डर।''

''लेकिन, साहब, मैं . . . मेरा उससे . . .''

''आज रात यहां दो कत्ल हुए हैं। कत्ल के बाद लाशों को एक किश्ती में रखकर नदी में बहा दिया गया था। तुम कैसे चौकीदार हो इस इलाके के कि रात के अन्धेरे में इतना कुछ हो गया और तुम्हें खबर तक न लगी! लाशें इन मकानों में से किसी में से निकाली गईं, उन्हें किश्ती में लादा गया, किश्ती को नदी में उतारा गया, ये तमाम काम पलक झपकते हो जाने वाले नहीं हैं। बहुत वक्त खाने वाले काम हैं ये। फिर भी तुम्हें इनकी खबर क्यों न हुई? मुझे लगता है कि या तो कत्ल किए ही तुमने हैं या तुमने कातिलों की मदद की है।''

''नहीं! नहीं!''

''तो फिर इतनी बड़ी घटना की तुम्हें खबर क्योंकर न हुई?'' – प्रभूदयाल गरजकर बोला – ''क्या चौकीदारी करते हो तुम? क्या गश्त लगाते हो तुम इस इलाके की?''

''म . . . मैं . . . मैं . . .'' – वह कंपित स्वर में बोला – ''मैं यहां नहीं था।''

''तुम यहां नहीं थे?''

''हां, साहब।''

''यहां नहीं थे! क्या मतलब? हो तो सही तुम यहां! खड़े तो हो मेरे सामने!''

''साहब, मैं आपके यहां पहुंचने से मुश्किल से एक घण्टा पहले लौटा हूं।''

''कहां से लौटे हो?''

''तारकपुर से।''

''पहेलियां मत बुझाओ। किस्तों में बात मत करो। साफ-साफ बोलो।

मुकम्मल बोलो। एक ही बार बोलो।''

''साहब, तारकपुर में मेरा बाप रहता है। आज रात मुझे एक टेलीग्राम मिली थी जिसमें लिखा था कि मेरे बाप की हालत एकाएक बहुत खराब हो गई थी, वह मौत की कगार पर खड़ा था और उसने मुझे फौरन बुलाया था। मैं आनन-फानन तारकपुर पहुंच गया था, लेकिन वहां मैंने अपने बाप को एकदम भला चंगा पाया था। किसी हरामजादे ने मेरे साथ मसखरी की थी और मुझे खामख्वाह मेरे बाप की बीमारी की तार भेज दी थी। मुझे पता लग जाए सही कि वह कौन था, फिर मैं न मार-मार कर भुस भर दूं साले में तो . . .''

''वह टेलीग्राम कहां है?''

''जी!''

''मैं कहा है वह टेलीग्राम कहां है जिसे पाकर तुम दौड़े-दौड़े तारकपुर पहुंच गए थे?''

''मेरे पास है।''

''दिखाओ!''

उसने जेब से एक मुड़ा-तुड़ा कागज निकालकर प्रभूदयाल को सौंप दिया।

प्रभूदयाल ने कागज को खोला और टॉर्च की रोशनी में उसे पढ़ा।

वह वैसी ही टलीग्राम थी जैसी कि धनीराम बता रहा था।

''इसे हम रख रहे हैं।'' – प्रभूदयाल टेलीग्राम बंसल को सौंपता हुआ बोला – ''यह तफ्तीश में काम आ सकती है। तुम्हें कोई एतराज?''

''नहीं साहब'' – वह बोला – ''शौक से रखिए। कभी आपको इस टेलीग्राम को भेजने वाले की खबर लग जाए तो जरा मुझे भी खबर कीजिएगा।''

''जरूर करेंगे और तुम्हें उसकी सेवा करने का मौका भी देंगे।''

''शुक्रिया, साहब।''

''लेकिन यह टेलीग्राम तुम्हें भेजकर किसी ने तुम्हारे साथ मजाक नहीं किया है, बल्कि अपना मतलब हल किया है। कत्ल करके लाशों को ठिकाने लगाने की खातिर अपना रास्ता साफ किया है। हत्यारा जानता था कि तुम्हारी मौजूदगी

में कत्ल करके लाशों को नदी में बहाने के काम को कामयाबी से अंजाम दे पाना मुमकिन नहीं था। इसलिए उसने टेलीग्राम तुम्हारे नाम भेजकर तुम्हें घटनास्थल से हटा दिया और अपना रास्ता साफ कर लिया।''

''ओह!'' – वह कुछ क्षण खामोश रहा, फिर उत्सुक भाव से बोला – ''साहब, माजरा क्या है? कत्ल किसका हुआ है?''

''अभी नहीं मालूम, लेकिन लगता यह है कि कत्ल जरूर उस पन्द्रह नम्बर मकान में हुआ है, जिसे तुम इस वक्त खाली पड़ा बता रहे हो।''

''ओह!''

''अब बोलो, तुम उस मकान का ताला हमारे लिए खोलकर पुलिस के साथ सहयोग की भावना दर्शाते हो या मैं हत्या के सन्देह में तुम्हें गिरफ्तार करूं?''

''नहीं, नहीं!'' – वह घबराकर बोला।

''तो फिर?''

''मैं ताला खोलता हूं।''

''गुड!''

''आइए।''

हम सब उसके साथ हो लिए।

प्रभूदयाल ने एक बार आसमान की तरफ निगाह उठाई और फिर बड़बड़ाया – ''लगता है आज बारिश होकर रहेगी।''

सबने बड़ी संजीदगी से हामी भरी।

पन्द्रह नम्बर इमारत के सामने पहुंचकर धनीराम ने अपनी जेब से चाबियों का एक गुच्छा निकाला और उसमें से एक चाबी छांटकर इमारत के मुख्य द्वार पर जड़ा ताला खोला।

सब भीतर दाखिल हुए।

प्रभूदयाल ने सिर ऊंचा करके वातावरण में बसी गन्धों को सूंघने की कोशिश की।

''खून की'' – वह बोला – ''या बारूद की गन्ध तो नहीं आ रही!''

धनीराम ने बिजली का स्विच ऑन किया।

तुरन्त भीतर प्रकाश फैल गया।

प्रभूदयाल ने देखा वह एक बड़ा सा हाल था जिसके एक कोने में से ऊपर को सीढ़ियां जा रही थीं।

''यहां'' – वह बोला – ''रिहायश की चुगली करने वाली कोई बात क्यों नहीं दिखाई दे रही?''

''रिहायश ऊपर की मंजिलों पर है, साहब। यह मंजिल नौकरों-चाकरों के लिए है।'' – धनीराम ने बताया।

''ऐसा क्यों?''

''किसी जमाने में जब कृष्णा नदी में बाढ़ आती थी तो पानी मकानों में घुस आया करता था। इसलिए इन मकानों में ग्राउण्ड फ्लोर का इस्तेमाल जरा कम ही किया जाता है।''

''अब यूं बाढ़ का पानी नहीं आता?''

''नहीं आता, साहब,लेकिन परम्परा वही पुरानी चली आ रही है। मालिकान ऊपर रहते हैं और नौकर-चाकर नीचे।''

''यहां कोई नौकर-चाकर है?''

''नहीं।''

''यानी कि पूंछ कटी बिल्ली के मालिक जो स्त्री-पुरुष यहां रहते हैं, उन्होने कोई नौकर-चाकर नहीं रखा हुआ?''

''नहीं, साहब।''

''पक्की बात?''

''हां, साहब।''

''वजह?''

''अब वजह मैं क्या बताऊं, साहब! नौकर-चाकर की जरूरत नहीं महसूस करते होंगे वो लोग!''

''जरा नीचे के कमरे दिखाओ।'' – प्रभूदयाल बोला।

धनीराम आगे बढ़ा। वह एक-एक करके बन्द दरवाजे खोलने लगा और भीतर की बत्तियां जलाने लगा।

साइड के एक कमरे का दरवाजा खुलने पर बत्ती जलाने से पहले ही प्रभूदयाल के नथुने फूलने लगे।

''ताजे पेंट और लकड़ी के बुरादे की गन्ध आ रही है।'' – वह बोला।

तभी धनीराम ने बत्ती जलाई और सारे कमरे में रोशनी फैल गई।

प्रभूदयाल का निगाह पैन होती हुई सारे कमरे में घूम गई।

वह एक विशाल कमरा था जिसके सामने की दीवार में एक लगभग दीवार जितनी ही चौड़ी खिड़की दिखाई दे रही थी और उसमें से सामने बहती नदी का नजारा साफ किया जा सकता था।

''यह कमरा किस काम के लिए इस्तेमाल होता है?'' – प्रभूदयाल ने पूछा।

''आजकल तो खाली ही है, साहब, लेकिन पुराने मालिकान यहां कोई खेल खेला करते थे।''

''कैसा खेल?''

''वही साहब, जिसमे एक बहुत बड़ी मेज पर रंग-बिरंगी गेंदें रखी होती हैं और जिन्हें लम्बे डण्डों की नोक की ठोकरें मारकर मेज के चारों कोनों में मौजूद छेदों में लुढ़काना होता है।''

''बिलियर्ड।''

''वही साहब, बिलेर्ड।''

''बिलेर्ड नहीं, बिलियर्ड। कभी यहां बिलियर्ड की टेबल लगी होती थी?''

''हां, साहब।''

''आजकल यह कमरा इस्तेमाल नहीं होता था?''

''मेरी जानकारी में तो नहीं होता था।''

''क्या तुम्हारी जानकारी में आए बिना इस्तेमाल नहीं हो सकता था यह?''

''हो तो सकता था, साहब!''

''हो सकता था। हुआ है।'' – प्रभूदयाल मेरी तरफ घूमा -''पाठक साहब,

किश्ती नयी थी और पहली बार पानी में उतरी थी। यह कमरा इतना बड़ा है कि यहां वह किश्ती बनाई जा सकती थी और फिर खिड़की के रास्ते यहां से बाहर निकाली जा सकती थी। यहां के बन्द वातावरण में बसी पेंट और बुरादे की गन्ध भी अपनी कहानी खुद कह रही है। मेरे इस नतीजे से आपको इत्तफाक है कि जिस किश्ती में से लाशें बरामद हुई है? वह यहां ठोकी गई हो सकती है?''

''है।'' – मैं धीरे से बोला।

''शुक्रिया। इसका मतलब यह हुआ कि हत्यारे ने पहले यह तरकीब सोची थी की वह लाशों को कैसे ठिकाने लगा सकता था और फिर कत्ल किया था। इसका आगे मतलब यह हुआ कि ये वक्ती जुनून के हवाले होकर किए गए कत्ल नहीं थे। ये बहुत सोच-विचारकर किए गए कत्ल थे। दिस इज ए केस ऑफ डैलिब्रेट कोल्डब्लडिड मडर्स।''

मैं जान-बूझकर खामोश रहा।

''धनीराम!'' – प्रभूदयाल फिर चौकीदार की तरफ आकर्षित हुआ -''इस मकान का मालिक कौन है और कहां रहता है?''

''इस मकान के मालिक एक बुजुर्गवार हैं जिनका मद्रास में भी एक बंगला है। उन्हें यहां की ठंडी आबोहवा रास नहीं आती इसलिए सर्दियों के मौसम में वे मद्रास चले जाते हैं और गर्मियों में यहां लौट आते हैं। जिन दिनों वे यहां नहीं होते – कोई छ: महीने वे यहां नहीं होते – उन दिनों अपने एजेन्ट के माध्यम से वे मकान को अपनी मुकम्मल साज-सज्जा के साथ किसी को किराये पर दे देते हैं।''

''यानी कि आजकल जो किरायेदार यहां रह रहे हैं, वे छः महीने से यहां हैं?''

''नहीं, साहब, डेढ साल से।''

''डेढ साल से? लेकिन तुमने तो कहा था कि इस मकान का मद्रासी मालिक गर्मियों मे यहां वापस लौट आता है।''

''पिछली गर्मियों में साहब यहां नहीं लौटे थे, साहब।''

''आई सी। धनीराम, तुमने कहा कि वे किरायेदार एक पुरूष और एक स्त्री

हैं?''

''हां, साहब।''

''नौजवान?''

''हां, साहब।''

''शादीशुदा?''

''हां, साहब।''

''नाम जानते हो?''

''मिस्टर एण्ड मिसेज चालमर।''

''अंग्रेज हैं?''

''नहीं। देसी ईसाई। क्रिस्तान।''

''पुराना ब्याहा जोड़ा है वो?''

''साहब'' – एकाएक धनीराम के स्वर में धूर्तता का पुट आ गया – ''मुझे तो वह ताजा ब्याहा जोड़ा भी नहीं लगता।''

''क्या मतलब?''

''वे कहते अपने-आपको मिस्टर एण्ड मिसेज हैं, लेकिन उनकी हरकतों से लगता है कि वे आशिक-माशूक हैं।''

''अच्छा! उनकी कौन-सी हरकत से ऐसा लगता है?''

''हर हरकत से ऐसा लगता है, साहब।''

''फिर भी?''

''साहब, न तो उन्होंने यहां कोई नौकर-चाकर रखा हुआ है और न अड़ोस-पड़ोस से कोई वास्ता। टिक के कभी वे यहां रहते नहीं। कभी दोपहर की खामोशी में आते है तो कभी रात के सन्नाटे में। चोरों की तरह भीतर घुसते हैं और कभी मैंने उन्हें इकट्ठे आते या इकट्ठे यहां से जाते नहीं देखा। मुझे तो यह कोई औरत-मर्द के नाजायज ताल्लुकात की कहानी लगती है।''

''लड़की शादीशुदा है?''

''लगती तो है! लेकिन आदमी उसका मर्द नहीं हो सकता।''

''तुम्हारा मतलब है कि लड़की किसी और की बीवी है जो कि उस आदमी की मुहब्बत में गिरफ्तार है और दोनों ने इस मकान को अपना छुप-छुपकर मिलने का ठिकाना बना रखा है, लव नैस्ट, प्रेम घरौंदा बना रखा है?''

''सोलह आने पाव रत्ती यही बात है, मुझे बात कहनी नहीं आई लेकिन आपने एकदम चौकस तरीके से बात कही है। आपने कील को ऐन सिर पर ठोका है, साहब। यही मैं कहना चाहता था।''

''तुम इन साहब का – क्या नाम बताया था उन्होंने अपना?''

''चालमर।''

''तुम इन चालमर साहब का हुलिया बयान कर सकते हो?''

धनीराम ने पुरुष के कद-काठ और नयन-नक्श वगैरह के बारे में बताया और उसकी उम्र का अपना अन्दाजा भी बताया।

मोटे तौर पर वह हत्प्राण पादरी का ही हुलिया था।

''अब जरा मेम साहब का'' – प्रभूदयाल बोला – ''कथित मिमेज चालमर का हुलिया बयान करो!''

उसने किया।

वह निश्चय ही उसी युवती का हुलिया बयान कर रहा था जिसका लाश पादरी की लाश के साथ किश्ती में पाई गई थी।

प्रभूदयाल के चेहरे पर भारी सन्तुष्टि के भाव प्रकट हुए।

उसने एक विजेता की तरह मेरी तरफ देखा। मैंने आंखों-आंखों में उसे शाबाशी दी।

''इन दोनों के अलावा तुमने कभी किसी और का भी इस इमारत में देखा?'' – प्रभूदयाल फिर धनीराम से सम्बोधित हुआ।

''नहीं, साहब। मेरी जानकारी में उन दोनों के अलावा किसी तीसरे व्यक्ति ने यहां कदम नहीं रखा।''

''यानी वे दोनों कोई यारबाश, मेहमाननवाज लोग नहीं थे?''

''नहीं, साहब।''

''आज रात वे दोनों यहां आये थे?''

''मैंने तो नहीं देखा था, साहब! बीच में मैं तारकपुर भी तो चला गया था न, साहब।''

प्रभूदयाल खामोश हो गया।

फिर उसने बड़ी बारीकी से सारे कमरे का मुआयना आरम्भ किया।

एक कोने में पेंट का एक खाली डिब्बा और बुरुश पड़ा पाया गया।

पेंट उसी रंग का था, जिससे कि किश्ती रंगी गई थी।

एक और कोने में कैनवस के एक बोरे के नीचे दस-दस किलो के आठ बट्टे पड़े पाये गए।

उन दोनों चीजों को देखकर प्रभूदयाल के नेत्र सिकुड़े।

''यह कैनवस का बोरा और लोहे के बट्टे हत्यारे के बड़े खतरनाक इरादे की तरफ इशारा करते हैं।'' – वह बोला – ''इससे इस बात पर भी रोशनी पड़ती है कि हत्यारे ने स्त्री का गला क्यों काटा! साफ जाहिर हो रहा है कि वह लाश को इस प्रकार ठिकाने लगाना चाहता था कि उसकी शिनाख्त न हो पाती। शायद वह सिर को नष्ट कर देना चाहता था और धड़ को इस कैनवस के बोरे में बन्द करके साथ में लोहे के बट्टों की सूरत में वजन बांधकर वह उसे समुद्र में डुबो देना चाहता था। लेकिन अब सबसे अहम सवाल यह पैदा होता है कि उसने ऐसा किया क्यों नहीं! दूसरे, उसके जो हौलनाक इरादे एक लाश की बाबत थे, वे दूसरी लाश की बाबत क्यों नहीं थे? उसने पादरी की लाश का भी स्त्री की लाश की तरह ही गला क्यों नहीं काटा?''

कोई कुछ न बोला।

''ऊपर चलो।'' – प्रभूदयाल ने आदेश दिया।

बाकी इमारत का मुआयना आरम्भ हुआ।

दूसरी मंजिल की सीढ़ियों के दहाने के पास से एक ऐसी चीज बरामद हुई जिसे कि प्रभूदयाल ने केस के एक बड़े महत्वपूर्ण सूत्र का दर्जा दिया।

वहां दो बन्द सूटकेस पड़े थे, जिन पर उनके हैडिलों पास सफेदे की सहायता

से एस डी लिखा हुआ था।

''एस डी।'' – प्रभूदयाल ने दोहराया – ''ये इन सूटकेसों के मालिक के नाम के प्रथमाक्षर हैं। ''एस'' से सूसन बनता है।''

सब खामोश रहे।

''इन्हें खोलो।'' – उसने हुक्म दनदनाया।

थोड़ी-सी मेहनत के बाद बंसल ने दोनों सूटकेसों के ताले खोल डाले।

भीतर से केवल जनाना कपड़े और टॉयलेटरी का सामान बरामद हुआ। अधिकतर कपड़े नये थे। उन सूटकेसों में से – प्रभूदयाल को इस बात ने बहुत मायूस किया – कोई भी ऐसी चीज बरामद न हुई जो कि उनके मालिक की शिनाख्त में मददगार साबित हो सकती।

सूटकेसों को बदस्तूर बन्द कर दिया गया और उन्हें यथास्थान रख दिया गया।

फिर बाकी फ्लोर का मुआयना किया गया।

देखा गया कि वहां की हर चीज पुराने स्टाइल की थी। जैसा पुराना वह मकान था, वैसा ही पुराना वहां का फर्नीचर और बाकी कील-कांटे थे। आधुनिकता का बोध कराने वाली वहां केवल एक चीज थी – बैडरूम में एक तिपाई पर पड़ा टेलीफोन।

प्रभूदयाल तुरन्त टेलीफोन के पास पहुंचा।

जेब से रूमाल निकालकर उसने टेलीफोन का रिसीवर इस प्रकार उठाया कि उस पर अगर कोई उंगलियों के निशान हों तो वे बिगड़ न सकें।

टेलीफोन के डायल पर उसका नम्बर लिखा था।

उसने एक्सचेंज का एक नम्बर डायल किया, उत्तर मिलने पर टेलीफोन पर लिखा नम्बर दोहराया और पूछा कि वह टेलीफोन किसके नाम पर था।

दो मिनट वह रिसीवर थामे रहा।

''क्या?'' – फिर वह माउथपीस में बोला – ''मिस्टर एस. कृष्णाराव! ओके। थैंक्यू।''

उसने रिसीवर रख दिया।

‘‘एस. कृष्णाराव।’’ – उसने दोहराया – ‘‘धनीराम, यह नाम तुमने कभी सुना है?’’

‘‘साहब’’ – धनीराम बोला – ‘‘यह इस मकान के मालिक का नाम है।’’

‘‘जो कि आजकल मद्रास में है?’’

‘‘जी, साहब।’’

‘‘तुम्हें कृष्णाराव साहब का मद्रास का पता मालूम है?’’

‘‘नहीं, साहब।’’

‘‘मालूम करना होगा।’’ – प्रभूदयाल बड़बड़ाया – ‘‘उससे इस मकान के रहस्यपूर्ण किरायेदारों के बारे में काफी कुछ मालूम हो सकता है। यह क्या है?’’

उसकी निगाह सजावट के तौर पर एक दीवार पर टंगे एक हथियार पर पड़ रही थी।

‘‘इसे खुखरी कहते हैं, साहब।’’ – धनीराम ने तुरन्त अपना ज्ञान बघारा – ‘‘यह नेपाली गोरखा लोगों का परम्परागत हथियार है। कृष्णाराव साहब ने मुझे बताया था कि इसे वे नेपाल से लाये थे।’’

प्रभूदयाल उसके समीप पहुंचा और उसे बिना छुए बड़े गौर से उसका मुआयना करने लगा।

‘‘खुखरी’’ – वह बड़बड़ाया – ‘‘यूं चमक रही है जैसे इसे अभी-अभी बड़ी मेहनत से रगड़कर, पॉलिश करके यहां टांगा गया हो। लेकिन जिस खूंटी पर यह टंगी हुई है, उस पर धूल की परत जमी साफ दिखाई दे रही है। खुखरी के आसपास दीवार पर भी धूल की परत है। क्या यही खुखरी सूसन का गला काटने के लिए इस्तेमाल की गई हो सकती है?’’

‘‘हो तो सकती है, साहब।’’ – बंसल बोला – ‘‘और तो कोई गला काट देने के काबिल हथियार यहां दिखाई नहीं दे रहा। यह चमक इसीलिए रही है क्योंकि हाल ही में इसे धोया पोंछा गया होगा – इस पर लगा खून साफ करने के लिए।’’

प्रभूदयाल खामोश रहा।

फिर जांच का सिलसिला आगे बढ़ा।

उसने एक बार दीवान के नीचे झांका तो वहां एक जुगनू-सा चमकता पाया।

उसने हाथ बढ़ाकर वह चमकती चीज उठा ली।

वह हत्प्राण स्त्री के दूसरे कान का बाला था।

''यह शर्तिया उसी बाले का जोड़ीदार है।'' – प्रभूदयाल तनिक उत्तेजित स्वर में बोला – ''जो सूसन के एक कान में पाया गया था। इस बाले की यहां से बरामदगी साफ-साफ कह रही है कि कत्ल यहीं, इसी कमरे में हुए थे। साथ ही यहां का माहौल यह साबित कर रहा है कि कत्ल के बाद यहां से कत्ल के तमाम निशानात बड़ी मेहनत, बड़े सब्र के साथ गायब कर दिये गए थे। यहां कहीं खून की एक बूंद भी दिखाई नहीं दे रही, जब कि यहां ढेरों खून बहा होना चाहिए।''

सबने बड़ी संजीदगी से सहमति में सिर हिलाया।

प्रभूदयाल ने बाला अपनी वर्दी की जेब में रख लिया और आगे बढ़ा।

एक दीवार में एक दरवाजा दिखाई दे रहा था जिसे खोलने पर मालूम हुआ कि वह एक विशाल अलमारी का दरवाजा था। अलमारी का आकार कम-से-कम आठ गुणा चार गुणा छः फुट था और उसके आधे भाग में ऊपर से नीचे की तरफ शैल्फ लगे हुए थे। अलमारी एकदम खाली थी और उसके भीतर हर स्थान पर मौजूद धूल की परत साबित कर रही थी कि वह मुद्दत से इस्तेमाल नहीं की गई थी।

''अलमारी में हर जगह धूल की हमवार परत है'' – प्रभूदयाल बोला – ''लेकिन इसके फर्श की धूल हमवार नहीं है। कहीं-कहीं जूते का-सा निशान धूल में साफ दिखाई दे रहा है। निशान स्पष्ट नहीं, उसकी शिनाख्त भी मुमकिन नहीं, लेकिन साफ जाहिर हो रहा है कि यहां इस अलमारी में कोई खड़ा था जिसके पैरों की हरकत से नीचे की धूल डिस्टर्ब हो गई थी। यहां साइड में उसकी कोहनियां लगी मालूम होती हैं। पिछली दीवार पर यहां उसका सिर और यहां उसकी पीठ लगी मालूम होती है। यहां निश्चय ही कोई शख्स खड़ा था जो कद में सवा पांच फुट के आसपास था और जो इकहरे बदन का था। जो शख्स यहां खड़ा था, अगर वही हत्यारा था तो हम कह सकते हैं कि वह कोई ठिगने कद का इकहरे

बदन का आदमी था। बंसल!''

''सर!'' – बंसल बोला।

''हैडक्वार्टर फोन करो और फिंगरप्रिंट्स एक्सपर्ट और फोटोग्राफर को यहां बुलाओ।''

''यस, सर!''

''लेकिन'' – प्रभूदयाल ने चेतावनी दी – ''फोन के रिसीवर पर से फिंगरप्रिंट्स न मिटने पाएं।''

''नैवर, सर!''

बंसल ने रिसीवर को रूमाल की सहायता से बड़ी सावधानी से उठाया और हैडक्वार्टर का नम्बर डायल किया।

दूसरी ओर से उत्तर मिला तो उसने प्रभूदयाल का आदेश दोहरा दिया। वह कुछ क्षण और सुनता रहा फिर माउथपीस ढंकता हुआ बड़े उत्तेजित स्वर में प्रभूदयाल से सम्बोधित हुआ – ''साहब, गुमशुदा पादरी का पता लग गया है।''

''अच्छा!'' – प्रभूदयाल बोला।

''जिस ए.एस.आई. ने पादरी का पता लगाया है, वह लाइन पर है। आप उससे फोन पर बात करेंगे या मैं उसे यहां बुलाऊं?''

''फोन पर बात कराओ।''

''यस, सर!'' – बंसल ने माउथपीस पर से हथेली हटाई और उसमें बोला – ''काशीनाथ, साहब से बात करो।''

उसने रूमाल लिपटा रिसीवर प्रभूदयाल के हाथ में थमा दिया।

''हल्लो।'' – प्रभूदयाल बोला।

''साहब'' – दूसरी ओर से आवाज आई – ''मैं काशीनाथ बोल रहा हूं। साहब, मेरी पूछताछ से मालूम हुआ है कि चर्च ऑफ सैंट माइकल का पादरी रेवरेंड डॉक्टर जोसेफ कॉटन रात को घर नहीं लौटा है।''

''यह चर्च कहां हुआ?''

''लिटन रोड पर, साहब।''

''और इस चर्च का पादरी रेवरेंड डॉक्टर जोसेफ कॉटन गायब है?''

''हां, साहब। जैसा कि हुक्म हुआ था, हम लोग नगर के हर चर्च में पूछताछ कर रहे थे। हम यहां पहुंचे थे तो हमारी मुलाकात पादरी की बीवी से हुई थी जो कि अपने पति के लिए बहुत फिक्रमन्द थी और जिसके खयाल से उसके पति को कब का घर पहुंच चुका होना चाहिए था।''

''पत्नी को यह नहीं मालूम कि पति कहां गया था?''

''नहीं, साहब। वह बताकर नहीं गया था। इससे लगता है कि अपनी तरफ से उसका देर करने का कोई इराद नहीं था। अपनी तरफ से वह जल्दी ही घर लौट आने का इरादा रखता था।''

''अच्छा हुआ तुमने मुझे समझा दिया, वरना इतना कठिन नतीजा मैं कहां निकाल पाता!

''सॉरी, सर।''

''तुम लिटन रोड पहुंचो। मुझे वहां सड़क के दहाने पर मिलना ताकि तुम हमें चर्च का रास्ता दिखा सको।''

''यस, सर!''

प्रभूदयाल ने रिसीवर बंसल को वापिस थमा दिया।

बंसल ने रिसीवर बड़ी सावधानी से यथास्थान रख दिया।

''फिंगरप्रिंट्स एक्सपर्ट के यहां पहुंचने तक हम यहां रुकेंगे।'' – प्रभूदयाल ने घोषणा की।

सबने सहमति में सिर हिलाया।

''साहब'' – मैं बोला – ''मैं आपकी एक बड़ी अहम बात की तरफ तवज्जो दिलाना चाहता हूं।''

''बोलो?'' – प्रभूदयाल मुझे घूरता हुआ बोला।

''आप बिल्ली के पंजों में लगे खून को भूल रहे हैं। आपने उसके पंजों के प्रिंट भी बनवाये थे। अगर कत्ल यहां हुए हैं तो बिल्ली भी खून में यहीं चली

होगी लेकिन यहां तो खून के या बिल्ली के पंजों के निशान दिखाई नहीं दे रहे।''

''स्टुपिड!'' – प्रभूदयाल बोला – ''तुमने सोचा कैसे कि मैं कत्ल के केस से ताल्लुक रखती किसी अहम बात को भूल सकता हूं? क्या मैंने पहले ही नहीं कहा कि कत्ल के तमाम निशानात यहां से बड़ी मेहनत और बड़े सब्र के साथ गायब कर दिए गए हैं?''

''सॉरी, सर।''

''लेकिन फिर भी बिल्ली के खून से सने पंजों का कोई निशान कहीं से बरामद हो सकता है। बिल्ली बहुत चंचल जानवर होती है और आसानी से किसी का भरोसा नहीं करती। यहां बिखरे खून में अपने पंजे डुबो चुकने के बाद वह यहां से भाग खड़ी हुई हो सकती है। वह यहां से भागकर किसी और कमरे में छुपी हो सकती है। बाकी कमरों का भी मुआयना करो।''

तुरन्त इंस्पेक्टर के हुक्म की तामील शुरू हुई।

गलियारे में एक स्थान से बिल्ली के पंजे का वांछित निशान बरामद हुआ।

तुरन्त वह कागज निकाला गया, जिस पर बिल्ली के चारो पंजों के निशान लिए गए थे।

गलियारे के फर्श का निशान कागज के चार निशानों में से एक से पूरी तरह से मैच करता पाया गया।

अब शक की रही-सही गुंजाइश भी खत्म हो गई कि कत्ल उस इमारत में हुए थे।

फिर हैडक्वार्टर से तकनीकी आदमियों के वहां पहुंचने से पहले बाकी इमारत की भी तलाशी ली गई।

और कोई कारआमद चीज बरामद न हो सकी।

''यह नोट करने लायक बात है'' – प्रभूदयाल बोला – ''कि हम यह तो साबित करने में कामयाब हुए हैं कि किश्ती इसी इमारत में नीचे बिलियर्ड रूम में बनाई गई थी लेकिन इस काम में प्रयुक्त होने वाले बढ़ईगिरी के कोई औजार

इस इमारत में से बरामद नहीं हुए हैं। न ही यहां से वह रिवॉल्वर बरामद हुई है जिससे पादरी और सूसन को शूट किया गया था। बंसल, सवेरा होते ही तुमने वापिस यहां आना है और इमारतों की इस लाइन के सामने नदी का जितना भाग पड़ता है, उसके पानी को खंगालने का इन्तजाम करना है। सुबह जिन आदमियों को यहां लेकर आओ, उनमें एक गोताखोर भी हो। मुझे बढ़ईगिरी के औजारों के और रिवॉल्वर के नदी में से बरामद होने की पूरी सम्भावना दिखाई दे रही है। हो सकता है, नदी में से कोई ऐसी चीज भी बरामद हो जो कि इस वक्त हमारी कल्पना से परे है। बंसल, नदी को फौरन खंगाले जाने का इन्तजाम इन्तहाई जरूरी है। समझ गए?''

''यस, सर।''

''अब जाकर कुछ अड़ोसियों-पड़ोसियों को जगाओ और उनसे बड़ी बारीकी से पूछताछ करो कि क्या रात को किसी ने इस इमारत से आती गोलियां चलने की आवाज सुनी थी! या किसी ने इत्तफाकिया कोई ऐसी हरकत देखी हो जो गैरमामूली मानी जा सकती हो!''

''साहब'' – बंसल विनीत भाव से बोला – ''इस वक्त लोगों को जगाना मुनासिब होगा?''

''होगा!'' – प्रभूदयाल जिदभरे स्वर में बोला।

''लोग खफा हो जाएंगे।''

''होने दो।''

''ठीक है, साहब।''

वह क्या जानता था कि प्रभूदयाल पर तो उस केस को हल करने का जुनून सवार था। आखिर उसका मान-सम्मान दांव पर लगा हुआ था।

''मैं अभी यहां से चला जाऊंगा।'' – वह बोला – ''यहां से पूछताछ से कोई नतीजा हासिल हो तो सीधे हैडक्वार्टर मेरे पास पहुच जाना।''

''यस, सर।''

बंसल वहां से बाहर निकल गया।

तभी फिंगरप्रिंट्स एक्सपर्ट और फोटोग्राफर वहां पहुंच गये।

प्रभूदयाल ने उन्हें आवश्यक निर्देश दिए, फोटोग्राफर को अलमारी के भीतर से फिंगरप्रिंट्स उठाने के लिए खास तौर से कहा और फिर हम वहां से विदा हो गये।

प्रभूदयाल के निर्देश पर मैंने जीप लिटन रोड की तरफ दौड़ा दी।

हमारा अगला पड़ाव लिटन रोड पर स्थित वह चर्च था, जहां का पादरी गायब था।

जो भाग-दौड़ इंस्पेक्टकर प्रभूदयाल कर रहा था, वह कोई ऐसा ही शख्स कर सकता था जिसकी आन-बान दांव पर लगी हुई हो। प्रत्यक्षतः अपने आपको सुनील से ज्यादा काबिल साबित करने की कोई कोशिश वह उठा नहीं रखना चाहता था।

हम लिटन रोड पहुंचे।

वहां सड़क के दहाने पर हमें ए.एस.आई. काशीनाथ मिला।

वह जीप में सवार हो गया। उसके निर्देश पर जीप चलाते हुए मैंने जीप को वहां के चर्च के सामने ला खड़ा किया।

वह एक रंग-बिरंगे शीशों की खिड़कियों वाला काफी पुराना चर्च था जो एक विशाल कम्पाउण्ड में खड़ा था। कम्पाउण्ड में चर्च से थोड़ा हटकर एक एकमंजिला इमारत थी जो कि काशीनाथ ने बताया कि पादरी का आवास थी।

इमारत की एक खिड़की में से भीतर जलती रोशनी का आभास मिल रहा था।

मैंने अपनी कलाई घड़ी पर निगाह डाली।

ढाई बज चुके थे।

लेकिन भीतर अभी भी उस शख्स का इन्तजार हो रहा था जो अभी तक लौटकर घर नहीं आ सका था और जो अब आने भी नहीं वाला था।

''तुमने पादरी की बीवी को कुछ बताया तो नहीं था?'' – प्रभूदयाल ने काशीनाथ से पूछा।

''मैं समझा नहीं, साहब?'' – काशीनाथ हड़बड़ाया।

''तुमने उसे यह तो नहीं बताया था कि क्यों मालूम करने की जरूरत आन पड़ी थी कि पादरी रात को घर लौटा था या नहीं?''

''नहीं, साहब। मैंने तो केवल इतना पूछा था कि क्या पादरी साहब घर पर थे!''

''बीवी ने तुमसे यह नहीं पूछा था कि तुम पादरी को क्यों पूछ रहे थे?''

''नहीं, साहब। वह अपने पति के लिए इतनी फिक्रमन्द थी कि उसे यह सवाल पूछने का खयाल नहीं आया था।''

''उसे यह भी नहीं पता था कि तुम पुलिस वाले थे?''

''नहीं, साहब। मैं वर्दी में जो नहीं था! मैं तो जैसे अब हूं, वैसे ही . . .''

''अड़ोस-पड़ोस से कुछ पूछताछ की होती!''

''मैंने की थी, साहब।''

''अच्छा! क्या जाना?''

''पादरी के बारे में तो खास कुछ नहीं जाना, साहब, लेकिन बीवी के बारे में एकाध दिलचस्प बात मालूम हुई है।''

''वह क्या?''

''मालूम हुआ है कि पादरी की बीवी एक रईस घर से ताल्लुक रखती औरत है। पच्चीस साल की उम्र में उसे अपने किसी नजदीकी रिश्तेदार का ढेर सारा माल विरासत में मिला था। पादरी से उसकी शादी बहुत एकाएक और बहुत चौंका देने वाले तरीके से हुई थी। वह सैर करने गोवा गई थी और वहां से शादी करके वापस लौटी थी।''

''इसमें चौंका देने वाली बात क्या है?''

''साहब, कहते हैं कि उसने तब यूं आनन-फानन पादरी से शादी की थी जब कि उसकी जॉर्ज सैमसन नाम के एक वकील से विधिवत सगाई हुई हुई थी। उसने बिना कोई मुलाहजा दिखाए उसे फोन करके ही अपनी सगाई तोड़ दी थी और पादरी से शादी कर ली थी।''

''पादरी शादी के वक्त भी पादरी था?''

''मालूम नहीं, साहब।''

''कोई बाल-बच्चे?''

''नहीं हैं।''

''घन्टी बजाओ।''

''यस, सर।''

उसने घन्टी बजाई।

तभी पानी की एक मोटी बूंद टप्प-से मेरी नाक से आकर टकराई। मेरी निगाह अपने-आप ही आसमान की तरफ उठ गई।

''बारिश आई कि आई!'' – मैं धीरे से बोला।

लगभग फौरन दरवाजा खुला।

दरवाजा खोलने वाला एक पुरुष था। उसने सन्दिग्ध भाव से अपने सामने खड़े सब लोगों को देखा। फिर उसे सूझा कि आगन्तुक पुलिस की वर्दियां पहने थे। तुरन्त उसके चेहरे पर घबराहट के भाव प्रकट हुए।

''क्या हुआ?'' – उसके मुंह से निकला।

''किसने कहा'' – प्रभूदयाल उसे घूरता हुआ बोला – ''कि कुछ हुआ है?''

''किसी ने नहीं लेकिन आप लोग . . . इतनी रात गए . . . यूं इस तरह . . .''

उसने जानबूझकर वाक्य अधूरा छोड़ दिया।

प्रभूदयाल ने गौर से उसकी सूरत देखी।

वह एक ठिगना-सा, मुश्किल से सवा पांच फुट कद का आदमी था। उसकी नाक चपटी थी और आंखें भीतर को धंसी हुई थीं। उसके सिर के बाल बहुत छोटे थे और उसकी मूंछें उसके होंठों की कोरों से नीचे को लटक रही थीं।

''पादरी साहब घर पर हैं?'' – प्रभूदयाल ने पूछा।

''नहीं।'' – वह बोला।

''कहां गए हैं?''

''पता नहीं। कुछ बताकर नहीं गए।''

"उनका कोई सन्देशा, कोई फोन वगैरह भी नहीं आया कि वे देर में घर लौटेंगे या नहीं लौटेंगे?"

"नहीं आया।"

"ऐसे पहले भी कभी वे रात को घर नहीं लौटते?"

"बिना बताए नहीं।"

"ऐसा पहली बार हुआ है कि वे बिना बताए घर से गायब हुए हैं?"

"हां। इसीलिए तो हमें उनकी बहुत फिक्र लग रही है।"

"आप कौन हैं?"

"मैं उनका साला हूं।"

"उनकी बीवी घर पर हैं?"

"हैं।"

"जरा मुलाकात करवाइए।"

तब कहीं उसने उन्हें भीतर आने देने के लिए रास्ता छोड़ा।

वह उन्हें एक ड्राइंगरूम में बिठाकर वहां से विदा हो गया।

थोड़ी देर बाद वह एक स्त्री के साथ वापिस लौटा। वह एक लम्बी-ऊंची कद्दावर औरत थी, जिसके कटे हुए बाल उस वक्त अस्तव्यस्त थे। वह एक टखनों तक आने वाला हाउसकोट पहने थी। उस वक्त उसकी आंखों में चिन्ता की छाया तैर रही थी।

"यह पादरी की बीवी है।" – काशीनाथ इंस्पेक्टर के कान में फुसफुसाया।

प्रभूदयाल सहित सबने उठकर उसका अभिवादन किया।

"तशरीफ रखिए।" – वह बोली।

सब बैठ गए। वह भी उनके सामने बैठ गई। केवल उसका भाई उसके पहलू में खड़ा रहा।

"मेरा नाम इंस्पेक्टर प्रभूदयाल है।" – प्रभूदयाल बड़े अदब से बोला।

"मेरे हसबैंड खैरियत से तो हैं?" – वह व्यग्र भाव से बोली।

"वे कहीं गए हुए हैं?"

''हां। कल के गए हुए हैं। आठ बजे गए थे। दो-तीन घन्टे में लौट आने के लिए कहकर गए थे, लेकिन अभी तक नहीं आये हैं। मुझे तो बड़ी फिक्र हो रही है। मेरा दिल पहले से ही आशंका से बैठा जा रहा था, अब ऊपर से आप लोग आ गए हैं। आप बताते क्यों नहीं, मेरे हसबैंड को कुछ हो तो नहीं गया?''

''अभी पक्के तौर पर कुछ नहीं कहा जा सकता, मैडम।''

''लेकिन . . .''

''क्या आप पादरी साहब की कोई तस्वीर हमें दिखा सकती है?''

''दिखाती हूं।''

वह उठकर वहां से चली गई।

कुछ क्षण बाद फ्रेम में जड़ी एक फोटो के साथ वह वापस लौटी।

उसने फ्रेम प्रभूदयाल को थमा दिया।

प्रभूदयाल ने तस्वीर पर निगाह डाली।

फिर उसने तस्वीर का रुख हमारी तरफ कर दिया।

शक की कोई गुंजाइश नहीं थी, वह निश्चय ही उसी आदमी की तस्वीर थी जिसकी लाश उस वक्त मोर्ग में पड़ी थी।

प्रभूदयाल ने तस्वीर धीरे से सामने मेज पर रख दी और अपनी पीक कैप उतार ली।

''मैडम!'' – वह बोला – ''मुझे अफसोस है कि मुझे आपको एक बहुत बुरी खबर सुनाने की बद्मजा जिम्मेदारी निभानी पड़ रही है।''

''बुरी खबर!'' – वह व्यग्र भाव से बोली – ''मेरे हसबैंड को तो नहीं हो गया कुछ?''

''आपके हसबैंड अब इस दुनिया में नहीं हैं।''

तुरन्त उसके चेहरे पर हवाइयां उड़ने लगीं। वह धम्म से अपने पीछे मौजूद सोफे पर ढेर हो गई और मुंह बाये इंस्पेक्टर को देखने लगी।

''क . . . क्या?'' – कई क्षण बाद वह बड़ी मुश्किल से कह पाई – ''क्या हुआ उन्हें?''

''कोई एक्सीडन्ट?'' – उसका भाई बोला।

प्रभूदयाल ने उसकी तरफ देखा।

वह अपलक प्रभूदयाल की तरफ देख रहा था।

पता नहीं क्यों प्रभूदयाल को उनका यूं देखने का भाव बड़ा अजीब लगा।

''यह मेरा छोटा भाई है।'' – मिसेज कॉटन धीरे से बोली – ''टोनी फ्रांकोजा।''

''मुझे बताया है इसने। अलबत्ता नाम नहीं बताया था।''

''इंस्पेक्टर, आप सस्पैंस क्यों फैला रहे हैं? साफ क्यों नहीं कहते मेरे पति को क्या हुआ है?''

''उनका कत्ल हुआ है।''

''क्या!''

''मैं हकीकत बयान कर रहा हूं।''

उसने धीरे से यूं आंखें बन्द कर लीं, जैसे ऐसा कर लेने से वह हकीकत को झुठला सकती थी। उसके होंठ तनिक खुल गए और बंद आंखें जोर से भिंच गईं।

वातावरण में बड़ा बोझिल सन्नाटा छा गया।

एकाएक उसने आंखें खोलीं और उठकर खड़ी हुई।

''मुझे एक मिनट के लिए इजाजत दीजिए।'' – वह बोली – ''मैं अपने दूसरे भाई को फोन करना चाहती हूं।''

प्रभूदयाल ने सहमति में सिर हिला दिया।

वह वहां से चली तो टोनी उसके साथ हो लिया।

वे ड्राइंगरूम से निकल गए। टोनी अपने पीछे दरवाजा बंद करता गया।

पादरी की फ्रेम जड़ी तस्वीर उसकी बीवी पीछे मेज पर ही छोड़ गई थी। प्रभूदयाल ने वह तस्वीर दोबारा उठा ली। वह कई क्षण गौर से तस्वीर को देखता रहा, फिर बोला – ''मैंने इतने आकर्षक व्यक्तित्व का स्वामी कोई पादरी आज तक नहीं देखा। फिल्मस्टार मालूम होता है पट्ठा। तस्वीर देखकर कौन कह सकता है कि यह आदमी पादरी होगा!''

''लाश देखकर ऐसा नहीं लगता था कि इतना खूबसूरत आदमी निकलेगा।'' – काशीनाथ बोला।

''गैर औरत से इसकी आशनाई में इसके इतने खूबसूरत थोबड़े का भी जरूर हाथ होगा। देखो तो! चर्च का पादरी और पराई, शादीशुदा औरत का रसिया। लोग चर्च में पादरी से अपने गुनाह बख्शवाने आते हैं। यहां पादरी ही गुनहगार है। ईसा के दस आदेशों में से एक आदेश यह भी है कि आपको अपने पड़ोसी की बीवी पर निगाह नहीं रखनी चाहिए। पादरी लोगों को यह उपदेश देता भी होगा। लेकिन लगता है यह खुद अपने उपदेशों पर अमल करना जरूरी नहीं समझता था।''

तभी भड़ाक से दरवाजा खुला और एक भारी-भरकम आदमी ने भीतर कदम रखा।

''मेरा नाम पीटर फ्रांकोजा है।'' – वह बड़े अधिकारपूर्ण स्वर में बोला – ''मैं मिसेज कॉटन का बड़ा भाई हूं।''

प्रभूदयाल ने सिर से पांव तक उस पर निगाह दौड़ाई।

''यह मैं क्या सुन रहा हूं?'' – पीटर बोला – ''क्या यह सच है कि जोसेफ का किसी ने खून कर दिया है?''

प्रभूदयाल ने जान-बूझकर तुरन्त उत्तर न दिया। वह कुछ क्षण और उसका मुआयना करता रहा और फिर बड़ी गम्भीरता से बोला – ''सच है।''

''ऐसा कैसे . . . कैसे हो गया?''

प्रभूदयाल ने उसे सारी दास्तान कह सुनाई।

पीटर ने बड़े गौर से सब सुना, लेकिन अपने जीजा के इतने हौलनाक कत्ल की कहानी सुनकर उसके चेहरे पर कोई हैरानी या आतंक के भाव पैदा न हुए। उसने सारी बात यूं सुनी जैसे वह किसी नितान्त अजनबी की मौत की दास्तान सुन रहा था। या कोई ऐसी दास्तान सुन रहा था जो उसके लिए नई नहीं थी।

मैंने देखा कि प्रभूदयाल को भी यह बात खटके बिना नहीं रही थी।

''कमाल है!'' – अन्त में वह बोला – ''मुझे तो विश्वास नहीं होता! ऐसा कैसे

हो सकता है? कैसे कोई यूं जोसेफ के खून का प्यासा हो सकता है?''

''आपके जीजाजी के साथ'' – प्रभूदयाल बोला – ''जिस स्त्री की लाश पाई गई थी, उसके बारे में आप कुछ जानते हैं?''

''मैं कतई कुछ नहीं जानता।''

''लेकिन इतना तो आप मानते हैं कि जब वह उनके साथ थी और दोनों का कत्ल एक साथ हुआ था तो उनके उस स्त्री से कोई ताल्लुकात तो होंगे?''

''नाजायज ताल्लुकात?''

''नाजायज या जायज कैसे भी?''

''जोसेफ के किसी औरत से कोई गलत ताल्लुकात नहीं हो सकते। मेरी बहन का पति खुदा का बन्दा था, चर्च का पादरी था और वह दिलोजान से मेरी बहन को चाहता था। अपनी बीवी के अलावा वह किसी औरत की तरफ निगाह तक उठाने वाला व्यक्ति नहीं था। आप खामखाह किसी स्कैण्डल की तरफ इशारा करके उसकी छवि धूमिल करने की कोशिश मत कीजिए।''

''मेरा ऐसा कोई इरादा नहीं है।''

''तो फिर आप उस औरत से जोसेफ के सम्बन्धों के बारे में क्यों सवाल पूछ रहे हैं?''

''सवाल पूछना मेरा फर्ज है। मरने वाले के कातिल का पता लगाना मेरी जिम्मेदारी है। कातिल को गिरफ्तार करके उसे उसके कुकृत्य की सजा दिलाना मेरी नौकरी का हिस्सा है।''

''आपको इस बात को हवा नहीं देनी चाहिए कि जोसेफ के किसी औरत से ताल्लुकात हो सकते थे। अगर उसकी लाश के साथ किसी औरत की लाश भी पाई गई थी तो इसका मतलब यह नहीं कि . . .''

''मुझे मालूम है किस बात का मतलब क्या है और किस बात का मतलब क्या नहीं है। आप मुझे मेरा धन्धा सिखाने की कोशिश मत कीजिए। मैं जानता हूं मुझे क्या करना है और क्या नहीं करना। अन्डरस्टैण्ड?''

वह खामोश हो गया। उसने बेचैनी से पहलू बदला।

''अब आप जरा अपनी बहन जी को बुलाइए।''

''वह किसलिए?''

''लाश की शिनाख्त के लिए उन्हें मेरे साथ मोर्ग में चलना होगा।''

''उसके लिए मैं चल सकता हूं।''

''आप चल सकते हैं, आपके दूसरे भाई साहब भी चल सकते हैं लेकिन मिसेज कॉटन को भी चलना होगा।''

''मैं यह जरूरी नहीं समझता।''

''मैं समझता हूं जरूरी।'' – प्रभूदयाल सख्ती से बोला – ''लाश की शिनाख्त मकतूल की विधवा द्वारा करवाई जानी मैं जरूरी समझता हूं।''

वह कुछ क्षण स्थिर नेत्रों से प्रभूदयाल को घूरता रहा फिर बिना एक शब्द बोले घूमा और लम्बे डग भरता कमरे से बाहर निकल गया।

थोड़ी देर बाद वह अपनी बहन की बांह थामे उसके साथ वापस लौटा। उनके पीछे चेहरे पर अवसाद की जगह असहिष्णुता के भाव लिये टोनी चल रहा था।

''चलिये।'' – पीटर फ्रांकोजा बोला।

सब लोग उठ खड़े हुए और इमारत से बाहर निकल आए।

प्रभूदयाल के आदेश पर काशीनाथ वहीं रुक गया और प्रभूदयाल और मैं जीप में सवार हो गए।

मैं जीप को स्टार्ट करके उसे गियर में डालने ही लगा था कि एकाएक प्रभूदयाल ने मेरी बांह पर हाथ रखकर मुझे रोका।

मैंने प्रश्नसूचक नेत्रों से उसकी तरफ देखा।

''जरा ठहरो।'' – वह बोला।

मैंने इंजन बन्द कर दिया।

सामने गली में से कहीं से सीटी बजने की और लाठी जमीन से टकराने की आवाज आ रही थी।

''चौकीदार मालूम होता है।'' – प्रभूदयाल बोला।

तभी सामने एक व्यक्ति प्रकट हुआ। वह सीटी बजाता, हाथ में थमी लाठी

जमीन पर पटकता चला आ रहा एक नेपाली था। स्वयं को कई निगाहों का केन्द्र बना पाकर वह थमककर खड़ा हो गया।

''इसे इधर बुलाओ।'' – प्रभूदयाल बोला।

मैं ड्राइविंग सीट से उतरा और आगे बढ़ा।

प्रभूदयाल भी जीप से निकलकर सड़क पर आ खड़ा हुआ।

मैं नेपाली चौकीदार को साथ लेकर प्रभूदयाल के समीप पहुंचा।

''क्या नाम है तुम्हारा?'' – प्रभूदयाल ने अपने व्यवसायसुलभ कड़े स्वर में पूछा।

''बाज बहादुर, शाब।'' – वह सशंक भाव से बोला।

''तुम इस इलाके के चौकीदार हो?''

''हां, शाब।''

''कब से कब तक चौकीदारी करते हो?''

''रात दश शे शुबह पांच बजे तक, शाब।''

''इस गली से अक्सर गुजरते हो?''

''हां शाब। हर आधे-पौने घण्टे बाद गुजरता हूं, शाब।''

''यहां क्या देखा तुमने?''

''शाब!''

''मेरा मतलब है, आज इस गली में चर्च के आसपास तुमने कोई असाधारण, कोई खटकने वाली बात देखी?''

''नहीं, शाब।''

''कतई कुछ नहीं देखा?''

''देखा तो, शाब, लेकिन उशमें खटकने वाला तो कुछ नहीं था! वह अशा . . . अशारा . . . जो भी अभी आप बोला, वैशा तो कुछ नहीं था!''

''तो क्या देखा तुमने?''

''शाब, कोई शाडे ग्यारह बजे मैंने चर्च के अहाते में कुछ लोगों को दाखिल होते देखा था।''

''कौन लोग थे वे?''

''मालूम नहीं, शाब।''

''औरतें थीं या आदमी?''

''औरतें भी थीं, शाब, और आदमी भी थे।''

''गए कहां थे? चर्च में?''

''नहीं, शाब। वे दायीं तरफ वाले मकान में गए थे।''

''पादरी साहब के घर में?''

''हां, शाब।''

''हूं।'' – प्रभूदयाल बोला। उसने एक गुप्त निगाह पीछे जीप में बैठे पादरी के सम्बन्धियों की तरफ डाली। सबका ध्यान उनकी तरफ जरूर था, लेकिन प्रभूदयाल को विश्वास था कि वार्तालाप की आवाजें उन तक नहीं पहुंच रही थीं।

''ठीक है, जाओ।'' – एकाएक प्रभूदयाल बोला।

हम फिर जीप में सवार हो गए।

मोर्ग में लाशें तब भी अभी किश्ती में ही पड़ी थीं। पोस्टमार्टम क्योंकि दिन में होना था, इसलिए उन्हें वहीं पड़ी रहने दिया गया था।

प्रभूदयाल के संकेत पर मिसेज कॉटन और उसके दोनों भाई किश्ती के सामने पहुंचे। उन्होंने दम साधे किश्ती में निगाह डाली।

एकाएक मिसेज कॉटन के मुंह से एक चीत्कार-सी निकली।

उसके भाइयों ने दायें-बायें से उसके कन्धे थामे और उसे जबरन किश्ती से परे हटा दिया।

प्रभूदयाल ने प्रश्नसूचक नेत्रों से उनकी तरफ देखा।

दोनों भाइयों ने सहमति में सिर हिलाया।

प्रभूदयाल की निगाह मिसेज कॉटन पर टिक गई।

''ये'' – उसकी निगाह का मन्तव्य समझकर मिसेज कॉटन कम्पित स्वर में

बोली – ''मेरे पति हैं।''

''रेवरेंड डॉक्टर जोसेफ कॉटन?'' – प्रभूदयाल ने पूछा।

''हां।''

''और दूसरी लाश! दूसरी लाश किसकी है?''

मिसेज कॉटन ने आंखें बन्द कर लीं और एक आह भरी।

''आप इस स्त्री को पहचानती हैं?'' – प्रभूदयाल ने पूछा – ''देखिये, झूठ न बोलिएगा। मौजूदा हालात में झूठ बोलना बड़ी गलत हरकत होगी।''

''हां।'' – वह आह भरकर बोली – ''मैं पहचानती हूं इसे।''

''कौन है यह?''

''मिसेज डेनिंग।''

''पूरा नाम बताइए।''

''पूरा नाम मुझे नहीं मालूम।''

''आप इसे कैसे जानती हैं?''

''यह चर्च में आया करती थी। चर्च में रविवार को होने वाले समूहगान में भी हिस्सा लिया करती थी।''

''कब से आ रही थी चर्च में?''

''यही कोई तीन या चार साल से।''

''रहती कहां थी? इसका पता मालूम है आपको?''

''मालूम है। यह हडसन लेन के चौदह नम्बर मकान में रहती है।''

''आपको यह पता कैसे मालूम है?''

''चर्च में आने वाले लोगों की एक मेलिंग लिस्ट चर्च में है। उस लिस्ट के मुताबिक सदस्यों के पतों पर जरूरी सरकुलर वगैरह डाक से भेजे जाते हैं। चर्च की वैसी डाक मैं तैयार करती हूं, इसलिए मुझे मिसेज डेनिंग का पता मालूम है।''

''आई सी। यह हडसन लेन हुई कहां?''

''चर्च के पास ही है।''

''मिसेज डेनिंग का आपकी लिस्ट में बस इतना ही नाम लिखा है?''

''लिस्ट में तो हो सकता है कि पूरा नाम हो लेकिन मुझे पूरा नाम इस वक्त याद नहीं आ रहा।''

''इसके परिवार के बारे में आप और कुछ जानती हों?''

उसने इनकार में सिर हिलाया।

प्रभूदयाल ने दोनों भाइयों की तरफ देखा।

''मैं इसके पति को जानता हूं।'' – पीटर फ्रांकोजा बोला। उसके लहजे से ऐसा लग रहा था जैसे पुलिस की उस जवाबतलबी से उसे सख्त एतराज था लेकिन मजबूरन उसे जवाब देने पड़ रहे थे – ''इसके पति का नाम विलियम डेनिंग है। वह कहीं केयरटेकर की नौकरी करता है। इनकी रोज़ नाम की एक बेटी भी है।''

''जरा ऊपर जाकर देखो'' – प्रभूदयाल मुझसे सम्बोधित हुआ – ''कि ड्यूटी पर कौन-कौन हैं? जो कोई भी हों, उन्हें यहां बुलाकर लाओ। मुझे कम-से-कम दो आदमियों की फौरन जरूरत है।''

''यस, सर।'' – मैं बोला।

दो मिनट में मैंने एक सब-इंस्पेक्टर को और एक सिपाही को प्रभूदयाल के हुजूर में पेश कर दिया।

सब-इंस्पेक्टर का नाम सुधाकर था और वह मुश्किल से पच्चीस साल का का पुलिस में ताजा भरती हुआ नौजवान था।

''हडसन लेन जानते हो कहां है?'' – प्रभूदयाल ने पूछा।

''जानता हूं, साहब।'' – सुधाकर तत्पर स्वर में बोला – ''लिटन रोड के इलाके में है हडसन लेन।''

''ठीक! फौरन वहां की चौदह नम्बर इमारत पर पहुंचो। वहां विलियम डेनिंग नाम के एक साहब रहते हैं। उनको और उनकी रोज़ नाम की बेटी को तुमने फौरन यहां लेकर आना है। यहां पहले तुमने किश्ती में पड़ी स्त्री की लाश की उनसे शिनाख्त करानी है और फिर उन्हें ऊपर मेरे कमरे में लेकर आना है। समझ गए?''

''यस, सर।''

''और डेनिंग के मकान पर पहरेदारी के लिए एक आदमी छोड़ देना है जिसने कि इस बात का खयाल रखना है कि कोई सन्दिग्ध या अवांछित व्यक्ति उस मकान में कदम न रखने पाए।''

''यस, सर।''

वह सिपाही के साथ फौरन वहां से विदा हो गया।

''अब हमें इजाजत है?'' – पीटर फ्रांकोजा बोला।

''सॉरी, अभी आपको रुकना पड़ेगा।'' – प्रभूदयाल बोला – ''अभी मेरी तफ्तीश खत्म नहीं हुई। अभी आपने केवल लाश की शिनाख्त की है। अभी मैंने आपसे बहुत कुछ पूछना है। आप बरायमेहरबानी ऊपर मेरे कमरे में तशरीफ लाइए। वहां का माहौल यहां से बेहतर है।''

''लेकिन क्या यह जरूरी है?''

''निहायत जरूरी है। न होता तो मैं कभी आपको यूं तकलीफ न देता।''

वह कुछ क्षण अनिश्चित-सा खामोश खड़ा प्रभूदयाल का मुंह देखता रहा।

''इंस्पेक्टर साहब।'' – अन्त में बोला – ''आपने जो पूछना है, वह आप मेरे से और मेरी बहन से भी पूछ सकते हैं।''

''मतलब?'' – प्रभूदयाल बोला।

''मैं चाहता हूं कि आप मेरे भाई को यहां से रुखसत हो जाने दें।''

''वजह?''

''आप जरा इधर आइए।''

वह इंस्पेक्टर को अपने भाई और बहन से थोड़ा परे ले गया।

''इंस्पेक्टर साहब'' – पीटर धीरे से बोला, लेकिन इतने धीरे से न बोला कि मैं न सुन सकता – ''टोनी का दिमाग कमजोर है।''

''पागल है?'' – प्रभूदयाल बोला।

''नहीं, नहीं!'' – वह बड़बड़ाया – ''पागल नहीं है। मैंने कहा है कि इसका दिमाग कमजोर है। यह ज्यादा तनाव या दिमाग पर ज्यादा दबाव बर्दाश्त नहीं कर सकता। इसके दिमाग पर जोर पड़े तो यह उत्तेजित हो जाता है और फिर

कभी-कभार कोई ऐसी हरकत कर बैठता है जो . . .जो . . .''

''जो कोई पागल ही कर सकता है!''

''यही समझ लीजिए। इंस्पेक्टर साहब, आपकी तफ्तीश, आपकी जवाबतलबी इसके दिमाग पर जोर डाल सकती है।''

''मैं कोशिश करूंगा कि ऐसी नौबत न आए।'' – प्रभूदयाल शुष्क स्वर में बोला – ''लेकिन मैं अभी इसे यहां से जाने नहीं दे सकता।''

''यह अभी भी उत्तेजना के कगार पर है। इसे आराम की जरूरत है।''

''जरूर होगी। खुद मुझे आराम की जरूरत है।''

''लेकिन यह आपको क्या बता सकता है?''

''यही तो मैं जानना चाहता हूं कि यह मुझे क्या बता सकता है!''

पीटर फ्रांकोजा के चेहरे पर सख्त नाराजगी के भाव प्रकट हुए, लेकिन वह मुंह से फिर कुछ न बोला।

फ्रांकोजा बन्धुओं को और उनकी बहन को इंस्पेक्टर प्रभूदयाल के निर्देश पर मैंने पहली मंजिल के रिसेप्शन पर बिठा दिया। ऐसा करने की वजह इंस्पेक्टर ने यह बताई कि वह उन तीनों से अलग-अलग बात करना चाहता था और इसलिए उन्हें बारी-बारी अपने कमरे में बुलाना चाहता था।

लेकिन ऐसी कोई नौबत आने से पहले बंसल वहां वापिस लौट आया।

उसके चेहरे पर लिखा था कि जॉर्जटाउन में घटनास्थल के अड़ोस-पड़ोस से उसकी पूछताछ बेकार नहीं गई थी।

''क्या हुआ?'' – प्रभूदयाल ने उत्सुक भाव से पूछा।

''साहब'' – वह बोला – ''मैंने अड़ोस-पड़ोस के लोगों को सोते से जगाकर उनसे पूछताछ की थी। पड़ोस के दो लोगों का कहना है कि उन्होंने गोली चलने की आवाज सुनी थी। दोनों का ही दावा है कि गोली लगभग पौने नौ बजे चली थी। एक पड़ोसी लीलावती नामक एक महिला है जो खबरें सुनने के लिए ठीक पौने नौ बजे के आसपास रेडियो जरूर लगाती है। उसका कहना है कि खबरें

अभी शुरू ही हुई थीं कि उसके कानों में ऐसी आवाज पड़ी थी जैसी कि गोली चलने से पैदा होती है।''

''उसने क्या एक ही गोली चलने की आवाज सुनी थी? कम-से-कम दो गोलियां चली होने की चुगली तो लाशें ही कर रही हैं!''

''उसने भी दो ही गोलियां चलने की आवाज सुनी थी, साहब!''

''एक के बाद एक चली दो गोलियों की आवाज?''

''एक के फौरन बाद एक नहीं, साहब। तीन-चार मिनट के वक्फे से। गोली की आवाज से आन्दोलित होकर उसने खिड़की से बाहर भी झांका था लेकिन बाहर उसे कुछ दिखाई नहीं दिया था।''

''वह गोली की आवाज पहचानती है?''

''वह मिलिटरी से कर्नल के रैंक पर रिटायर हुई डॉक्टर है। गोली की आवाज वह बाखूबी पहचानती है।''

''आई सी। दूसरा शख्स कौन है जिसने गोली की आवाज सुनी थी?''

''वह एक लड़का था जो नाइट शो में फिल्म देखने जा रहा था। उसका नाम मानक है। वह कहता है कि घर से निकलने से पहले उसने खास तौर से घड़ी देखी थी, यह जानने के लिए कि उसके पास वक्त पर सिनेमा पहुंच जाने के लिए कितना वक्त था। उसके पौने नौ बजे के करीब घड़ी देखी थी और वह कहता है कि घर से बाहर कदम रखते ही उसे पहली गोली के चलने की आवाज आई थी।''

''वह भी यही कहता है, दो गोलियां चली थीं और दोनों के चलने में तीन-चार मिनट का वक्फा था?''

''जी हां।''

''इससे तो हत्या का समय बाखूबी निर्धारित हो जाता है! इससे तो साफ जाहिर होता है कि हत्याएं पौने नौ बजे हुई थीं!''

''जी हां।''

''लेकिन तीन-चार मिनट का वक्फा क्यों था दोनों गोलियां चलने के टाइम

में?''

बंसल खामोश रहा।

''इसका तो मतलब यह हुआ कि दोनों को एक साथ शूट नहीं किया गया था! इसका तो मतलब यह हुआ कि दोनों ने एक साथ खाली मकान में कदम नहीं रखा था! पहले एक जना वहां पहुंचा और वहां कहीं छुपे खड़े हत्यारे ने उसे शूट कर दिया! फिर तीन-चार मिनट बाद दूसरा जना वहां पहुंचा तो हत्यारे ने उसे भी शूट कर दिया!''

''ऐसा ही हुआ होगा, साहब!'' – बंसल बोला।

''लेकिन फिर हत्यारे ने स्त्री का गला क्यों काटा? उसका काटा तो पादरी का क्यों नहीं काटा? अगर सिर को धड़ के साथ ही बरामदगी के लिए किश्तों में छोड़ना था तो गला काटने की जरूरत क्या थी? क्या गोरखधन्धा है?''

आखिरी सवाल प्रभूदयाल ने मुझसे किया था।

मैं जान-बूझकर परे देखने लगा।

''खैर!'' – प्रभूदयाल ने एक गहरी सांस ली और फिर बंसल से सम्बोधित हुआ – ''तुम आगे बढ़ो। और क्या जाना तुमने वहां से?''

''साहब!'' – बंसल बोला – ''लीलावती ने दो बातें और भी बताई हैं जो दिलचस्पी से खाली नहीं।''

''वे क्या?''

''लीलावती का घर पन्द्रह नम्बर इमारत से बिल्कुल अगला है। वह कहती है कि पिछले महीने उसने कई बार पन्द्रह नम्बर इमारत से अजीब तरह की ठक ठक की आवाजें आती सुनी थीं।''

''कैसी आवाजें?''

''जैसे कोई चीज हथौड़े से ठोकी जा रही हो। जैसे कोई चीज आरी से काटी जा रही हो।''

''यह बात लीलावती गारन्टी से कहती है?''

''यस, सर।''

''इससे तो हमारी इस थ्योरी को बल मिलता है कि किश्ती पन्द्रह नम्बर इमारत के भीतर ही ठोक-पीटकर तैयार की गई थी!''

''यस, सर।''

''बंसल, कल के लिये एक और काम नोट कर लो। जॉर्जटाउन के इलाके के आसपास से इमारती लकड़ी के हर डीलर से पूछताछ करो कि क्या पिछले महीने किसी ने उससे इतने लम्बे-लम्बे तख्ते खरीदे थे, जिनसे कि किश्ती तैयार की जा सकती हो! उसी इलाके की हार्डवेयर की दुकानों से यह भी पता करो कि क्या वहां से किसी ने बढ़ईगिरी से काम आने वाले सभी औजार एक साथ खरीदे थे?''

''यस, सर।'' – बंसल संदिग्ध स्वर में बोला। प्रत्यक्षतः उसे वह काम बहुत कठिन लग रहा था।

''और मुमकिन हो तो खरीदार का हुलिया भी मालूम करने की कोशिश करना।''

''यस, सर।''

''और तुमने धनीराम को मिली टेलीग्राम के बारे में भी पता करना है कि क्या वह वाकई तारकपुर से भेजी गई थी! टेलीग्राम भेजने के लिए एक फार्म भरना पड़ता है। उस टेलीग्राम फार्म की फोटो कापी मुहैया करो और मुमकिन हो तो फार्म भर कर तारघर में पेश करने वाले का हुलिया भी मालूम करने की कोशिश करो।''

''यस, सर।''

''और दूसरी दिलचस्प बात क्या है जो तुम्हें लीलावती ने बताई है?''

''साहब, लीलावती कहती है कि बगल के मकान में रह रहे किरायेदार कोई डेढ साल से वहां रह रहे थे।''

''यह कोई ताली बजाकर खुश होने लायक खोज नहीं। यह बात तो हमें चौकीदार धनीराम से भी मालूम हो चुकी है।''

''सॉरी, सर।'' – बंसल हड़बड़ाकर बोला।

''वॉट सॉरी सर!'' – प्रभूदयाल कड़े स्वर में बोला – ''जब धनीराम ने यह

बात बताई थी तो तुम भी मेरे साथ उसके सामने मौजूद थे। कहां ध्यान रहता है तुम्हारा?''

बंसल का चेहरा शर्म से लाल हो गया।

''कोई और बात बोलो।''

''और तो कोई बात नहीं, साहब।''

''ठीक है। अब सुनो तुमने क्या करना है। यहां मैं जिस शख्स को भी बुलाऊं, तुमने उसे पानी का गिलास पेश करना है। वह गिलास एकदम साफ-सुथरा हो और उस पर किसी की उंगलियों के निशान न हों। वह शख्स पानी पी चुके तो गिलास को सम्हालकर फिंगरप्रिंट्स एक्सपर्ट के ऑफिस में पहुंचना है। हर आगन्तुक के लिए नया गिलास इस्तेमाल करना है, इसलिए कुछ गिलासों का इन्तजाम कर लो।''

''यस, सर।''

''मैं कुछ लोगों की जानकारी के बिना उनके फिंगरप्रिंट्स हासिल करना चाहता हूं। वे मुअज्जिज़ लोग हैं और सीधे फिंगरप्रिंट्स मांगे जाने पर एतराज कर सकते हैं कि उनके साथ अपराधियों जैसा व्यवहार किया जा रहा है।''

''आई अन्डरस्टैण्ड, सर।''

''आई एम ग्लैड दैट यू डू।'' – प्रभूदयाल शुष्क स्वर में बोला – ''नाओ गैट गोइंग।''

बंसल वहां से विदा हो गया।

''तुम'' – प्रभूदयाल मेरे से बोला – ''मिसेज कॉटन को बुलाकर लाओ।''

मैं रिसेप्शन पर पहुंचा। मुझे देखकर मिसेज कॉटन और उसके दोनों भाई उठकर खड़े हो गए। मैंने उन्हें समझाया कि इंस्पेक्टर साहब ने केवल मिसेज़ कॉटन को तलब किया था।

''यह नहीं हो सकता।'' – पीटर फ्रांकोजा बोला – ''मेरी बहन इस वक्त बहुत नर्वस हालत में है। हमारा इनके साथ मौजूद रहना जरूरी है।''

''यह कोई तरीका है सवाल पूछने का?'' – टोनी फ्रांकोजा भुनभुनाया।

''तुम अपने इंस्पेक्टर को कह दो।'' – पीटर बोला – ''कि ये यूं उसके सामने पेश नहीं हो सकतीं। उसने इनसे जो पूछना है, हमारे सामने पूछे।''

''कोई जरूरत नहीं।'' – मिसेज कॉटन अपने स्थान से उठती गम्भीरता से बोली – ''हम इंस्पेक्टर की ही मर्जी चलने देंगे।''

''लेकिन . . .''

''मुझ अकेली को वह खा नहीं जायेगा, पीटर।''

''लेकिन फिर भी . . .''

''फिर भी अपने हकूक की हिफाहज के लिए हम कानूनी राय हासिल कर सकते हैं। तुम जॉर्ज से सम्पर्क स्थापित करो।''

''जॉर्ज तो सुप्रीम कोर्ट के एक केस के सिलसिले में दिल्ली गया हुआ है।''

''ओह!''

''वैसे उसके कल तक लौट आने की उम्मीद है।''

''अगर वह कल न लौटा तो?''

''मैं कल दिल्ली ट्रंककाल करके उससे सम्पर्क स्थापित करने की कोशिश करूंगा। वह कल लौटने का इरादा न भी रखता होगा तो मैं उससे दरख्वास्त करूंगा कि लौट आए।''

''ठीक है।''

''मिस्टर!'' – पीटर फ्रोकोजा मेरी तरफ घूमकर बोला – ''जार्ज सैमसन बहुत बड़ा वकील है। अगर तुम लोगों ने हमारे साथ कोई ज्यादती की तो वह तुम सबको ठीक कर देगा।''

''वर्दियां उतरवा देगा तुम्हारी।'' – टोनी बोला।

''आप चल रही हैं?'' – मैं मिसेज कॉटन से बोला।

''चलो।''

अपने भाइयों को एक बार फिर वहीं मौजूद रहने का निर्देश देकर वह मेरे साथ हो ली।

मैंने उसे इंस्पेक्टर प्रभूदयाल के कमरे में पहुंचाया।

''बैठिए।'' – प्रभूदयाल सहानुभूतिपूर्ण स्वर में बोला।

''थैंक्यू!'' – वह उसके सामने एक कुर्सी पर बैठती बोली।

''बंसल, मैडम को पानी पिलाओ।''

बंसल ने ट्रे में रखा एक चमचमाता हुआ गिलास मिसेज कॉटन के पेश किया।

मिसेज कॉटन ने ट्रे में से गिलास उठा लिया।

बंसल बड़े अदब की मुद्रा बनाए ट्रे हाथ में लिए उसके पहलू में खड़ा रहा। मिसेज कॉटन ने पानी पीकर गिलास वापस ट्रे में रख दिया।

इस प्रकार बंसल गिलास को खुद छूने से बच गया।

वह ट्रे के साथ फौरन वहां से बाहर निकल गया।

''मिसेज कॉटन'' – प्रभूदयाल मीठे स्वर में बोला – ''आपको जो असुविधा हो रही है, उसके लिए मैं आपसे क्षमाप्रार्थी हूं, लेकिन आप समझती ही होंगी कि जो कुछ भी किया जा रहा है, एक उद्देश्य के लिए किया जा रहा है। किसी नापाक आदमी ने आपके पति का कत्ल कर दिया है और मुझे पूरा विश्वास है कि आप हरगिज नहीं चाहेंगी कि वह आदमी अपनी करतूत की सख्त-से-सख्त सजा पाने से बच जाए।''

वह खामोश रही।

''मैं आपका बहुत कम वक्त लूंगा, मैडम।''

''शुक्रिया।''

''आप अपना पूरा नाम बताएंगी?''

''मिसेज एलिजाबेथ फ्रांकोजा कॉटन।''

''आपकी उम्र?''

''अड़तीस साल।''

''शादी हुए कितना अरसा हो गया?''

''तकरीबन बारह साल।''

''कोई बाल-बच्चा?''

उसने इनकार में सिर हिलाया।

''रात को आपके पति किस वक्त घर से गए थे?''

''आठ बजे। पहले भी बताया था मैंने।''

''उन्होंने यह नहीं बताया था कि वे कहां जा रहे थे?''

''बताया था।''

''अच्छा!'' – प्रभूदयाल विस्मित भाव से बोला – ''बताया था?''

''हां।''

''कहां जाने को कहकर गए थे वे?''

''अपनी स्टडी में।''

''वह कहां हुई?''

''चर्च की इमारत में। वे कहकर गए थे कि वे दो-तीन घंटे के लिए अपनी स्टडी में जा रहे थे।''

''ओह! यानी कि वे कहीं दूर नहीं गए थे!''

''कहा तो उन्होंने यही था कि वे स्टडी में जा रहे थे। हमारे घर और चर्च के बीच की पुलिया पार करके उन्हें चर्च में दाखिल होते भी मैंने देखा था।''

''लेकिन जाहिर है कि वे वहां टिके नहीं थे!''

वह खामोश रही।

''रात को स्टडी में इतनी देर वे क्या करने का इरादा रखते थे?''

''स्टडी ही करने का इरादा रखते थे। आपकी जानकारी के लिए मेरे पति रिसर्च स्कॉलर थे। ईसा के दस आदेशों पर थीसिस तैयार करके वे विधिवत् डॉक्टरेट की सनद हासिल कर चुके थे। अभी भी वे किसी और विषय पर थीसिस तैयार कर रहे थे। अपनी रिसर्च के लिए उन्हें रात को ही समय मिलता था।''

''आई सी। जब दो-तीन घण्टे बाद वे वापस नहीं लौटे थे तो आप उन्हें स्टडी में देखने जरूर गई होंगी?''

''मैं गई थी। स्टडी की जलती बत्ती दूर से ही दिखाई देती है, इसलिए पहले तो मैं जलती बत्ती से ही आश्वस्त होकर बैठी रही थी कि वे जरूर वही होंगे लेकिन जब आधी रात हो जाने तक भी वे न लौटे तो मुझे स्टडी में जाना पड़ा। वे . . .

वे वहां नहीं थे। स्टडी की बत्ती जलती छोड़कर वे बीच में कहीं चले गए थे।''

''कहां? क्यों?''

''मुझे नहीं मालूम।''

''कोई अन्दाजा?''

वह सोचने लगी।

''कोई अन्दाजा?'' – प्रभूदयाल ने अपना सवाल दोहराया।

''उनके स्टडी में जाने से पहले उनके लिए एक टेलीफोन काल आई थी। हो सकता है उनके कहीं जाने का ताल्लुक उस टेलीफोन काल से हो।''

''काल किस वक्त आई थी?''

''पौन सात बजे।''

''ठीक पौने सात बजे?''

''जी हां।''

''टाइम का इतना सही अन्दाजा क्योंकर है आपको?''

''इत्तफाक से। इत्तफाक से ही मेरी निगाह रेफ्रीजरेटर पर रखी टाइमपीस पर पड़ गई थी।''

''आपकी टाइमपीस टाइम ठीक देती है?''

''जी हां। एकदम।''

''तो ठीक पौने सात बजे वह काल आई थी?''

''जी हां।''

''किसकी काल थी?''

''मुझे नहीं मालूम। दरअसल मैं उस वक्त किचन में थी। टेलीफोन बैडरूम में है। वे बैडरूम में सम्बद्ध बाथरूम में थे। सारे दिन के बाद वे उसी समय बाहर से लौटे थे और शायद हाथ-मुंह धो रहे थे। मैं किचन से निकलकर टेलीफोन सुनने के लिए बैडरूम की तरफ बढ़ी तो थी लेकिन तभी उन्होंने वहां पहुंचकर रिसीवर उठा लिया था।''

''फोन पर आपके पति ने क्या कहा था, वह आपने सुना तो होगा?''

''उनके मुंह से निकला एक ही फिकरा मेरे कान में पड़ा था। वे टेलीफोन पर किसी को कह रहे थे – मैं आठ बजे वहां पहुंच जाऊंगा।''

''क्या यह हो सकता है कि उनकी बात मिसेज डेनिंग से हो रही हो और वे उसी के साथ आठ बजे की अप्वायंटमैंट फिक्स कर रहे हों?''

''मुझे नहीं पता दूसरी ओर से कौन बोल रहा था!''

''लेकिन'' – प्रभूदयाल ने जिद की – ''वह फोन काल मिसेज डेनिंग की हो सकती थी!''

उसने उत्तर न दिया।

''आपको अपने पति के मिसेज डेनिंग में ताल्लुकात की वाकफियत थी?''

''उनके ऐसे कोई ताल्लुकात नहीं थे जिनकी वाकफियत मुझे होती या मुझे रखनी पड़ती।''

''आपको इस बात पर कभी शक भी नहीं हुआ कि आपके पति के उस औरत से कोई नाजायज ताल्लुकात थे?''

''जब ऐसे कोई ताल्लुकात थे ही नहीं तो शक का क्या मतलब?''

''इस बारे में अब आपका क्या खयाल है?''

''वही जो हमेशा था। मैं जानती हूं मेरा पति मुझसे बेवफाई करने का खयाल भी नहीं कर सकता था।''

''यानी कि आप दोनों के बीच में तलाक की नौबत आने जैसी तो कोई बात नहीं थी?''

''तलाक!''

''जी हां।''

''मिस्टर इंस्पेक्टर, आपकी जानकारी के लिए जिस खानदान से मैं ताल्लुक रखती हूं, उसमें तलाक का खयाल भी करना पाप समझा जाता है। हम बहुत धर्मपरायण लोग हैं और शादी को ऐसी रिश्तेदारी मानते हैं, जिसे केवल मौत ही तोड़ सकती है।''

''विश्वास नहीं होता। आप लोग क्रिश्चियन हैं। आपके यहां तो तलाक . . .''

''सब क्रिश्चियन एक जैसे नहीं होते।''

''जैसे सब पादरी एक जैसे नहीं होते।''

''क्या मतलब?''

''पादरियों को अमूमन शादी की मनाही होती है।''

''तमाम को नहीं।''

''आप एक पादरी से विवाहित हैं तो अब तो वो जाहिर है। पर ऐसा क्यों?''

''मजहब के लिहाज से हमारे संस्कार ज्यूज़ (JEWS) के पादरियों से मिलते-जुलते हैं जिन्हें रैबी (RABBI) कहते हैं। जैसे रैबी शादी कर सकते हैं, वैसे . . .''

''ओके! ओके! आई अन्डरस्टैण्ड नाओ।''

वो खामोश रही।

''बात नाजायज ताल्लुकात की हो रही थी।'' – प्रभूदयाल आगे बढ़ा।

''मिस्टर इंस्पेक्टर . . .''

''अगर उन लोगों में कोई नाजायज ताल्लुकात नहीं थे तो उनकी लाशें यूं एक साथ किश्ती में क्योंकर पाई गईं? क्या हालात ही हकीकत की चुगली नहीं कर रहे?''

''नहीं कर रहे। मिस्टर इंस्पेक्टर, यह मत भूलिये कि मेरा पति एक पादरी था। अपने धर्म के अनुयायियों की दुश्वारियों की दास्तान गोपनीय ढंग से सुनना तथा उनसे निजात पाने की उन्हें सहानुभूतिपूर्ण राय देना उसकी जिम्मेदारी थी, लोगों की पापपूर्ण आत्मस्वीकारोक्तियां सुनकर, उन्हें पश्चाताप के लिए प्रेरित करना उनका धर्म था। मिसेज डेनिंग का भी मेरे पति से कुछ ऐसा ही रिश्ता था। आपकी जानकारी के लिए उसका पति विलियम डेनिंग एक पक्का शराबी है। मेरे पति ने मुझे बताया था कि वह नशे में अपनी बीवी से मारपीट तक कर बैठता था। उनकी रोज़ नामक एक युवा पुत्री भी है और मेरा पति इस बात को लेकर बहुत चिन्तित था कि उनके घर के गन्दे माहौल का कोई गलत असर रोज़ के अपरिपक्व मस्तिष्क पर पड़ सकता था।''

''इन बातों का आपके पति की मौत से क्या रिश्ता? अगर मिसेज डेनिंग और आपके पति में केवल यही रिश्ता स्थापित था कि वह चर्च का पादरी था और वह चर्च में आने वाली एक ऐसी स्त्री थी जो अपनी दुश्वारियां अपने पादरी को

सुनाकर उससे मार्ग-निर्देशन हासिल करना चाहती थी तो उनका इकट्ठे कत्ल कैसे हो गया?''

''इसकी वजह तो कोई मामूली ही होगी लेकिन लगता है आप पुलिस वाले इसका कोई गलत मतलब निकाले बिना नहीं मानेंगे।''

''हमारा ऐसा कोई इरादा नहीं है लेकिन साथ ही हकीकत को झुठलाने का भी हमारा इरादा नहीं है।''

''जिसे आप हकीकत करार दें, जरूरी नहीं वही हकीकत हो।''

''लेकिन जो आंखों से दिखाई दे रहा है, उसे . . .''

''कई बार आंखें धोखा भी खा जाती हैं।''

''चलिए ऐसा ही सही . . . आप कहती हैं कि पादरी साहब आठ बजे के करीब घर से निकले थे!''

''जी हां।''

''वह आखिरी वक्त था जबकि आपने उनकी सूरत देखी थी?''

''जी हां। जीवित मैंने उन्हें तब आखिरी बार ही देखा था। लेकिन अब . . . मोर्ग में . . .''

''आई अन्डरस्टैण्ड। अब बरायमेहरबानी आप मुझे यह बताइए कि पादरी साहब के घर से निकल जाने से लेकर हमारे वहां पहुंचने तक आप क्या करती रहीं?''

''पहले मैंने घर का काम-काज खत्म किया, फिर कुछ चिट्ठियां लिखीं और फिर एक नॉवल पढ़ने बैठ गई।''

''साथ-साथ आप अपने पति के लौटने का इन्तजार भी करती रहीं।''

''हां।''

''नॉवल कब तक पढ़ा आपने?''

''कोई ग्यारह बजे तक।''

''और अपने पति के वापस न लौट आने से फिक्रमन्द होना आपने कब शुरू किया?''

''आधी रात के करीब मुझे फिक्र होने लगी थी कि वे अभी तक वापस नहीं लौटे थे।''

''तब भी आप नॉवल पढ़ रही थीं?''

''जी नहीं। तब मैं बिस्तर में थी और सोने की कोशिश कर रही थी। मेरा भाई टोनी पहले ही सो चुका था। लेकिन मैं सोने में कामयाब नहीं हो पा रही थी। आधी रात के करीब मैं अपने बिस्तर में से निकली थी और बाहर की पुलिया लांघकर चर्च तक पहुंची थी। वहां मैंने पाया था कि मेरे पति अपने स्टडी में नहीं थे। तब मैं घबरा गई थी। उसी घबराहट के आलम में मैंने अपने दूसरे भाई पीटर को फोन किया था। उसने मेरा हौसला बंधाया था और कहा था कि मैं घबराऊं नहीं और अगर दो बजे तक वे वापस ने लौटें तो मैं उसे दोबारा फोन करूं। मैं वापस अपने बैडरूम में आ गई और कढ़ाई के काम में मन लगाने की कोशिश करती उनका इन्तजार करने लगी। फिर एक आदमी वहां पहुंचा और आकर मेरे पति के बारे में सवाल करने लगा। तब मुझे यह बात नहीं मालूम थी, लेकिन अब मैं जानती हूं कि वह एक पुलिस वाला था जो बाद में आपके साथ भी हमारे यहां आया था। उसका मेरे पति के बारे में पूछने का ढंग कुछ ऐसा था कि मुझे अनायास ही उनके अनिष्ट की आशंका सताने लगी थी।''

''आपने हमारे उस आदमी के आगमन के बारे में अपने भाई को बताया था?''

''टोनी को या पीटर को?''

''किसी को भी!''

''मैंने पहले तो किसी को नहीं बताया था लेकिन बाद में जब मैं बहुत घबरा गई थी तो उसके बारे में मैंने पीटर को फिर फोन किया था।''

''उसने क्या कहा था?''

''उसने कहा था कि वह फौरन मेरे पास आ रहा था।''

''आई सी।''

''लेकिन उसके पहुंच पाने से पहले आप लोग वहां पहुंच गए थे।''

''आप हमारे सामने भी पीटर को फोन करने गई थीं!''

''हां। लेकिन तब तक पीटर घर से निकल चुका था। वह पहले ही चर्च की तरफ रवाना हो चुका था।''

''आप कहती हैं कि आपके पति को जो टेलीफोन काल आई थी, वह पौने सात बजे के करीब आई थी, लेकिन वे आठ बजे घर से निकले थे। उस दौरान उस टेलीफोन काल को लेकर आप दोनों के बीच कोई बात नहीं हुई?''

''नहीं।''

''आपने भी इस बारे में उनसे कुछ नहीं पूछा?''

''नहीं। अपने पति की अप्वॉयंटमेंट्स के बारे में मैं उनसे कभी कोई सवाल नहीं करती थी। उन्होंने कभी कुछ बताना होता था तो वे खुद ही बताते थे।''

''उन्होंने फोन पर कहा था, ''मैं आठ बजे वहां पहुंच जाऊंगा''?''

''जी हां।''

''लेकिन आठ बजे तो अभी वे घर से निकले थे और अगर आपने स्टडी की बत्ती जलती देखी थी तो, चाहे थोड़ी देर को लिए सही, एक बार तो वे स्टडी में जरूर हो गए होंगे!''

''जाहिर है।''

''इस लिहाज से तो वे आठ बजे जहां पहुंचना चाहते थे, वहां नहीं पहुंच पाये होंगे!''

''वे लेट पहुंच गए होंगे। उनकी निगाह में उनकी वह अप्वॉयंटमैंट कोई खास महत्वपूर्ण नहीं रही होगी।''

''लेकिन जब आदमी अपनी जुबान से कहता है कि वह फलां वक्त कहीं पहुंचेगा तो अपनी बात पर खरा उतरने की वह कोशिश तो करता है! खामखाह गलतबयानी का क्या फायदा! और वह भी एक पादरी के लिए! उन्होंने आठ बजे की अप्वॉयंटमैंट फिक्स की, लेकिन आठ बजे वे घर से निकले, ऐसा क्योंकर हुआ?''

''मुझे नहीं पता'' – वह तनिक तिक्त स्वर में बोली – ''ऐसा क्योंकर हुआ?''

''ऐसा दो तरीकों हो सकता है। एक तो यह कि आपका वक्त का अन्दाजा सही नहीं रहा होगा। वे आठ बजे से पहले घर से निकले होंगे। दूसरे यह कि उन्होंने कहीं करीब ही जाना होगा। आपको दोनों में से कौन-सी बात ठीक लगती है?''

''दोनों में से कोई भी बात ठीक हो सकती है। आखिर मैं बाइबल पर हाथ रखकर कसम खाकर तो कह नहीं सकती कि वे आठ ही बजे घर से निकले थे।''

''आपकी राय में आपके पति होमलविंग व्यक्ति थे? घरबार से लगाव था उन्हें?''

''बहुत था।''

''हाल ही में वे नगर से बाहर कहीं गए थे?''

''नहीं।''

''कहीं भी नहीं? थोड़े से अरसे के लिए भी नहीं?''

''नहीं।''

''हूं। आपके घर में आपके साथ आपके भाई टोनी के अलावा और कौन रहता है?''

''कोई नहीं।''

''रात को आपके यहां कुछ लोगों का आगमन हुआ था, वे लोग कौन थे?''

''रात को हमारे यहां कोई नहीं आया था।''

''मैं आधी रात से पहले की, कोई साढ़े ग्यारह बजे की बात कर रहा हूं।''

''आप कितने भी बजे की बात कीजिये, रात को हमारे यहां कोई नहीं आया था।''

प्रभूदयाल ने गौर से उसे देखा।

उसने इतने निडर भाव से प्रभूदयाल से निगाह मिलाई कि अन्त में प्रभूदयाल को ही अपनी निगाह झुकानी पड़ी।

स्त्री झूठ बोल रही थी, इस बात की उसे गारन्टी थी। बाज बहादुर नाम का चौकीदार झूठ बोलता नहीं हो सकता था। उसके झूठ बोलने में उसका कोई स्वार्थ नहीं था।

फिलहाल प्रभूदयाल ने जान-बूझकर उसे उस विषय पर और न कुरेदा।

''अब एक आखिरी सवाल और।'' – वह बोला – ''आप किसी ऐसे शख्स को जानती हैं जो आपके पति का कत्ल कर सकता हो या जिसने कभी आपके पति को जान से मार देने की धमकी दी हो या जिसे आपके पति की मौत से कोई फायदा हो?''

''जानती हूं।''

उसका वह उत्तर इतना अप्रत्याशित था कि प्रभूदयाल हक्का-बक्का सा उसका मुंह देखने लगा।

''आप जानती हैं?'' – वह हैरानी से बोला।

उसने धीरे से सहमति में सिर हिलाया।

''आप जानती हैं आपको पति का कत्ल किसने किया है?''

''नहीं।''

''लेकिन अभी तो आप . . .''

''आपने मुझसे यह नहीं पूछा था कि क्या मैं जानती हूं मेरे पति का कत्ल किसने किया है। आपने मुझसे पूछा था क्या मैं किसी ऐसे शख्स को जानती हूं जो मेरे पति का कत्ल कर सकता हो या उनकी मौत का ख्वाहिशमन्द हो। ऐसे एक शख्स को तो मैं जानती हूं लेकिन मैं यह दावा नहीं कर सकती कि उसने मेरे पति का कत्ल किया है।''

''ओह! कौन है ऐसा शख्स?''

''विलियम डेनिंग।'' – वह बेहिचक बोली।

''उस स्त्री का पति जिसकी लाश आपके पति की लाश के साथ किश्ती में पाई गई थी?''

''जी हां। वह आदमी पक्का शराबी है और नशे की हालत में बहुत फसादी हरकतें करता है। नशे में मारपीट पर उतारू हो जाना उसके लिए मामूली बात है। मैंने पहले ही कहा है कि वह अपनी बीवी को पीटता था। अपनी चर्च के पादरी की हैसियत में और अपनी क्रिश्चियन कम्युनिटी के रहनुमा की हैसियत में मेरे पति

महसूस करते थे कि ऐसे वायलेंट आदमी की छत्रछाया में रोज़ का भरण-पोषण होना उसके साथ ज्यादती थी। वे ऐसी कोशिश में थे कि कानूनी तौर पर रोज़ को अपने ऐबी पिता की छत्रछाया से मुक्ति दिलाई जा सकती। विलियम डेनिंग को जब यह बात पता लगी थी तो वह क्रोध से आगबगूला हो उठा था और उसने मेरे पति को जान से मार देने की धमकी दी थी।''

''कब? कहां?''

''कुछ दिन पहले। चर्च में। धर्मोपदेश के बाद। कई लोगों के सामने। बहुत लोगों ने उसे मेरे पति को यह धमकी देते सुना था। ऐसे लोगों के नाम जान लेने में आप मामूली पूछताछ से ही कामयाब हो जाएंगे।''

''आप भी तो जानती होंगी ऐसे लोगों के नाम?''

''मैं नहीं जानती। वह फसाद मेरे सामने नहीं हुआ था। मुझे तो बाद में चर्च के एक कर्मचारी ने यह बात बताई थी।''

''उस कर्मचारी का नाम बताइए!''

''एलबर्ट।''

''हूं। मैडम, अब मैं आपसे एक दरख्वास्त करना चाहता हूं।''

''क्या?''

''आपके पति के हत्यारे को तलाश करने के लिए आपके घर की तलाशी लेना हमारे लिए निहायत जरूरी है। मैं चाहता हूं कि आप इस काम की हमें स्वेच्छा से इजाजत दें।''

''ऐसी तलाशी से क्या हासिल होगा आपको?''

''कोई ऐसा सूत्र जो हत्यारे की शिनाख्त में सहायक सिद्ध हो सके।''

''कब तलाशी लेना चाहते हैं?''

''फौरन! अभी।''

''ऐसी तलाशी आप जबरन ले सकते हैं?''

''नहीं। मैंने पहले ही अर्ज किया है कि मैं चाहता हूं कि आप इस काम की हमें स्वेच्छा से इजाजत दें।''

''मैं ऐसी इजाजत नहीं दे सकती।''

''मैं कोई अभद्र बात नहीं कहना चाहता, मैडम, लेकिन यह तलाशी आपकी इजाजत के बिना भी हो सकती है।''

''लेकिन अभी आपने कहा था कि आप जबरन तलाशी नहीं ले सकते!''

''मैंने ठीक कहा था लेकिन ऐसी तलाशी के लिए मैं कोर्ट से ऑर्डर हासिल कर सकता हूं और जब तक वह ऑर्डर हासिल नहीं हो जाता, तब तक मैं आपको फरदर क्वेश्चिनिंग के लिए यहीं रोके रख सकता हूं।''

वह सोच में पड़ गई, प्रत्यक्षतः इतनी नादान वह नहीं थी कि वह इंस्पेक्टर की बात की गम्भीरता को या उस बात में छुपी धमकी को न समझ पाती।

''मैं अपने भाइयों से बात करना चाहती हूं।'' – अन्त में वह बोली।

''आई एम सॉरी, मैडम!'' – प्रभूदयाल सख्ती से बोला – ''तलाशी के मामले में आपके असहयोग की सूरत में यह भी मुमकिन नहीं होगा।''

''मैं क्या अपने-आपको गिरफ्तार समझूं?''

''नहीं। अभी नहीं।'' – प्रभूदयाल बड़े अर्थपूर्ण स्वर में बोला – ''फिलहाल आप फरदर क्वेश्चनिंग के लिए अपने-आपको पुलिस की हिरासत में समझिए।''

''यह आपकी ज्यादती है। यह गैरकानूनी हरकत है।''

''दोनों में से कोई बात नहीं है। हम सिर्फ अपनी ड्यूटी भुगता रहे हैं।''

''हमारे घर की तलाशी से आपको कुछ हासिल नहीं होने वाला।''

''मुमकिन है, सरासर मुमकिन है।''

''आप लोग खामखाह मेरे घर को अस्त-व्यस्त कर डालेंगे।''

''ऐसा कुछ नहीं होगा। मैं गारन्टी करता हूं कि ऐसा नहीं होगा।''

''और तलाशी मेरी मौजूदगी में होगी?''

''जाहिर है।''

''ठीक है फिर।''

''तो आप स्वेच्छा से तलाशी से इजाजत दे रही हैं?''

''और चारा ही क्या है!'' – वह असहाय भाव से बोली।

''थैंक्यू! थैंक्यू वैरी मच।''

वह खामोश रही।

''मैं अभी अपने एक सब-इंस्पेक्टर को आपके साथ रवाना करता हूं।''

उसने सहमति में सिर हिलाया।

प्रभूदयाल ने सब-इंस्पेक्टर बंसल को तलब किया और उसे आवश्यक निर्देश देकर मिसेज कॉटन के साथ रवाना होने का आदेश दिया।

''और एलबर्ट नाम के चर्च के उस कर्मचारी को भी तलाश करना जिसके सामने विलियम डेनिंग ने हत्प्राण को जान से मार डालने की धमकी दी थी। उस घटना के अन्य गवाहों के जो नाम वह बताए, तुमने और काशीनाथ ने मिलकर उन्हें भी टटोलना है। समझ गए?''

''यस, सर।'' – बंसल तत्पर स्वर में बोला।

''अब जाओ।''

बंसल मिसेज कॉटन के साथ वहां से विदा हो गया।

वह दरवाजे की चौखट पर ही पहुंचा था कि प्रभूदयाल ने उसे पीछे से आवाज़ लगाई। उसने घूम कर देखा तो प्रभूदयाल ने उसे करीब आने का संकेत किया।

बंसल मिसेज कॉटन को बरामदे में ही खड़ा छोड़कर प्रभूदयाल के पास पहुंचा।

''तलाशी के दौरान'' – प्रभूदयाल धीरे से बोला – ''यह औरत तुम्हारी निगाह से ओझल नहीं होनी चाहिए। वह घर में मौजूद किसी चीज को गायब करने की कोशिश कर सकती है।''

''ऐसी कोई चीज घर में होगी?'' – बंसल सन्दिग्ध भाव से बोला।

''हो सकती है। घर की तलाशी भी हो सकती है, यह बात इसे अभी मालूम हुई है इसलिए अगर घर में कोई ऐसी चीज होगी तो वह उसे पहले ही गायब करके तो आई नहीं होगी, लेकिन वह अब ऐसा करने की कोशिश कर सकती है।''

''मैं ऐसी नौबत नहीं आने दूंगा, साहब।''

''गुड। आदमी ज्यादा लेकर जाना।''

''बेहतर।''

''जाओ।''

वह चला गया।

फिर सतपाल नामक एक सिपाही को बुलाकर उसे समझाया गया कि बंसल की जगह कैसे उसने आगन्तुकों को शीशे के गिलासों में इस प्रकार पानी पिलाना था कि उनकी उंगलियों की स्पष्ट छाप गिलासों पर प्राप्त की जा सकती।

उसके बाद टोनी फ्रांकोजा को तलब किया गया।

सतपाल ने बंसल की तरह ही ट्रे में गिलास रखकर उसे पानी पेश किया और फिर जब गिलास उसने ट्रे में वापस रख दिया तो वह उसे लेकर वहां से बाहर निकल गया।

''मेरी बहन कहां है?'' – उसने सवाल किया।

''हमने उन्हें घर भेज दिया है।'' – प्रभूदयाल बोला।

उसने यूं प्रभूदयाल को देखा जैसे उसे उसकी बात पर विश्वास न आ रहा हो।

फिर उससे भी पिछली रात के बारे में सवाल पूछे गए। उसने बताया कि वह दस बजे सो गया था। बीच में एक बार उसकी बहन ने उसे जगाकर चिन्ता व्यक्त की थी कि हत्प्राण घर नहीं लौटा था लेकिन वह उसे ढ़ांढ़स बंधाकर, कि कोई बात नहीं, लौट आएगा, फिर सो गया था।

यह बात उसने भी कबूल नहीं की रात साढ़े ग्यारह बजे उनके यहां कुछ लोग आए थे।

''लेकिन तुम तो सोए पड़े थे!'' – प्रभूदयाल बोला – ''तुम्हें क्या मालूम कि घर में कोई आया था या नहीं?''

''अगर कोई आया होता'' – टोनी बोला – ''तो जरूर मालूम होता।''

''यानी तुम कोई बहुत गहरी नींद नहीं सोते हो?''

''मैं मामूली-सी आहट से भी जाग जाता हूं।''

‘‘रात को जब हमारा आदमी पादरी साहब के बारे में पूछने आया था तो उस वक्त तुम्हारी नींद खुली थी?’’

‘‘खुली थी। लेकिन क्योंकि वह लगभग फौरन ही चला गया था इसलिए मैंने बिस्तर से निकलने की कोशिश नहीं की थी।’’

दस मिनट और जवाब-सवाल का वह सिलसिला चला।

फिर उसे भी रुखसत कर दिया गया।

‘‘मुझे तो नहीं लगता’’ – प्रभूदयाल मुझसे सम्बोधित हुआ – ‘‘कि इस आदमी का दिमाग कमजोर है!’’

‘‘इसके भाई का तो यही दावा है!’’ – मैं बोला।

‘‘इसके भाई का दावा मुझे मालूम है। तुम अपनी बोलो, तुम्हारा क्या दावा है?’’

उत्तर में मैं केवल मुस्कराया।

‘‘ठीक है।’’ – वह तनिक बेसब्रेपन से बोला – ‘‘दूसरे भाई को बुलाओ।’’

मैं पीटर फ्रांकोजा को बुला लाया।

उसे भी पानी पेश किया गया और उस प्रकार उसकी उंगलियों के निशान हासिल किए गए।

‘‘यह सच है’’ – वह बोला – ‘‘कि मेरी बहन और मेरे भाई को घर भेज दिया गया है?’’

‘‘हां।’’ – प्रभूदयाल बोला – ‘‘सच है। कोई एतराज?’’

‘‘मुझे इसमें भी आप लोगों की कोई चाल लगती है। जब हम यहां इकट्ठे आए थे तो क्या वापस इकट्ठे नहीं जा सकते थे?’’

‘‘जा सकते थे। मुझे नहीं मालूम था कि अपनी ग़मज़दा बहन और कमजोर दिमाग वाले भाई को हमारे यूं घर भेज देने से आपको एतराज होगा! मेरा खयाल था कि आप हमारे इस एक्शन को पसन्द करेंगे कि अपनी इन्कवायरी खत्म हो जाने के बाद हमने उन्हें एक क्षण की फालतू यहां रोके रखने की कोशिश नहीं की थी।’’

वह खामोश रहा।

''फिर भी अगर आपकी जिद उन लोगों के साथ ही यहां से रवाना होने की है तो मैं उन्हें वापस बुला लेता हूं।''

''क्या?'' – वह हड़बड़ाकर बोला – ''नहीं, नहीं। अब उसकी जरूरत नहीं।''

''गुड। अब जरा मतलब की बात पर आएं?''

''बोलिए, क्या पूछना चाहते हैं आप मुझसे?''

''आप पादरी साहब और मिसेज डेनिंग के अफेयर से वाकिफ थे?''

''नॉनसैंस!'' – वह मुंह बिगाड़कर बोला – ''ऐसा कोई अफेयर था ही नहीं।''

''लेकिन . . .''

''इंस्पेक्टर साहब, जोसेफ एक शरीफ आदमी था, एक धर्मपरायण पादरी था। उसकी किसी गैर आदमी की बीवी से आशनाई की बात मैं उस पर लगाया जा रहा एक घिनौना इल्जाम समझता हूं।''

''यह बात आप इस हकीकत को निगाह में रखकर कह रहे हैं कि उस गैर आदमी की बीवी की लाश पादरी साहब के पहलू से बरामद हुई है?''

''उन दोनों की लाशें इकट्ठी पाई जाने की सौ वजह हो सकती हैं।''

''जरूर हो सकती हैं लेकिन उन सौ में से एक वजह यह भी हो सकती है कि दोनों में आशनाई का रिश्ता था।''

''मैं आपसे बहस नहीं करना चाहता।''

''हम बहस नहीं कर रहे। हम केस की तह तक पहुंचने की कोशिश कर रहे हैं। हम आपके जीजा के हत्यारे के चेहरे से नकाब उठाने की कोशिश कर रहे हैं।''

वह खामोश रहा। उसने बेचैनी से पहलू बदला।

''अब आप यह बताइये कि आपकी पिछली शाम कैसी बीती थी?''

''इस सवाल का मतलब? क्या आप मुझ पर हत्यारा होने का शक कर रहे हैं?''

''सवाल के बदले में सवाल मत कीजिए, मिस्टर फ्रांकोजा।'' – प्रभूदयाल सर्द स्वर में बोला।

''शाम को मैं घर पर ही था।'' – वह बड़े असहिष्णुतापूर्ण स्वर में बोला – ''मेरी लड़की का होने वाला पति डिनर पर आमंत्रित था, इसलिए हम सब लोग – मैं, मेरी पत्नी, मेरा लड़का, मेरी लड़की, मेरा होने वाला दामाद – घर पर ही थे।''

''डिनर का सिलसिला कब तक चला था?''

''कोई साढ़े सात बजे तक।''

''बहुत जल्दी डिनर लिया आपने!''

''जी हां।''

''इस जल्दी की कोई खास वजह?''

''कोई खास वजह नहीं।''

''आधा-पौना घन्टा तो चला होगा डिनर?''

''चला था।''

''यानी कि पौने सात से साढ़े सात तक आप डिनर टेबल पर थे?''

''जी हां।''

''वैसे भी अक्सर आप सात के आसपास डिनर कर लेते हैं या वैसा पिछली शाम को ही हुआ था?''

''हम डिनर जल्दी ही करते हैं।''

''आई सी। घर में आपके दमाद की सूरत में एक मुअज्जिज मेहमान मौजूद था। इस लिहाज से काफी बातें भी हुई होंगी डिनर के दौरान?''

''जाहिर है।''

''मसलन?''

''क्या मसलन?''

''मसलन क्या बातें हुए थीं डिनर के दौरान? क्या विषय था बातों का?''

''मिस्टर इंस्पेक्टर, यह कोई अहम बात नहीं कि डिनर के दौरान हमारे बीच क्या बातें हुई थीं!''

प्रभूदयाल कुछ क्षण स्थिर नेत्रों से उसे देखता रहा, फिर बोला – ''इस बात

का फैसला आपने नहीं, मैंने करना है कि कौन-सी बात अहम है और कौन-सी बात अहम नहीं है। अगर यह बात अहम नहीं है तो आपको इसका जवाब देने से क्या एतराज है?''

''आप खामखाह मेरा वक्त जाया कर रहे हैं।''

''और साथ में अपना भी। आपके वक्त की मुझे परवाह नहीं लेकिन अपने वक्त की है। ऊपर से आप सोकर आए हैं और मैंने अभी जाकर सोना है। और थोड़ी देर में सवेरा होने वाला है लेकिन मैं और मेरे मातहतों ने अभी जाकर सोना है। खुदा ने रात सोने के लिए बनाई है लेकिन हम जाग रहे हैं। इसलिए जाग रहे हैं क्योंकि हमने आपके एक नजदीकी रिश्तेदार के कातिल का पता लगाना है। कितने अफसोस की बात है कि हमें सहयोग देने की जगह आप हमारे रास्ते में रोड़े अटकाने की कोशिश कर रहे हैं! यह बहस करने की कोशिश कर रहे हैं कि कौन-सी बात अहम है और कौन-सी बात अहम नहीं है।''

''लेकिन . . .''

''फर्ज कर लीजिए नहीं है यह बात अहम। फिर भी आपको इसका जवाब देने में क्या एतराज है? जितना वक्त आपने इस बात के अहम होने या अहम न होने की बहस पर जाया किया है, उतने में तो तीन बार आप इसका जवाब दे चुके होते।''

''मोटे तौर पर हम लोगों में तीसवें नेशनल फिल्म फेस्टिवल में नेशनल अवार्ड जीतने वाली फिल्मों से ताल्लुक रखती बातें हुए थीं और इस बारे में विचार-विमर्श हुआ था कि शादी के बाद हमारी बेटी मुम्बई जाकर रहेगी या हमारा दामाद राजनगर आकर रहेगा। और भी कुछ हल्की फुल्की बातें हुई होंगी जो कि इस वक्त मुझे याद नहीं आ रहीं।''

''फिर? डिनर के बाद?''

''डिनर के बाद हम ड्राइंगरूम में आ गए थे। वहां थोड़ी देर बातों का दौर फिर चला था और फिर हमारा दामाद विदा हो गया था। उसके बाद मैं कुछ देर एक मैगजीन पढ़ता रहा था और रेडियो सुनता रहा था।''

"रेडियो कब तक सुनते रहे थे आप?"

"यही कोई दस बजे तक।"

"फिर?"

"फिर मैं बिस्तर के हवाले हो गया था। पूरे दस बजे बिस्तर के हवाले हो जाना मेरा कई सालों से चला आ रहा नियम है। दस बजे जरूर सो जाने की मैंने बड़ी पक्की आदत बनाई हुई है।"

"बिस्तर के हवाले होते ही आपको नींद आ गई थी?"

"हां।"

"और आपकी पत्नी?"

"वो भी दस बजे सो जाती है।""

"बच्चे?"

"बच्चे अपनी मर्जी के मालिक हैं। हमारे सोने तक तो वे लौटे भी नहीं थे।"

"लौटे नहीं थे? कहां से नहीं लौटे थे?"

"फिल्म से।"

"डिनर के बाद वे फिल्म देखने चले गए थे?"

"हां। हमारा दामाद उन्हें फिल्म दिखाने ले गया था।"

"आई सी। अभी आपने अपने दामाद के ही आपके घर से विदा होने की बात की थी, यह नहीं कहा था कि आपके बच्चे भी उसके साथ गए थे।"

"मेरे खयाल से तो कहा था।"

"नहीं कहा था।"

"दैन आई एम सॉरी।"

"यानी जब आपकी बहन ने आपको फोन किया था, उस वक्त आप सो रहे थे और आपकी बहन ने आपको सोते से जगाया था!"

"करैक्ट। आधी रात के करीब उसका फोन आया था। वह जोसेफ की फिक्र कर रही थी। मैंने उसे तसल्ली दी थी और थोड़ा और इन्तजार करने के लिए कहा था। मैंने उसे राय दी थी कि अगर और दो घण्टे तक जोसेफ

वापस न लौटे तो वह मुझे दोबारा फोन करे। फिर उसका दोबारा फोन आया था। उसने बताया था कि कोई आदमी जोसेफ के बारे में पूछता वहां पहुंचा था, इतनी रात गए उसका यूं पूछताछ करने आना उसे बहुत खटका था और उसे जोसेफ के अनिष्ट की आशंका होने लगी थी। मैंने उसे कहा था कि मैं फौरन आ रहा था। फिर मैंने उठकर हाथ-मुंह धोए थे, कपड़े बदले थे और चर्च की तरफ रवाना हो गया था। आप जानते ही हैं कि तब आप वहां पहले से ही मौजूद थे।''

''आपके घर से रवाना होने तक तो आपके बच्चे वापस लौट चुके होंगे?''

''लौट ही चुके होंगे!''

''ही चुके होंगे, क्या मतलब?''

''मतलब यह कि वक्त के लिहाज से उन्हें घर लौटा हुआ होना चाहिए था, वैसे मैंने उनके कमरों में जा-जाकर उनकी शक्लें तो देखी नहीं थी!''

''उनके लौटने की आपको खबर नहीं हुई थी?''

''नहीं। उनके पास प्रवेश द्वार की अपनी-अपनी चाबियां हैं इसलिए दरवाजा खुलवाने के लिए उन्हें किसी को जगाना नहीं पड़ता।''

''यानी पिछली रात आप अपनी बहन की टेलीफोन काल आने पर घर से निकलकर चर्च गए थे, यह बात कोई नहीं जानता?''

''मेरी बीवी जानती है। वह तो मेरे साथ चलना चाहती थी, बड़ी मुश्किल से उसे पीछे घर बिठाकर आ पाया था।''

''आई सी। तो सोने से पहले, यानी दस बजे तक, आप रेडियो सुनते रहे थे?''

''हां।''

''रेडियो कितने बजे ऑन किया था आपने?''

''आठ बजे।''

''आठ से दस बजे तक आपने रेडियो सुना?''

''हां। मैं साथ-साथ मैगजीन भी पढ़ता रहा था।''

''रेडियो पर कौन-सा स्टेशन सुन रहे थे आप?''

''विविध भारती।'' – उसने एक क्षण की हिचकिचाहट के बाद उत्तर दिया।

''विविध भारती पर क्या सुना आपने?''

''मुझे याद नहीं।''

''याद नहीं?''

''मैंने कोई खास प्रोग्राम सुनने के लिए तो रेडियो ऑन किया नहीं था जो कि मुझे याद रहता! मैंने तो आदतन रेडियो चला दिया था और जो कुछ भी उस पर बजता रहा था, मैं सुनता रहा था।''

''फिर भी सब कुछ नहीं'' – प्रभूदयाल ने जिद की – ''तो कुछ तो आपको याद रहना चाहिए था कि आपने क्या सुना था! आखिर यह चन्द ही घन्टे पहले की तो बात है!''

''मेरी मुकम्मल तवज्जो रेडियो की तरफ नहीं थी। मैंने पहले ही कहा है कि मैं साथ-साथ मैगजीन भी पढ़ता रहा था।''

''मुझे याद है आपने पहले क्या कहा था। लेकिन आपका जवाब मुझे न्यायोचित नहीं लगता। आपको कुछ तो याद रहना ही चाहिए था कि आपने क्या सुना था। आखिर आपको यह भी तो याद है कि आपने रेडियो पर विविध भारती लगाया था।''

''वह तो पहले से ही लगा हुआ था।''

''आप विविध भारती सुनने के शौकीन है?''

''हां।''

''यानी आप फिल्मी गाने सुनने के शौकीन हैं, क्योंकि विविध भारती पर तो अधिकतर फिल्मी गाने की आते हैं!''

''करैक्ट।''

''फिर तो आपका यही जवाब बड़ा वाजिब होता कि आप विविध भारती पर फिल्मी गाने सुन रहे थे!''

''मैं ऐसा कहता तो आप पूछते कि मैंने कौन-कौन से गाने सुने थे, उनकी

फिल्मों के नाम बताऊं, उनको गाने वालों के नाम बताऊं, उनके म्यूजिक डाय . . .''

''नहीं कहता।''

''यह मेहरबानी है आपकी। मैं तो यही सोच रहा था कि आप मुझसे उन गानों की उनकी मुकम्मल केस हिस्ट्री के साथ लिस्ट मांगेंगे।''

''ऐसा आप इसलिए सोच रहे थे क्योंकि आपका पुलिस के प्रति असहिष्णुता का रवैया है और आपको हम पर भरोसा नहीं, क्योंकि आप पुलिस को अपना सहयोगी नहीं, अपना दुश्मन मानते हैं।''

वह खामोश रहा।

''तो आप पिछली शाम आठ से दस बजे तक विविध भारती से फिल्मी गाने सुन रहे थे।''

उसने सहमति में सिर हिलाया।

''लगातार दो घण्टे गाने ही तो नहीं आते रहे होंगे! बीच में कोई एकाध स्पांसर्ड प्रोग्राम आया होगा!''

''अगर ऐसा कोई प्रोग्राम आया था तो वह भी फिल्मी गानों पर ही आधारित था, इसलिए मुझे विशेष रूप से उसकी याद नहीं।''

''हूं।'' – प्रभूदयाल न हूंकार भरी, वह कुछ क्षण खामोश रहा और फिर एकाएक उसकी तरफ हाथ बढ़ाता बोला – ''सहयोग के लिए बहुत-बहुत धन्यवाद, मिस्टर फ्रांकोजा।''

पीटर फ्रांकोजा अपने स्थान से उठा। उसने धीरे से प्रभूदयाल का हाथ थामकर छोड़ दिया और फिर घूमकर दरवाजे की तरफ बढ़ा।

''जाते जाते'' – प्रभूदयाल बड़े सहज स्वर में बोला – ''एक ऐसी बात और सुनते जाइए जो इस सिलसिले में अपना अगला कदम निर्धारित करने में आपके बहुत काम आयेगी।''

दरवाजे के पास वह ठिठका, घूमा, उसने प्रश्नसूचक नेत्रों से प्रभूदयाल की तरफ देखा।

''आपकी जानकारी के लिए'' – प्रभूदयाल अपलक उसे देखता बोला – ''स्थानीय रेडियो स्टेशन के करीब इण्डियन आयल की कुकिंग गैस की एक एजेन्सी का गोदाम है। कल शाम उसमें आग लग गई थी और सैकड़ों गैस सिलेंडर बमों की तरह फूटे थे जिसकी वजह से ऐसी भीषण आग लगी थी कि सारा रेडियो स्टेशन भी उसकी लपेट में आ गया था। वह रेडियो स्टेशन, जिससे विविध भारती का प्रसारण होता है, जलकर खाक हो चुका है। जाहिर है कि यह खबर आपके कानों तक नहीं पहुंची थी। पहुंची होती तो आप यह न कहते कि कल रात आठ से दस बजे तक आप विविध भारती सुनते रहे थे। रेडियो स्टेशन जल जाने की वजह से विविध भारती का प्रसारण कल रात नहीं हो रहा था। आपने रेडियो ऑन किया होता तो वह बात आपको मालूम होती।''

वह अवाक् प्रभूदयाल का मुंह देखने लगा।

''आपकी सूरत बता रही है कि यह बात आपको अभी भी नहीं मालूम है, वरना आपने यह झूठ न बोला होता कि कल रात आठ और दस बजे के बीच के वक्फे में, जबकि आपके जीजा और उनकी गर्ल फ्रेंड का कत्ल हुआ था, आप घर पर बैठे रेडियो सुन रहे थे। कत्ल के वक्त के दौरान आप घर पर नहीं थे, मिस्टर पीटर फ्रांकोजा। और अगर आप घर पर नहीं थे तो आप कहीं भी हो सकते थे। वहां भी हो सकते थे जहां कि वह डबल मर्डर हुआ था।''

उसके चेहरे पर हवाइयां उड़ने लगीं।

''कल दिन में किसी वक्त मैं आपकी खिदमत में फिर हाजिर होऊंगा, इसलिए उपलब्ध रहिएगा और रेडियो सुनते होने से ज्यादा विश्वसनीय कोई कहानी गढ़कर तैयार रखिएगा। सच तो, लगता है, आप बोलेंगे नहीं इसलिए काफी वक्त दे रहा हूं मैं आपको अपना नया झूठ तैयार करने के लिए। नमस्ते।''

वह भारी कदमों से चलता वहां से विदा हो गया।

''अब तक की मेरी परफॉरमैंस कैसी है, पाठक साहब?'' – प्रभूदयाल ने सवाल किया।

''बढ़िया।'' – मैं बोला – ''बहुत बढ़िया। मेरी उम्मीद से ज्यादा बढ़िया।''

''शुक्रिया।''

''लेकिन यह न भूलना कि जितने पुलिसियों की नींद तुमने इस केस के लिए हराम की हुई है, अपने मातहतों की जितनी मदद तुम्हें इस केस को हल करने के लिए हासिल है, वह आम तौर पर किसी पुलिस इंस्पेक्टर को हासिल नहीं होती।''

''तो तुम्हारा ग्लैमर ब्वॉय ही कौन-सा कुछ अकेला कर लेता है? यूथ क्लब वाले अपने यार रमाकान्त के दर्जन, दो दर्जन आदमियों की मदद हासिल कर लेना मामूली बात है उसके लिए। ऊपर से अब तुमने उसे चीफ रिपोर्टर बना दिया है जिसकी वजह से उसे कई जूनियर रिपोर्टरों को दायें-बायें दौड़ाने की अतिरिक्त सुविधा हासिल हो गई है।''

''चीफ रिपोर्टर उसे मैंने नहीं, मलिक साहब ने बनाया है।''

''और मलिक साहब को किसने बनाया है?''

मेरी हंसी निकल गई।

पीटर फ्रांकोजा के विदा होते ही प्रभूदयाल ने सबसे पहले उसकी चौबीस घण्टे निगरानी का इन्तजाम किया।

अभी वह इस काम से निपटा ही था कि सुधाकर लौट आया।

''मैं विलियम डेनिंग और उसकी बेटी रोज़ को ले आया हूं।'' – उसने बताया।

''गुड!'' – प्रभूदयाल बोला – ''लाशें दिखाई उन्हें?''

''जी हां।'' – सुधाकर बोला – ''मरने वाली उसकी बीवी ही है। उसने एक ही निगाह में उसको पहचान लिया था। उसने पादरी को भी पहचाना है।''

''और बच्ची ने?''

''मैंने बच्ची को लाशें नहीं दिखाईं।''

''क्यों?''

''साहब, वह मुझे बड़ा अमानवीय कृत्य लगा था। मां का यूं वीभत्स ढंग से कटा हुआ गला देखकर बच्ची . . .''

उसने जान-बूझकर वाक्य अधूरा छोड़ दिया।

प्रभूदयाल खामोश रहा।

''वे दोनों रिसैप्शन पर बैठे हैं।'' – सुधाकर बोला – ''मैं उन्हें बुलाकर लाऊं, साहब?''

''नहीं। अभी जरा ठहरो। उनको बुलाकर लाने से पहले तुम एक-दो काम नोट कर लो।''

''यस, सर।''

''एक तो मरने वालों के और उनके परिवारों के बारे में तुमने ज्यादा-से-ज्यादा जानकारी हासिल करने की कोशिश करनी है।''

''यस, सर।''

''चर्च की निगरानी अकेला काशीनाथ नहीं कर सकेगा। वहां आदमी बढ़ाओ और उन्हें चर्च में स्थित पादरी की स्टडी पर निगाह रखने का विशिष्ट निर्देश दो।''

''यस, सर।''

''और हमने चर्च में नियमित रूप से आने वाले लोगों को भी टटोलना है। हमने मालूम करना है कि क्या लोगों को पादरी और मिसेज डेनिंग की आशनाई की भनक थी! समझ गए?''

''यस, सर।''

''अब बुलाओ उस आदमी को।''

सुधाकर बाप-बेटी को बुला लाया।

सतपाल ने दोनों को पानी पेश किया।

विलियम डेनिंग ने पानी का गिलास उठा लिया लेकिन रोज़ ने पानी न लिया। प्रभूदयाल के निर्देश पर सतपाल ने जिद न की।

फिर ट्रे सहित सतपाल बाहर निकल गया।

विलियम डेनिंग एक ठिगना लेकिन हट्टा-कट्टा आदमी था। उसकी बांहें

असाधारण रूप से लम्बी थीं और उन पर बेहद घने बाल थे। उसका माथा संकरा था और नाक के ऊपर उसकी भवें एक-दूसरे से मिली हुई थीं। नाक चपटी थी और कान खड़े थे।

उसके विपरीत रोज़ अपने नाम को सार्थक करती मालूम होती थी। उसके चेहरे की रंगत गुलाबी थी और आंखें स्याह काली थीं। उसकी आंखों में तैरते आंसू इस बात की चुगली कर रहे थे कि अपनी मां के अंजाम से वह नावाकिफ नहीं थी। आयु में वह तेरह-चौदह साल से अधिक की नहीं मालूम होती थी।

''मिस्टर डेनिंग।'' – प्रभूदयाल ने पहला सवाल किया – ''आप जॉर्जटाउन के इलाके की पन्द्रह नम्बर इमारत की कोई वाकफियत रखते हैं?''

''नहीं।'' – वह बोला।

''कतई नहीं!''

''कतई नहीं। इलाके का भी मैंने सिर्फ नाम ही सुना हुआ है। वहां कभी गया नहीं मैं।''

''आप जानते हैं आपकी बीवी उस इमारत में अक्सर जाया करती थी?''

''नहीं।''

''इस बारे में कभी कोई शक तक नहीं हुआ आपको?''

''किस बारे में?''

''कि वह इमारत एक प्रेम-घरौंदा था और आपकी बीवी वहां अक्सर उसीलिए जाया करती थी जिसलिये ऐसी जगहें इस्तेमाल की जाती हैं।''

''इंस्पेक्टर साहब!'' – वह आवेशपूर्ण स्वर में बोला – ''यह मेरी बीवी पर एक निहायत बेजा इल्जाम है। सूसन एक भली औरत थी, एक नेक बीवी थी और एक ममतामयी मां थी। उसे अपने घरबार से बड़ा प्यार था, अपनी बच्ची के भविष्य की उसे चिन्ता थी।''

''और आपको?''

''लगता है आपको मेरी शराब की लत की खबर लग गई है, इसीलिए आप मुझसे ऐसा सवाल कर रहे हैं।''

''आपकी बीवी आपकी शराबखोरी से एतराज नहीं करती थी?''

''करती थी। खूब करती थी।''

''लेकिन आप बाज नहीं आते थे!''

वह खामोश रहा।

''करते क्या हैं आप?''

''नौकरी करता हूं।''

''कैसी नौकरी?''

''केयरटेकर की।''

''किस चीज की केयरटेकिंग करते हैं आप?''

''एक याट की जो कि समुद्र में खड़ा है। वह एक फिल्म डायरेक्टर का याट है जो कि खुद अक्सर शहर से बाहर रहता है।''

''उस याट के केयरटेकर की हैसियत में वह याट मुकम्मल तौर पर आपके कब्जे में रहता है?''

''हां।''

''आपको याट चलाना आता है?''

''आता है।''

''कभी चलाते हैं आप उसे?''

वह हिचकिचाया।

''मालिक की गैरहाजिरी में याट का आनन्द आप कभी कभार ले ही लेते होंगे?''

उसने हिचकिचाते हुए सहमति में सिर हिलाया।

''याट का नाम क्या है?''

''सनराइज।''

''समुद्र में साधारणतया कहां खड़ा रहता है?''

''पायर नम्बर पांच पर।''

''आजकल भी आपका मालिक नगर के बाहर है?''

''हां।''

''यानी कि आप आजकल याट की रखवाली कर रहे हैं?''

''हां।''

''लेकिन पिछली रात को तो आप याट पर नहीं थे! हमारे सब-इंस्पेक्टर को तो आप घर पर मिले थे!''

उसने हिचकिचाते हुए सहमति में सिर हिलाया।

''क्यों?''

''मुझे पीने की तलब लग रही थी। घर पर एक रम की बोतल मौजूद थी जिसे मैं लेने आया था। मैं घण्टे-डेढ़ घण्टे में वापस याट पर पहुंच सकता था।''

''याट को आप यूं अक्सर लावारिस छोड़कर चल देते हैं?''

''नहीं। उस दिन भी मैंने उसे लावारिस नहीं छोड़ा था। पायर पर गुलाम हैदर नाम का मेरा एक दोस्त है। मैं अपनी गैरहाजिरी में याट की निगरानी के लिए उसे कह आया था।''

''ऐसा कितने बजे किया था आपने?''

''आठ बजे।''

''आठ बजे! यानी, जैसा कि आपका इरादा था, आप एक-डेढ़ घण्टे में वापस याट पर नहीं लौटे थे?''

''हां।''

''वजह?''

''रोज़ घर में अकेली थी। पिछली रात से पहले वह घर में कभी अकेली नहीं रही थी, इसलिए मुझे उसकी चिन्ता होने लगी थी।''

''अकेली क्यों थी?''

''क्योंकि सूसन, मेरी बीवी, घर में नहीं थी।''

''आपकी बीवी घर में क्यों नहीं थीं? और बात को एक ही बार में मुकम्मल कहिए, किस्तों में मत कहिए।''

''मेरी बीवी की तबीयत खराब थी। डॉक्टर का कहना था कि उसके लिए

आबोहवा की तब्दीली निहायत जरूरी थी। पिछली शाम को वह कुछ दिनों के लिए बड़ौदा में रहती अपनी बहन के घर के लिए रवाना हो गई थी।''

''साथ में वह जो सामान लेकर गई थी, उसकी आपको खबर है?''

''हां।''

''क्या सामान था?''

''दो सूटकेस। फाइबर ग्लास के दरम्याने आकार के दो सूटकेस, जिनके हैंडिलों कै पास उसके नाम के प्रथमाक्षर लिखे हुए थे।''

''एस.डी.?''

''हां।''

''आपकी बीवी को अलामत क्या थी?''

''पता नहीं, लेकिन उसकी तबीयत अक्सर खराब रहती थी।''

''तबीयत खामखाह तो खराब नहीं हो जाती! तबीयत खराब होने की हमेशा कोई वजह होती है!''

वह खामोश रहा।

''जिस डॉक्टर ने आबोहवा की तब्दीली की राय दी थी, वह क्या खराबी बताता था आपकी बीवी की तबीयत में?''

''पहले तो कहता था कि उसे बच्चा होने वाला था लेकिन जब तक लेडी डॉक्टर ने कहा कि वह गर्भवती नहीं थी तो डॉक्टर ने कहा कि उसे कोई नर्वस ट्रबल, कोई दिमागी परेशानी थी।''

''यह सिलसिला कब से चल रहा था?''

''कोई तीन-चार महीने से।''

''डॉक्टर कौन है आप लोगों का?''

''डॉक्टर एस.के. बागची।''

''कहां पाया जाता है?''

''लिटन रोड पर उसका क्लीनिक है।''

''सुधाकर!''

''यस, सर!''

''सब कुछ नोट कर रहे हो न?''

''यस, सर।''

''हूं। तो मिस्टर डेनिंग, पिछली रात याट पर होने की जगह आप अपने घर पर थे?''

''हां।''

''क्या करते रहे आप घर पर?''

''बस, बैठा रहा और रोज़ से बातें करता रहा, इसका दिल लगाने की कोशिश करता रहा। फिर मैंने इसे सुला दिया।''

''बेटी!'' – प्रभूदयाल बड़े मीठे स्वर में रोज़ से सम्बोधित हुआ – ''तुम्हारे पापा ठीक कह रहे हैं?''

उसने बड़ी निश्छलता से इनकार में सिर हिलाया।

विलियम सकपकाया। उसने कठोर नेत्रों से रोज़ को देखा।

''अच्छा!'' – प्रभूदयाल बोला – ''असल में क्या करते रहे थे तुम्हारे पापा?''

''बैठे रम पीते रहे थे और शायद मम्मी को याद करते रहे थे। इन्होंने बहुत पी थी। फिर इन्होंने मुझे नहीं, मैंने इन्हें सुलाया था।''

''आई सी।'' – प्रभूदयाल ने विलियम की तरफ देखा।

वह सिर झुकाए बैठा था।

''घर में और कौन था?'' – प्रभूदयाल ने नया सवाल किया।

''कोई नहीं।'' – रोज़ बोली।

''मिस्टर डेनिंग, मैं आपसे फिर पूछ रहा हूं। क्या आपकी बीवी की फादर जोसेफ कॉटन से आशनाई थी?''

''और मैं आपको फिर जवाब दे रहा हूं कि ऐसी कोई बात नहीं थी।''

''आप ऐसा इसलिए तो नहीं कह रहे, क्योंकि आपकी बीवी मर चुकी है और उसकी मौत के बाद उसकी छवि धूमिल हो, ऐसा आपको गवारा नहीं?''

''यह बात नहीं है।''

''आपकी बीवी के पादरी साहब से ताल्लुकात तो थे?''

''थे। लेकिन वैसे ताल्लुकात नहीं थे, जैसे ताल्लुकात की तरफ आपका इशारा है।''

''तो कैसे ताल्लुकात थे?''

''वैसे ही जैसे एक चर्च जाने वाले के अपने पादरी से, अपने रहनुमा से, अपने धर्मोपदेशक से होने चाहियें। होते हैं।''

''आपकी बीवी पादरी से काफी मिलती-जुलती थी?''

''हां। लेकिन किसी प्रेम-घरौंदे में नहीं।''

''आई सी।''

''और उस मिलने-जुलने की भी वजह थी।''

''क्या वजह थी?''

''मेरी बीवी उसके माध्यम से मुझ पर दबाव डलवाना चाहती थी कि मैं अपनी पीने की आदत छोड़ दूं। और इसी वजह से फादर कॉटन मेरे घर-बार में जो अपनी टांग अड़ाने की कोशिश कर रहा था, वह मुझे गवारा नहीं था। मेरी बीवी मेरी शराबखोरी की कहानियां उसे सुनाने के लिए अक्सर उसके पास पहुंच जाया करती थी। उसके रोज-रोज यूं चर्च में पहुंच जाने की वजह से फादर कॉटन शायद यह सोचने लगा था कि वह मेरे से बहुत ही दुखी थी और हालात सूसन के लिए नाकाबिलेबर्दाश्त हो गए थे। शायद यही सोचकर उसने मेरी बीवी को राय दी थी वह मुझे छोड़ दे और रोज़ को अपने साथ ले जाए। जब यह बात मुझे मालूम हुई तो मुझे पादरी पर बहुत ताव आया। आप ही बताइए, पादरी का काम लोगों को सही, विवेकपूर्ण राय देना होता है या उन्हें गलत राह पर लगाकर लोगों के घर उजाड़ना होता है? तब मैंने कह दिया सूसन को कि वह पादरी के पास जाकर अपने दुखड़े रोने फौरन बन्द कर दे।''

''वह मान गई?''

''इंस्पेक्टर साहब, मेरी उस बात का नतीजा सामने आने से पहले ही उसके डॉक्टर की राय पर मुझे उसे बड़ौदा भेज देना पड़ा था।''

''आई सी। रोज़ बेटी, कल तुम्हारी मम्मी बड़ौदा की ट्रेन पकड़ने के लिए घर से रवाना हुई थीं, उस वक्त मूड कैसा था उनका?''

''मम्मी रो रही थी।'' – रोज़ बोली – ''और मुझे बार-बार प्यार कर रही थी। लगता था वह मुझे अकेला छोड़कर नहीं जाना चाहती थी। मैं उसे तसल्ली दे रही थी कि कुछ दिन की तो बात थी लेकिन वह तो यूं भावुक हो रही थी जैसे वह कभी लौटकर न आने वाली हो, जैसे वह आखिरी बार मुझे देख रही हो, बात'' – वह फफककर रो पड़ी – ''सच ही निकली। दोबारा न देख सकी मम्मी मुझे।''

प्रभूदयाल ने उसे ढांढस बंधाया।

वह खामोश हुई तो वह फिर विलिमय से सम्बोधित हुआ – ''आप अपनी बीवी को गाड़ी में चढ़ाने के लिए स्टेशन पर नहीं गए थे?''

विलियम ने इनकार में सिर हिलाया।

''वजह?''

''सूसन ऐसा नहीं चाहती थी। वह कहती थी कि स्टेशन पर वह फिर रोने लगेगी जो कि अच्छा नहीं लगेगा। उसकी जिद की वजह से ही मैंने उसे एक स्कूटर पर बिठाकर स्टेशन के लिए रवाना कर दिया था।''

''स्कूटर कहां से पकड़ा था आपने?''

''लिटन रोड के अड्डे से।''

''सुधाकर, उस स्कूटर वाले को तलाश करना होगा।''

''यस, सर।'' – सुधाकर बोला।

''आपके घर में फोन है?'' – प्रभूदयाल ने विलियम से नया सवाल किया।

''है।'' – विलियम बोला – ''जिस डायरेक्टर साहब का याट है, उन्होंने ही मुझे घर पर टेलीफोन लगवाकर दिया हुआ है। बिल भी वही देते हैं।''

''आपकी बीवी कभी टेलीफोन पर पादरी से बात करती थी?''

''हो सकता है करती हो। मुझे पक्का नहीं पता।''

''रोज़, पिछली शाम तुम्हारी मम्मी ने क्या फादर जोसेफ कॉटन को फोन किया था?''

''मम्मी ने'' – रोज बोली – ''किसी को फोन किया तो था लेकिन किसको किया था, यह मुझे नहीं मालूम।''

''लेकिन फोन उसने किया था?''

''हां, फोन तो किया था!''

''वक्त का कोई अन्दाजा हो?''

''तब पौने सात बजे थे।''

''ठीक पौने सात?''

''हां।''

''तुमने घड़ी देखी थी?''

''हां। यही'' – वह अपनी कलाई पर बंधी नन्ही-सी घड़ी प्रभूदयाल को दिखाती बोली – ''घड़ी देखी थी।''

प्रभूदयाल ने उस घड़ी के टाइम का अपनी घड़ी से मिलान किया तो पाया कि रोज की घड़ी एकदम सही टाइम दे रही थी।

''घड़ी की तरफ तुम्हारी तवज्जो कैसे गई थी?''

''मैं उस वक्त बाथरूम में थी और नहाने की तैयारी कर रही थी। नहाने से पहले जब मैंने कलाई पर से घड़ी उतारकर पर रखी थी तो टाइम पर मेरी निगाह पड़ गई थी। जब मुझे टेलीफोन पर कही गई मम्मी की पहली 'हल्लो' सुनाई दी थी, तभी मेरी घड़ी के डायल पर निगाह पड़ी थी। तब ठीक पौने सात बजे थे।''

''तुमने सुना था मम्मी फोन पर क्या कह रही थी?''

''नहीं। मुझे बस 'हल्लो' ही सुनाई दी थी और वह भी क्योंकि ''हल्लो'' उसने अपेक्षाकृत ऊंची आवाज में कहा था। साथ में बाथरूम में नलका भी चल रहा था जिसकी वजह से मुझे यह तो मालूम हो रहा था कि मम्मी फोन पर थी, लेकिन क्या कह रही थी, वह मुझे सुनाई नहीं दे रहा था। बीच में एक बार एक क्षण के लिए मैंने नलका बन्द किया था तो मैंने मम्मी को सिर्फ इतना कहते सुना था – 'ठीक है आठ बजे'। तुरन्त बाद मुझे रिसीवर को क्रेडल पर रखे जाने की आवाज आई थी।''

''ठीक है, आठ बजे।'' – प्रभूदयाल ने धीरे से दोहराया – ''यह कहा था फोन पर तुम्हारी मम्मी ने?''

''जी हां। आठ बजे मम्मी की बड़ौदा की ट्रेन का टाइम था। मैं यही समझी थी कि मम्मी किसी को अपने सफर के बारे में बता रही थी।''

''आई सी।'' – प्रभूदयाल एक क्षण खामोश रहा, फिर विलियम की तरफ घूमा – ''मिस्टर डेनिंग, आपकी बीवी, जो कि आपको लेकर अक्सर पादरी साहब से बात किया करती थी, ऐसा क्या महज इसीलिए करती थी क्योंकि वह उस चर्च का पादरी था जिसके कि आप अनुयायी थे या कोई और भी बात थी जो उसे अपनी घरेलू समस्याएं पादरी साहब से डिसकस करने को प्रेरित करती थीं?''

''हो सकता है'' – विलियम कठिन स्वर में बोला – ''कि उसे फादर कॉटन का भरोसा इसलिए भी ज्यादा हो क्योंकि कभी वह उसके लिए काम किया करती थी।''

''काम! कैसा काम! चर्च की, समूहगान की लाइन में खड़ी होकर धर्मगीत गाने का काम?''

''नहीं।''

''तो?''

''वह पहले फादर कॉटन की स्टेनोग्राफर हुआ करती थी।''

''अच्छा! पादरी साहब के पास स्टेनोग्राफर की नौकरी करती थी वह?''

''हां। फादर कॉटन बहुत विद्वान व्यक्ति है। डॉक्टरेट तक कर चुका है। उसे ऐसी सेक्रेटेरियल सहायता की हमेशा जरूरत रहती है।''

''यह कब की बात है?''

''चार साल पहले की।''

''नौकरी छोड़ी कब आपकी बीवी ने?''

''दो साल पहले।''

''यानी कि दो साल तक वह पादरी साहब की सेक्रेट्री रही थी।''

''हां।''

''नौकरी छोड़ी क्यों उसने?''

''सूसन की पादरी की बीवी से नहीं बनती थी। मिसेज कॉटन को चर्च के निजाम के हर पहलू में अपनी टांग अड़ाने की आदत है। इसी वजह से वह सूसन पर भी हावी होने की कोशिश करती थी जो कि सूसन को गवारा नहीं था। मिसेज कॉटन की नुक्ताचीनी और दखलअन्दाजी से तंग आकर ही सूसन ने नौकरी छोड़ी थी।''

''पादरी साहब की सेक्रेट्री के तौर पर किसी ने उसकी जगह तो ली होगी?''

''ली थी। सिल्विया नोरिस नाम की एक लड़की ने ली थी।''

''आजकल वह पादरी साहब की सेक्रेट्री है?''

''हां।''

''सूसन से पहले उनकी सेक्रेट्री कौन थी?''

''हेलेन रीडली नाम की एक महिला।''

''आपने अभी कहा कि मिसेज कॉटन को चर्च के निजाम के हर पहलू में अपनी टांग अड़ाने की आदत है। ऐसा क्यों?''

''क्योंकि वह पैसे वाली औरत है। क्योंकि उसका बड़ा भाई पीटर फ्रांकोजा पैसे वाला आदमी है और चर्च की मैनेजिंग कमेटी के चेयरमैन का जिगरी यार है। मिसेज कॉटन और उसके भाई तो चर्च को अपनी बपौती मानते थे और इस बात का वे फादर कॉटन तक पर अहसान जताते थे कि उनकी वजह से वह इतने सम्पन्न और माने हुए चर्च का पादरी था।''

''आई सी।'' – प्रभूदयाल एक क्षण के लिए ठिठका, फिर बोला – ''मिस्टर डेनिंग, क्रिश्चियन होते हुए भी आपकी बीवी की हिन्दु रीति-रिवाजों में दिलचस्पी क्यों थी?''

''हिन्दू रीति-रिवाजों के दिलचस्पी!'' – उसके चेहरे पर उलझन के भाव प्रकट हुए – ''मैं आपका मतलब नहीं समझा!''

''आपकी बीवी की लाश के मुआयने से जाहिर होता है कि वह अपनी मांग में सिन्दूर भरती थी।''

''ओह, वह! ऐसा तो वह मेरी जिद पर करती थी।''

''आपकी जिद पर?''

''जी हां। मेरी बीवी विलायती पोशाकों की जगह साड़ी पहनने की ज्यादा शौकीन थी। जब वह साड़ी पहनती थी तो मेरा जी चाहता था कि वह मांग में सिन्दूर भी भरे। मेरे अनुरोध पर ही जब वह साड़ी पहनती थी तो मांग में सिन्दूर भी भर लेती थी।''

''ओह!''

''इसी को आप हिंदु रीति-रिवाजों में दिलचस्पी का दर्जा दे रहे थे या कोई और भी बात थी?''

''नहीं, और कोई बात नहीं थी।''

विलियम खामोश रहा।

''आप शुरू से ही राजनगर के रहने वाले हैं?''

''जी नहीं। पहले हम गोवा में रहते थे।''

''वहां आपका काम-धन्धा क्या था?''

''मैं मछलीमारों के काम आने वाली किश्तियां बनाने वाला कारीगर था।''

प्रभूदयाल की मुझसे निगाह मिली।

मैं जान-बूझकर परे देखने लगा।

''गोवा और अपना यह धन्धा।'' – प्रभूदयाल फिर विलियम से सम्बोधित हुआ – ''आपने क्यों छोड़ा?''

''मेरी पीठ में ऐसी चोट लग गई थी जिसके ठीक हो जाने के बाद भी अधिक परिश्रम का काम करना मेरे लिए सम्भव नहीं रहा था। तभी इत्तफाक से मुझे फिल्म डायरेक्टर मधोक साहब मिल गए थे। उन्हें राजनगर में अपने याट के लिए एक भरोसे के केयरटेकर की जरूरत थी, सो हम गोवा छोड़कर राजनगर आ गए।''

''यहां पादरी साहब से आप लोगों की वाकफियत कैसे हुई?''

''उनके चर्च में जाने की वजह से। हमारे इलाके में वही तो एक चर्च है!''

''पादरी साहब की आपकी बीवी से घनिष्ठता कैसे हुई?''

''इंस्पेक्टर साहब'' – वह ताव खा गया – ''आप फिर शरारती बात कह रहे हैं। आप घनिष्ठता को बहुत गलत मायनों में ले जा रहे हैं। मैं फिर कहता हूं कि मेरी बीवी की फादर कॉटन से वैसी कोई घनिष्ठता नहीं थी जैसी कि आप साबित करने पर तुले हुए हैं। मैं अपनी बीवी पर इस प्रकार का कोई लांछन सुनने को तैयार नहीं। सूसन फादर कॉटन के पास उसकी सैक्रेट्री की नौकरी करती थी या वह मेरे शराबी होने की वजह से अपने दुखड़े उसके सामने रोती थी, तो इसका मतलब यह नहीं कि वह मेरे प्रति वफादर नहीं थी। और फिर मैं क्या अन्धा हूं! अगर उन दोनों में कोई ऐसी-वैसी रिश्तेदारी होती तो मुझे क्या खबर न लगती!''

''आप किसी ऐसे शख्स को जानते हैं'' – प्रभूदयाल ने पैंतरा बदला – ''जिसकी आपकी बीवी से अदावत हो, अनबन हो या दुश्मनी हो?''

''दुश्मनी की हद तक मेरी बीवी की मुखालफत करने वाले किसी शख्स को मैं नहीं जानता, अलबत्ता एक ऐसे शख्स को मैं जरूर जानता हूं जो कि मेरी बीवी को नापसन्द करता था। और जितनी उसे मेरी बीवी नापसन्द थी, उतना ही उसे फादर कॉटन भी नापसन्द था।''

''कौन हुआ वो शख्स?''

''टोनी फ्रांकोजा। उस साले के दिमाग में भी कोई नुक्स है। उसके बारे में कभी कुछ नहीं कहा जा सकता कि वह कब क्या कर बैठे! सूसन जब चर्च में फादर कॉटन की सेक्रेट्री के तौर पर काम करती थी तो कई बार टोनी ने ऐसी हरकतें की थीं जिनकी वजह से सूसन उसका खौफ खाने लगी थी। एक बार तो उसने सूसन पर चाकू से हमला तक करने की कोशिश की थी। बहुत डरती थी सूसन टोनी से। वह कहती थी कि वह जो कुछ करता था, उसे करने के लिए पादरी की बीवी उसे प्रेरित करती थी।''

''क्यों? वह क्या जलती थी सूसन से?''

''शायद जलती हो!''

''किसलिए? उन दोनों में किन्हीं गलत ताल्लुकात के अन्देशे से?''

''मुमकिन है।''

''लेकिन गलत ताल्लुकात – आपके खयाल से – उन दोनों में हरगिज भी नहीं थे?''

''नैवर।''

''किसी ने टोनी को आपकी बीवी पर चाकू से हमला करते देखा था?''

''शायद देखा हो, याद नहीं।''

''याद करने की कोशिश कीजिए।''

''हैंगोवर की वजह से इस वक्त मेरा सिर भारी हो रहा है और मैं दिमाग पर जोर दे पाने की स्थिति में नहीं हूं। शायद कल मुझे ऐसे किसी शख्स की याद आ जाए।''

''वैसे होंगे ऐसे कई लोग।'' – रोज़ बोली – ''मम्मी खुद कहती थी।''

''अब आप बिल्ली के बारे में बताइए।''

''बिल्ली!'' – विलियम सकपकाया।

''पालतू बिल्ली।'' – प्रभूदयाल बोला – ''आपकी बीवी की पालतू बिल्ली। माथे पर काले चकत्ते वाली, पूछं कटी सफेद बिल्ली। 'डार्लिंग' नाम बताया जाता है उसका।''

''ऐसी कोई बिल्ली तो मेरी बीवी के पास नहीं थी! आजकल तो कैसी भी कोई बिल्ली मेरी बीवी के पास नहीं थी!''

''आजकल से क्या मतलब?''

''मेरी बीवी को बिल्लियों से बहुत लगाव है। बिल्ली पालने का बहुत शौक भी है उसे। पहले उसके पास एक बिल्ली हुआ करती थी लेकिन वह भूरी थी और वह तो कब की मर भी चुकी है।''

''सुधाकर, मिस्टर डेनिंग को बिल्ली दिखाओ।''

पूंछ कटी सफेद बिल्ली विलियम डेनिंग को दिखाई गई। बकौल उसके उसने वह बिल्ली जिन्दगी में पहले कभी नहीं देखी थी।

रोज़ का भी वही जवाब था।

प्रभूदयाल ने बिल्ली वापस भिजवा दी।

''हमें'' – वह बोला – ''आपके घर की तलाशी लेनी होगी, मिस्टर डेनिंग। आपको कोई एतराज?''

उसने इनकार में सिर हिलाया।

''शुक्रिया। अब आप जा सकते हैं लेकिन पूछताछ के लिए आपको दोबारा तलब किया जा सकता है।''

उसने फिर सहमति में सिर हिलाया और पूछा – ''हमें लाश कब मिलेगी?''

''पोस्टमार्टम के बाद। शाम को या कल सुबह।''

''हूं।''

फिर पिता-पुत्री वहां से विदा हो गए।

''एक बात तो पक्की है।'' – उनके वहां से जाते ही प्रभूदयाल बोला – ''कल पौने सात बजे पादरी की और सूसन की टेलीफोन पर बात हुई थी। उस टेलीफोन वार्तालाप का सूसन की तरफ का कुछ टूटा-फूटा भाग उसकी बेटी ने सुना था और पादरी की तरफ उसका एक अंश उसकी बीवी ने सुना था। दोनों के बयानात साफ जाहिर करते हैं कि ठीक आज बजे वे दोनों कहीं मिलने वाले थे।''

''शायद स्टेशन पर।'' – सुधाकर बोला – ''क्योंकि बकौल रोज़, आठ बजे सूसन की बड़ौदा की गाड़ी जानी थी।''

''लेकिन स्टेशन तो वह गई ही नहीं। गाड़ी तो उसने पकड़ी ही नहीं। अगर वह स्टेशन पर गई होती तो वह जॉर्जटाउन कैसे पहुंच गई होती जहां कि, हम पहले ही स्थापित कर चुके हैं, उसका और पादरी का कत्ल हुआ! वह घर से अकेली निकली थी, सी ऑफ के लिए उसने अपने पति को अपने साथ स्टेशन नहीं आने दिया था, इसलिए नहीं आने दिया था क्योंकि स्टेशन जाने का उसका कोई इरादा नहीं था। सुधाकर, एक ही तर्कसंगत जगह है जहां कि उसने पादरी से आठ बजे की मुलाकात फिक्स की हो सकती थी।''

''उनका लव-नैस्ट!'' – सुधाकर बोला।

''ऐग्जैक्टली! जॉर्जटाउन का वह खाली मकान ही वह जगह थी जहां दोनों

आठ बजे मिलने वाले थे।''

सुधाकर खामोश रहा। वह बहुत प्रभावित दिखाई दे रहा था।

कई क्षण खामोशी रही।

''सुधाकर'' – अन्त में प्रभूदयाल बोला – ''अब तुम्हारे जिम्मे बहुत-से काम हो गए हैं।''

''मैंने'' – सुधाकर बोला – ''सब नोट कर लिए हैं, साहब।''

''एक काम और भी नोट कर लो। मालूम करने की कोशिश करना कि क्या इस बात में कोई सच्चाई है कि टोनी फ्रांकोजा ने कभी सूसन डेनिंग पर चाकू से हमला करने की कोशिश की थी!''

''मैंने पहले ही नोट कर लिया है, साहब।''

''गुड। अभी हमने जितने लोगों से इन्क्वायरी की है, उनमें से तुम्हें कोई हत्यारा लगा?''

''अभी तो कहना मुहाल है, साहब! अभी तो इनमें से कोई भी हत्यारा हो सकता है या सभी बेगुनाह हो सकते हैं। और फिर सबकी इन्क्वायरी तो मैंने सुनी भी नहीं, साहब!''

प्रभूदयाल ने मेरी तरफ देखा और बोला – ''आपका क्या खयाल है, जनाब?''

''मैं अपना खयाल अभी से कैसे जाहिर कर दूं?'' – मैं बोला – ''मैंने अपना खयाल जाहिर कर दिया तो सारा खेल ही नहीं खत्म हो जाएगा!''

''क्या कहने!'' – सुधाकर व्यंग्यपूर्ण स्वर में बोला – ''पट्ठा यूं कह रहा है जैसे हत्यारे को पहले से ही जानता हो। जगदीश, पिछली पोस्टिंग में से कत्ल के कितने केस हल करके यहां आया है?''

मैं खामोश रहा।

''वैसे साहब!'' – सुधाकर प्रभूदयाल से बोला – ''अगर गिनती की जाए तो सबसे ज्यादा बातें विलियम डेनिंग के ही खिलाफ जाती हैं।''

''कैसे?''

''साहब, पहले तो वह यही साफ झूठ बोलता मालूम होता है कि उसे अपनी बीवी के पादरी से अफेयर की खबर नहीं थी। यह बात तो उसे शर्तिया पता थी कि पादरी ने उसकी बीवी को शीशे में उतारा हुआ था। दूसरे, वह शराबी है और यह भी स्थापित हो चुका है कि नशे में खूंखार हो उठता है। तीसरे, रात को जब उसे याट पर होना चाहिए था, वह अपने घर पर था। चौथे, वह पहले किश्तियां बनाने वाला कारीगर था और जिस किश्ती में लाशें पाई गई थीं, वह किसी द्वारा ताजा ठोककर ही तैयार की गई थी।''

''वैरी गुड! लेकिन अगर विलियम को अपनी बीवी के पादरी से ताल्लुक की खबर थी तो जो कदम उसने अब उठाया, वह पहले क्यों न उठाया?''

''साहब, पानी अभी सिर से ऊंचा हुआ होगा! उसकी बातों से साफ जाहिर होता है कि वह अपनी बीवी से बहुत मुहब्बत करता था। अब तक वह किसी तरह बर्दाश्त करता रहा होगा लेकिन अब सिलसिला उसकी बर्दाश्त से बाहर हो गया होगा!''

''चलो, मान लिया। लेकिन कत्ल जॉर्जटाउन में हुए हैं जिसकी पन्द्रह नम्बर इमारत में पादरी और उसकी बीवी का प्रेम-घरौंदा था। धनीराम की गवाही साफ जाहिर करती है कि उस इमारत को मिस्टर एण्ड मिसेज चालमर के नकली नाम से किराये पर लेने वाले यही दोनों थे। फिर उस इमारत की विलियम को खबर क्योंकर हुई? खबर हुई तो वह कई दिनों में मुकम्मल होने वाले किश्ती ठोकने के काम को वहां क्योंकर अंजाम दे पाया? लीलावती का कहना है कि वहां से ठोका-पीटी की आवाजें रात को आती थीं। रात को तो विलियम ने याट पर होना होता है। फिर वह वहां कैसे पहुंचता रहा? पहुंचता रहा तो यूं चोरों की तरह वहां दाखिल होने वाले किसी बाहरी आदमी की खबर चौकीदार को, किसी अड़ोसी-पड़ोसी को या खुद पादरी और सूसन को ही क्यों न लगी? यह सब कुछ भी हुआ तो कत्ल के बाद उसने पादरी की घड़ी और अंगूठी क्यों उतारी? जबकि उसने अपनी बीवी के जिस्म पर मौजूदा जेवर नहीं उतारे? पादरी की जेब में मौजूद नोटों का पुलन्दा क्यों नहीं निकाला? कत्ल उसने ईर्ष्या की भावना से

प्रेरित होकर किए हो सकते हैं, न कि चोरी की नीयत से।''

सुधाकर खामोश रहा।

''फिर हत्यारा अगर विलियम है तो पीटर फ्रांकोजा ने झूठ क्यों बोला? उसने क्यों कहा कि हत्या के समय वह घर पर था जबकि वह घर पर नहीं था। पीटर क्या, पादरी के परिवार के सभी लोगों का व्यवहार बड़ा रहस्यपूर्ण है।''

''कहीं वे लोग विलियम को खबरदार करने की कोशिश तो नहीं कर रहे, साहब?''

''वो किसलिए? पीटर अपने जीजा के कत्ल के लिए जिम्मेदार आदमी की खातिर भला झूठ क्यों बोलेगा? बीवी को, दूसरे भाई को, विलियम के अंजाम की फिक्र भला किस लिए?''

तभी एक पुलिसिया वहां पहुंचा। उसने प्रभूदयाल को सैल्यूट मारा और बोला – ''लैबोरेट्री से रिपोर्ट आई है, साहब।''

''लाओ।'' – प्रभूदयाल बोला।

पुलिसिए ने एक टाइपशुदा फूलस्केप कागज प्रभूदयाल को सौंप दिया।

''हूं।'' – प्रभूदयाल रिपोर्ट पढ़ता बोला – ''दोनों अड़तीस कैलीबर की एक ही रिवॉल्वर की गोलियों से मरे हैं। और मिसेज डेनिंग का गला उसकी मौत के बाद काटा गया था। गर्भवती वह नहीं थी।''

उसने रिपोर्ट एक ट्रे में डाल दी और सामने लगी वॉल-क्लॉक पर निगाह डाली।

''आज हमने बहुत काम करने हैं।'' – वह यूं बोला जैसे अपने-आपको समझा रहा हो – ''और उन कामों के लिए हमें काफी आदमियों का इन्तजाम करना होगा। हमें दोनों परिवारों के सदस्यों को फिर से, और ज्यादा बारीकी से क्रॉसक्वेश्चन करना होगा। उन लोगों की निगरानी का भी इन्तजाम करना होगा। इन लोगों का साफगोई में विश्वास नहीं मालूम होता। इन लोगों में से हर कोई कुछ-न-कुछ छुपा रहा है हमने पता लगाना है कि कौन क्या छुपा रहा है, क्यों छुपा रहा है! टोनी का दिमाग कमजोर बताया गया है। यह भी मालूम करना होगा कि कहीं उसे पागलपन का कोई दौरा तो नहीं पड़ता! यह जुर्म किसी ऐसे आदमी

का भी काम हो सकता है जो वक्ती तौर पर अपना दिमागी तवाजन खो बैठा हो। सुधाकर, सुन रहे हो?''

''यस, सर। सब सुन रहा हूं। नोट भी कर रहा हूं।''

''अब एक इन्तहाई जरूरी काम हेलेन रीडली को तलाश करना है।''

''हेलेन रीडली!''

''वह स्त्री जो सूसन से पहले पादरी की सेक्रेट्री थी।''

''ओह! वह! जिसका जिक्र विलियम ने किया था?''

''हां। और जिसकी नौकरी हो सकता है सूसन ने जबरन हथियाई हो।''

''साहब, इस लिहाज से तो हमें पादरी की वर्तमान सेक्रेट्री से भी बात करनी चाहिए।''

''डैफिनिटली। पादरी की वर्तमान सेक्रेट्री का नाम सिल्विया नोरिस है। उसका भी पता लगाओ।''

''यस, सर।''

''आम तौर पर लोग अपने प्राइवेट सेक्रेट्री से – खास तौर से तब जब कि प्राइवेट सेक्रेट्री स्त्री हो – कुछ नहीं छुपाते। वे उनके सामने ऐसी कई बातों का जिक्र कर देते हैं जिन्हें वे साधारणतया किसी के सामने जुबान पर लाना पसन्द नहीं करते। ये दोनों ही औरतें पादरी के बहुत करीब रही हैं। ये हमें बहुत कारआमद बातें बता सकती हैं। इनके माध्यम से हमें पादरी की अन्दरूनी जिन्दगी में बहुत गहरा झांकने का मौका मिल सकता है।''

''यू आर राइट, सर।''

''और पीटर फ्रांकोजा हमारी तवज्जो का खास मरकज़ होना चाहिए। आखिर उसने हमसे झूठ बोला है – ऐसा झूठ बोला है जिसे हम पकड़ चुके हैं।''

''यस, सर। लेकिन, साहब . . .''

''हां।''

''क्यों न हम पीटर फ्रांकोजा को गिरफ्तार करके उससे उसका झूठ जबरदस्ती कुबुलवाने की कोशिश करें?''

''ऐसा भी करेंगे। लेकिन अभी नहीं। अभी निगरानी का सिलसिला ही चलने दो। बाद में जब और रिपोर्ट जमा हो चुकी होंगी तो यह कदम भी उठाएंगे।''

''यस, सर।''

''और अब'' – प्रभूदयाल ने एक जोर की जम्हाई ली – ''मुझे थोड़ा आराम करने का मौका दो।''

''यस, सर।''

इस प्रकार भोर की पहली किरण के साथ एक बड़ी ही हलचल-भरी रात का समापन हुआ।

□□□

दस बजे इंस्पेक्टर प्रभूदयाल फिर हैडक्वार्टर में था। उसने शेव वगैरह कर ली हुई थी और वर्दी बदल ली हुई थी। वह दो-ढाई घण्टे से ज्यादा सो पया हो, ऐसा सम्भव नहीं था लेकिन फिर भी उस वक्त वह बिल्कुल तरोताजा लग रहा था।

मैंने उसे बताया कि प्रैस रूम में प्रैस प्रतिनिधि जमा थे और सब उससे स्टेटमैंट हासिल करने के ख्वाहिशमन्द थे।

''उनमें सुनील भी है?'' – प्रभूदयाल ने पूछा।

''जाकर देख लो।'' – मैं बड़े रहस्यपूर्ण स्वर में बोला।

''देखता हूं। आओ।''

हम प्रैस रूम में पहुंचे।

वहां दो दर्जन से अधिक प्रैस प्रतिनिधि मौजूद थे।

प्रभूदयाल की निगाह पैन होती हुई सारे कमरे में फिर गई। सुनील वहां नहीं था। लेकिन उसके अखबार के प्रतिनिधि के रूप में अर्जुन वहां मौजूद था।

प्रभूदयाल ने इशारे से उसे अपने पास बुलाया।

अर्जुन समीप पहुंचा।

''तुम्हारा जोड़ीदार नहीं दिखाई दे रहा?'' – प्रभूदयाल ने पूछा।

''कौन?''

''सुनील।''

''सुनील साहब मेरे जोड़ीदार नहीं, मेरे बॉस हैं।''

''जो कुछ भी हैं, दिखाई नहीं दे रहे!''

''गुरुजी आजकल छुट्टी पर हैं।''

''क्यों? खैरियत तो है?''

''अब खैरियत है।''

''मतलब?''

''मतलब यह कि वैसे वे अस्पताल में हैं लेकिन खतरे से बाहर हैं, खैरियत से हैं।''

''अस्पताल में हैं? क्यों? क्या हुआ?''

''वही जो अक्सर होता है। आ बैल मुझे मार।''

''मतलब?''

''सर, माई बॉस कैन नाट सी ए डैमसेल इन डिस्ट्रेस।''

''यानी कि फिर किसी मुसीबतजदा हसीना की मदद की फिराक में अपनी जान पर खेल गया था?''

''और नहीं तो क्या! एक फरियाद सुनी किसी मुसीबतजदा हसीना की कि कृष्ण भगवान की तरह दौड़े चले गए हमारे गुरूजी, बस सिर्फ नंगे पांव होने की कसर थी।''

''हुआ क्या था?''

''कल शाम शंकर रोड पर एक लड़का एक लड़की को छेड़ रहा था। गुरुजी ने, बकौल उनके, उसका पुलन्दा बांध दिया। लेकिन अभी वे लड़की के साथ शंकर रोड पर ही थे कि लड़का अपने चार हिमायतियों के साथ वापस लौटा। गुरुजी उन चारों के साथ भी भिड़ गए। बद्किस्मती से एक के पास रिवॉल्वर थी। उसने गुरुजी पर गोली चला दी। उनकी तकदीर अच्छी थी कि गोली बायें कंधे में लगी और उनका अगला कदम अस्पताल में पड़ा, गोली तीन इंच नीचे आकर

लगी होती तो वही कदम जहन्नुम में भी पड़ सकता था।''

''वे लड़के पकड़े गए या भाग गए?''

''रिवॉल्वर वाले के अलावा सब पकड़े गए हैं।''

''वह भी पकड़ा जाएगा। ऐसे मामलों में जब एक जना पकड़ा जाए तो उसके बाकी के संगी-साथी बचे नहीं रह सकते।''

''आई सी।''

''हूं। तो चीफ रिपोर्टर साहब अस्पताल में हैं?'' – प्रभूदयाल ने एक बड़ी अर्थपूर्ण निगाह मेरी तरफ डालते हुए सवाल किया।

''जी हां।'' – अर्जुन बोला।

''कौन से अस्पताल में?''

''विक्टोरिया जुबली।''

''जानकर खुशी हुई।''

''जी! गुरुजी घायल हैं, आपको जानकर खुशी हुई?''

''नहीं, नहीं।'' – प्रभूदयाल हड़बड़ाकर बोला – ''यह जान कर खुशी हुई कि वह ऐसी स्थिति में नहीं है जिसमें कि वह यहां आकर मौजूदा केस की तफ्तीश में अपनी टांग अड़ा सके।''

''ओह!''

''यह पहला मौका है जबकि राजनगर में कोई ऐसा कत्ल का केस वाकया हुआ है जिसकी तफ्तीश मेरे जिम्मे है लेकिन जिसमें सुनील की टांग नहीं अड़ी हुई।''

''अच्छा, जी!''

''हां।''

''अब केस के बारे में कुछ बताइए!''

''बताता हूं। सबको बताता हूं।''

फिर प्रभूदयाल सबसे मुखातिब हुआ। उसने संक्षेप में पहले डबल मर्डर केस का विवरण दिया और फिर रिपोर्टरों के सवालों के जवाब दिए। अन्त में वह प्रैस रूम से बाहर निकला।

वह ऊपर अपने कमरे में पहुंचा।

उसके दोनों लेफ्टीनेन्ट सब-इंस्पेक्टर बंसल और सब इंस्पेक्टर सुधाकर वहां पहले से ही मौजूद थे।

उन्होंने उठकर प्रभूदयाल को सैल्यूट मारा।

प्रभूदयाल ने सेल्यूट का जवाब दिया और अपनी कुर्सी पर बैठ गया।

''बैठो।'' – वह बोला।

''थैंक्यू, सर।'' – दोनों समवेत् स्वर में बोले और उसके सामने बैठ गए।

''क्या खबर है?'' – प्रभूदयाल ने पूछा।

''कई खबरें हैं, साहब।'' – बंसल तत्पर स्वर में बोला।

''वैरी गुड। शुरू करो।''

''पहले तो उस टिम्बर मर्चेन्ट का पता लग गया है जिसके यहां से जॉर्जटाउन की पन्द्रह नम्बर इमारत में किश्ती बनाने लायक लकड़ी के तख्ते चिरकर गए थे। वही टिम्बर मर्चेन्ट बढ़ईगिरी के औजार भी रखता है। टिम्बर मर्चेन्ट का नाम हरनामसिंह है और उसकी दुकान का नाम न्यू पंजाब टिम्बर स्टोर है। यह दुकान सुभाष नगर में है जो जॉर्जटाउन से कोई तीन मील दूर है।''

''मुझे मालूम है। आगे बढ़ो। हरनामसिंह ने खरीदार के बारे में बताया कुछ?''

''खरीदार उसके लिए अजनबी था लेकिन, बकौल उसके, उसकी शक्ल-सूरत उसे अच्छी तरह से याद है। उसे खूब याद है कि पिछले महीने उसके जॉर्जटाउन की पन्द्रह नम्बर इमारत में बढ़ईगिरी के कुछ औजार और कुछ खास नाप-जोख के तख्ते अपनी आरा मशीन पर कटवाकर भिजवाए थे।''

''हूं। हुलिया क्या बयान किया उसने खरीदार का?''

बंसल ने हुलिया बताया।

''यह हुलिया तो पादरी का मालूम होता है!''

''मालूम तो होता है, साहब!''

''बात कुछ जमती नहीं। हालात तो बताते हैं कि किश्ती लाश को ठिकाने लगाने के लिए तैयार की गई थी, फिर ऐसा क्योंकर हुआ कि किश्ती बनाने के

सामान का ऑर्डर पादरी ने दिया, ऐसे शख्स ने दिया जिसका खुद का कत्ल हुआ है।''

बंसल खामोश रहा। उसके चेहरे पर उलझन के भाव साफ दिखाई दे रहे थे।

''खैर, आगे बढ़ो।''

''अब फटे हुए कागज पर लिखी उस नामुकम्मल चिट्ठी को याद कीजिए जो सूसन के नाम थी और जो लिखने वाले की 'माई डियरेस्ट' थी। हमने चर्च से पादरी के हैण्डराइटिंग का नमूना हासिल किया था और वह नमूना उस चिट्ठी के साथ अपने हैण्डराइटिंग एक्सपर्ट को सौप दिया था। हमारे एक्सपर्ट का कहना है कि दोनों हैण्डराइटिंग हूबहू मिलते हैं।''

''यानी सूसन को वह चिट्ठी पादरी ने ही लिखी थी?''

''जाहिर है।''

''क्या यह अजीब बात नहीं कि जिस औरत से पादरी आम मिलता था, उसे उसको चिट्ठी लिखने की जरूरत महसूस हुई और वह चिट्ठी पाई भी खुद उसकी अपनी जेब में गई?''

''अजीब बात तो है, साहब!''

''आगे बढ़ो।''

''धनीराम को जो टेलीग्राम तारकपुर से भेजी गई थी, उसके बारे में भी हमने पूछताछ की है। टेलीग्राम फार्म टाइप किया हुआ था। इसलिए हैण्डराइटिंग के बारे में कुछ नहीं कहा जा सकता।''

''उस पर हस्ताक्षर तो टाइप किए हुए नहीं होंगे! भेजने वाले का नाम-पता तो होगा उस पर!''

''हस्ताक्षर थे साहब, लेकिन वे इतने अपर्याप्त और अस्पष्ट थे कि उनसे कुछ मालूम हो पाना असम्भव था। और नाम-पता फर्जी निकला है।''

''ओह! टेलीग्राम की फोटो कापी हासिल हुई?''

''हुई, साहब।''

''ठीक है। उसे सम्भालकर रखना।''

''जरूर, साहब।''

''डाकखाने का स्टाफ टेलीग्राम भेजने वाले के बारे में क्या कहता है?''

''साहब, इत्तफाक से वहां टेलीग्राम रिसीव करने वाले क्लर्क को टेलीग्राम भेजने वाले का हुलिया खूब याद है।''

''वैरी गुड।''

''दरअसल वह एक छोटा-सा तारघर है जहां से एक दिन में एकाध तार ही जाती है इसी लिए क्लर्क को धनीराम के नाम भेजी वह तार बुक कराने वाला आदमी याद रह पाया और उसने उसका हुलिया बयान कर दिया।''

''क्या हुलिया बयान किया उसने?''

''वही जो टिम्बर स्टोर वाले सरदार हरनामसिंह ने किया था।''

''फिर तो हुलिये में शर्तिया कोई गड़बड़ है। हमारी थ्योरी है कि धनीराम को वह तार भेजने वाला शख्स ही हत्यारा था जो कि धनीराम को उस तार के बहाने से घटनास्थल से हटा देना चाहता था। अब पादरी भला अपना हत्यारा कैसे हो सकता है!''

बंसल खामोश रहा।

''इसका एक ही मतलब हो सकता है'' – प्रभूदयाल विचारपूर्ण स्वर में बोला – ''कि लकड़ी खरीदने वाले का और टेलीग्राम भेजने वाले का हुलिया इत्तफाक से ही पादरी से मिलता-जुलता है।''

''हो सकता है। ऐसे मामलों में हुलिया बयान करने वाले की काबिलियत का भी तो खयाल करना पड़ता है।''

''हां। तुम एक काम करो। तुम टिम्बर स्टोर वाले हरनामसिंह और तारघर वाले बाबू को यहां तलब करो और उन्हें पादरी की लाश दिखाओ। फिर असलियत अपने आप सामने आ जाएगी।''

''बेहतर।''

''अब आगे बढ़ो।''

''हमने विलियम डेनिंग और पीटर फ्रांकोजा के बारे में काफी पूछताछ की

है। हमारी जांच कहती है कि हत्या के वक्त दोनों ही घर से गैरहाजिर रहे हो सकते हैं। पीटर का झूठ तो वैसे भी उसकी अपनी गलतबयानी से ही पकड़ा जा चुका है। विलियम भी यह साबित करके नहीं दिखा सकता कि हत्या के समय वह घर पर था। उसकी लड़की ऐसा कहती है कि पहले वह घर पर बैठा रम पीता रहा था और फिर नशे में धुत्त होकर सो गया था लेकिन लड़की कोई दूधपीती बच्ची नहीं। वह चौदह साल की है। उसे ऐसा कहने के लिए सिखाया भी जा सकता है। अपने बाप की खातिर झूठ बोलने के लिए वह तैयार हो सकती है।''

''यू आर राइट।''

''हमने चर्च के एलबर्ट नाम के उस कर्मचारी से बात की थी जिसका जिक्र मिसेज कॉटन ने किया था। उसने इस बात की तसदीक की है कि विलियम ने एक धर्मोपदेश के बाद कई लोगों के सामने पादरी को जान से मार देने की धमकी दी थी। बकौल एलबर्ट, उसने पादरी से कहा था – ''हरामजादे! मैं तेरी वो गत बनाऊंगा कि तू दोबारा कभी सूसन पर, रोज़ पर या मुझ पर अपनी गन्दी निगाह नहीं डाल पाएगा''। इस बात की तसदीक पड़ोस के कुछ लोगों से मैं कर चुका हूं।''

''यानी इस बारे में पादरी की बीवी ने जो कहा था, सच कहा था?''

''जी हां।''

''और क्या बताया एलबर्ट ने?''

इस बार उत्तर सुधाकर ने दिया।

''उसने इस बात की तसदीक की है'' – वह बोला – ''कि सूसन जब पादरी की स्टेनोग्राफर के तौर पर चर्च में काम करती थी, तब एक बार टोनी ने सूसन पर चाकू से हमला करने की कोशिश की थी।''

''अच्छा!''

''लेकिन वह चाकू ऐसा नहीं था जो सूसन का या किसी और का कोई अहित कर पाता। वह चाकू उस प्रकार का था जो कि थियेटर और फिल्मों वगैरह में इस्तेमाल किया जाता है और जिसका फल किसी सख्त चीज – जैसे किसी के

शरीर के किसी अंग – के साथ दबाया जाए तो फल हैंडल में घुस जाता है और हैडल में से ऐसा लाल रंग निकलने लगता है जिसे देखकर खून का अन्देशा होता है।''

''यह क्या बात हुई?'' – प्रभूदयाल हैरानी से बोला।

''साहब, कई गवाहों से हम इस बात की तसदीक कर चुके हैं कि टोनी फ्रांकोजा के दिमाग में नुक्स है। उसके भाई-बहन उसके दिमागी नुक्स को उसकी दिमागी कमजोरी का दर्जा देकर ढकना-छुपाना चाहते हैं। हकीकतन वह एक मैंटल केस है जिसे फौरन इलाज की जरूरत है। लोग कहते हैं कि एकाएक उसका दिमाग कुछ ऐसी कलाबाजी खाता है कि वह बहुत हिंसक हो उठता है। अपनी उस हालत में वह एक ही हथियार तलाश करता है।''

''चाकू?''

''जी हां। उसके घर वालों को उसकी यह आदत मालूम है। इसलिए वे उसे वह थियेटर वाला नकली चाकू देकर रखते हैं ताकि वह किसी को घायल न कर सके। वैसे ही एक नकली चाकू से उसने सूसन पर आक्रमण करने की कोशिश की थी।''

''घर वालों द्वारा ऐसी सावधानी बरती जाने से पहले क्या पता वह असली चाकू से किसी को घायल कर चुका हो!''

''हो सकता है, साहब।''

''जो आदमी चाकू चला सकता है, वह खुखरी भी चला सकता है। हो सकता है ऐसे ही किसी दिमागी दौरे के आलम मे उसने पहले पादरी और सूसन को गोली मार दी हो और फिर सूसन का गला काट दिया हो। जिस ढंग से सूसन का गला कटा पाया गया है, वह किसी हिले हुए दिमाग वाले आदमी का ही काम हो सकता है।''

''लेकिन, साहब'' – बंसल बोला – ''गुस्ताखी माफ हो, बढ़ईगिरी टोनी के बस का काम नहीं। किश्ती वह नहीं बना सकता था। अकेला तो वह हरगिज भी नहीं बना सकता था। उसमें इतनी काबलियत नहीं।''

''तुम ठीक कह रहे हो। लेकिन सूसन का कटा हुआ गला फिर भी उसी की तरफ संकेत करता है।''

बंसल खामोश रहा।

''और क्या कहता है एलबर्ट?''

''सबसे ज्यादा मार्के की बात एलबर्ट ने यह बताई है, साहब, कि पादरी और सूसन के अफेयर की कई लोगों को खबर थी और लोग इसके अंजाम से फिक्रमन्द थे।'' – बंसल बोला।

''अच्छा!''

''जी हां। पिछले साल चर्च में बड़े गोपनीय ढंग से हुई एक मीटिंग के बारे में उसने मुझे बताया है जिसमें पादरी, उसकी बीवी और बीवी के दोनों भाइयों के अलावा चर्च की मैनेजिंग कमेटी का चेयरमैन – वह शख्स जो चर्च के पादरी की नियुक्ति करता है – भी शामिल हुआ था। एलबर्ट कहता है कि चेयरमैन के उस अप्रत्याशित आगमन से उत्सुक होकर ही उसने चुपचाप उस मीटिंग में हुआ तमाम वार्तालाप सुना था। वार्तालाप का विषय पादरी और सूसन का कथित अफेयर ही था जिसके बारे में सारी स्थानीय क्रिश्चियन कम्यूनिटी में तरह-तरह की अफवाहें उड़ रही थीं और चर्च के हित में जिस पर अंकुश लगाया जाना जरूरी था। जो अफवाह सबसे ज्यादा जोर पकड़ रही थी, वह यह थी कि पादरी सूसन को लेकर भाग जाने वाला था। एक तो वह पादरी – क्रिश्चियन कम्यूनिटी के धर्म का रखवाला – ऊपर से सूसन किसी की ब्याहता, औलाद वाली बीवी। यह एक बहुत बड़े स्कैण्डल की बुनियाद थी इस लिए भारी चिन्ता के काबिल बात थी। चेयरमैन इसी बात की जांच-पड़ताल करने खुद वहां आया था। उनके उस गुप्त वार्तालाप से यह भी जाहिर हुआ था कि हकीकत जानने की नीयत से चेयरमैन ने किसी प्राइवेट डिटेक्टिव एजेन्सी की मदद ली थी।''

''यानी पादरी के पीछे प्राइवेट डिटेक्टिव लगे हुए थे?''

''उसके पीछे भी और सूसन के पीछे भी। दोनों के पीछे, साहब। अफवाहों पर तो चेयरमैन को विश्वास ही नहीं आया था। प्राइवेट डिटेक्टिव एजेन्सी की

रिपोर्ट के बाद ही वह माना था कि ऐसा कोई लव अफेयर वाकई परवान चढ़ रहा था। यहां एक यह बात बड़ी अजीब भी है और दिलचस्प भी कि पादरी और सूसन की निगरानी करते प्राइवेट डिटेक्टिवों की जानकारी में जॉर्जटाउन की पन्द्रह नम्बर इमारत में स्थित उनका प्रेम घरौंदा नहीं आ सका था, हालांकि अपनी निगरानी के दौरान भी उनके कदम, इकट्ठे या अलग-अलग, कई बार वहां पड़े होंगे। अब पता नहीं प्राइवेट डिटेक्टिव लोग उनके पीछे लगकर उस खाली मकान तक पहुंच नहीं सके या वहां पहुंचकर भी वे उसकी अहमियत न समझ सके। बहरहाल इतना स्थापित करने में वे कामयाब हो गए थे कि दोनों में लव अफेयर चल रहा था। चेयरमैन उन लोगों की रिपोर्ट के बाद ही पादरी फादर जोसेफ कॉटन से मिलने आया था।''

''पादरी तो उस इल्जाम से साफ मुकर गया होगा?''

''लव अफेयर से तो वह साफ मुकर गया, जो कि उससे अपेक्षित ही था, लेकिन प्राइवेट डिटेक्टिवों की रिपोर्ट की रू में हर बात से मुकर जाना क्योंकि उसके लिए सम्भव नहीं था इसलिए इतना उसने कबूल किया था कि वह एक-दो बार सूसन के साथ ड्राइव के लिए जरूर गया था और एक-दो बार सूसन के इत्तफाकिया कहीं मिल जाने की वजह से वार्तालाप करने के लिए वह उसके साथ किसी पार्क या किसी रेस्टोरेन्ट में जरूर बैठ गया था लेकिन इस बात का उसने बड़ा तीव्र विरोध किया कि उन दोनों के बीच कोई नाजायत ताल्लुकात थे। इसे आप पादरी का कमाल मानिये कि उसके उस विरोध से सब बहुत प्रभावित हुए थे और यहां तक सोचने लगे थे कि कहीं वे बेचारे पर खामखाह तो शक नहीं कर रहे थे। इसीलिए उस पर और इल्जाम लगाने की जगह बड़ी नर्मी से उसे समझाया गया कि बात चाहे झूठी और बेबुनियाद थी लेकिन लोग क्योंकि ऐसा समझते थे और इस बारे में अनाप-शनाप कुछ कहने वाले की क्योंकि जुबान नहीं पकड़ी जा सकती थी इसलिए ऐसी बात को तूल पकड़ने से रोकने के लिए उसे कुछ करना चाहिए था। जवाब में पादरी ने बड़ी संजीदगी से वादा किया था कि वह सूसन से दोबारा कभी भी कहीं भी, कतई नहीं मिलेगा। पहले की तरह

वह उससे कहीं टकरा भी जाएगी तो वह कन्नी काट जाएगा। उसके उस वादे से पूरी तरह से सन्तुष्ट होकर ही चेयरमैन वहां से विदा हुआ था हालांकि पादरी पर लगा इल्जाम सही पाया जाने की सूरत में वह उसे फौरन डिसमिस कर देने की नीयत से वहां आया था।''

''पादरी के परिवार की भी उस वादे से तसल्ली हो गई थी?''

''हो ही गई होगी। पादरी के पीछे प्राइवेट डिटेक्टिव लगाए होने की वजह से अफेयर की इनसाइड इन्फर्मेशन होने के बावजूद जब चेयरमैन की तसल्ली हो गई थी तो उन लोगों की तसल्ली भला क्योंकर न होती, केवल अफवाहें ही जिनके पास पादरी पर शक करने की बुनियाद थीं?''

''चेयरमैन का नाम क्या है?''

''हेनरी सिल्वेस्टर।''

''हेनरी सिल्वेस्टर।'' – प्रभूदयाल ने नाम दोहराया – ''और बकौल विलियम डेनिंग, वह पीटर फ्रांकोजा का जिगरी यार है। चर्च की मैनेजिंग कमेटी का चेयरमैन है तो पैसे और रसूख वाला आदमी भी जरूर होगा!''

बंसल खामोश रहा।

''आगे बढ़ो।''

''बातें इतनी हैं, साहब, कि मैं उन्हें आपको किसी तरतीब से नहीं बता पा रहा हूं। जो मेरे जेहन में पहले आ जाती है, उसे मैं पहले . . .''

''आई अन्डरस्टैण्ड। नैवर माइन्ड दैट।''

''यस, सर।'' – बंसल एक क्षण ठिठका और फिर बोला – ''पीटर फ्रांकोजा के हाउसहोल्ड से चोरी-छुपे की गई पूछताछ से हमें एक बहुत मार्के की बात मालूम हुई है, साहब।''

''क्या?'' – प्रभूदयाल उतावले स्वर में बोला।

''उसके एक नौकर का कहना है कि रात को नौ बजकर कुछ मिनट पर पीटर फ्राकोंजा के लिए एक टेलीफोन काल आई थी।''

''इसमें मार्के की क्या बात हुई?''

''साहब, वह काल जॉर्जटाउन के उस खाली मकान में लगे फोन से की गई थी।''

''क्या!'' – प्रभूदयाल हैरानी से बोला।

''मैं हकीकत बयान कर रहा हूं, साहब।''

''नौकर को क्या मालूम काल कहां से आई थी?''

''साहब, फोन पहले नौकर ने ड्राइंगरूम में उठाया था। दूसरी ओर से बोलने वाले ने जब पीटर से बात करने की इच्छा प्रकट की थी तो उसने फोन की तार उसके सॉकेट से निकाल ली थी और फोन को लेकर बैडरूम में चला गया था जहां कि पीटर मौजूद था। वहां उसी लाइन का एक और सॉकेट था जिसमें लाइन को प्लग करके नौकर ने रिसीवर पीटर को दे दिया। नौकर का कहना है कि उस टेलीफोन काल को सुनकर पीटर बहुत आन्दोलित हुआ था और फौरन वहां से कूच कर गया था।''

''लेकिन नौकर को यह कैसे मालूम है कि काल जॉर्जटाउन वाले खाली मकान से आई थी?''

''मैं वही बता रहा हूं, सर।''

''जल्दी-जल्दी बोलो। किस्तों में बात मत करो।''

''नौकर टेलीफोन को नीचे ड्राइंगरूम में वापस ले आया था। उसने टेलीफोन की तार वापस सॉकेट में लगाकर रिसीवर कान से लगाया था तो उसे डायल टोन नहीं सुनाई दी। किसी तरीके से लाइन हैल्डअप हो गई थी। उसने खुद कहीं अपना पर्सनल फोन करना था इसलिए वह उतावला हो रहा था। उसने जोर-जोर से पलंजर खटखटाना शुरू किया तो थोड़ी देर बाद दूसरी तरफ से कोई बोला। नौकर ने उसका नम्बर पूछा तो उसे वही नम्बर बताया गया जो कि जॉर्जटाउन की पन्द्रह नम्बर इमारत का है। नौकर ने उन्हें लाइन काटने के लिए कहा तो उत्तर मिला कि उन्होंने तो लाइन काट दी हुई थी, उनकी तो बात हो चुकी थी!''

''यानी एक्सचेंज के किन्हीं कलपुर्जों की खराबी की वजह से वह पीटर के

लिए आई फोन काल ही अभी फंसी हुई थी?''

''यस, सर। उसके बाद भी नौकर कितनी ही देर पलंजर खटखटाता रहा था तो कहीं जाकर डायल टोन लौटी थी।''

''खाली मकान से पीटर को फोन किया किसने था – किसी औरत ने या किसी आदमी ने?''

''नौकर इस बारे में बहुत अनिश्चित है।''

''क्यों?'' – प्रभूदयाल के माथे पर बल पड़ गए – ''क्या वह औरत और आदमी की आवाज में फर्क नहीं पहचान सकता?''

''साहब, वह कहता है कि लाइन खराब थी, आवाज साफ नहीं आ रही थी, आवाज के साथ अजीब-सी खड़-खड़ हो रही थी – शायद उसी नुक्स की वजह से बाद में लाइन हैल्डअप हुई थी – इसी वजह से वह आवाज को ठीक से समझ नहीं सका था। वह कहता है कि वह किसी मोटी आवाज वाली औरत की या किसी बारीक आवाज वाले आदमी की फोन काल हो सकती थी।''

''नॉनसैंस!''

बंसल चुप रहा।

''लेकिन यह हकीकत है कि उस फोन काल के आने के बाद पीटर घर से निकलकर कहीं चल दिया था?''

''जी हां।''

''और वह फोन काल खाली मकान में लगे टेलीफोन से की गई थी?''

''ऐसा ही लगता है।''

''यानी अब यह शर्तिया कहा जा सकता है कि पीटर फ्रांकोजा ने झूठ बोला। कल रात वह अपने घर पर नहीं था।''

''यस, सर।''

''हमें नौकर से उसका आमना-सामना कराना होगा। नौकर ऐन वक्त पर कहीं गायब तो नहीं हो जाएगा?''

''नहीं होगा, साहब।'' – बंसल पूरे विश्वास के साथ बोला – ''लेकिन,

साहब . . .''

''हां।''

''साहब, जहां तक कत्ल का सवाल है वहां तो यह टेलीफोन काल पीटर को गुनहगार साबित करने की जगह उलटे बेगुनाह साबित करती है।''

''मतलब?''

''साहब, खाली मकान में गोलियां तो पौने नौ बजे चली थीं जबकि वह टेलीफोन काल नौ बजे के बाद आई थी जिसे सुनते ही पीटर आनन-फानन में घर से भागा था। इसका तो मतलब यह हुआ कि कत्ल के वक्त वह अपने घर पर मौजूद था।''

''जब वह गुनहगार नहीं है तो उसने झूठ क्यों बोला? उसने साफ क्यों नहीं कहा कि नौ बजे के बाद किसी वक्त वह घर से बाहर कहीं गया था? झूठ वह खामखाह बोलता नहीं हो सकता, वह किसी बहुत ही खतरनाक बात पर पर्दा डाले रखने के लिए झूठ बोल रहा है और वह खतरनाक बात कत्ल से ताल्लुक रखती ही हो सकती है।''

बंसल खामोश रहा।

''बहरहाल उस काल के बारे में हम उससे सवाल तो करेंगे ही!''

''यस, सर।''

''आगे बढ़ो।''

''चर्च की, विलियम डेनिंग के घर की और फिर से खाली मकान की भी बड़ी बारीकी से तलाशी ली गई है, लेकिन कहीं से भी कोई सूत्र हाथ नहीं लगा है। पादरी के घर की तलाशी अभी भी जारी है, लेकिन वहां से कुछ हाथ लगने की उम्मीद अब नहीं के बराबर रह गई है।''

''दैट्स टू बैड।''

''जॉर्जटाउन में नदी के किनारे एक स्थान पर एक छोटी सी कुटिया है जहां कि एक साधु बैठता है जिसकी उस इलाके में बड़ी मान्यता है। वह लोगों के हाथ देखकर उनका भविष्य बताता है और लोगों का कहना है कि उसकी

भविष्यवाणियां हमेशा सच निकलती हैं। हम इस उम्मीद में, कि शायद उस साधु की मशहूरी से प्रभावित होकर कभी पादरी और सूसन भी उसके पास गए हों, पूछताछ के लिए उस साधु के पास पहुंचे थे तो मालूम हुआ था कि वे दोनों वाकई कई बार अपना भविष्य जानने के लिए उसके पास गए थे।''

''उन्हें ऐसी बातों में विश्वास था?''

''पादरी का पता नहीं लेकिन सूसन को शर्तिया था। साधु का कहना है कि सूसन उससे अपने भविष्य के बारे में बहुत सवाल किया करती थी, लेकिन पादरी सूसन की जिद पर भी उसके सामने अपना हाथ पेश करने को तैयार नहीं होता था।''

''यानी कि पादरी सूसन की खातिर वहां जाता था?''

''ऐसा ही लगता था।''

''फिर?''

''वे दोनों साधु की मौजूदगी में कई बार यह सोचकर इंगलिश में वार्तालाप करने लगते थे कि साधु को तो इंगलिश आती नहीं होगी लेकिन वह साधु बहुत पहुंची हुई चीज है, इंगलैण्ड, अमरीका तक घूमा हुआ है पट्ठा। वह . . .''

''मतलब की बात करो।''

''साधु ने एक बार उन्हें चर्च में मौजूद किसी गुप्त जगह का जिक्र करते सुना था जिसे कि वे पोस्ट ऑफिस की तरह इस्तेमाल करते थे।''

''तुम्हारा मतलब है उस जगह के माध्यम से वे आपस में चिट्ठियों का आदान-प्रदान करते थे?''

''यस, सर।''

''कहां है वह जगह चर्च में?''

''यह उसने नहीं बताया था, साहब।''

''तलाश करो।''

''जरूर, साहब।''

''मुमकिन है अभी भी कोई चिट्ठी वहां पड़ी हो।''

''यस, सर।''

''आगे?''

''हालांकि कुछ हासिल होने की उम्मीद नहीं थी लेकिन रुटीन के तौर पर हम पायर नम्बर पांच पर भी पहुंचे थे जहां कि 'सनराइज़' नामक वह याट खड़ा है जिसका कि विलियम केयरटेकर है। विलियम ने कम से कम यह बात तो सच कही थी कि वह अपने पीछे याट की रखवाली की जिम्मेदारी अपने एक गुलाम हैदर नामक दोस्त के जिम्मे छोड़कर आया था। गुलाम हैदर कहता है कि विलियम यह कहकर वहां से गया था कि वह घर पर अपनी दवाई की शीशी भूल आया था जिसे वह लेने जा रहा था। वह कहता है कि वह एक घण्टे में लौट आने को कहकर गया था लेकिन लौटा आधी रात के बाद किसी वक्त था।''

''आई सी।''

''अब एक बहुत ही मजेदार बात सुनिए।''

''वह क्या?''

''लिटन रोड के इलाके के कुछ लोगों का कहना है कि वह चर्च प्रेतबाधा से ग्रस्त है।''

''क्या!''

''लोग कहते हैं रात को चर्च में और उसके आसपास कोई प्रेतात्मा मंडराती रहती है। वे कहते हैं कि जरूर रात को सेंट माइकल का प्रेत वहां विचरता है।''

''किसी ने देखी है ऐसी कोई प्रेत आत्मा?''

''जी हां। कहते हैं शुरू में कई लोगों ने ऐसा दावा किया था कि रात के अन्धेरे में उन्होंने प्रेत आत्मा को वहां विचरते देखा था लेकिन उन्हें यह समझाकर चुप करा दिया गया था कि ऐसी बातों से चर्च की बदनामी होती है और उसे भुतहा समझा जा सकता था। लोग चुप तो हो गए थे लेकिन प्रेतात्मा का विचरना बन्द नहीं हुआ था, अलबत्ता घट जरूर गया था।''

''तुम भूत-प्रेतों को मानते हो?''

''नहीं, साहब। मैं नहीं मानता।''

''मैं खुद नहीं मानता। लेकिन लोगों ने अगर कोई प्रेत आत्मा विचरती देखी है तो इस बात का कोई जवाब भी होगा!''

''जरूर होगा।''

''वह जवाब हमने मालूम करना है।''

''पाठक साहब!'' – प्रभूदयाल मेरी तरफ घूमकर धीरे से बोला – ''इस केस में भूत-प्रेत क्यों टपका दिए?''

''मैं भूतों को नहीं मानता।'' – मैं सहज स्वर में बोला।

''जानकर खुशी हुई। अब मुझे मालूम करना होगा कि कौन रात के अन्धेरे में चर्च में विचरता है जिसे कि देखने वाले सेंट माइकल का प्रेत समझ लेते हैं।''

मैं केवल मुस्कराया।

''साहब!'' – बंसल बोला।

''हां।'' – प्रभूदयाल बोला।

''आपने फिर हवलदार जगदीश को पाठक साहब कहा।''

''यह भी प्रेतबाधा है।'' – प्रभूदयाल मुस्कराता हुआ बोला – ''इस वक्त मैं दरअसल हवलदार जगदीश के भीतर घर किए बैठे प्रेत से सम्बोधित था।''

''साहब!'' – इस बार जगदीश बोला – ''आप तो मुझे डरा रहे हैं!''

''अजीब आदमी हो! पुलिस के इतने बहादुर हवलदार होते हुए डरते हो?''

''मैं'' – जगदीश छाती फुलाकर बोला – ''इंसान के बच्चे से नहीं डरता, साहब।''

प्रभूदयाल हंसा।

बंसल और सुधाकर ने भी हंसी में उसका साथ दिया।

सबको हंसते देखकर मैंने भी दांत निकाल दिए।

कुछ क्षण बाद जब हंसी का दौर खत्म हुआ तो प्रभूदयाल सुधाकर से सम्बोधित हुआ – ''तुम भी कुछ बोलो, भई! तुमने भी कुछ किया है या सब कुछ बंसल ने ही किया है!''

''साहब'' – सुधाकर तनिक गर्वपूर्ण स्वर में बोला – ''मैंने पादरी की वर्तमान

और भूतपूर्व दोनों सेक्रेट्रियों को खोज निकाला है।''

''वैरी गुड।''

''दोनों ही इस वक्त हैडक्वार्टर में मौजूद हैं।''

''अच्छा किया। वैसे तुम्हारी अपनी रीडिंग क्या है उन दोनों के बारे में?''

''साहब, पुरानी सेक्रेट्री हेलेन रीडली तो यह समझ लीजिए कि बिल्कुल ईसा मसीह की भेड़ है। लेकिन सिल्विया नोरिस नामक नई सेक्रेट्री तो साक्षात तोप का गोला है।''

''यह बात?''

''जी हां।''

''अब जरा मुझे तरतीब से उनके बारे में सोचने दो। पहली सेक्रेट्री हुई हेलेन रीडली। दूसरी मिसेज सूसन डेनिंग जो कि बेचारी कल इन्तकाल फरमा गई और तीसरी सिल्विया नोरिस हुई, पादरी की वर्तमान सेक्रेट्री जो कि, बकौल तुम्हारे, साक्षात तोप का गोला है!''

''यस, सर।''

''हेलेन, सूसन, सिल्विया। ये विलायती नाम याद रखने भी तो समस्या है! फिर यह याद रखना मुहाल है कि पादरी साहब की कितने नम्बर की सेक्रेट्री का कौन-सा नाम है! पहला हेलेन, दूसरा सूसन, तीसरी सिल्विया। ओके?''

''यस, सर।''

''पहले पहली के बारे में बताओ।''

''हेलेन रीडली के बारे में?''

''हां।''

''हेलेन आजकल मैजेस्टिक सर्कल पर स्थित एक बहुत बड़ी एडवरटाइज़िंग एजेन्सी में वहां के जनरल मैनेजर की सेक्रेट्री है। मैजेस्टिक सर्कल पर ही कम्पनी से मिले एक फ्लैट में वह अपने माता-पिता और एक विवाहित भाई से साथ रहती है। उसे वहां से बहुत अच्छी तनखाह मिलती है लेकिन उसके घर में उसकी तनखाह का कोई तलबगार नहीं है। उसका भाई बहुत बढ़िया सरकारी नौकरी

करता है और उसके पिता के पास भी रिटायरमेंट से पहले का बचाया हुआ बहुत पैसा है। इतना होने के बावजूद वह बहुत सादी जिन्दगी बिताती है। कपड़ों पर, कास्मैटिक्स पर, जेवरात पर और मौज-मेले जैसी किसी भी बात पर वह पैसा खर्च नहीं करती।''

''कमाल है! कितनी तनखाह पाती है?''

''बारह सौ रुपये। और चार सौ रुपये की एक पार्टटाइम जॉब भी करती है। मैजेस्टिक सर्कल पर ही स्थित एक चार्टर्ड एकाउन्टेण्ट के यहां।''

''इतनी रकम में से खर्चती कुछ नहीं?''

''खर्चती है लेकिन नहीं के बराबर। सिर्फ इन्तहाई जरूरी चीजों पर पैसा खर्चती है। मैंने पहले ही कहा है कि किसी शौक, किसी फैशन, किसी मौज-मेले पर वह एक काला पैसा भी खर्च नहीं करती।''

''तो फिर इतना पैसा जो वह कमाती है, उसका करती क्या है?''

''क्या पता क्या करती है!''

''यानी कंजूस है।''

''और लालची भी। वरना इतनी अच्छी नौकरी करती होने के बावजूद पार्टटाइम जॉब क्यों करती?''

''उम्र कितनी है?''

''नौजवान है। पच्चीस-छब्बीस से ज्यादा की तो नहीं लगती!''

''कोई ब्वॉय फ्रेंड?''

''लगता तो नहीं कि हो।''

''देखने में कैसी है?''

''खूबसूरत है लेकिन हुलिया ऐसा बनाकर रखती है जैसे भरपेट खाना भी न खाती हो।''

''इस हद तक कंजूस नहीं हो सकता कोई।''

''नहीं हो सकता, लेकिन साहब, उसके रख-रखाव से तो किसी को भी यह धोखा हो सकता है।''

''हूं। ठीक है, पहले उसी को बुलाओ।''

''यस, सर।''

''और, बंसल!''

''यस, सर।'' – बंसल बोला।

''उसके आते ही उसे पानी का गिलास पेश करना न भूलना।''

''उसके फिंगरप्रिंट्स लेने के लिए?''

''हां।''

''नहीं भूलूंगा, साहब।''

हेलेन रीडली देखने में वैसी ही निकली जैसी कि सुधाकर ने उसे बताया था। उसका परिधान ही विलायती था वरना उसके चेहरे पर साध्वियों जैसे भाव थे। उसके नयन-नक्श खूबसूरत थे लेकिन आंखों के नीचे की काली झाइयां और गालों में दिखाई देने वाला हल्का-सा पिचकापन वाकई इस बात की चुगली करता मालूम होता था जैसे उसे भरपेट खाना न नसीब होता हो।

प्रभूदयाल के संकेत पर वह एक कुर्सी पर बैठ गई।

बंसल ने उसे पानी का गिलास पेश किया जो कि उसने बड़े मशीनी अन्दाज से ट्रे पर से उठा लिया और पानी पीकर वापस ट्रे पर रख दिया।

बंसल ने गिलास वाली ट्रे को फौरन फिंगरप्रिंट्स एक्सपर्ट के पास भिजवा दिया।

उसकी उम्र के बारे में सुधाकर का अन्दाजा ज्यादा गलत नहीं था। हेलेन ने अपनी उम्र अट्ठाईस साल बताई। उसने बताया कि बी.ए. पास करने के बाद उसने टाइप-शार्टहैण्ड का कोर्स किया था और जो पहली नौकरी उसे हासिल हुई थी, वह फादर जोसेफ कॉटन की प्राइवेट सेक्रेट्री की थी।

''पादरी साहब की नौकरी आपने कितना अरसा की थी?'' – प्रभूदयाल ने नम्र स्वर में पूछा।

''तकरीबन ढाई साल।'' – हेलेन ने बताया।

''वह नौकरी छोड़ी क्यों आपने?''

''दरअसल वह नौकरी बहुत सख्त थी। वे कोई थीसिस तैयार कर रहे थे जिसका विषय कुछ ज्यादा ही विस्तृत और गम्भीर था। लम्बी लम्बी डिक्टेशन, फिर टाइप, फिर करैक्शन, फिर करैक्टिड स्क्रिप्ट की टाइप। ऊपर से लम्बे-लम्बे आर्टीकल जो वे डिक्टेट कराकर तैयार करवाते थे। फिर उनकी व्यक्तिगत खतो-किताब। बहुत काम था। बहुत ज्यादा काम था। छुट्टी लेने नहीं देते थे। नतीजा यह हुआ कि ढाई साल में मेरी हालत ऐसे इंजन जैसी हो गई जिसका ईंधन चुक गया हो। मेरे डॉक्टर ने मुझे राय दी कि मुझे आराम की सख्त जरूरत थी। यह बात पादरी साहब को बताकर मैं एक रिश्तेदार के यहां विश्वनगर चली गई। जब मैं वापस लौटी तो मुझे मालूम हुआ कि पादरी साहब तो पहले ही किसी और को मेरी जगह दे चुके थे।''

''मिसेज डेनिंग को?''

''जी हां।''

''आपका क्या खयाल है, पादरी साहब का और मिसेज डेनिंग का अफेयर था?''

''ऐसी अफवाहें तो मैंने खूब सुनी थीं!'' – वह तनिक सकुचाए स्वर में बोली – ''हकीकत तो ईश्वर ही जाने क्या थी!''

''आई सी।''

उसके बाद भी प्रभूदयाल ने पादरी से ताल्लुक रखते बहुत सवाल हेलेन से पूछे लेकिन नतीजा कुछ न निकला। हेलेन ने हर बात का पूरी संजीदगी और पूरी जिम्मेदारी से जवाब दिया लेकिन उसके किसी भी जवाब से कोई जानकारी न हासिल हो सकी।

उसे और कुरेदना वक्त की बरबादी मानकर प्रभूदयाल ने उसका धन्यवाद किया और उसे वहां से विदा कर दिया।

वह कमरे से बाहर निकल गई तो प्रभूदयाल की निगाह उसके द्वारा खाली की गई कुर्सी पर पड़ी।

वहां उसका पर्स पड़ा था।

''सुधाकर!'' – प्रभूदयाल बोला – ''उसका पर्स यहां रह गया है, जरा लपककर दे जाओ।''

सुधाकर ने पर्स उठाया और बाहर की तरफ लपका।

''ठहरो।'' – एकाएक प्रभूदयाल बोला।

सुधाकर ठिठका, घूमा, उसने प्रश्नसूचक नेत्रों से प्रभूदयाल की तरफ देखा।

''इधर आओ।''

सुधाकर प्रभूदयाल के समीप पहुंचा।

प्रभूदयाल ने उसके हाथ से पर्स ले लिया ओर उसे खोलकर उसने जल्दी-जल्दी भीतर की चीजें टटोलनी आरम्भ कीं।

एक तह किया हुआ कागज हाथ में आने पर वह ठिठका।

उसने उसे खोला तो पाया कि वह मनीऑर्डर भेजने वाले के पास पावती की स्वीकृति के रूप में लौटकर आने वाला मनीऑर्डर फार्म का अधपन्ना था।

वह छः सौ रुपये के मनीआर्डर की रसीद थी जो कि मिशन स्कूल इकबालपुर की मैट्रन के नाम भेजा गया था।

प्रभूदयाल ने विचित्र भाव से मेरी तरफ देखा।

मैं जानबूझकर परे देखने लगा।

उसने अधपन्ना वापस पर्स में रख दिया और पर्स बन्द कर दिया।

तभी दरवाजे पर हेलेन रीडली प्रकट हुई। वह तनिक नर्वस भाव से बोली – ''मेरी पर्स . . .''

''यहां रह गया था।'' – प्रभूदयाल मीठे स्वर में बोला – ''मैं इसके साथ आपके पीछे आदमी दौड़ा ही रहा था कि आप ही लौट आईं। यह रहा आपका पर्स।''

उसने हेलेन की तरफ पर्स बढ़ा दिया।

चेहरे पर कृतज्ञता के भाव लिए वह आगे बढ़ी। उसने प्रभूदयाल के हाथ से पर्स ले लिया।

''पांच साल पहले'' – प्रभूदयाल सहज भाव से बोला – ''अपने जिन रिश्तेदारों के यहां आराम फरमाने के लिए आप विश्वनगर गई थीं, वे अब भी वहीं रहते हैं?''

''हां।'' – वह तनिक सकपकाए स्वर में बोली – ''क्यों?''

''कुछ नहीं। यूं ही पूछा था। कौन रिश्तेदार हैं आपके वहां?''

''मेरी मौसी रहती है वहां।''

''उसका नाम-पता?''

उसने बताया।

''इकबालपुर में भी आपके कोई रिश्तेदार रहते हैं?''

''इकबालपुर!'' – एकाएक उसके स्वर में घबराहट का पुट आ गया – ''नहीं। नहीं तो! वहां तो मेरा कोई नहीं रहता!''

''आई सी।''

''इकबालपुर के बारे में क्यों पूछा आपने?''

''यूं ही। कोई खास वजह नहीं।''

वह अनिश्चित-सी प्रभूदयाल के सामने खड़ी रही।

''थैंक्यू, मैडम। थैंक्यू आल ओवर अगेन।''

वह बिना एक शब्द बोले घूमी और भारी कदमों से वहां से विदा हो गई।

''अब'' – उसके जाने के बाद प्रभूदयाल बोला – ''मुझे एक ऐसे जिम्मेदार आदमी की जरूरत है जो फौरन, आंधी-तूफान की तरह इकबालपुर रवान हो सके।''

''मैं जाऊं, साहब?'' – सुधाकर बोला।

''नहीं तुम्हारी मुझे यहां जरूरत है। तुम विश्वनगर पुलिस स्टेशन ट्रंककाल लगाओ और वहां की पुलिस के माध्यम से हेलेन की मौसी की बाबत पूछताछ का इन्तजाम करो।''

''यस, सर।'' – सुधाकर बोला और टेलीफोन की तरफ बढ़ा।

''जगदीश को भेज दीजिए, साहब।'' – बंसल ने राय दी।

''नहीं, नहीं। यह इसके बस का काम नहीं।'' – प्रभूदयाल बोला – ''किसी और को बुलाओ।''

''सब-इंस्पेक्टर चन्द्रकान्त के बारे में क्या खयाल है, साहब?''

''हां, वह ठीक है। बुलाओ उसे।''

सब-इंस्पेक्टर चन्द्रकान्त को तलब किया गया।

वह भी सुधाकर की तरह एक कम उम्र नौजवान था जो कि ताजा-ताजा ही पुलिस फोर्स में भरती हुआ था।

प्रभूदयाल ने उसे धीरे-धीरे समझाना शुरू किया कि इकबालपुर जाकर उसने क्या करना था।

''समझ गए?'' – अन्त में प्रभूदयाल बोला।

''यस, सर।'' – चन्द्रकान्त तत्पर स्वर में बोला।

''यह बहुत जिम्मेदारी का काम है।''

''आई अन्डरस्टैण्ड, सर।''

''जाओ।''

वह फौरन वहां से विदा हो गया।

प्रभूदयाल विचारपूर्ण मुद्रा बनाए कई क्षण खामोश बैठा गया। तभी सुधाकर ट्रंककाल बुक कराने से निपटकर वापस उसके सामने आ खड़ा हुआ।

''सेक्रेट्री नम्बर एक से पूछताछ का नतीजा सिफर।'' – प्रभूदयाल बोला – ''नम्बर दो भगवान को प्यारी हो गई। अब नम्बर तीन पर आओ। सुधाकर, सिल्विया नोरिस के बारे में क्या जाना तुमने?''

''सिल्विया'' – सुधाकर बोला – ''पादरी की करेन्ट सेक्रेट्री एक पैंतीस के पेटे में पहुंची हुई खूबसूरत, कुआंरी महिला है। फादर कॉटन के चर्च द्वारा ही चलाए जाने वाले एक बच्चों के स्कूल में वह पढ़ाती है और वह पादरी की एक तरह से पार्ट-टाइम सेक्रेट्री है। टाइप-शार्टहैण्ड इत्तफाक से जानती है, वक्त की उसे कमी नहीं, इसलिए श्रमदान के तौर पर चर्च के एक खिदमतगार की तरह पादरी की सेक्रेट्री की ड्यूटी भुगता देती है।''

''यानी कि पहली दो सेक्रेट्रियों की तरह वह तनखाह हासिल करने वाली कर्मचारी नहीं है?''

''नहीं, साहब।''

''और पैंतीस साल की उम्र में भी कुंआरी है?''

''हां, साहब।''

''वजह?''

''मालूम नहीं हो सकी।''

''रहती कहां है?''

''लिटन रोड पर ही। अपनी एक विधवा मौसी के साथ।''

''मां-बाप नहीं हैं?''

''हैं। लेकिन राजनगर में नहीं रहते। मालूम हुआ है कि वे विशालगढ़ में रहते हैं और वहां के बड़े खानदानी और बड़े इज्जतदार आदमी माने जाते हैं। चर्च की सेवा उनके खानदान की पीढ़ी दर पीढ़ी चली आ रही परम्परा है। वे लोग चर्च की हर गतिविधि में हिस्सा लेते हैं, रेगुलर चन्दा देते हैं और चर्च की और जो कोई भी सेवा मुमकिन हो, वे करते हैं।''

''विशालगढ़ से यहां कैसे पहुंच गई?''

''अपनी मौसी की वजह से। जब वह यहां आई थी, तब उसके मौसा जिन्दा थे। सिल्विया को बड़े शहर की जिन्दगी ज्यादा पसन्द थी, इसलिए वे उसे यहां ले आए। बाद में मौसा मर गए तो उससे मौसी को अकेले छोड़ते न बना। तभी से वह यहीं मौसी के साथ रह रही है। मौसी फादर कॉटन के चर्च में आती थी, वह भी उसके साथ आने लगी। फिर फादर कॉटन की प्रेरणा पर वह चर्च की गतिविधियों में हिस्सा लेने लगी, उनके स्कूल की टीचर बन गई, फिर पादरी साहब की सेक्रेट्री बन गई। पिछले कोई एक साल से वह पादरी की सेक्रेट्री है और बेवजह कुंआरी बैठी है।''

''बेवजह तो दुनिया का कोई काम नहीं होता! वजह तो हर बात की होती है इसलिए इसकी भी जरूर होगी! अलबत्ता जान नहीं पाए तुम उस वजह को!''

‘‘यही समझ लीजिए, साहब। आखिर वक्त की कमी भी तो . . .’’

‘‘नैवर माइन्ड। यू हैव डन वैरी वैल।’’

‘‘थैंक्यू, सर।’’

‘‘अब बुलाओ उसे।’’

‘‘यस, सर।’’

सिल्विया नोरिस बहुत रोब-दाब वाली औरत निकली। उसका कद साढ़े पांच फुट से भी निकलता हुआ था, बाल कटे हुए थे और वह झक सफेद साड़ी और ब्लाउज पहने थी। उसकी आंखों पर सुनहरे फ्रेम वाला निगाह का चश्मा चढ़ा हुआ था और जेवरात के नाम पर वह अपने गले में सोने की एक पतली-सी जंजीर पहने थी, जिसमें लाकेट की जगह क्रास लटका हुआ था।

‘‘हल्लो, इंस्पेक्टर।’’ – वह तपाक से प्रभूदयाल से मिली – ‘‘जरूर आपने मुझे पादरी साहब के और मिसेज डेनिंग के हौलनाक अंजाम की वजह से यहां तलब किया होगा!’’

‘‘बिल्कुल यही बात है, मैडम।’’ – प्रभूदयाल बोला – ‘‘तशरीफ रखिए।’’

‘‘थैंक्यू।’’

बंसल ने पानी का गिलास पेश करने वाली अपनी हरकत को दोहराकर उसकी उंगलियों के निशान भी हासिल किए।

‘‘वैसे आपका यह सब-इंस्पेक्टर।’’ – वह सुधाकर की तरफ इशारा करती बोली – ‘‘पहले ही मुझसे काफी सवाल कर चुका है।’’

‘‘मैं आपका बहुत थोड़ा वक्त लूंगा।’’ – प्रभूदयाल विनयशील स्वर में बोला।

‘‘नहीं, नहीं!’’ – वह हड़बड़ाई – ‘‘यह बात मैंने इसलिए नहीं कही। आप मेरा जितना मर्जी वक्त लीजिए। पुलिस को सहयोग देना मेरा फर्ज है।’’

‘‘यह आपकी मेहरबानी है कि आप ऐसा समझती हैं वरना लोग तो पुलिस को अपने पास भी फटकने देने से परहेज करते हैं।’’

‘‘यह लोगों की नादानी है, नासमझी है।’’

''जानकर खुशी हुई कि पुलिस के बारे में आपके ऐसे खयालात हैं। हौसलाअफज़ाई का शुक्रिया।''

वह मुस्कराई।

''अब असल बात पर आयें?''

''जरूर।''

''जो कुछ हुआ, उसके बारे में आपकी क्या राय है?''

''राय तो इंस्पेक्टर साहब, इस बारे मे मैं क्या बताऊं अपनी, लेकिन अक्लमन्द को इशारे के तौर पर अपना एक जाती खयाल मैं जरूर आप पर जाहिर करना चाहती हूं।''

''वह क्या?''

''मेरी निगाह में मर्द का दर्जा कुएं जैसा और औरत का दर्जा प्यासे जैसा होता है। अब आप मुझे बताइए कि कुआं प्यासे की तरफ लपकता है कि प्यासा कुएं की तरफ?''

''आपका इशारा इस तरफ तो नहीं कि अगर दोनों में कोई अफेयर था तो हकीकतन मिसेज डेनिंग पादरी साहब के पीछे पड़ी हुई थीं!''

''क्या ऐसा नहीं हो सकता?''

''होने को तो क्या नहीं हो सकता लेकिन मैं आपसे पूछ रहा हूं कि क्या ऐसा था?''

''मेरे खयाल से तो था!''

''यानी आपकी निगाह में अगर दोनों में कोई अफेयर था तो उसमें पादरी साहब की कोई गलती नहीं थी!''

''हरगिज भी नहीं थी। हकीकत यह है कि फादर कॉटन एक बहुत भावुक, बहुत नरम दिल और बहुत स्नेहपूर्ण स्वभाव वाले व्यक्ति थे। खुदा ने उन्हें ऐसा व्यक्तित्व और ऐसी दिल जीत लेने वाली मुस्कुराहट दी थी कि कोई उनसे प्रभावित हुए बिना रह ही नहीं सकता था। स्त्रियां उनके इस मीठे स्वभाव से कुछ गलत भी सोचने लगती थीं। उन्हें ऐसा लगता था जैसे पादरी साहब उनकी तरफ आकर्षित हो रहे हों लेकिन हकीकतन ऐसी बात नहीं होती थी। मेरा खयाल है

कि मिसेज डेनिंग भी यूं ही किसी भुलावे में आ गई थी। उसने पादरी साहब की मनुहार करनी आरम्भ कर दी होगी और पादरी साहब से उसका दिल तोड़ते नहीं बना होगा।''

''आप तो पादरी साहब की बाकायदा वकालत कर रही हैं!''

''इसलिए कर रही हूं कि मामला मिसेज डेनिंग का है जिसकी कि मैं जात पहचानती हूं। इंस्पेक्टर साहब, सारी गलती उसी औरत की थी। उसी ने पादरी साहब के पीछे पड़कर उन्हें नष्ट किया था और गलत राह पर लगाया था। जैसे कोई जेबकतरा जेब कतरता है, वैसे ही उस औरत को किसी का भी मर्द कतर लेने में महारत हासिल थी। किसी का हसबैंड, किसी का ब्वॉय फ्रेंड, किसी की मंगेतर उस औरत की मौजूदगी से सेफ नहीं थी।''

''और लोगों की बात और है लेकिन फादर कॉटन तो पादरी था, खुदा का भक्त था, धर्मोपदेशक था, लोगों का रहनुमा था!''

''यह सब कुछ होने के साथ-साथ वह इंसान भी था। इंस्पेक्टर साहब, गुमराह कोई भी हो सकता है, गुमराह करने वाला होना चाहिए।''

''आपकी राय में मिसेज डेनिंग ने पादरी साहब को गुमराह किया था?''

''क्या, ऐसा नहीं हो सकता?''

''सवाल मैंने किया था।''

''मेरी राय तो यही है कि अगर उन दोनों में कोई गलत रिश्तेदारी कायम थी तो तमाम किया-धरा उस औरत का था।''

''आप चर्च के स्कूल में टीचर हैं, पादरी साहब की सेक्रेट्री भी थीं आप। इस लिहाज से तो आपको पादरी साहब को काफी करीब से देखने-समझने का मौका मिलता होगा?''

''हां।''

''फिर तो आपको इस बात का भी काफी अन्दाजा होगा कि पादरी साहब का विवाहित जीवन कैसा था?''

''है तो सही अन्दाजा!''

''अपनी बीवी से कैसी पटती थी उनकी?''

''वैसी ही जैसी और विवाहित लोगों की पटती है। आपकी कैसी पटती है अपनी बीवी से?''

''ठीक पटती है।'' – प्रभूदयाल तनिक हड़बड़ाकर बोला।

''उनकी भी ठीक ही पटती थी। इंस्पेक्टर साहब, कई सालों के ब्याहे लोगों को अगर एक-दूसरे से शिकायत होती भी है तो वे एडजस्ट कर लेते हैं। आप तो बेहतर समझते होंगे इस बात को। हनीमून मार्का रोमांस और लगाव शादीशुदा लोगों का सारी उम्र साथ नहीं देता। निरन्तर साथ में हमेशा ही ऐसा होता है कि मुहब्बत की आग ठण्डी पड़ती जाती है और उस पर राख की परतें चढ़ती जाती हैं। फिर एक दिन ऐसा भी आता है जब वह आग मुकम्मल तौर पर बुझ जाती है और राख कुरेदने से, फूंकें मारने से भी जिन्दा नहीं हो पाती। शादीशुदा लोगों को ऐसी तब्दीलियों की आदत हो जाती है। इसलिए ऐसी तब्दीलियों से जरूरी नहीं कि उनकी जिन्दगियों में कोई तबाही आ जाए!''

''आपकी बातों का क्या मैं यह मतलब लगाऊं कि पादरी साहब और उनकी बीवी में मुहब्बत का कोई जज्बा बाकी नहीं था, वे सिर्फ झेल रहे थे एक-दूसरे को?''

''आप तो बड़ा ईंट मारने जैसा मतलब निकाल रहे हैं।''

''लेकिन बड़ा सही मतलब निकाल रहा हूं।''

''चलिए, ऐसा ही समझ लीजिए। देखिए, औरत-मर्द को शादी के बन्धन में बांधे रखने वाली और भी बहुत-सी बातें होती हैं। मिसाल के तौर पर फर्ज कीजिए कि आपकी बीवी आपकी सूरत से बेजार है, आपके साथ एक दिन भी काटना अपने लिए सजा मानती है और आप भारत के राष्ट्रपति बन जाते हैं। अब मुझे यह बताइए कि आपसे बेजार होने के बावजूद वह उस रुतबे, इज्जत और आनबान का लोभ छोड़ देगी, जो राष्ट्रपति की बीवी को हासिल होता है?''

''नहीं।''

''ऐग्जैक्टली! वह आपको हर हाल में झेलेगी और आप पर यूं निसार होकर

दिखाएगी जैसे आपसे आगे दुनिया खत्म है।''

''पादरी साहब क्या भारत के राष्ट्रपति बनने वाले थे?'' – प्रभूदयाल तनिक विनोदपूर्ण स्वर में बोला।

''नहीं। वह तो मैंने एक मिसाल दी थी। लेकिन उनका रुतबा बुलन्द होने की गुंजाइश तो उनकी जिन्दगी में हमेशा ही थी! मैंने पहले ही कहा है कि फादर कॉटन एक बहुत महत्त्वाकांक्षी व्यक्ति थे और अपनी जिन्दगी से बहुत उम्मीदें रखते थे। आने वाले दिनों में वे लाट पादरी बनने के सपने देख रहे थे। उनकी बीवी उनके सपनों से नावाकिफ नहीं थी और यह भी खूब जानती थी कि उनके सपने सच हो सकते थे। कहने का मतलब यह है कि जितना अरमान फादर कॉटन का लाट पादरी बनने का था, उससे कहीं ज्यादा अरमान मिसेज कॉटन का लाट पादरी की बीवी बनने का था।''

''यानी अगर यह बात न होती तो दोनों की रिश्तेदारी खटाई में पड़ सकती थी?''

''पड़ तो सकती थी!''

''यानी कल को पादरी साहब के बहुत बड़ा आदमी बन जाने की उम्मीद ही वह तसल्ली थी जो मिसेज कॉटन को अपने पति की मुखालफत करने से रोकती थी?''

''यही समझ लीजिए।''

''एक बात तो माननी पड़ेगी, मैडम!''

''क्या?''

''आप खुद शादीशुदा नहीं, लेकिन शादीशुदा लोगों के सोशल और जज्बाती ताल्लुकात के बारे में बड़ी मार्के की जानकारी रखती हैं?''

उसके होंठों पर एक फीकी-सी मुस्कुराहट आई।

''मैडम, आप पादरी साहब के ताल्लुक में रोज आती थीं इसलिए आपको उनकी रोजमर्रा की गतिविधियों की वाकफियत हुए बिना तो रह नहीं सकती होगी! हाल ही में आपको क्या कोई ऐसा संकेत मिला था जैसे पादरी साहब

इस शहर से बाहर या इस मुल्क से भी बाहर कहीं जाने की तैयारी कर रहे हों?''

''मुझे तो लगा ही था, साथ ही यह अफवाह तो लोगों में भी थी कि पादरी साहब मिसेज डेनिंग के साथ भाग जाने का इरादा रखते थे।''

''अच्छा!''

''जी हां।''

''आपके खयाल से क्या वाकई पादरी साहब का ऐसा कोई इरादा था?''

''मिसेज डेनिंग के साथ भाग जाने के बारे में तो मुझे नहीं मालूम लेकिन कहीं कूच कर जाने की फिराक में तो वे थे। कभी वे ट्रेवल एजेन्सियों में फोन किया करते थे तो कभी यूं कैलेण्डर देखा करते थे जैसे दिन गिन रहे हों। एक बार मैंने उन्हें टेलीफोन पर किसी से लन्दन का और रोम का किराया पूछते सुना था और यह पूछते सुना था कि उन दिनों वहां मौसम कैसा होता था और उन शहरों में वीसा वगैरह की क्या पाबन्दियां थीं।''

''उन्होंने मौसम के बारे में पूछते समय सफर की किसी तारीख या महीने का जिक्र किया था?''

''नहीं।''

''वह टेलीफोन काल उन्होंने आपके सामने की थी?''

''नहीं, काल तो उन्होंने मेरी गैरहाजिरी में की थी लेकिन उसकी काल के दौरान जब मैं वापस लौट आई थी तो मेरे लौटने की उन्हें खबर नहीं लगी थी। वह इसी मुगालते में टेलीफोन पर बात कर रहे थे कि उस वक्त उनकी स्टडी में उनके सिवाय कोई नहीं था।''

''यह कब की बात है?''

''कोई एक महीना पहले की।''

''आई सी। मैडम, अब मैं आपसे एक बड़ा नाजुक सवाल पूछने जा रहा हूं जिसका आप बहुत सोच-समझकर जवाब दीजिएगा। आपके खयाल से क्या मिसेज कॉटन को अपने पति के इन इरादों की खबर थी? और इस बात को लेकर क्या उन दोनों में कभी कोई तकरार, कोई लड़ाई-झगड़ा हुआ था?''

''तकरार, लड़ाई-झगड़ा तो बाद की बातें हैं। मुझे तो यही उम्मीद नहीं कि उसको इस बात की भनक भी थी कि उसका पति कहीं खिसक जाने की फिराक में था।''

''ट्रैवल एजेन्सी में जब वे बात कर रहे थे तो उन्होंने एक आदमी के सफर का जिक्र किया था या दो का? जैसे उन्होंने लन्दन या रोम का किराया पूछा था तो किराया एक जने का पूछा था या दो जनों का?''

''मेरे खयाल में एक जने का।''

''आप हेनरी सिलवेस्टर को जानती हैं?''

''जो चर्च की मैनेजिंग कमेटी का चेयरमैन है?''

''वही।''

''जानती हूं।''

''क्या जानती हैं आप उसके बारे में?''

''क्या से क्या मतलब? आप उसकी मिसेज कॉटन से पुरानी मुहब्बत के बारे में जानता चाहते हैं या उसके बिजनेस में उसके जबरदस्त घाटे के बारे में?''

प्रभूदयाल बड़ी कठिनाई से अपने चेहरे पर उमड़ते उत्तेजना और हैरानी के भावों को अपने काबू में कर पाया।

''दोनों ही बातों के बारे में बताइए!'' – वह प्रत्यक्षतः सहज स्वर में बोला।

''मुहब्बत वाली बात तो बड़ी मामूली है। मिसेज कॉटन की अपने पति से मुलाकात होने से पहले दो आदमियों की उससे कोर्टशिप चल रही थी। एक तो जॉर्ज सैमसन था जो कि आज बहुत बड़ा वकील है और दूसरा आज का चर्च की मैनेजिंग कमेटी का चेयरमैन हेनरी सिलवेस्टर था। तब कुछ लोगों का खयाल था कि हेनरी सिलवेस्टर की निगाह वास्तव में मिसेज कॉटन पर नहीं बल्कि उसकी उस पैतृक सम्पत्ति पर थी जो कि देर-सवेर मिसेज कॉटन को विरासत में मिलने वाली थी। यही वजह थी कि फादर कॉटन से उसकी एकाएक शादी हो जाने के बाद जहां वकील साहब उसके रास्ते से हट गए थे, वहां चेयरमैन साहब फिर भी उसके पीछे पड़े रहे थे और इस बात की भरपूर कोशिश करते रहे थे कि

वे मियां-बीवी में कोई ऐसी गलतफहमी पैदा करने में कामयाब हो जाएं जिससे कि उन दोनों में तलाक हो जाए और फिर वे मिसेज कॉटन से शादी कर लें।''

''अच्छा! ऐसे खतरनाक इरादे रखते थे चेयरमैन साहब?''

''जी हां।''

''लेकिन मियां-बीवी में तलाक की नौबत आज तक न आई होना तो यही साबित करता है कि वे अपने इरादों में कामयाब नहीं हो सके थे!''

''जाहिर है।''

''मिसेज कॉटन के चेयरमैन साहब के बारे में खयालात क्या थे? नापसन्द करती थीं वे उन्हें?''

''नहीं तो! मिसेज कॉटन तो चेयरमैन साहब को काफी पसन्द करती थीं।''

''ज्यादा पसन्द वे किसे करती थीं? चेयरमैन साहब को या वकील साहब को?''

''वकील साहब को। लोग कहते हैं कि मिसेज कॉटन ने अगर जिन्दगी में कभी किसी आदमी से दिल से मुहब्बत की है तो वह वकील जॉर्ज सैमसन था। उन दिनों उन दोनों की सगाई तक हो चुकी थी।''

''फिर भी मिसेज कॉटन ने वह सगाई तोड़कर पादरी साहब से शादी कर ली?''

''हां।''

''वजह?''

वह बड़े रहस्यपूर्ण ढंग से मुस्कराई।

''यानी कि वजह मालूम है आपको?''

उसने मुस्कराते हुए ही सहमति से सिर हिलाया।

''क्या वजह थी? बताइए तो?''

''जॉर्ज सेमसन नास्तिक है। खुदा में, खुदा के बेटे में, विरजिन मेरी में, चर्च में, धर्म में, किसी बात में उसका विश्वास नहीं, मिसेज कॉटन एक धर्मपरायण और खुदा का खौफ खाने वाली औरत है। उसे नास्तिक पति कबूल नहीं था।''

''इसीलिये वकील साहब को छोड़कर उन्होंने एक पादरी से शादी करना पसन्द किया!''

''जोसेफ कॉटन तब पादरी नहीं था, पादरी वह बाद में बना था लेकिन वह नास्तिक नहीं था।''

''चेयरमैन साहब को बिजनेस में जबरदस्त घाटे वाली क्या बात थी?''

''पिछले दिनों उन्होंने अपना बहुत ढेर सारा पैसा फारेन कोलेबोरेशन में भारत में खुली एक कम्पनी में लगाया था। लेकिन वह कम्पनी फेल हो गयी जिसकी वजह से बहुत पैसा डूब गया उनका।''

''ओह!''

''उसी कम्पनी में पैसा लगाने की बड़ी पुरजोर राय उन्होंने अपने जिगरी दोस्त पीटर फ्रांकोजा को भी दी थी। वह तैयार भी हो गया था लेकिन इत्तफाक से वह वक्त रहते अपने बिजनेस में से काफी पैसा नहीं खींच सका था और कम्पनी में पैसा लगाने की तारीख निकल गई थी। कहने का मतलब यह है कि उसकी तकदीर ही अच्छी थी जो वह तबाह होने से बच गया था।''

''आई सी।'' – प्रभूदयाल एक क्षण ठिठका और फिर बोला – ''पादरी साहब से आपके ताल्लुकात कैसे थे?''

''मेरे कैसे ताल्लुकात होने थे उनसे?'' – वह सकपकाकर बोली – ''मेरे उनसे यही ताल्लुकात थे कि मैं बतौर उनकी सेक्रेट्री उनके लिए काम करती थी और जिस चर्च के वे पादरी थे, उसके द्वारा संचालित स्कूल में बच्चों को पढ़ाती हूं।''

''मैं दरअसल कहना यह चाहता था, मैडम, कि अगर आपको कोई ऐसी बात मालूम हो – इत्तफाक से मालूम हो – जो पादरी साहब की छवि धूमिल करती हो और पादरी साहब की मौत के बाद जिसे अपनी ज़ुबान पर लाने से आप हिचकिचा रही हों तो वह भी आपको हमें बतानी चाहिए, हम आपको विश्वास दिलाते हैं कि आपसे हासिल जानकारी को हम आम नहीं होने देंगे अलबत्ता उसकी वजह से हमें पादरी साहब के हत्यारे का सुराग मिल सकता है।''

उसके चेहरे पर ऐसे भाव आए जैसे वह फैसला न कर पा रही हो कि वह क्या कहे और क्या न कहे।

''ओह, कम ऑन!'' – प्रभूदयाल उसे प्रोत्साहन-सा देता बोला।

''देखिये'' – वह पूर्ववत् हिचकिचाती हुई बोली – ''कोई खास बात तो नहीं है लेकिन . . . लेकिन पादरी साहब की कुछ बातें मुझे खटकने वाली जरूर लगती थीं।''

''जैसे?''

''जैसे पादरी होने के नाते जो लम्बा चोगा उन्हें पहनना पड़ता था, कई बार उनके चेहरे पर ऐसे भाव आते थे, जैसे वे उससे विरक्त हों। अपना कालर तो वे मेरे सामने ही यूं खोलने लगते थे जैसे उनका दम घुट रहा हो।''

''अच्छा!''

''फिर पिछले दिनों वे कुछ चिन्तित भी रहने लगे थे। वे किसी बात से आशंकित रहते थे। उनके हाव-भाव से ऐसा लगता था जैसे कोई उनके पीछे पड़ा हो और वे उससे पीछा न छुड़ा पा रहे हों।''

''पीछे तो कोई उनके पड़ा ही हुआ था। आपकी जानकारी के लिए आपके चेयरमैन साहब ने पादरी साहब के पीछे प्राइवेट डिटेक्टिव लगाए हुए थे।''

''जरूर यही बात थी। एक बार एक आदमी मेरे पास भी आया था पादरी साहब के बारे में पूछताछ करने के लिए लेकिन मैंने उसे कुछ नहीं बताया था।''

''आपने यह बात पादरी साहब को बताई थी?''

''कौन-सी बात?''

''यही कि उनके बारे में पूछताछ करता कोई आदमी आपके पास आया था?''

''हां, बताई थी। फौरन बताई थी। उस आदमी के जाते ही बताई थी।''

''यानी उन्हें मालूम था कि उनके बारे में गुप्त रूप से पूछताछ की जा रही थी! यानी वे सावधान थे। इसी वजह से उनके पीछे लगे प्राइवेट डिटेक्टिवों को जॉर्जटाउन वाले खाली मकान की खबर नहीं हो सकी थी।''

वह खामोश रही।

''आप पादरी साहब की प्राइवेट सेक्रेट्री थीं। जब इन्क्वायरी के लिए चेयरमैन साहब पधारे थे तो उन्होंने आपसे कुछ नहीं पूछा था?''

''पूछा था पादरी साहब और सूसन के ताल्लुकात के ही बारे में पूछा था।''

''आपने क्या उत्तर दिया?''

''यही कि उस बारे में मैं कुछ नहीं जानती थी।''

''आई सी। आगे?''

''पादरी साहब के पास कुछ शेयर और कुछ यूनिट के सर्टिफिकेट थे जो कि उनके कथनानुसार उनकी शादी के तुरन्त बाद उनकी पत्नी ने उन्हें दिए थे। पिछले कुछ महीनों में उनमें से काफी शेयर और यूनिट उन्होंने बेच दिए थे।''

''रुपये-पैसों के मामले में वे क्या कुछ फिक्रमन्द रहते थे?''

''पिछले दिनों में ऐसा कुछ लगता तो था!''

''आपकी जानकारी में सूसन को लेकर पादरी और उनकी बीवी में क्या कभी कोई तकरार, कोई झगड़ा-फसाद हुआ था?''

''हुआ था। दो बार तो ऐसी तकरार मैंने ही सुनी थी। मिसेज कॉटन कहती थीं कि चर्च में सूसन का व्यवहार निहायत काबिलेएतराज होता था। उसकी अनुरागभरी आंखें जब देखो, पादरी साहब पर टिकी होती थीं और पादरी साहब से निगाह मिलते ही उसके चेहरे पर ऐसे भाव आते थे जैसे अपने पति को देखकर किसी नवविवाहिता बीवी के चेहरे पर आते हैं। मिसेज कॉटन का इल्जाम था कि सूसन का अगर पादरी से कोई अफेयर था तो ऐसी बात छुपाकर रखने की जगह वह जान-बूझकर उसे लोगों पर जाहिर करने की कोशिश करती थी।''

''जबकि सूसन खुद विवाहित, बाल-बच्चेदार औरत थी!''

''हां।''

''ऐसी बात जाहिर होने में उसकी अपनी भी तो बदनामी थी!''

''सरासर थी। लेकिन मिसेज कॉटन यही कहती थी कि वह तो चाहती थी कि उसका और पादरी साहब का अफेयर लोगों की जानकारी में आए।''

''आपको यह कुछ नाजायज-सा इल्जाम नहीं लगता सूसन पर?''

''लगता है लेकिन फिर भी यह बात अपनी जगह बरकरार है कि सूसन को लेकर पादरी साहब और उनकी बीवी में तकरार होती थी।''

''यू आर राइट। यू आर राइट, मैडम।'' – एकाएक प्रभूदयाल के होंठ मुस्कराहट में फैल गए – ''सहयोग के लिए बहुत-बहुत धन्यवाद, मैडम। अब एक आखिरी दरख्वास्त और कबूल फरमाइए।''

''वह भी कहिए!''

''मैं दोपहरबाद चर्च में आऊंगा। अगर आपसे वहां एक बार फिर मुलाकाल हो सके तो मेहरबानी होगी।''

''किस वक्त आएंगे?''

''जब आपको जंचे।''

''ठीक है।'' – वह उठती हुई बोली – ''लंच के बाद कभी भी आ जाइयेगा।''

''शुक्रिया। बंसल! मैडम को नीचे तक छोड़कर आओ।''

''जरूरत नहीं। मैं चली जाऊंगी।''

''सहयोग के लिए एक बार फिर शुक्रिया, मैडम।''

वह वहां से विदा हो गई।

''हूं।'' – प्रभूदयाल गम्भीर स्वर में बोला – ''तो पादरी सुसन के साथ राजनगर से ही नहीं, मुल्क से ही भाग जाने की फिराक में था।''

''साफ जाहिर हो रहा था, साहब।'' – बंसल तत्पर स्वर में बोला।

''फिर तो, साहब।'' – सुधाकर झिझकता हुआ बोला – ''उनके कत्ल इसलिए भी हुए हो सकते हैं क्योंकि कातिल उनको उनके इस नापाक इरादे से रोकना चाहता था और उनको जान से मार देने के अलावा उसे और कोई तरीका नहीं सूझा था।''

सुधाकर उम्र में कम जरूर था लेकिन काबलियत में कम नहीं था। जब

से अमेरिकन डिप्लोमैट सिडनी फोस्टर के अपहरण के केस के दौरान उसने इश्तिहारी मुजरिम सरदार सुरेन्द्रसिंह सोहल को पहचाना था, तब से प्रभूदयाल उसकी जुबान से निकली बातों को बहुत अहमियत देने लगा था। उसे आज तक इस बात का अफसोस था कि जब सुधाकर ने उसे सोहल के बारे में बताया था तो उसने उसे डांटकर चुप करा दिया था। अगर उसने सुधाकर की बात की तरफ तवज्जो दी होती तो इतने बड़े इश्तिहारी मुजरिम की गिरफ्तारी का सेहरा उसके सिर होता।

''तुम्हारी बात में दम है।'' – प्रभूदयाल बोला।

सुधाकर खुश हो गया।

''थैंक्यू, सर।'' – वह बोला।

''अब यह बताओ कि उनको रोकने के लिए ऐसा हौलनाक कदम कौन उठा सकता था?''

''जाहिर है कि दोनों का कोई रिश्तेदार। प्रेमी की बीवी, उसके दोनों भाई, प्रेमिका का पति।''

''हूं। बंसल!''

''सर!''

''सब रिश्तेदारों की निगरानी हो रही है?''

''यस, सर।''

''पादरी के घर की तलाशी का क्या हुआ?''

''तलाशी अभी तक जारी है, सर। मैंने पहले भी अर्ज किया था, काशीनाथ इसी काम में लगा हुआ है। मैं भी उसके साथ था लेकिन फिर मैं आपको रिपोर्ट करने के लिए यहां आ गया था।''

तभी दरवाजा खुला और सादे कपड़े पहने एक आदमी ने भीतर कदम रखा। उसने प्रभूदयाल को सैल्यूट मारा।

''यह हवलदार चेतनकुमार है, साहब।'' – बंसल जल्दी से बोला – ''इसे मैंने पीटर फ्रांकोजा के मुगलबाग में स्थित ऑफिस की निगरानी पर लगाया था।

यह निगरानी छोड़कर आया है तो जरूर कोई दिलचस्प खबर लाया होगा।''

''क्या खबर है?'' – प्रभूदयाल ने पूछा।

''साहब'' – चेतनकुमार तत्पर स्वर में बोला – ''पीटर फ्रांकोजा की निगरानी तो मैं कर ही रहा था, इत्तफाक से उसका प्राइवेट ऑफिस ऐसी पोजीशन में निकला था कि मैं उसकी एक खिड़की के बाहर खड़ा भीतर से आती हर आवाज भी सुन सकता था। मैंने दो ऐसी बातें सुनी हैं साहब, जो कि मैंने महसूस किया था कि फौरन आपकी जानकारी में आनी चाहिए थीं।''

''क्या सुना तुमने?''

''पीटर फ्रांकोजा पौने नौ बजे ऑफिस पहुंच गया था। सूरत से वह बहुत परेशान लग रहा था और लगता था जैसे सारी रात उसने पलक न झपकी हो। वह . . .''

''अरे, सुना क्या?'' – प्रभूदयाल तनिक झल्लाए स्वर में बोला – ''सुना क्या?''

''साहब, उसने दिल्ली में जॉर्ज सैमसन बार-एट-ला के नाम एक लाइटनिंग ट्रंककाल बुक कराई थी जो कि दस मिनट में लग गई थी। फोन पर उसने जॉर्ज सैमसन को बताया था कि फादर कॉटन का कत्ल हो गया था और सारे परिवार को, खास तौर से मिसेज कॉटन को, पुलिस बुरी तरह हलकान कर रही थी। उसने जॉर्ज सैमसन से पहली उपलब्ध फ्लाइट द्वारा दिल्ली लौट आने की दरख्वास्त की थी। उसने कहा था कि वह वापस फोन करके बताए कि वह कौन-सी फ्लाइट से आ रहा था ताकि वह उसे एयरपोर्ट पर ही मिल सके।''

''और?''

''दूसरी बात भी एक टेलीफोन काल से ही ताल्लुक रखती है। काल बाहर से आई थी और पीटर फ्रांकोजा के बेटे की थी। मैंने उस काल . . .''

''तुम्हें यह कैसे मालूम है कि काल उसके बेटे की थी?''

''साहब, उसकी सेक्रेट्री ने एक्सटेंशन टेलीफोन पर बजर दिया था लेकिन उसने बजर की तरफ ध्यान नहीं दिया था। फिर उसकी सेक्रेट्री ने कमरे में

आकर उसे बताया था कि उसका बेटा मिकी लाइन पर था तो उसने फोन उठाया था।''

''आई सी। क्या सुना तुमने?''

''मैं अर्ज कर रहा था कि मैंने काल का पीटर फ्रांकोजा की ओर का ही हिस्सा सुना था। पहले उसने कहा था – ''हां, बेटा, मैं डैडी बोल रहा हूं। सब ठीक हो गया!'' फिर उसने कहा – ''अब तुम बोल कहां से रहे हो?'' फिर कहा – ''शाबाश, अब जो मैं कह रहा हूं उसे गौर से सुनो। उस पैकेट को लेकर सीधे सैन्ट्रल बस स्टेशन पहुंच जाओ। वहां से झेरी की जो पहली बस उपलब्ध हो, उस पर सवार हो जाओ। झेरी पहुंचकर वहां बड़े बाजार पहुंच जाना। वहां किसी से भी रॉबर्ट स्लोन के बारे में पूछ लेना। रॉबर्ट स्लोन को तुम वह पैकेट दे देना, उसे बताना कि तुम्हें मैंने भेजा है। कहना कि वह उसे फौरन साफ कर दे और तब तक अपने पास रखे जब तक मैं खुद उसे लेने न आऊं''।''

''क्या साफ कर दे?'' – प्रभूदयाल व्यग्र स्वर में बोला – ''क्या अपने पास रखे?''

''पता नहीं, साहब।'' – चेतनकुमार खेदपूर्ण स्वर में बोला – ''मैंने तो एकतरफा वार्तालाप सुना था जो कि मैंने अक्षरश: दोहरा दिया है।''

''लेकिन जो चीज साफ होनी है, वह उस पैकेट में है जिसे लेकर पीटर फ्रांकोजा का लड़का मिकी झेरी जा रहा है।''

''यस सर।''

''इस वार्तालाप को हुए कितना अरसा हुआ?''

''तकरीबन आधा घण्टा।''

''बंसल, फौरन सैन्ट्रल बस स्टेशन फोन करो और झेरी की बस के बारे में पूछो।''

''यस, सर।'' – बंसल बोला और तुरन्त टेलीफोन से उलझ गया।

''हवलदार!'' – प्रभूदयाल कड़े स्वर में बोला – ''क्या नाम बताया था अपना?''

''चेतनकुमार, साहब।''

''चेतनकुमार, जो कुछ तुम यहां आकर कह रहे हो, वह तुम्हें फोन पर कहना चाहिए था।''

''साहब, मुगलबाग पास ही था, इसलिए मैंने सोचा . . .''

''तुमने सोचा! सोचने लायक काबलियत है तुम्हारी?''

''साहब, मैं . . .''

''साहब!'' – बंसल बीच में बोल पड़ा – ''अभी दस मिनट पहले झेरी की एक बस छूटी है।''

''सुना!'' – प्रभूदयाल बोला – ''अगर यहां आकर रिपोर्ट करने की जगह तुमने फोन किया होता तो उस लड़के को उस पैकेट के साथ हमने बस स्टैण्ड पर ही पकड़ लिया होता। अब उसे झेरी के लिए रवाना हुए दस मिनट हो भी चुके हैं।''

''साहब, हम दूसरी बस से झेरी . . .''

''दूसरी बस से झेरी!'' – प्रभूदयाल मेज पर घूंसा मारकर चिल्लाया – ''दूसरी बस के झेरी पहुंचने तक पैकेट की हवा मिलनी भी मुश्किल हो जाएगी।''

''सॉरी सर।'' – चेतनकुमार सहमकर बोला।

''हमें उस बस को झेरी पहुंचने से पहले पकड़ना होगा। वह पैकेट हमारे हाथ आना ही चाहिए। ड्राइविंग जानते हो?''

''हां, साहब।'' – वह तनिक उत्साहपूर्ण स्वर में बोला – ''मैं दक्ष ड्राइवर हूं।''

''अभी सामने आती है तुम्हारी दक्षता। अब क्या बताने की जरूरत है कि तुमने क्या करना है।''

''मैंने झेरी की बस को'' – वह संदिग्ध भाव से बोला – ''झेरी पहुंचने से पहले पकड़ना है।''

''सिर्फ बस को ही नहीं पकड़ना है, बस में बैठे उस लड़के को भी पकड़ना है। उसे पैकेट समेत पकड़कर यहां लाना है। समझे?''

''हां, साहब।''

''कर सकोगे यह काम?''

उसने सहमति से सिर हिलाया।

''तो फिर यहां खड़े-खड़े मुंह क्या देख रहे हो? फूटो। वक्त जाया मत करो। एक-एक सैकेण्ड कीमती है। अगर तुम झेरी की बस को झेरी पहुंचने से पहले पकड़ सके तो समझना तुम्हारी खता माफ। फूटो।''

वह बगूले की तरह वहां से भागा।

''मैं तुम्हें लिटन रोड पर चर्च में मिलूंगा।'' – प्रभूदयाल ने पीछे से आवाज लगाई।

''ठीक है, साहब।''

चेतनकुमार के प्रस्थान के बाद कुछ क्षण खामोशी रही।

''इस'' – अन्त में प्रभूदयाल ने चुप्पी भंग की, वह बड़े असंतोषपूर्ण स्वर में बोला – ''पीटर फ्रांकोजा की तो खास खबर लेनी होगी! पता नहीं क्या चीज है उस पैकेट में जिसको साफ करने के लिए उसने उसे पैंसठ मील दूर झेरी भेजा है। वह काम क्या यहां नहीं हो सकता था?''

''हो तो सकता होगा, साहब'' – बंसल बड़े अदब से बोला – ''लेकिन वह उसे यहां कराना नहीं चाहता होगा!''

''क्यों?''

''क्योंकि उसे डर होगा कि यहां बात पुलिस की जानकारी में आ जाएगी।''

''यानी कि उस पैकेट में डबल मर्डर के इस केस से ताल्लुक रखती कोई चीज है?''

''ऐसा ही लगता है, साहब।''

''वह पैकेट बिना खुले मेरे हाथ लगना चाहिए। अगर ऐसा न हुआ तो तुम्हारे इस हवलदार की खैर नहीं।''

तभी टेलीफोन की घण्टी बज उठी।

प्रभूदयाल के संकेत पर बंसल ने फोन उठाया।

वह कुछ क्षण फोन सुनता रहा, फिर बोला – ''साहब, पादरी के घर से ए.एस. आई. काशीनाथ का फोन है।''

''पूछो, क्या कहता है!'' – प्रभूदयाल बोला।

बंसल फिर फोन सुनने लगा। तुरन्त उसके चेहरे पर आश्चर्य और उत्तेजना के भाव प्रकट हुए। उसने कुछ क्षण और फोन सुना और फिर माउथपीस पर हाथ रखकर बड़े उत्तेजित भाव से बोला – ''साहब, पादरी की घड़ी और अंगूठी बरामद हो गई है।''

''कहां से?'' – प्रभूदयाल तुरन्त बोला।

''विधवा की ड्रैसिंग टेबल के एक दराज में से।''

पुलिस की जीप लिटन रोड की तरफ दौड़ रही थी।

मैं जीप ड्राइव कर रहा था। मेरी बगल में इंस्पेक्टर प्रभूदयाल बैठा था। पीछे सब-इंस्पेक्टर बंसल, सब-इंस्पेक्टर सुधाकर और दो हवलदार बैठे थे।

''साहब!'' – रास्ते में बंसल एकाएक दबे स्वर में बोला – ''आप मिसेज कॉटन को गिरफ्तार करेंगे?''

''अभी नहीं।'' – प्रभूदयाल बोला।

''लेकिन साहब, जब पादरी की लाश की कलाई पर से उतारी गई घड़ी और उसकी उंगली पर से उतारी गई अंगूठी मिसेज कॉटन के बैडरूम में रखी ड्रैसिंग टेबल में से बरामद हुई है तो . . .''

''इस बाबत विधवा का जवाब सुनना अभी बाकी है। हो सकता है उसके पास उस सामान की वहां से बरामदगी की कोई सफाई हो।''

''वह यही कहेगी कि उसे नहीं पता कि वह सामान वहां किसने रखा था!''

''देखते हैं क्या कहती है। जो कहेगी, अभी सामने आ जाएगा।''

बंसल खामोश रहा।

''मुझे तो यह सब पादरी के परिवार वालों की ही कोई मिलीभगत लगती है। हर कोई गलतबयानी कर रहा है और हर कोई कुछ न कुछ छुपाने की कोशिश

कर रहा है। विधवा हमारे शक का रुख विलियम की तरफ मोड़ने की कोशिश कर रही थी, जबकि पादरी की लाश पर से उतारी गई घड़ी और अंगूठी उसके पास से बरामद हुई है। पीटर साफ-साफ झूठ बोल रहा है कि कल रात वह घर पर था। दो मुख्तलिफ तरीकों से उसका झूठ साबित हो चुका है। आज उसने जो इतने रहस्यपूर्ण ढंग से एक रहस्यपूर्ण बंडल के साथ अपने बेटे को झेरी भेजा है, वह भी बेमानी नहीं हो सकता। टोनी का काट-पीट का शौक, हमारा ध्यान घटनास्थल पर मौजूद खुखरी और सूसन डेनिंग के कटे हुए गले की तरफ खींचता है, इन तमाम बातों का कोई एक सामूहिक मतलब होना चाहिए और वही मतलब इस अत्यन्त रहस्यपूर्ण डबल मर्डर का हल होगा। ओके, पाठक साहब?''

मैंने अपने सामने सड़क पर से निगाह न हटाई।

प्रभूदयाल ने भी मेरी राय के लिए जिद न की।

और दो मिनट बाद मैंने जीप को लिटन रोड पर चर्च के सामने ला रोका।

वहां इलाके के लोगों की अच्छी-खासी भीड़ जमा थी। पिछली रात की घटना की खबर अखबार में नहीं छप सकी थी लेकिन कम-से-कम इलाके के लोगों को उसकी खबर लग चुकी थी।

हम लोग जीप से उतरे और चर्च के कम्पाउन्ड में दाखिल हुए।

तभी दाईं ओर स्थित पादरी के घर का मुख्य द्वार खुला और उसमें से ए.एस. आई. काशीनाथ ने बाहर कदम रखा।

प्रभूदयाल पर निगाह पड़ते ही वह लपकता हुआ उसके पास पहुंचा।

''क्या बात है?'' – प्रभूदयाल उसके बद्हवास चेहरे पर निगाह डालता तीखे स्वर में बोला।

''घपला।'' – काशीनाथ के मुंह से निकला।

''घपला! कैसा घपला?''

''विधवा का वकील यहां पहुंच गया है।''

''वकील! कौन-सा वकील?''

''जॉर्ज सैमसन।''

‘‘वह!’’ – प्रभूदयाल अपनी कलाई पर बंधी घड़ी पर निगाह डालता बोला – ‘‘पहुंच भी गया!’’

‘‘जी, साहब। अभी दस मिनट पहले पीटर फ्रांकोजा के साथ यहां पहुंचा। आते ही राशन-पानी लेकर मुझ पर चढ़ गया। मुझसे पूछने लगा कि क्या मेरे पास इमारत की तलाशी के लिए सर्च वारन्ट था . . .’’

‘‘तुमने कहना था कि तलाशी मिसेज कॉटन की इजाजत से हो रही थी!’’

‘‘मैंने कहा था। जवाब में बोला कि वह इजाजत विदड्रा की जा रही थी, मैं फौरन तलाशी बन्द करूं और वहां से चलता फिरता नजर आऊं।’’

प्रभूदयाल एकाएक बेहद गम्भीर दिखाई देने लगा।

‘‘अभी एक और भी हरकत की है उस वकील के बच्चे ने!’’ – काशीनाथ बोला।

‘‘वह क्या?’’ – प्रभूदयाल बोला।

‘‘आते ही उसने विधवा को बीमार, नर्वस ब्रेक डाउन का शिकार, घोषित कर दिया। आनन-फानन कहीं फोन करके उसने एक डॉक्टर और एक नर्स को बुलाया। डॉक्टर ने आकर इस बात की तसदीक की कि विधवा नर्वस ब्रेक डाउन की शिकार थी। वह कहता है कि उसे मुकम्मल आराम की सख्त जरूरत है। आते ही उसने मिसेज कॉटन को बिस्तर के हवाले कर दिया, उसे कोई इंजेक्शन दिया और पहरेदार के तौर पर नर्स को यह कहकर उसके सिरहाने तैनात कर दिया कि कोई उसके पेशेन्ट को डिस्टर्ब न करने पाए।’’

‘‘यह मिसेज कॉटन को हत्प्राण की, घड़ी और अंगूठी की उसकी ड्रैसिंग टेबल में से बरामदगी की जवाबतलबी से बचाने की उस वकील की चाल है।’’

‘‘जाहिर है।’’

‘‘घड़ी और अंगूठी कहां हैं?’’

‘‘मेरे पास।’’ – वह तनिक गर्वपूर्ण स्वर में बोला – ‘‘बहुत जोर लगाया उस वकील के बच्चे ने कि वे दोनों चीजें मैं उसे सौंप दूं लेकिन मैंने दोनों चीजें देखने तक नहीं दीं उसे। ये रहीं वे।’’

काशीनाथ ने रूमाल में लिपटी घड़ी और अंगूठी इंस्पेक्टर को सौंप दी।

प्रभूदयाल ने बड़ी सावधानी से रूमाल को खोलकर दोनों चीजों का मुआयना किया।

''विधवा'' – फिर उसने काशीनाथ से सवाल किया – ''क्या कहती है इन दोनों चीजों के बारे में?''

''उससे कुछ पूछने की नौबत ही नहीं आई, साहब।'' – काशीनाथ बोला – ''इन चीजों के बरामद होते ही पहले मैंने आपको फोन किया, फिर रिसीवर रखकर अभी मैं विधवा से मुखातिब हुआ ही था कि वह वकील और विधवा का बड़ा भाई यहां पहुंच गए। आते ही उन्होंने तो मेरे साथ यूं पेश आना शुरू कर दिया जैसे राजमहल में चोर घुस आया था।''

''विधवा ने शिनाख्त तक नहीं की इन चीजों की?''

''नहीं साहब, लेकिन हैं दोनों चीजें शर्तिया पादरी की।''

''शिनाख्त फिर भी जरूरी है। आओ।''

हम सब इमारत में दाखिल हुए।

वहां हमने एक सूटबूटधारी युवक को खड़ा पाया।

''यह कौन है?'' – प्रभूदयाल दबे स्वर में बोला।

''नाम इब्राहीम है।'' – काशीनाथ भी वैसे ही दबे स्वर में बोला – ''अपने आपको उस वकील का प्राइवेट सेक्रेट्री बताता है।''

''हूं।''

''हू इज इंचार्ज ऑफ दिस इनवैस्टिगेशन, प्लीज!'' – इब्राहीम नामक वह युवक बोला।

''मैं हूं।'' – प्रभूदयाल कठोर स्वर में बोला – ''क्यों?''

''आपका शुभ नाम?''

''इंस्पेक्टर प्रभूदयाल। क्यों?''

''मेरे बॉस बैरिस्टर जॉर्ज सैमसन आपसे – सिर्फ आपसे – बात करना चाहते हैं।''

‘‘तो करें।’’

‘‘आप मेरे साथ तशरीफ लाइए।’’

‘‘नहीं। अपने बॉस को यहां बुलाओ।’’

‘‘लेकिन . . .’’

‘‘सुना नहीं!’’

‘‘लेकिन इंस्पेक्टर साहब, मेरे बॉस चाहते हैं कि . . .’’

‘‘लगता है तुम्हारे कानों से मैल निकलवाने वाली है।’’ – प्रभूदयाल का पुलिसिया स्वभाव एकाएक जलाल पर आ गया – ‘‘मैंने तुमसे यह नहीं पूछा तुम्हारा बॉस क्या चाहता है! मैंने तुम्हें बताया है कि मैं क्या चाहता हूं! मैंने तुमसे कहा है उसे यहां बुलाकर लाओ। बात समझ में आ गई तुम्हारी?’’

‘‘जी हां, आई।’’ – वह मरे स्वर में बोला।

‘‘तो फिर जिस्म को हरकत दो।’’

वह बिना बोले घूमा और अपने पीछे मौजूद एक दरवाजा खोलकर उसके पीछे गायब हो गया।

दो मिनट बाद एक लगभग पचास साल का अधपके बालों वाला, निहायत रौबदार चेहरे वाला व्यक्ति वहां प्रकट हुआ। वह एक शानदार सूट पहने था और मुंह में सिगार दबाए था।

‘‘यही है वकील का बच्चा!’’ – काशीनाथ दबे स्वर में बोला।

‘‘जानता हूं।’’ – प्रभूदयाल दांत भींचकर बोला – ‘‘यह मुझे भूल गया मालूम होता है लेकिन मैं इसे जानता हूं।’’

उसके पीछे-पीछे ही इब्राहीम भी वहां पहुंच गया था। उसने प्रभूदयाल की तरफ इशारा करके वकील के कान में कुछ कहा।

वकील की पैनी निगाहें एक क्षण को प्रभूदयाल के चेहरे पर टिकीं। फिर तुरन्त उसके होंठ मुस्कारहट की सूरत में फैले और वह अपना दायां हाथ फैलाए प्रभूदयाल की तरफ बढ़ा।

‘‘हल्लो!’’ – उसने यूं प्रभूदयाल की तरफ हाथ बढ़ाया कि प्रभूदयाल

उसका हाथ थामे बिना न रह सका – ''आई कैननॉट बिगिन टु एक्स्प्लेन, मिस्टर इंस्पेक्टर, हाउ वैरी ग्लैड आई एम टु सी यू। बन्दे को जॉर्ज सैमसन कहते हैं।''

''और आपको मुझसे मिलकर खुशी हुई है?''

''जाहिर है।''

''कमाल है!''

''क्या कमाल है?''

''यही कि आपको मुझसे मिलकर खुशी हुई है। आज तक तो कोई मुजरिम या कोई मुजरिमों का हिमायती मुझसे मिलकर खुश हुआ नहीं!''

वह सकपकाया। उसके होंठ तो फिर भी मुस्कराहट की सूरत में फैले रहे लेकिन उसकी आंखों में से मुस्कराहट का जज्बा तुरन्त गायब हो गया।

''मिस्टर इंस्पेक्टर।'' – वह प्रत्यक्षतः विनोदपूर्ण स्वर में बोला – ''यहां न कोई मुजरिम है और न मुजरिमों का हिमायती। यहां तो उलटे पुलिस ही मुजरिमाना हरकतें कर रही है।''

''मसलन?''

''मसलन बिना सर्चवारन्ट यहां की तलाशी ली जा रही है।''

''सर्चवारन्ट के बिना ली जा रही है, लेकिन इस घर की मालकिन की इजाजत के बिना नहीं।''

''मालकिन आप लोगों के साथ दयानतदारी से पेश आई तो आप लोगों ने उसका नाजायज फायदा उठाना शुरू कर दिया। मेरे सुनने में आया है कि छः घण्टों से यहां की तलाशी हो रही है। तलाशी यूं होती है! आप क्या यहां सुई तलाश कर रहे हैं?''

''तलाशी कैसे होती है, हमें मालूम है। आप बरायमेहरबानी हमें हमारा धन्धा सिखाने की कोशिश मत कीजिये।''

''लेकिन बतौर एक पुलिस ऑफिसर आपको आपका फर्ज याद दिलाने की जरूरत सरासर है। आप मेरे क्लायन्टों को खामखाह हलकान नहीं कर सकते।''

''खामखाह कोई काम नहीं होता, वकील साहब। हर बात की कोई वजह होती है।''

''वह वजह मेरी समझ में भी तो अपनी चाहिए!''

''आप समझने की कोशिश करेंगे तो आ जाएगी।''

''आप समझाइये। समझाइये आप।''

''मैं यहां तफ्तीश के लिए आया हूं, नासमझ लोगों की क्लास लेने के लिए नहीं आया।''

जॉर्ज सैमसन का चेहरा कानों तक लाल हो गया।

बड़ी कठिनाई से उसने अपने आप पर जब्त किया।

''अब आप चाहते क्या हैं?'' – वह बोला।

''आप बताइए, आप क्या चाहते हैं?''

''मैं चाहता हूं कि आप मेरे क्लायन्टों को हलकान न करें।''

''कौन-कौन हैं आपके क्लायन्ट?''

''फादर कॉटन के परिवार के सारे सदस्य मेरे क्लायन्ट हैं।''

''बेगुनाह लोगों को लीगल कन्सल्टेशन की जरूरत नहीं होती।''

''होती है। मैं इस परिवार का हितचिन्तक हूं। इनके अधिकारों की रक्षा करना मेरा कर्त्तव्य है। मैं यहां किसी को पुलिस की ज्यादतियों का शिकार नहीं होने दे सकता।''

''मकतूल की बेवा से चन्द सवाल पूछने की कोशिश करना उसके साथ ज्यादती है?''

''मिसेज कॉटन इस वक्त आपके सवालों का जवाब देने की स्थिति में नहीं हैं। उन्हें नर्वस ब्रेक डाउन हो गया है। उनका डॉक्टर कहता है कि उन्हें आराम की जरूरत है। जब वे ठीक हो जाएंगी तो आप लोगों को उनसे सवाल पूछने की इजाजत दे दी जाएगी।''

''किसी विटनेस को पुलिस की इन्क्वायरी से बचाने के लिए किसी वकील के द्वारा यह ट्रिक पहली बार इस्तेमाल नहीं की गई।''

''मिस्टर इंस्पेक्टर . . .''

''विधवा के भाइयों को पुलिस की पूछताछ से बचाने के लिए भी क्या आप यही कदम उठा रहे हैं? उन्हें भी सिडेटिव के इंजेक्शन दिलवाकर उनके सिर पर एक-एक नर्स खड़ी कर रहे हैं आप?''

''नाओ लिसन, मिस्टर इंस्पेक्टर . . .''

''बैटर यू लिसन, मिस्टर बैरिस्टर।'' – प्रभूदयाल इतने धीमे स्वर में बोला कि बड़ी कठिनाई से उसकी आवाज सबके कानों तक पहुंच पाई – ''एण्ड टैल मी। आर यू बाई एनी चांस ट्राइंग टु थ्रैटन मी?''

''नो!'' – वकील हड़बड़ाया – ''नाट ऐट ऑल!''

''आई एम ग्लैड दैट यू आर नॉट। नाओ शैल वुई कम टु दि प्वायन्ट?''

''यस, प्लीज।''

''आप यहां की तलाशी जारी रहने देंगे या नहीं?''

''हरगिज नहीं। यह एक गैरकानूनी हरकत है।''

''तलाशी मिसेज कॉटन की इजाजत से हो रही थी।''

''वह इजाजत मिसेज कॉटन पर बेजा दबाव डालकर हासिल की गई थी। उस इजाजत को आप कैन्सिल समझें।''

''मैं तलाशी का कोर्ट से आर्डर हासिल कर सकता हूं।''

''मैं ऐसे किसी ऑर्डर की पुरजोर मुखालफत करूंगा।''

''ऑर्डर आपकी मुखालफत के बावजूद हासिल हो सकता है।''

''तो कर लीजिए हासिल।''

''यानी आपकी मुखालफत का असल मतलब पुलिस इन्वैस्टिगेशन को लटकाना होगा?''

''आप अपना मनपसन्द कोई भी मतलब निकालने के लिए आजाद हैं।''

''अगर आपके क्लायन्ट बेगुनाह हैं तो पुलिस इन्वैस्टिगेशन के रास्ते में रोड़े अटकाने से, उसे लटकाने का सामान करने से, उन्हें क्या हासिल होगा?''

''मेरे क्लायन्ट बेगुनाह हैं। अगर वे बेगुनाह नहीं हैं तो उनका गुनाह साबित

करके दिखाना आपका काम है। अगर आप उनका गुनाह साबित नहीं कर सकते तो हैरेसमैंट के अपने स्टैण्डर्ड पुलसिया तरीकों से उन्हें हलकान करने का आपको कोई अधिकार नहीं है। और फिर बार-बार उनके गले पड़ने का क्या मतलब? क्या एक-एक बार सबसे जवाबतलबी नहीं कर चुके आप? क्या हर कोई पूरी ईमानदारी से आपके तमाम सवालों का जवाब नहीं दे चुका?''

''तमाम सवालों का नहीं।'' – प्रभूदयाल कठोर स्वर में बोला – ''और पूरी ईमानदारी से तो हरगिज भी नहीं। सबने झूठ बोला है।''

''आप ऐसा समझते हैं कि सबने झूठ बोला है। और आपको ऐसा समझने से कौन रोक सकता है!''

''यह हकीकत है। आपके क्लायन्टों के झूठ पकड़े जा चुके हैं।''

''किसका झूठ पकड़ा है आपने?''

''पीटर फ्रांकोजा की ही मिसाल लीजिए। वह कहता है कि पिछली रात वह रेडियो पर विविध भारती सुनता रहा था जबकि . . .''

''वह रेडियो नहीं सुन रहा था। यही कहना चाहते हैं न आप?''

''हां।''

''ठीक है। वह रेडियो नहीं सुन रहा था लेकिन इसका मतलब यह नहीं है कि वह झूठ बोल रहा था।''

''तो फिर और क्या मतलब है इसका?''

''इसका मतलब है कि उसे धोखा हुआ था कि वह रेडियो सुन रहा था। वास्तव में वह टेप सुन रहा था।''

''टेप!''

''हां। टेप। मैं पीटर फ्रांकोजा को बचपन से जानता हूं। वह एक आदतन गायब खयाल आदमी है। अपने खयाल से वह रेडियो सुन रहा था लेकिन वास्तव में उसने टेप ऑन किया हुआ था। वह टेप पर रिकार्डिड गाने सुन रहा था। इतनी मामूली बात को आपने इस कदर तूल दे दी! इतनी मामूली बात के दम पर आपने उसे दो-दो हत्याओं का सस्पैक्ट बना दिया!''

''बड़ा उम्दा जवाब सोचा आपने पीटर फ्रांकोजा की गलतबयानी का! आपको यूं आंधी-तूफान की तरह यहां बुलाए जाने की जरूरत आपने सार्थक करके दिखा दी। खुद पीटर फ्रांकोजा को तो यह जवाब सात जन्म न सूझता कि गाने वह रेडियो पर नहीं, टेप पर सुन रहा था।''

''यह हकीकत है।''

''और इस हकीकत की वाकफियत उसे अभी-अभी हुई है! आपके राजनगर में कदम रखने के बाद!''

''यह हकीकत है।'' – उसने जिद की।

''ऐसे ही सर्फ से धुले, चमचमाते हुए जवाब आपके पास हमारे बाकी एतराजों के भी होंगे! मिसेज कॉटन की ड्रैसिंग टेबल के दराज से बरामद घड़ी और अंगूठी का भी कोई ऐसा ही सजता हुआ जवाब आपके पास होगा!''

''वह अंगूठी और घड़ी, जिसे आप लोग अपनी बहुत बड़ी खोज मान रहे हैं, कुछ भी अहमियत नहीं रखती।''

''अच्छा!''

''जी हां। जो घड़ी आपके आदमी ने ड्रैसिंग टेबल के दराज से बरामद की थी, वह मिसेज कॉटन अपने पति को उसके जन्मदिन पर – जो कि अगले ही हफ्ते था – उपहारस्वरूप देने वाली थी। वह घड़ी अभी तक उसके पति को मिली नहीं थी!''

''लेकिन लाश की कलाई पर से उसकी घड़ी गायब थी।''

''जरूर गायब होगी! मैं आपकी बात को गलत करार नहीं दे रहा। लेकिन जो घड़ी गायब है, वह वो नहीं जो कि ड्रैसिंग टेबल में से बरामद हुई है।''

''तो फिर वह घड़ी कहां गई जो पादरी साहब की कलाई पर बंधी थी?''

''हमें क्या पता कहां गई! आप पुलिस वाले हैं, आप मालूम कीजिए कहां गई! आप इतने बड़े पुलिस ऑफिसर हैं, सार्थक करके दिखाइए अपने रुतबे को। ढूंढकर दिखाइए वह घड़ी।''

''वह घड़ी हम पहले ही ढूंढ चुके हैं।''

''गलत! जो घड़ी यहां से बरामद हुई है, वह फादर कॉटन की घड़ी नहीं – अगले हफ्ते वह उनकी हो जाती लेकिन अभी नहीं हुई थी – आप सात जन्म यह साबित नहीं कर सकते कि वही घड़ी लाश की कलाई पर से उतारी गई थी।''

''मैं इसी जन्म में साबित करके दिखाऊंगा।'' – प्रभूदयाल दृढ स्वर में बोला।

''यू आर मोस्ट वैलकम।''

''अंगूठी के बारे में क्या कहते हैं? वह भी हत्यारे के लिए अगले हफ्ते आने वाले उसके जन्मदिन का उसकी बीवी की ओर से उपहार था?''

''नहीं।'' – वकील बड़े इत्मीनान से बोला – ''वह अंगूठी पादरी साहब की ही थी।''

''आई सी। तो फिर वह पादरी साहब की उंगली पर से किसने उतारी?''

''खुद पादरी साहब ने।''

''क्या!''

''वह अंगूठी मिसेज कॉटन को बाथरूम के सिंक पर पड़ी मिली थी। इत्तफाक से मिसेज कॉटन की निगाह अंगूठी पर पड़ गई थी और उन्होंने उसे वहां से उठाकर, सम्भालकर ड्रैसिंग टेबल के एक दराज में रख दिया था।''

''घड़ी के साथ?''

''हां।''

''उस घड़ी के साथ जो पादरी साहब के लिए जन्मदिन का उपहार थी और जिसे अभी तक पादरी साहब की कलाई की शोभा बनने का फख्र हासिल नहीं हुआ था?''

''यकीनन।''

''बाथरूम में पादरी साहब ने अंगूठी क्यों उतारी?''

''इसका जवाब तो आपको पादरी साहब ही बेहतर दे सकते थे। वैसे अंगूठी उतारने की कई वजह हो सकती हैं। हाथ धोते वक्त कोई साबुन-वाबुन फंस गया होगा अंगूठी में जिसकी वजह से उन्होंने अंगूठी उतारकर सिंक

पर रख दी होगी और बाद में वे उसे वहां से उठाकर उंगली पर पहनना भूल गए होंगे।''

''यानी कि पादरी साहब भी अपने बड़े साले की तरह गायबखयाल आदमी थे। जैसे साले साहब रेडियो चलाना चाहते थे तो टेप चला बैठते थे, वैसे ही पादरी साहब अंगूठी उतारते थे तो उसे वापस पहनना भूल जाते थे। ओके?''

उसने उत्तर न दिया। प्रत्यक्षत: वह इंस्पेक्टर के वार्तालाप के अन्दाज से खुश नहीं था।

''पादरी साहब के पास क्या कोई और भी अंगूठी थी?'' – प्रभूदयाल ने नया सवाल किया।

''मुमकिन है, रही हो। इस बारे में तो आपको मिसेज कॉटन ही बेहतर बता सकती हैं।''

''उनकी जगह आप भी सब कुछ काफी अच्छा-अच्छा ही बता रहे हैं।''

''अंगूठी के बारे में मुझे कुछ नहीं मालूम।'' – वह उखड़े स्वर में बोला।

''पिछली रात पीटर फ्रांकोजा को 15, जॉर्जटाउन से आई टेलीफोन काल के बारे में कुछ मालूम हो आपको?''

''नहीं मालूम।''

''वकील साहब, अब आप उखड़ रहे हैं। अब आप पहले की तरह मीठे-मीठे जवाब नहीं दे रहे।''

उसने उत्तर न दिया। उसने बड़ी मजबूती से अपने होंठ भींच लिए।

''एक बात और!'' – प्रभूदयाल बोला।

''वह भी बोलिए!''

''आपकी परिवार से मन्त्रणा तो हो चुकी है! ऊपर से आप इन लोगों के पुराने वाकिफकार हैं। हमारी पूछताछ के जवाब में परिवार के हर सदस्य ने इस बात को नकारा है कि पादरी साहब में और मिसेज सूसन डेनिंग में अवैध सम्बन्ध थे जबकि यह बात इस इलाके के बच्चे-बच्चे की जुबान पर है। ऐसा सफेद झूठ बोलने से फायदा?''

''इंस्पेक्टर साहब, कम-से-कम मिसेज कॉटन को तो इन अवैध सम्बन्धों की वाकफियत नहीं थी।''

''गलत! उन्हें खूब वाकफियत थी। इन सम्बन्धों को लेकर उनका अपने पति से झगड़ा तक हो चुका था। मेरे पास गवाह है इस बात का।''

''फिर तो मैं यही कह सकता हूं कि परिवार ने ऐसे किन्हीं अवैध सम्बन्धों को इसलिए नकारा था क्योंकि वे नहीं चाहते थे कि फादर कॉटन जैसे विद्वान व्यक्ति का, खुदा के बन्दे का, उसकी मौत के बाद इमेज खराब होता। उन बातों को हवा देने से अब कोई फायदा तो हो नहीं सकता था, उलटे नुकसान हो सकता था। इसलिए दिवंगत आत्मा की खातिर, उन्होंने इसी बात पर जोर देना मुनासिब समझा कि फादर कॉटन के उस औरत के साथ कोई अवैध सम्बन्ध नहीं थे।''

''जवाब अच्छा है लेकिन यह जवाब देना शायद और किसी को न सूझता, इसलिए आप ऐसा कीजिएगा, यह जवाब विधवा को और उसके दोनों भाइयों को अच्छी तरह से रटा दीजिएगा, बाद में काम आएगा।''

वकील खामोश रहा।

''एक आखिरी बात और।'' – प्रभूदयाल बोला – ''मिसेज कॉटन का कहना है कि पिछली रात अपने पति के लौटने के इन्तजार में वे कढ़ाई में मन लगाने की कोशिश करती रही थीं। आप जानते हैं कि मिसेज कॉटन कल रात क्या कढ़ाई करती रही थीं?''

''नहीं। इस बारे में तो मिसेज कॉटन ही आपको कुछ बता सकती हैं!''

''और आपकी मेहरबानी से उनसे कुछ पूछना मुमकिन नहीं हो सकता!''

''मिस्टर इंस्पेक्टर, वे नर्वस ब्रेक डाउन की शिकार . . .''

''नैवर माइन्ड। आई नो दि स्टोरी। उम्र भर तो वे मौजूदा किस्म की डॉक्टरी देख-रेख में काट नहीं पाएंगी! कभी तो वे इस काबिल होंगी कि वे पुलिस के सवालों का जवाब दे सकें! वह नौबत कब आएगी, वकील साहब?''

''मुझे नहीं पता।''

''पता रखना चाहिए था आपको। उस डॉक्टर से ही पूछा होता जिसने उन्हें

सिडेटिव दिया था!''

''मैं पूछूंगा।''

''जरूर पूछिएगा और जो जवाब मिले, हमें भी बताइएगा।''

''बेहतर।''

''पीटर फ्रांकोजा कहां है? वह भी क्या नर्वस ब्रेक डाउन का शिकार है और आराम फरमा रहा है?''

''नहीं। वह अपनी बहन की तीमारदारी के लिए उसके पास मौजूद है।''

''यानी कि नर्स की तीमारदारी काफी नहीं?''

''नर्स नर्स होती है। अपना खून अपना खून होता है।''

''बजा फरमाया आपने। उससे तो बात करने पर कोई पाबन्दी नहीं?''

''इंस्पेक्टर साहब, आप मुझे गलत समझ रहे हैं। पाबन्दी किसी से भी बात करने की नहीं है। फर्क सिर्फ इतना है कि मिसेज कॉटन इस वक्त आपसे बात करने की स्थिति में नहीं हैं। पीटर से आप बात करना चाहते हैं तो मैं उसे अभी यहां बुला देता हूं।''

''नहीं, अभी नहीं।'' – वह एक क्षण ठिठका, फिर बोला – ''वकील साहब, यह घर तो आपकी प्रोटेक्टिव कस्टडी में आ गया है लेकिन चर्च के बारे में क्या खयाल है?''

''कैसा खयाल?''

''हम चर्च का तो चक्कर लगा सकते हैं या उसमें दाखिल होने पर भी आपकी पाबन्दी है?''

''मेरी कोई पाबन्दी नहीं। चर्च पब्लिक प्लेस है। आप शौक से वहां का चक्कर लगाइए।''

''थैंक्यू।''

''एक बात मैं भी कहना चाहता हूं।''

''दो कहिए।''

''एक ही काफी है।''

''फरमाइए।''

''मैं नहीं चाहता यहां हर वक्त पुलिस वाले मंडराते दिखाई दें। इस बात का मिसेज कॉटन के दिलोदिमाग पर बहुत बुरा असर पड़ सकता है। आप बरायमेहराबानी यहां से अपने आदमी हटा लीजिए।''

''ऐसा नहीं हो सकता।''

''लेकिन . . .''

''केस की तफ्तीश को आगे बढ़ाने के लिए मैं जरूरी समझता हूं कि यह जगह पुलिस की निगरानी में रहे।''

''लेकिन इंस्पेक्टर साहब, मिसेज कॉटन की मौजूदा हालत का तो खयाल कीजिए।''

''उसका खयाल आप जो कर रहे हैं इतने उम्दा तरीके से!''

''आप समझ नहीं रहे हैं कि उन पर कितना मनोवैज्ञानिक दबाव है!''

''मैं सब समझ रहा हूं। मैं सिर्फ वही नहीं समझ रहा हूं जो आप मुझे जबरन समझाना चाहते हैं।''

''मैं इस बारे में आपके अफसरान से बात करूंगा।''

''शौक से कीजिएगा। लेकिन यह बात धमकी के तौर पर मेरे सिर पर पटकने की कोशिश मत कीजिए।''

वह खामोश रहा। इस बार उसके होंठ इतने जोर से भिंचे कि उन्होंने वकील के चेहरे पर नाक के नीचे खिंची एक लकीर की सूरत अख्तियार कर ली।

पादरी की स्टडी चर्च के पहलू में बना एक विशाल कमरा था, जिसमें चर्च के भीतर से और बाहर से, दोनों तरफ से रास्ता था। भीतर पुराने स्टाइल की आबनूस की लकड़ी की एक मेज लगी हुई थी जिसके पीछे एक सीधी, सपाट पीठ वाली लकड़ी की ही कुर्सी रखी थी। वैसी ही तीन कुर्सियां, प्रत्यक्षत: आगन्तुकों के लिए, मेज के सामने भी पड़ी थीं। एक तरफ एक दीवार के साथ एक अपेक्षाकृत छोटी मेज लगी हुई थी जिस पर कि कवर से ढंका टाइपराइटर पड़ा था। प्रभूदयाल

टाइपराइटर के पास पहुंचा।

उसने टाइपराइटर का कवर उतारा। कुछ क्षण वह उसे घूरता रहा, फिर वह उसके सामने बैठ गया। उसने वहीं से उठाकर रोलर पर एक कागज चढ़ाया और उस पर ‘‘ए क्विक ब्राउन फाक्स, जम्प्ड स्ट्रेट राइट ओवर द लेजी डाग’’ टाइप किया।

यह वह फिकरा था जिसमें कामा, फुलस्टाप सहित इंगलिश के तमाम अक्षर शामिल होते थे।

उसने कागज रोलर से खींचा और उसे बंसल को थमाता हुआ बोला – ‘‘इसका मिलान धनीराम को भेजी गई टेलीग्राम के लिए तार घर में भरे गए टेलीग्राम फार्म की फोटोकापी से करवाओ।’’

बंसल ने तुरन्त आदेश का पालन किया।

‘‘साहब’’ – अन्त में वह बोला – ‘‘यह फार्म इसी टाइपराइट पर टाइप किया गया था।’’

‘‘आई सी!’’ – प्रभूदायल विचारपूर्ण स्वर में बोला – ‘‘आई सी।’’

फिर वह बड़ी मेज की तरफ आकर्षित हुआ।

बड़ी मेज पर कुछ अनखुली चिट्ठियां पड़ी थीं जो शायद उसी दिन वहां पहुंची थीं।

प्रभूदयाल ने सबसे पहले चिट्ठियों का ही मुआयना किया।

‘‘बेकार!’’ – कुछ क्षण बाद वह चिट्ठियों को वापस मेज पर उछालता वितृष्णापूर्ण स्वर में बोला।

फिर उसने मेज पर पड़ी एक ट्रे में रखे कागजात को और मेज की दराजों में मौजूद सामान को टटोलना आरम्भ किया।

मेज के सबसे नीचे के दराज में से एक कागज बरामद हुआ जिस पर निहायत महीन शब्दों में लिखा था :

हम प्यार किए जाएंगे
कोई रोक सके तो रोक ले
चाहे ये दुनिया दीवार बने

चाहे मौत गले का हार बने
मंजिल से गुजर जाएंगे
कोई रोक सके तो रोक ले।
हम प्यार किए जाएंगे
कोई रोक सके तो रोक ले।

प्रभूदयाल ने एक बार मन ही मन और फिर उच्च स्वर में उस इबारत को पढ़ा।

''यह तो कविता मालूम होती है!'' – वह बोला – ''हैण्डराइटिंग जनाना है और इसके भाव पादरी की आशनाई की तरफ इशारा करते हैं। हो सकता है यह इबारत सूसन ने लिखी हो, कविता के रूप में उसने पादरी के लिए अपने इश्क का इजहार किया हो।''

''साहब!'' – सुधाकर तनिक संकोचपूर्ण स्वर में बोला – ''यह एक फिल्मी गाना है।''

''अच्छा!''

''जी हां।''

''यानी लिखने वाली फिल्मी गानों की शौकीन थी?''

''जाहिर है।''

''बंसल!''

''यस, सर!''

''यह कागज सम्भाल लो। तुमने मालूम करना है कि क्या यह इबारत सूसन के हैण्डराइटिंग में लिखी गई है!''

''यस, सर।''

फिर प्रभूदयाल ने एक दराज में से कुछ तस्वीरें बरामद कीं। अधिकतर तस्वीरें पादरी की थीं लेकिन दो उसमें मिसेज सूसन डेनिंग की भी थीं।

''अनटच्ड पासपोर्ट साइज तस्वीरें हैं।'' – प्रभूदयाल बोला – ''और ये जरूर पासपोर्ट में ही इस्तेमाल करने के लिए मुहैया की गई हैं।''

उसी दराज में से दो और चीजें बरामद हुई।

एक थी सूसन डेनिंग के नाम की पासपोर्ट के लिए अर्जी की मूल प्रतिलिपि।

दूसरी एक नया-नकोर पासपोर्ट।

पासपोर्ट रेवरैंड डॉक्टर जोसेफ कॉटन के नाम का था और उस पर लिखी तारीख बता रही थी कि वह हाल ही में पासपोर्ट ऑफिस द्वारा इशु किया गया था।

''सूसन की अर्जी की मूल प्रतिलिपि का यहां क्या मतलब!'' – प्रभूदयाल बड़बड़ाया – ''यह तो पासपोर्ट ऑफिस में होनी चाहिए थी!''

''ऑफिस में कोई और अर्जी जमा कर दी गई होगी, साहब।'' – बंसल बोला – ''इसमें कोई गलती रह गई होगी, जिस वजह से नई अर्जी भरनी पड़ी होगी।''

''गलती दिखाई तो नहीं दे रही कोई!''

''फिर भी शायद कोई गलती हो!''

''पासपोर्ट के लिये अर्जी तो दोनों की इकट्ठी जमा हुई होगी! फिर यह क्योंकर हुआ कि पादरी का पासपोर्ट तो बन गया लेकिन सूसन का न बना!''

''सूसन की अर्जी पर कोई ऑब्जेक्शन होगी, साहब।''

''पासपोर्ट ऑफिस से सूसन की अर्जी ट्रेस करनी होगी।''

''यस, सर।''

मेज में से और कुछ न बरामद हुआ।

फिर उसकी निगाह पैन होती हुई चारों तरफ घूमने लगी।

स्टडी की लकड़ी में ही दीवारों पर कई फ्रेम की हुई तस्वीरें लगी हुई थीं। अधिकतर तस्वीरें ईसा मसीह या वर्जिन मेरी की पेंटिग थीं। केवल दो तस्वीरें फोटोग्राफ थीं। एक फोटोग्राफ रंगीन था और वह पादरी का क्लोजअप था। दूसरा फोटोग्राफ काला-सफेद था और वह एक ग्रुप फोटो थी। फोटो में मौजूद स्त्रियों की पोशाकों का फैशन उसके कम से कम पांच साल पुरानी होने की चुगली कर रहा

था। उस ग्रुप फोटो में कई लोगों के बीच में पादरी और उसकी पत्नी खड़े दिखाई दे रहे थे। पादरी फोटो में भी अपना पादरियों वाला चोगा ही पहने था लेकिन उसकी पत्नी एक बड़े विशिष्ट डिजाइन का ऐसा ऊनी कोट पहने थी जिसकी आस्तीनों पर और कालर पर फर लगा हुआ था।

फोटो की पृष्ठभूमि में झेरी की झील साफ दिखाई दे रही थी जिसे कि प्रभूदयाल ने फौरन पहचाना।

लेकिन प्रभूदयाल की निगाह उन दोनों पर नहीं थी।

उसने ग्रुप के कोने में खड़ी एक युवती पर अपनी एक उंगली रखी।

''इस लड़की को देखो, बंसल।'' – प्रभूदयाल अपलक तस्वीर को ताकता हुआ बोला – ''कितनी नौजवान है! कितनी खूबसूरत है!''

''है कौन?'' – बंसल उत्सुक भाव से बोला।

''तुमने नहीं पहचाना इसे?''

''नहीं।''

''पांच साल में काफी तब्दीली आ जाती हैं जनाना सूरत में। पांच साल में लड़की किशोरी से युवती बन जाती है और युवती औरत बन जाती है।''

बंसल के चेहरे पर उलझन के भाव प्रकट हुए। प्रत्यक्षतः दिमाग पर बहुत जोर देने पर भी वह उस युवती को पहचान नहीं पा रहा था।

''ये इयररिंग देखो'' – प्रभूदयाल बोला – ''जो इसने कानों में पहने हुए हैं। कितने खूबसूरत लग रहे हैं?''

''इयररिंग!'' – बंसल के मुंह से निकला।

''हां। ये इयररिंग अभी हाल ही में तुम देखकर हटे हो।''

''साहब!'' – बंसल एकाएक उत्तेजित स्वर में बोला – ''ये इयररिंग वही तो नहीं जो . . .''

''हैडक्वार्टर फोन करो।''

''यस, सर।''

''और फिंगरप्रिंट्स एक्सपर्ट को फौरन यहां पहुंचने के लिए कहो।''

"यस, सर। लेकिन साहब, ये इयररिंग . . ."

"गैट गोइंग।"

बंसल तुरन्त वहां से बाहर को लपका।

हमारा अगला पड़ाव चर्च था।

चर्च के विशाल हाल में बेंचों के बीच बनी राहदारी से गुजरकर हम स्टेज पर पहुंचे।

वहां डायस पर एक खुला हुआ बाइबल पड़ा था।

खुले बाइबल में एक कागज दबा हुआ था जिस पर पादरी के हस्तलेख में एक इबारत लिखी हुई थी।

प्रभूदयाल ने उच्च स्वर में उस इबारत को पढ़ा। लिखा था:

> साधारण व्यक्ति के लिए सांसारिक लालसाओं का त्याग बहुत कठिन होता है। इन लालसाओं में से शारीरिक लिप्सा सबसे प्रबल होती है और छुपाए नहीं छुपती। जैसे आग की चुगली धुआं कर देता है, वैसे सांसारिकता में फंसे निर्मल मन में से भी कई बार वासना का धुआं उठने लगता है।

"साहब!" – बंसल बोला – "यह सब कुछ वह अपने ही बारे में तो नहीं कह रहा था?"

"हो सकता है।" – प्रभूदयाल बोला – "लेकिन बात की यह बारीकी श्रोताओं में से किसकी समझ में आई होगी!"

तभी चर्च का स्टेज के समीप का एक विशाल दरवाजा खुला और तीन जनों ने भीतर कदम रखा। उनमें सबसे आगे सिल्विया नोरिस थी और सिर्फ उसी को प्रभूदयाल पहचानता था।

उसके पीछे जो दो व्यक्ति चल रहे थे, उनमें से एक लगभग पचास के पेटे में पहुंचा हट्टा-कट्टा, सूरत से ही सम्पन्न लगने वाला व्यक्ति था तथा दूसरा एक उतनी ही उम्र का दुबला-पतला, दब्बू व्यक्ति था।

वे तीनों स्टेज पर पहुंचे।

''मिस्टर इंस्पेक्टर'' – सिल्विया बोली – ''मीट हेनरी सिलवेस्टर। चेयरमैन ऑफ दिस चर्च।''

सम्पन्न व्यक्ति ने प्रभूदयाल से हाथ मिलाया।

''बन्दे को इंस्पेक्टर प्रभूदयाल कहते हैं।'' – प्रभूदयाल बड़े अदब से बोला।

''सिल्विया ने मुझे बताया है।'' – वह बोला।

''और यह'' – सिल्विया ने दूसरे व्यक्ति की तरफ संकेत किया – ''एलबर्ट है।''

प्रभूदयाल ने उससे भी हाथ मिलाया, अलबत्ता एलबर्ट ने बहुत झिझकते हुए उसका हाथ थामा।

''इंस्पेक्टर साहब'' – सिलवेस्टर बोला – ''कुछ पता लगा हत्यारे का?''

''अभी नहीं लगा।'' – प्रभूदयाल बोला – ''लेकिन आप लोगों का सहयोग रहेगा तो भला क्यों नहीं लगेगा!''

''हम लोगों से आपको असहयोग की शिकायत नहीं होगी।''

''शुक्रिया। आप चर्च के जिम्मेदार आदमी हैं। मुझे आपसे ऐसे ही जवाब की उम्मीद थी।''

''लेकिन इंस्पेक्टर साहब, हमारे सहयोग का मतलब यह नहीं है कि आप हमारे चर्च को, हमारी कम्यूनिटी को खामखाह की पब्लिसिटी का निशाना बनाने की कोशिश करें या उसे बदनाम करने की कोशिश करें। मैं इस चर्च का सरपरस्त हूं और इस पर किसी प्रकार की आंच . . .''

उसके बाद चर्च और अपनी कम्यूनिटी की हिमायत में उसने इतना लम्बा भाषण दिया कि सुनते-सुनते प्रभूदयाल आजिज़ आ गया। फिर उसकी सूरत से ही दिखाई देने लगा कि हेनरी सिलवेस्टर नाम का वह अतिवाचाल व्यक्ति उसे कतई पसन्द नहीं आया था। अन्त में जब वह एक बार सांस लेने के लिए रुका तो प्रभूदयाल तुरन्त बोल पड़ा – ''आपके खयाल से इस डबल मर्डर के लिए कौन जिम्मेदार हो सकता है?''

''मेरे खयाल से?'' – वह सकपकाया।

''जी हां। आपके खयाल से कौन हो सकता है हत्यारा?''

''मुझे क्या पता!''

''आप अपना अन्दाजा ही बताइए।''

''मेरा कोई अन्दाजा नहीं।''

''कोई भी ऐसी बात बातइए जो आपकी निगाह में कत्ल से ताल्लुक रखती हो सकती है?''

''मैं ऐसी कोई बात नहीं जानता।''

''आप पादरी साहब को तो अच्छी तरह से जानते थे?''

''खूब अच्छी तरह से जानता था। फादर कॉटन सिर्फ इस चर्च का पादरी ही नहीं था, मेरा दोस्त भी था।''

''क्या उन्होंने कभी आपको ऐसा संकेत दिया था कि किसी व्यक्ति विशेष से उन्हें जान का खतरा था?''

''नहीं।''

''आपको उनकी मिसेज डेनिंग से घनिष्ठता की खबर थी?''

''इंस्पेक्टर साहब, जो आदमी आज इस दुनिया में नहीं, उस पर आपका यह बेजा इल्जाम . . .''

''आपके बेजा कह देने भर से यह इल्जाम बेजा नहीं साबित होने वाला, मिस्टर सिलवेस्टर। यह बात अब निर्विवाद रूप से साबित हो चुकी है कि उन दोनों में अवैध सम्बन्ध थे और आप'' – प्रभूदयाल ने खंजर की तरह एक उंगली उसकी तरफ भौंकी – ''खासतौर से इस बारे में वाकफियत रखते थे।''

''मैं?''

''जी हां, आप। आपकी जानकारी के लिए हमें उन प्राइवेट डिटेक्टिवों की भी खबर है जो आपने पादरी साहब के पीछे लगाए थे और उस गुप्त मीटिंग की भी खबर है जो इसी मसले को लेकर आपकी मौजूदगी में, आपकी अध्यक्षता में इसी चर्च में हुई थी।''

सिलवेस्टर खामोश रहा। उसकी इल्जाम लगाती निगाह एलबर्ट की तरफ उठी।

एलबर्ट तुरन्त निगाह चुराने लगा।

''कहने का मतलब यह है, मिस्टर सिलवेस्टर'' – प्रभूदयाल बोला – ''कि सिर्फ जुबानी जमाखर्च से हकीकत को झुठलाना मुमकिन न होगा।''

''आई अन्डरस्टैण्ड।'' – वह धीरे से बोला।

''तो आप कबूल करते हैं कि पादरी साहब और मिसेज डेनिंग के सम्बन्धों की बात गलत नहीं थी?''

''बात सच थी। और यह बात चर्च की भारी बदनामी का बायस बन सकती थी। इसीलिए मैंने फादर कॉटन से मिलना और उससे दो टूक बात करना जरूरी समझा था।''

''लेकिन जिस बात को दो टूक करना आपने जरूरी समझा था, वह आपने फौरन पादरी साहब से नहीं की थी। पहले आपने उनके कार्यकलापों की टोह लेने के लिए उनके पीछे प्राइवेट डिटेक्टिव लगाए थे।''

''मैंने जो मुनासिब समझा, किया।'' – एकाएक उसके स्वर में असहिष्णुता का पुट आ गया – ''अपने किसी एक्शन के लिए किसी को जवाबदेह बनना मैं जरूरी नहीं समझता।''

''लगता है आपकी भी जॉर्ज सैमसन से बात हो गई है।''

''क्या मतलब? कैसे लगता है?''

''जो फैन्सी जवाब अभी आपने दिया है, उस पर साफ-साफ जॉर्ज सैमसन की छाप है।''

''मेरी समझ में नहीं आता कि इन खामखाह की बातों से आप क्या हासिल करना चाहते हैं?''

''कोई बात खामखाह की नहीं होती।'' – प्रभूदयाल शुष्क स्वर में बोला – ''खामखाह की बातों के लिए मेरे पास वक्त भी नहीं।''

''तो फिर . . .''

''छोड़िए। आप एक जिम्मेदार और रसूख वाले आदमी हैं, जो बात आप नहीं बताना चाहते, वह मैं आपसे जबरन नहीं कुबुलवा सकता। और जॉर्ज

सैमसन आपकी अपनी कम्यूनिटी का आदमी है। माना हुआ वकील है। उसकी किसी भी, कैसी भी राय पर अमल करना आपसे अपेक्षित है। पूरा अख्तियार है आपको ऐसा करने का।''

वह खामोश रहा।

''अब एक और बात सुनिए, और फैसला कीजिए कि वह जवाब देने लायक है या नहीं!''

''फरमाइए।''

''लोग कहते हैं कि आपका यह चर्च प्रेतबाधा से ग्रस्त है!''

''क्या!''

''लोग कहते हैं कि रात को सेंट माइकल का भूत चर्च के अहाते में विचरता है।''

''नॉनसैंस।''

''कई लोगों ने वह भूत देखा होने का दावा किया है।''

''बकवास! सरासर बकवास!''

''आपको ऐसी किसी बात पर विश्वास नहीं?''

''हरगिज भी नहीं। यह इलाके का सबसे पुराना, सबसे पवित्र चर्च है। इसके बारे में ऐसा कुछ कहना भी गुनाह है। अगर ऐसी कोई बात आम है तो यह जरूर चर्च के किसी दुश्मन का काम है। यह अफवाह किसी निहायत नामाकूल आदमी की कारगुजारी है कि चर्च ऑफ सेंट माइकल प्रेतबाधा से ग्रस्त है।''

''अफवाह ही सही लेकिन यह अफवाह क्या आपके कानों तक कभी नहीं पहुंची?''

''न, कभी नहीं पहुंची। यह बात मैं पहली बार अभी आप ही के मुंह से सुन रहा हूं।''

''कमाल है! है तो यह बात बहुत लोगों की जुबान पर!''

सिलवेस्टर अपने चेहरे पर भारी असंतोष के भाव लिए खामोश खड़ा रहा।

''एलबर्ट!'' – प्रभूदयाल चर्च के कर्मचारी की तरफ आकर्षित हुआ।

''यस, सर।'' – एलबर्ट बोला।

''तुमने कभी यह प्रेतबाधा वाली बात सुनी?''

एलबर्ट ने बेचैनी से पहलू बदला लेकिन मुंह से कुछ न बोला। उसने सशंक भाव से सिलवेस्टर की तरफ देखा।

''एलबर्ट!'' – प्रभूदयाल कठोर स्वर में बोला – ''मैंने तुमसे एक सवाल पूछा है।''

''मैं भूत-प्रेतों में विश्वास नहीं करता।'' – वह कठिन स्वर में बोला।

''मैंने तुमसे यह नहीं पूछा कि तुम भूत-प्रेतों में विश्वास करते हो या नहीं। मैंने तुमसे पूछा है कि प्रेतबाधा की जो बात वहां प्रचलित है, उसकी तुम्हें वाकफियत है या नहीं?''

उत्तर देने के स्थान पर एलबर्ट ने फिर सशंक भाव से सिलवेस्टर की तरफ देखा।

''यह एक्टिंग छोड़ो'' – प्रभूदयाल झल्लाकर बोला – ''वर्ना मुझसे बुरा कोई न होगा।''

''इंस्पेक्टर!'' – सिलवेस्टर आवेशपूर्ण स्वर में बोला – ''आप इस तरह इसे धमका . . .''

''आप बरायमेहरबानी एक मिनट खामोश रहिए।''

बंसल एकाएक आगे बढ़कर ऐन एलबर्ट के सामने जा खड़ा हुआ।

''इधर मेरी तरफ देखो।'' – वह कर्कश स्वर में बोला।

बड़ी कठिनाई से एलबर्ट ने उससे निगाह मिलाई।

''क्या तुमने खुद मुझे यह बात नहीं बताई थी कि आज से कोई छः महीने पहले चर्च के स्कूल की कुछ लड़कियां, जो इसी हाल के नीचे बेसमैंट में स्थित हाल में अपने स्कूल में खेले जाने वाले एक ड्रामे का रिहर्सल कर रही थीं तो प्रेतबाधा वाली अफवाह की शुरुआत तब पहली वार उनकी ज़ुबानी हुई थी और बाद में वह चर्च में आने वाले और भी कई लोगों ने सुनी थी?''

''ओह, वह।'' – सिलवेस्टर बोला – ''वह बात तो मैंने भी सुनी थी लेकिन वह मामूली, बेमानी बात थी और याद रखने लायक तो हरगिज भी नहीं थी।''

''उसकी तो मुझे भी याद है।'' – एलबर्ट बोला। साफ लग रहा था कि हामी भरने के लिए सिलवेस्टर से प्रेरणा पाकर ही उसने वह बात कबूल की थी।

''शुक्र है।'' – प्रभूदयाल व्यंग्यपूर्ण स्वर में बोला – ''कि आप लोगों की याददाश्त की मोम एक साथ पिघली। अब लगे हाथों यह भी बता डालिए कि असल में बात क्या थी?''

''वे लड़कियां'' – उत्तर सिल्विया ने दिया – ''मेरी क्लास की थीं इसलिए मैं बताती हूं।''

''ठीक है, आप बताइए।''

''हकीकत में वह जरूर एक मजाक था जो लड़कियों ने आपस में किया था।''

''मजाक ही सही लेकिन बात को साफ-साफ कहिए।''

''बात यूं है कि लड़कियां नीचे बेसमैंट के हाल में ड्रामे की रिहर्सल कर रही थीं। मैं यहां ऊपर स्टडी में थी। एक लड़की की यहां कोई किताब रह गई थी। वह अपनी एक सहेली के साथ यहां ऊपर उस किताब की तलाश में आई थी। उसने यहां का दरवाजा खोला था तो एकाएक उसकी चीख निकल गई थी। चीख की आवाज स्टडी में मुझ तक भी पहुंची थी और मैं दौड़ी-दौड़ी यहां पहुंची थी। मैंने उससे पूछा, वह क्यों चीखी थी तो वह कहने लगी कि उसने वहां भूत देखा था।''

''तब वक्त क्या था?''

''शाम सात बजे का। तब यहां की अपनी कोई बत्ती नहीं जल रही थी। किसी एकाध खिड़की या रोशनदान से बाहर की थोड़ी-बहुत रोशनी भीतर पड़ रही हो तो पड़ रही हो, वरना यहां अन्धेरा था।''

''और वह लड़की कहती थी कि उस अन्धेरे में उसने यहां भूत देखा था?''

''हां।''

''भूत कैसा था? बूढा या जवान? जनाना या मर्दाना?''

''इंस्पेक्टर साहब'' – सिलवेस्टर झल्लाया – ''आप खामखाह अपना वक्त जाया कर रहे हैं एक बेमानी बात के पीछे। अरे, वह बच्ची थी, नादान थी, यहां अन्धेरा था, बाहर से आती किसी रोशनी से यहां कोई ऐसी परछाई-सी हिली होगी कि वह भयभीत होकर चीख पड़ी होगी और उसका भयभीत मन भूत-प्रेतों की कल्पना करने लगा होगा।''

''लड़की भूत के बारे में क्या कहती थी, कैसा था वो?'' – प्रभूदयाल ने यूं अपना प्रश्न दोहराया जैसे सिलवेस्टर की बात उसने सुनी ही न हो – ''बूढ़ा या जवान? जनाना या मर्दाना?''

''यह तो मैंने लड़की से पूछा नहीं था!'' – सिल्विया बोली – ''यह तो मैं तब पूछती जब मुझे भूत वाली बात पर विश्वास होता!''

''फिर?''

''फिर दो-तीन दिन बाद एक और लड़की ने कहा कि उसने यहां भूत विचरता देखा था। और एक हफ्ते बाद एक बूढ़ी औरत ने दावा किया था कि उसने रात के सन्नाटे में चर्च के कम्पाउड में भूत विचरता देखा था। वह कहती थी कि उसके देखते-देखते ही भूत चर्च के भीतर दाखिल हो गया था। जबकि रात को चर्च के दरवाजे पर ताला पड़ा होता है। फिर यूं ही यह अफवाह जोर पकड़ गई।''

''मैं भूतों को नहीं मानता।'' – प्रभूदयाल बोला।

''फिर भी'' – सिलवेस्टर व्यंग्यपूर्ण स्वर में बोला – ''आप इतने सवाल कर रहे हैं उस भूत के बारे में!''

''लेकिन जब इतने लोग कहते हैं कि उन्होंने भूत देखा है तो . . .''

''कमाल है! यह तो वही बात हुई कि चित्त भी मेरी और पट्ट भी मेरी। आप भूतों को नहीं मानते लेकिन लोगों ने भूत देखा है तो वह होता है। हद है आपकी भी!''

''वह कोई जिन्दा भूत था।''

''जिन्दा भूत! क्या मतलब?''

''कोई ऐसा शख्स जिसे भूत समझ लिया गया था।''

''आपका मतलब है कि रातों को कोई जीवित प्राणी चोरों की तरह यहां विचरता था?''

''मेरा यही मतलब है।''

''लेकिन ऐसा कैसे हो सकता है?''

''किसी-न-किसी तरह तो हुआ ही होगा!''

''यूं रात को चोरों की तरह यहां कौन विचरता होगा?''

''यही तो वह लाख रुपये का सवाल है जिसका हमें जवाब चाहिए।''

कोई कुछ न बोला।

''मेरी जानकारी में आया है'' – प्रभूदयाल ने चुप्पी भंग की – ''कि यहां इस चर्च में ऐसी कोई गुप्त जगह है जिसे आपस में पत्रों के आदान-प्रदान के लिए पादरी साहब और मिसेज डेनिंग पोस्ट ऑफिस की तरह इस्तेमाल करते थे।''

''झूठ! बकवास!'' – सिल्वेस्टर भड़क कर बोला।

''चेयरमैन साहब'' – प्रभूदयाल बोला – ''अब यह बात निर्विवाद रूप से स्थापित हो चुकी है कि पादरी साहब में और मिसेज डेनिंग में नाजायज ताल्लुकात थे। पादरी साहब ने आपके दबाव में आकर आपसे वादा किया था कि वे भविष्य में मिसेज डेनिंग से कभी भी, कहीं भी, कतई नहीं मिलेंगे लेकिन अब क्या यह बात साफ जाहिर नहीं है कि उन्होंने अपना वादा नहीं निभाया था! आपकी, अपनी बीवी की और लोगों की निगाहों में आए बिना चर्च को पोस्ट ऑफिस की तरह इस्तेमाल करके वे क्या कम्यूनीकेशन का यह सुरक्षित तरीका अख्तियार नहीं कर सकते थे?''

''अगर वे दोनों ऐसा करते भी थे तो इस बात का अब जिक्र से क्या फायदा? आप चर्च को क्यों घसीटते हैं इस केस में? चर्च सिर्फ फादर कॉटन का नहीं था। चर्च हम सबका है। हमारी सारी कम्यूनिटी का है। मरा सिर्फ चर्च का पादरी है। हम लोग तो जिन्दा हैं! कुछ हमारा भी तो खयाल कीजिए। आप क्यों हमारे चर्च को बदनाम करने पर तुले हुए हैं।''

''मैं चर्च को बदनाम करने पर नहीं तुला हुआ। ऐसा करने से मुझे क्या हासिल होने वाला है।''

''ऐग्जैक्टली। यही तो मैं कहना चाहता हूं।''

''लेकिन उस पोस्ट ऑफिस की तलाश मेरे लिए जरूरी है।''

''क्यों जरूरी है?''

''क्योंकि वहां अभी भी कोई चिट्ठी पड़ी हो सकती है। और वहां मौजूद ऐसी कोई चिट्ठी इस डबल मर्डर की मिस्ट्री पर बहुत रोशनी डाल सकती है।''

सिलवेस्टर चुप हो गया।

''ही इज राइट।'' – सिल्विया दबे स्वर में बोली।

''और'' – प्रभूदयाल बोला – ''जिस भूत की हम लोग चर्चा कर रहे हैं, वह या तो यहां चिट्ठी रखने या यहां से चिट्ठी लेने आती मिसेज डेनिंग थी और या कोई ऐसा शख्स था जिसको ऐसी किसी बात की भनक थी और वह मिसेज डेनिंग के पीछे लगा हुआ था।''

सिल्विया ने बड़े प्रभावित भाव से सहमति में सिर हिलाया।

सिलवेस्टर कई क्षण अनिश्चित-सा खामोश खड़ा रहा, फिर अन्त में वह एक गहरी सांस लेकर बोला – ''ठीक है। करो तलाश पोस्ट ऑफिस।''

''थैंक्यू!'' – प्रभूदयाल बोला – ''मैडम, जिस बच्ची ने पहली बार भूत की बात की थी, वह कौन से दरवाजे से भीतर दाखिल हुई थी?''

''उस बीच के दरवाजे से।'' – सिल्विया ने एक दरवाजे की तरफ संकेत करते हुए कहा।

''और भूत उसने कहां देखा था?''

''यहां।'' – उसने स्टेज के पास चर्च की पूर्वी दीवार की तरफ संकेत किया।

''आप सूसन के हैंडराइटिंग से वाकिफ हैं?''

''जी!''

''सूसन के हैंडराइटिंग से वाकिफ हैं आप? आपसे पहले सूसन पादरी साहब की सेक्रेट्री थी। पादरी साहब की सेक्रेट्री की ड्यूटी भुगताते हुए उनकी भूतपूर्व

सेक्रेट्री के हैंडराइटिंग से दो-चार होने का इत्तफाक हुआ हो सकता है आपके साथ।''

''हां।''

''सूसन के हाथ की लिखी कोई इबारत देखकर आप उसे पहचान लेंगी?''

''उम्मीद तो है!''

''बंसल, मैडम को वह फिल्मी गाने के अन्दाज वाली चिट्ठी दिखाओ।''

बंसल ने आदेश का पालन किया।

''यह तो साफ-साफ सूसन का हैंडराइटिंग है!'' – सिल्विया तत्काल बोली।

''पक्की बात?'' – प्रभूदयाल बोला।

''जी हां। यह चिट्ठी कहां से मिली आपको?''

''थैंक्यू, मैडम।'' – प्रभूदयाल उसके सवाल को नजरअन्दाज करता बोला।

''लेकिन . . .''

''अब आप लोग स्टडी में चलिए, हम लोग पोस्ट ऑफिस तलाश करते हैं।''

वे तीनों वहां से विदा हो गए।

प्रभूदयाल पूर्वी दीवार की तरफ बढ़ा।

''अगर मैं इस चर्च का पादरी होता'' – वह बड़बड़ाया – ''तो मैं चिट्ठी छुपाने के लिए कौन-सा स्थान सुरक्षित समझता? कहां छुपाता मैं चिट्ठी? कहां? कहां? कहां?''

प्रभूदयाल ने उधर की दीवार का, फर्श का, हर खिड़की-झरोखे का इंच-इंच करके मुआयना करना शुरू किया।

''यह क्या है?'' – एकाएक वह बोला।

वह दीवार में कोई दो फुट गहरा एक फुट का झरोखा-सा था जिसकी सारी चौड़ाई में बड़े करीने से बाइबल की प्रतियां लगी हुई थीं लेकिन उन पर जमी धूल इस बात की साफ चुगली कर रही थी कि वे बाइबल वहां सजावट का ही काम दे रहे थे, किसी और काम में वे नहीं आते थे।

''यही है वह पोस्ट ऑफिस।'' – प्रभूदयाल बोला – ''जिसकी हमें तलाश

है। जरूर इनके पीछे काफी जगह होगी। यहां एक जगह से धूल थोड़ी डिस्टर्ब हुई भी मालूम होती है। यानी यहां उंगलियों के निशान भी मिल सकते हैं।''

प्रभूदयाल ने केवल एक उंगली लगाकर एक बाइबल को अपनी तरफ सरकाया और उसके पीछे झांका।

पीछे कोई सफेद-सी चीज झलक रही थी।

''चिट्ठी है।'' – वह उत्तेजित भाव से बोला।

बड़ी सावधानी से बिना बाइबलों को या उन पर जमी धूल को डिस्टर्ब किए वह चिट्ठी वहां से निकाली गई।

वह एक सादा लिफाफा था जो बन्द था लेकिन जिस पर कोई नाम वगैरह नहीं लिखा हुआ था।

प्रभूदयाल ने लिफाफे को रोशनी के पास ले जाकर उसका मुआयना किया।

''इस लिफाफे को खोलकर'' – एकाएक प्रभूदयाल बोला – ''दोबारा बन्द किया गया है। क्यों, पाठक साहब?''

मैं खामोश रहा।

''लिफाफे को खोलकर दोबारा गोंद लगाकर बन्द करना इस बात की साफ चुगली कर रहा है कि लिफाफे में मौजूद चिट्ठी किसी ऐसे व्यक्ति ने पढ़ी थी जिसके लिए कि यह नहीं लिखी गई थी। यहां रखी जाने वाली चिट्ठियां कोई चोरी-छुपे खोल-खोलकर पढ़ता था।''

मैंने आंखों-ही-आंखों में प्रभूदयाल की पारखी, चौकन्नी निगाह की तारीफ की।

फिर वह लिफाफा खोला गया।

भीतर एक पत्र मौजूद था, जो निश्चय ही मिसेज डेनिंग की हैंडराइटिंग में था।

हम सबने वह पत्र पढ़ा।

लिखा था:

डार्लिंग,

तुम्हारे आदेशानुसार मैं आऊंगी। मैं जरूर आऊंगी। तुमने अपनी चिट्ठी में जो कुछ लिखा था, उसकी मैं फोन पर तसदीक किए बिना नहीं रह सकी थी।

माफी देना। मैं आठ बजे खाली मकान में पहुंच जाऊंगी। यह चिट्ठी मैं इसलिए लिख रही हूं कि शायद मैं हड़बडाहट में फोन पर कुछ सही न बोल पाई होऊं और तुम कुछ सही न सुन सके होवो। लेकिन जो कदम हम उठाने जा रहे हैं, उसे मौजूदा हालात में उठाना क्या मुनासिब होगा? हम हर किसी की निगाह में हैं। जासूस तक हमारे पीछे लगे हुए हैं। डार्लिंग, यह न समझना कि मैं अपने लिए भयभीत हूं। मुझे अपनी नहीं, तुम्हारी फिक्र है। अगर हमारे दुश्मनों ने कोई स्कैण्डल खड़ा कर दिया तो हमारा इकट्ठे प्रस्थान नहीं हो सकेगा। लेकिन फिर मैं यह भी सोचती हूं कि जो बात देर-सवेर दुनिया के सामने आनी ही है, वह क्यों न अभी जाहिर हो जाए! शायद इसी में हमारी और हर किसी की भलाई छुपी हो। लेकिन मेरी समझ में यह अब भी नहीं आ रहा कि रेलवे स्टेशन पहुंचने की जगह, जैसा कि हमारे में तय हुआ था, तुमने मुझे एकाएक जॉर्जटाउन वाले मकान में आने के लिए क्यों कहा! पता नहीं क्यों मुझे तो डर लगने लगा है! पता नहीं क्यों बार-बार मुझे किसी अनिष्ट की आशंका सता रही है। सभी तो हमारे दुश्मन हैं। मुझे तो एक बार यह तक लगा कि कहीं वह चिट्ठी, जिसमें तुमने मुझे स्टेशन पहुचने की जगह जॉर्जटाउन आने के लिए लिखा था, मुझे तुमने लिखी भी थी या नहीं! कहीं वह भी तो हमारे दुश्मनों की कोई चाल नहीं थी! मैंने कई बार तुम्हारी वह चिट्ठी पढ़ी। साफ-साफ तुम्हारा हैंडराइटिंग था लेकिन फिर भी मेरे मन से शंका न गई। इसीलिए मैंने तुम्हें फोन करने का खतरा मोल लिया और तुमसे प्रोग्राम की तब्दीली की तसदीक की। तुम्हारे से फोन पर बात होने के बाद ही मुझे तसल्ली हुई कि वह चिट्ठी तुम्हीं ने लिखी थी। मेरे मन का वहम मिटा और मुझे खुशी हुई कि आज रात मेरी तमाम दुश्वारियां खत्म हो जाएंगी। हमेशा के लिए। हमेशा-हमेशा के लिए। अब पता नहीं कब आठ बजेंगे और कब मैं फिर तुम्हारी बांहों में होऊंगी! मुझे तो एक-एक क्षण एक-एक वर्ष जैसा लग रहा है। लेकिन कभी तो आठ बजेंगे ही! कभी तो हमारी मिलन घड़ी आएगी ही! तब तक के लिए विदा, मेरे मालिक।

तुम्हारी

सूसन

प्रभूदयाल ने एक बार और उस चिट्ठी को पढ़ा, फिर उसे वापस लिफाफे में डालकर लिफाफा अपनी वर्दी की एक जेब में रख लिया।

''बाहर जाकर देखो'' – उसने आदेश दिया – ''अभी फिंगरप्रिंट्स एक्सपर्ट यहां पहुंचा या नहीं!''

बंसल फौरन बाहर को लपका।

''यहां धूल में बने फिंगरप्रिंट्स बहुत नाजुक हैं।'' – प्रभूदयाल बड़बड़ाया – ''मैं इनका एक क्षण का भरोसा नहीं कर सकता।''

कुछ क्षण बाद बंसल फिंगरप्रिंट्स एक्सपर्ट के साथ वापस लौटा।

प्रभूदयाल के निर्देश पर वह आते ही प्रेमियों के पोस्ट ऑफिस पर से फिंगरप्रिंट्स उठाने में जुट गया।

जब तक वह अपने काम से निपट न गया, सब उसके गिर्द खामोश खड़े रहे।

अन्त में उसने कमर सीधी की।

''बाकी भी जितने फिंगरप्रिंट्स जहां-जहां से उठाए गए थे'' – उसने बताया – ''वे सब मैंने डैवलप कर लिए हैं। इनमें पानी के गिलासों पर से उठाए गए विभिन्न गवाहों के फिंगरप्रिंट्स, लाशों के प्रिंट्स, और जॉर्जटाउन के खाली मकान से उठाए गए प्रिंट्स शामिल हैं।''

''खाली मकान में मिले प्रिंट्स की शिनाख्त हुई?'' – प्रभूदयाल ने पूछा।

''हां। अधिकतर प्रिंट्स तो पादरी और उसकी प्रेमिका के ही हैं लेकिन कुछ और भी प्रिंट्स वहां से उठाए गए हैं जिनकी अभी शिनाख्त नहीं हो पाई है।''

''करो। सब प्रिंट्स को सब प्रिंट्स से मिलाकर देखो।''

''यही तो मैंने करना शुरू किया था जबकि एकाएक यहां के लिए बुलावा आ गया था।''

''अब वापस पहुंचो और मुकम्मल रिपोर्ट तैयार करो।''

उसने सहमति में सिर हिलाया और अपने पेशे के साजोसामान के साथ वहां से विदा हो गया।

उसके बाद फिर चर्च का मुआयना शुरू हुआ।

प्रभूदयाल ने वहां ऐसी निगाहबीनी शुरू की, जैसे सूई तलाश कर रहा हो। वहां की दीवारें, फर्श तक उसने यूं ठकठकाकर देखे जैसे वह कहीं से कोई तिलिस्मी दरवाजा खुलने की उम्मीद कर रहा हो। कहीं सूई की नोक जितना भी कोई छेद था तो प्रभूदयाल की पैनी, तजुर्बेकार निगाह उस पर पड़ी थी।

''यह तो तुम बाल की खाल निकाल रहे हो!'' – मैं दबे स्वर में बोला।

''ठीक पहचाना।'' – प्रभूदयाल सहज स्वर में बोला – ''यही कर रहा हूं मैं।''

मैं खामोश हो गया।

चर्च से निपटकर वहीं के एक कोने से नीचे को जाती घुमावदार सीढ़ियों के रास्ते हम बेसमैंट में मौजूद हाल में पहुंचे।

वहां भी प्रभूदयाल की बेहद बारीक निगाहबीनी आरम्भ हुई जो कि तब समाप्त हुई जबकि एक स्थान से उसने एक चौड़े मुंह वाली गोंद की छोटी-सी शीशी बरामद की। तुरन्त उसके चेहरे पर परम संतुष्टि के भाव प्रकट हुए। वह शीशी उसने बड़ी सावधानी से अपनी वर्दी की एक जेब में रख ली।

''वापस चलो।'' – वह एक अत्यन्त रहस्यपूर्ण निगाह मुझ पर डालता विजेता के-से स्वर में बोला – ''जिस चीज की मुझे तलाश थी, वह मुझे मिल गई।''

गोल सीढ़ियों के रास्ते हम वापस चर्च में पहुंचे।

तभी चर्च का बाहर की तरफ रुख वाला एक दरवाजा खुला और हवलदार चेतनकुमार ने एक किशोर के साथ भीतर कदम रखा। हवलदार अपनी बगल में एक पैकेट दबाए था।

''मैंने बस रास्ते में ही पकड़ ली थी, साहब।'' – हवलदार तनिक हांफता हुआ बोला – ''यह पीटर फ्रांकोजा का बेटा मिकी है और यह वह पैकेट है जो मैंने इसके पास से बरामद किया है।''

उसने पैकेट प्रभूदयाल को सौंप दिया।

प्रभूदयाल ने एक सरसरी निगाह भयभीत मिकी पर डाली और फिर बड़ी सावधानी से पैकेट खोला।

भीतर से एक जनाना ऊनी कोट बरामद हुआ जिसकी आस्तीन और कालर पर फर लगा हुआ था।

वह वही विशिष्ट डिजाइन का कोट था जो मिसेज कॉटन उस ग्रुप फोटो में पहने थी जो पादरी की स्टडी में टंगी हुई थी।

''अपने पिता के आदेश पर'' – प्रभूदयाल मिकी को घूरता बोला – ''इस कोट को तुम झेरी ले जा रहे ये ताकि वहां तुम्हारे पिता का रॉबर्ट स्लोन नामक दोस्त इसे ''साफ'' कर दे। क्या साफ होना था इस पर से?''

मिकी ने उत्तर न दिया। उसने भयभीत भाव से अपने सूखे होंठों पर ज़ुबान फेरी।

लेकिन मिकी के उत्तर के बिना भी स्पष्ट हो गया कि उस कोट में से क्या साफ होना था।

कोट के निचले भाग में उसके पूरे घेरे में कई स्थानों पर लाल-लाल धब्बे दिखाई दे रहे थे।

प्रभूदयाल ने एक क्षण उस धब्बों का मुआयना किया और फिर बड़े गम्भीर स्वर में घोषणा की – ''ये खून के धब्बे हैं।''

''साहब!'' – हवलदार चेतनकुमार बड़े गर्वपूर्ण स्वर में बोला – ''मैंने यह भी मालूम कर लिया है कि रॉबर्ट स्लोन कौन है।''

''अच्छा!'' – प्रभूदयाल बोला।

''हां, साहब। बस में ही कई लोग जानते थे रॉबर्ट स्लोन को। झेरी के बड़े बाजार में उसकी ड्राईक्लीनिंग की दुकान है।''

''आई सी। सुधाकर!''

''यस, सर!'' – सुधाकर बोला।

''पादरी की स्टडी में से वह ग्रुप फोटो उतारकर अपने अधिकार में ले लो जिसमें मिसेज कॉटन यही कोट पहने दिखाई दे रही है। वह फोटो ही इस कोट को मिसेज कॉटन की मिल्कियत साबित करके दिखाएगी, वरना वह वकील का बच्चा तो मिसेज कॉटन से कहलवा देगा कि उसने इस कोट की कभी शक्ल तक नहीं देखी।''

''साहब!'' – सुधाकर दबे स्वर में बोला – ''चेयरमैन स्टडी में है। वह एतराज . . .''

''कर सकता है।'' – प्रभूदयाल सख्ती से बोला – ''जरूर करेगा। लेकिन उसका एतराज नहीं सुनना है।''

''यस, सर।''

''सीज द पिक्चर। दिस इज माई ऑर्डर।''

''यस, सर।''

सुधाकर फौरन वहां से निकल गया।

प्रभूदयाल ने कुछ क्षण और कोट का मुआयना किया और फिर उसे पूर्ववत् पैकेट की सूरत में लपेट देने के लिए बंसल को सौंप दिया।

फिर वह बालक की तरफ आकर्षित हुआ।

''तुम्हारा नाम मिकी है?'' – उसने पूछा।

मिकी ने सहमति में सिर हिलाया।

''तुम पीटर फ्रांकोजा के लड़के हो?''

उसने फिर सहमति में सिर हिलाया।

''कितनी उम्र है तुम्हारी?''

''सत्तरह साल।''

''यानी अभी नाबालिग हो?''

वह खामोश रहा।

''तुम्हें मालूम था इस पैकेट में क्या था?''

उसने सहमति में सिर हिलाया।

''जानते हो यह कोट किसका है?''

उसने इन्कार में सिर हिलाया।

''यह जानते हो कि इस कोट को 'साफ' कराने की – राजनगर से पैंसठ मील दूर ले जाकर चोरी-छिपे साफ कराने की – जरूरत क्यों आन पड़ी थी?''

उसने फिर इन्कार में सिर हिलाया।

''यह जानते हो कि तुम्हारी बुआ पर डबल मर्डर का इल्जाम लग सकता है और अपराधी की मदद करने वाला भी अपराधी माना जाता है?''

''मैं कुछ नहीं जानता।'' – वह भड़ककर बोला।

''जानते तो तुम बहुत कुछ हो, बेटा, लेकिन यूं कहो कि बताना नहीं चाहते हो। जरूर तुम्हें ऐसी ही पट्टी पढ़ाई गयी है कि कोट की बाबत तुमने किसी के सामने जुबान नहीं खोलनी है।''

''आप मेरे डैडी को यहां बुलाइये।''

''वह किसलिए?''

उसने उत्तर न दिया।

''वह किसलिए?'' – प्रभूदयाल ने फिर प्रश्न दोहराया।

''उन्हें'' – मिकी कठिन स्वर में बोला – ''खबर होनी चाहिए कि मैं गिरफ्तार हूं।''

''किसने कहा कि तुम गिरफ्तार हो?''

''मैं गिरफ्तार नहीं हूं तो और क्या हूं?''

''तुम्हारे पास से कत्ल से ताल्लुक रखती एक चीज बरामद हुई है, उसी बारे में पूछताछ करने के लिए तुम हिरासत में लिए गए हो।''

''एक ही बात है।''

''अगर एक ही बात है तो तुम्हारे डैडी ही यहां आकर क्या कर लेंगे?''

उसे जवाब न सूझा।

''दरअसल इस वक्त तुम एक हिमायती की जरूरत महसूस कर रहे हो। है न?''

उसने उत्तर न दिया।

''और शायद तुम्हें मालूम नहीं कि इस वक्त यहां तुम्हारे डैडी से कहीं बड़ा तुम्हारा हिमायती मौजूद है।''

''कौन?''

''जॉर्ज सैमसन। जानते हो उसे?''

''वकील?''

''वही। यानी कि जानते हो। जॉर्ज सैमसन इस वक्त तुम्हारा क्या, तुम्हारे सारे कुनबे का हिमायती है।''

मिकी ने बेचैनी से पहलू बदला।

''वह इस वक्त तुम्हारी बुआ के घर में मौजूद है। तुम अभी वहां चले जाओ और जाकर वकील साहब को सारी बात बताओ कि कैसे तुम यह खून से रंगा कोट ''साफ'' करवाने के लिए झेरी लेकर जा रहे थे कि रास्ते में ही पुलिस द्वारा धर लिए गए थे। वकील साहब को यह खास तौर से बताना कि कोट इस वक्त मेरी कस्टडी में है। समझ गए?''

उसने सहमति में सिर हिलाया।

''फूटो।''

हिरण की तरह कुलांचें भरता वह वहां से भागा।

तभी तस्वीर के साथ सुधाकर वहां पहुंचा।

''गुड!'' – प्रभूदयाल उसके हाथ में तस्वीर देखकर सन्तुष्टिपूर्ण स्वर में बोला – ''किसी ने एतराज किया?''

''चेयरमैन ने किया था।'' सुधाकर बोला – ''लेकिन उस लड़की ने ही उन्हें समझा-बुझा दिया था।''

''वैरी गुड! अब तुम बंसल से कोट ले लो और लैबोरेट्री में पहुंच जाओ। वहां पहले तो इस बात की तसदीक करवाओ कि उस पर लगा खून इन्सानी खून है। फिर कोट की मिल्कियत स्थापित करने की कोशिश करो। इस पर लगा दर्जी का लेबल इस मामले में तुम्हारा सहायक सिद्ध हो सकता है। ओके?''

''यस, सर।''

सुधाकर कोट के पैकेट और तस्वीर के साथ वहां से विदा हो गया।

तभी दनदनाता हुआ जॉर्ज सैमसन वहां पहुंचा।

''इंस्पेक्टर साहब!'' – आते ही वह बोला – ''बड़ों के साथ पेश नहीं चली तो अब बच्चों के पीछे पड़ रहे हो?''

''क्या हुआ?'' – प्रभूदयाल सहज भाव से बोला।

''जैसे आपको मालूम नहीं!''

''नहीं भी मालूम तो क्या है? आप बताएंगे तो अब मालूम हो जाएगा।''

''आपने मिकी को क्यों गिरफ्तार किया है?''

''वह गिरफ्तार है? मुझे नहीं मालूम था। मैंने तो अभी उसे आपके पास भेजा था। चर्च और पादरी साहब के घर के सौ गज के फासले में ही गिरफ्तार हो गया वह!''

''व्यंग्य करने की जरूरत नहीं, इंस्पेक्टर साहब। आप मेरा मतलब खूब समझ रहे हैं।''

''मैं कोई जादूगर या माइंड रीडर नहीं हूं जो बिना आप के बताए आपका मतलब समझ सकूं!''

''आप लड़के के साथ थर्ड डिग्री से पेश आ रहे हैं।''

''गलत। अगर ऐसा होता तो मैंने उसे आपकी शरण में आपकी हिमायत हासिल करने के लिए न भेजा होता। वैसे जब मुझे उसके साथ या किसी और के साथ थर्ड डिग्री से पेश आना होगा तो कोई वकील का बच्चा मुझे रोक नहीं सकेगा।''

''इंस्पेक्टर, माइंड युअर लैंग्वेज।'' – वकील चिल्लाया।

''यू माइंड युअर लैंग्वेज!'' – प्रभूदयाल उससे ज्यादा उच्च स्वर में चिल्लाया – ''एण्ड युअर मैनर्स टू। डोंट यैल ऐट मी। डोंट ट्राई टु पुश युअर वेट अराउंड। दिस इज़ ए पोलिस इनवैस्टिगेशन, नॉट ए कोर्ट ट्रायल। अन्डरस्टैण्ड!''

क्रोध और अपमान से जॉर्ज सैमसन का चेहरा जल उठा।

''मैं इस बारे में'' – वह धमकीभरे स्वर में बोला – ''आई.जी. से बात करूंगा।''

''आप होम मिनिस्टर से बात कीजिए। यह एक आजाद मुल्क है। आप जिससे चाहे बात करने के लिए आजाद हैं। लेकिन एक ऑन ड्यूटी पब्लिक सर्वेण्ट को धमकाने की कोशिश मत कीजिए। वकील होने के नाते आप कानून

से ऊंचे नहीं उठ जाते। मैं आपको भी गिरफ्तार कर सकता हूं।''

वह सकपकाया। फिर तुरन्त उसके रवैये में तब्दीली आई।

''इंस्पेक्टर साहब'' – वह बड़ी नम्रता से बोला – ''आप तो खामखाह गर्म हो रहे हैं!''

''खामखाह मैं कभी कोई काम नहीं करता।''

''लेकिन गलत नतीजों पर तो आप खामखाह पहुंच रहे हैं!''

''कौन-से गलत नतीजे पर पहुंचा हूं मैं?''

''कोट की ही मिसाल ले लीजिए। आपने एक कोट बरामद किया और कूदकर इस नतीजे पर पहुंच गए कि कोट मिसेज कॉटन का है। आपने उस पर कुछ धब्बे देखे तो कूदकर इस नतीजे पर पहुंच गए कि वे खून के धब्बे हैं। आपने कोट को शहर से बाहर ले जाया जाता देखा तो कूदकर इस नतीजे पर पहुंच गए कि कोई कुछ छुपाने की कोशिश कर रहा था। आपको पहले इस बात की तो तसदीक करनी चाहिए थी कि वह कोट मिसेज कॉटन का है या नहीं, उस पर जो धब्बे हैं, वे खून के हैं या नहीं! वह . . .''

''आप'' – प्रभूदयाल उसे घूरता हुआ बोला – ''मुझे मेरा धन्धा सिखाने की कोशिश कर रहे हैं?''

''नहीं, नहीं, वह बात नहीं, लेकिन . . .''

''तो फिर क्या बात है?''

''मेरा मतलब है जो बात हो, तरतीब से, हिसाब से होनी चाहिए।''

''मिसेज कॉटन इस बात से इन्कार करती हैं कि वह कोट उनका है?''

''पुरजोर इन्कार करती हैं।''

''कैसे इन्कार करती हैं? कोट तो उन्होंने देखा ही नहीं है! कोट को बिना देखे उन्होंने यह फतवा कैसे दे दिया कि वह उनका नहीं है? और फिर बकौल आपके, वे सिडेटिव के असर में बेहोश पड़ी हैं। इनकार कब को कर दिया उन्होंने?''

वह गड़बड़ाया।

''हकीकतन आप यह कहना चाहते थे कि आप मिसेज कॉटन को यह राय

देंगे कि पूछे जाने पर वे इस बात से साफ मुकर जाएं कि वह कोट उनका है।''

''उनका कोई कोट गायब नहीं।''

''यह भी मिसेज कॉटन का दिल नहीं, आपका दिमाग बोल रहा है। अभी तो आपने राजनगर में कदम रखा है! आते ही क्या आपने मिसेज कॉटन की सारी वार्डरोब की इन्वैन्ट्री ली थी? यहां कदम रखते ही करने के लिए यही काम आपको सबसे अहम लगा था? आपको क्या इलहाम हुआ था कि यहां किसी कोट के बारे में पूछताछ होने वाली थी?''

''इंस्पेक्टर साहब, मिसेज कॉटन के इनकार से मेरा मतलब यह था कि अगर आप उनके साथ होस्टिलिटी का रवैया रखेंगे तो ऐसा इनकार वे कर सकती हैं।''

''लेकिन अगर मेरा रवैया उनकी – बल्कि आपकी – पसन्द की कसौटी पर खरा उतरे तो उन्हें कोट की मिल्कियत से इनकार नहीं होगा!''

''यही समझ लीजिए।''

''तो फिर आप ही बता दीजिए क्या कहानी है कोट की? क्या सफाई देती हैं वे कोट पर लगे खून के धब्बों की और उसे क्लीनिंग के लिए इतने गोपनीय ढंग से झेरी भिजवाने की?''

''उन्होंने कोई सफाई नहीं देनी। वे इस मामले में पूरी तरह से निर्दोष हैं।''

''तो फिर माजरा क्या है?''

वह खामोश रहा। उसने बेचैनी से पहलू बदला।

''वकील साहब'' – प्रभूदयाल चेतावनीभरे स्वर में बोला – ''मैं यह साबित कर सकता हूं – निर्विवाद रूप से साबित कर सकता हूं – कि वह कोट मिसेज कॉटन का है।''

''कैसे साबित कर सकते हैं?''

''पादरी साहब की स्टडी में से एक तस्वीर बरामद हुई है जिसमें मिसेज कॉटन वही कोट पहने दिखाई दे रही हैं।''

''तस्वीर!''

''जी हां। और उसे वहां से गायब कर देने का मौका हाथ से निकल चुका है।

वह तस्वीर पहले ही पुलिस हैडक्वाटर भिजवाई जा चुकी है।''

''इंस्पेक्टर साहब!'' – वकील एक गहरी सांस लेता बोला – ''वह एक पुराना कोट है, जिसे मिसेज कॉटन ने कई सालों से पहना तक नहीं है।''

''यानी कि अब आप यह तो कबूल करते हैं कि वह कोट मिसेज कॉटन का है?''

''यह बात नहीं है।''

''जरूर नहीं होगी। आप कहते क्या हैं कोट के बारे में?''

''वह एक बहुत पुराना, बहुत गर्म, आउट ऑफ फैशन हो चुका कोट है। आजकल तो रातें इतनी सर्द भी नहीं! मिसेज कॉटन को क्या जरूरत थी ऐसा कोट पहनने की?''

''वकील साहब'' – प्रभूदयाल के होंठों पर एक विषभरी मुस्कराहट आयी – ''लगता है आप पुलिस के साथ कबड्डी खेल रहे हैं, जब तक चारों खाने चित नहीं हो जाएंगे, हकीकत नहीं बयान करेंगे आप।''

''मैंने आपसे एक सवाल पूछा है।''

''जिसका जवाब मेरे पास है।''

''क्या जवाब है आपके पास?''

''दो वजहों से मिसेज कॉटन को वह पुराना आउट ऑफ फैशन वगैरह-वगैरह कोट पहनने की जरूरत महसूस हो सकती थी।''

''मैं सुन रहा हूं।''

''वह टखनों तक आने वाला कोट था और उसके कालर में फर लगा हुआ था जो पहना जाने पर जरूर आधा चेहरा ढंक देता होगा। मिसेज कॉटन ने कोट इसीलिए पहना होगा कि कोई उन्हें पहचान न पाए। एक बात तो यह हुई।''

''और दूसरी?''

''कल रात आंधी-तूफान और तेज बारिश होने का अन्देशा था। आप कल रात यहां नहीं थे इसलिए आपको मालूम नहीं होगा कि ऐसा मौसम बाद में बन

भी गया था। खूब बारिश हुई थी कल रात। कल के खराब मौसम से वह कोट न सिर्फ मिसेज कॉटन की हिफाजत कर सकता था बल्कि उन्हें उसके खराब हो जाने का अन्देशा भी न सताता। कोट रिजेक्टेड, पुराना, आउट ऑफ फैशन जो ठहरा!''

''लेकिन मिसेज कॉटन आपको पहले ही बता चुकी हैं कि कल रात उन्होंने घर से बाहर कदम तक नहीं रखा था।''

''बता चुकी हैं। और यह इकलौता झूठ नहीं है जो उन्होंने पुलिस से बोला है। कहने को तो वे यह भी कहती हैं कि कल रात साढ़े ग्यारह बजे के आसपास उनके घर किसी के कदम नहीं पड़े थे, जबकि इलाके का चौकीदार कुछ और ही कहानी कहता है। वह दावे के साथ कहता है कि कल रात साढ़े ग्यारह बजे कुछ लोगों ने यहां कदम रखा था।''

''जरूर उसे कोई गलती लगी है।''

''बात कोट की हो रही थी। उस पर लगे खून के धब्बे मिटवाने के लिए उसे इतने गोपनीय ढंग से झेरी की तरफ रवाना कर दिया गया था, पीटर फ्रांकोजा के इस एक्शन का क्या जवाब है आपके पास?''

''एकदम सिक्केबन्द जवाब देने की स्थिति में तो मैं नहीं हूं, लेकिन लगता है कि पीटर ने जो कुछ किया था अपनी बहन को किसी एमबैरेसमैंट से बचाने के लिए किया था। उसने बहन के उस कोट पर लगे खून के धब्बे देखे होंगे और वह आशंकित हो उठा होगा कि अगर वह कोट, वे धब्बे पुलिस की निगाह में आ गए तो वे जरूर उसका कोई उलटा-सीधा मतलब निकाल लेंगे। इसीलिए उस कोट को चुपचाप साफ करवाने के लिए उसने उसे झेरी भिजवा दिया।''

''झेरी क्यों?''

''क्योंकि वहीं एक ऐसा भरोसे का आदमी उपलब्ध था जो इस बारे में अपनी जुबान बन्द रख सकता था।''

''यह कदम उठाने से पहले उसे अपनी बहन से पूछना तो चाहिए था कि उसके कोट पर खून के धब्बे कैसे लगे?''

''जरूर पूछना चाहिए था। उसकी जगह मैं होता तो जरूर पूछता और फिर शायद यही उत्तर मिलता कि बहन को तो पता तक नहीं था कि कोट पर खून लगा हुआ था। लेकिन जाहिर है कि पीटर ने नहीं पूछा। अपनी ताजा-ताजा विधवा हुई, गमजदा बहन से कोट के बारे में पूछना उसे न जंचा।''

''यह आपको पीटर ने बताया है या यह वह कहानी है जिसका आप यहां रिहर्सल कर रहे हैं और जिसे बाद में आप पीटर को रटायेंगे?''

''इंस्पेक्टर'' – वकील आहत भाव से बोला – ''आपने तो जिद पकड़ ली मालूम होती है कि आप मेरी हर बात को शक की निगाह से देखेंगे!''

''ऐसी कोई बात नहीं।''

''तो फिर आप क्यों नहीं यह महसूस करते कि यह केस किसी किनारे लगे। इस बात में मेरी भी उतनी ही दिलचस्पी है जितनी कि आपकी है। इस डबल मर्डर की गुत्थी को हल करने में मैं आपकी मदद करना चाहता हूं।''

''जानकर खुशी हुई।'' – प्रभूदयाल शुष्क स्वर में बोला।

''इसीलिए मैं दोबारा चलकर आपके पास आया हूं।''

''दोबारा तो आप लड़के की कोट की कहानी से बौखलाकर आए हैं लेकिन यह वजह भी हो सकती है।''

''यही वजह है। मैं और मेरे क्लायन्ट अपराधी को पकड़वाने में दिल से आपकी मदद करना चाहते हैं।''

''मैं आप लोगों की मदद के बिना भी अपराधी को – या अपराधिनी को – पकड़ सकता हूं लेकिन फिर भी ऑफर के लिए शुक्रिया।''

''अपराधी जल्दी-से-जल्दी पकड़ा जाए, इस बात में मेरी जाती दिलचस्पी इसलिए है, क्योंकि तभी आप परिवार के लोगों पर बेजा शक करने का अपना रवैया छोड़ेंगे। कहने का मतलब यह है कि जितनी जल्दी अपराधी पकड़ा जाएगा, उतनी ही जल्दी मेरे क्लायन्टों को पुलिस की शक्की निगाहों, गलत नतीजों और बेजा इल्जामों से निजात मिलेगी। इसीलिए इस केस में मैं पुलिस को अपना पूरा सहयोग देना चाहता हूं।''

''कोट की बरामदगी से पहले तो आप पुलिस को सहयोग देने को उत्सुक नहीं थे?''

वकील ने आहत भाव से प्रभूदयाल की ओर देखा।

''और फिर सहयोग की परिभाषा क्या है आपकी?''

''मतलब?''

''घर की तलाशी जैसे मामूली काम से तो आपको एतराज है और आप सहयोग का राग अलाप रहे हैं।''

''आपकी शिकायत वाजिब है। मैं शर्मिन्दा हूं मैंने पुलिस के काम में रोड़ा अटकाया। दरअसल में सफर से थका हुआ लौटा था इसलिए . . .''

''नैवर माइन्ड।''

''आप अपनी तलाशी फिर से शुरू करवा सकते हैं।''

''और मिसेज कॉटन से इन्टरव्यू?''

''वह अभी मुमकिन नहीं होगा। इन्टरव्यू अभी पीटर फ्रांकोजा से भी मुमकिन नहीं होगा। दोनों को मुकम्मल आराम की डॉक्टर की सख्त हिदायत है, लेकिन मैं आपको विश्वास दिलाता हूं कि ज्यों ही उन लोगों की तबीयत सम्भलेगी, मैं खुद उनको आपके सामने पेश कर दूंगा।''

''शुक्रिया।'' – प्रभूदयाल शुष्क स्वर में बोला – ''आप बहुत मेहरबान हैं।''

''यह आपकी जर्रानवाजी है कि आप ऐसा समझते हैं।''

''वकील साहब, टोनी को – दूसरे भाई को – आपके डॉक्टर ने मुकम्मल आराम की राय नहीं दी?''

''जी!''

''जाहिर है कि नहीं दी। इसलिए नहीं दी क्योंकि उससे हमने कुछ पूछना नहीं है।''

''बात तलाशी की हो रही थी। मैं घर में मौजूद हूं, आप जब चाहें तलाशी दोबारा शुरू कर सकते हैं।''

''यानी तलाशी आपकी मौजूदगी में होगी?''

''जी हां। कोई एतराज?''

''नहीं कोई एतराज नहीं।''

''तो मुझे इजाजत है?''

प्रभूदयाल ने सहमति में सिर हिलाता।

वकील जार्ज सैमसन वहां से विदा हो गया।

''मैं तलाशी का इन्तजाम करवाऊं?'' – बंसल ने पूछा।

प्रभूदयाल ने इनकार में सिर हिलाया।

''नहीं!'' – बंसल सकपकाया।

''अब तलाशी से कुछ हासिल नहीं होने वाला। उसका यूं तलाशी के लिए मान जाना ही साबित करता है कि या तो वह पहले खुद तलाशी लेकर तसदीक कर चुका है कि वहां अब कुछ नहीं रखा, या फिर वह वहां से हर ऐसी चीज पहले ही हटा चुका होगा जो कि हमारे किसी काम आ सकती थी। अब तलाशी को आगे बढ़ाना सरासर वक्त की बरबादी होगी।''

''आप ठीक कह रहे हैं!'' – बंसल प्रभावित स्वर में बोला।

''वक्त का वैसे ही हमें तोड़ा है। अब यहां वक्त बरबाद करने की जगह हमें यहां से ज्यादा महत्त्वपूर्ण जगह पहुंचना चाहिए।''

''कहां?''

''हडसन लेन।''

''विलियम डेनिंग के घर?''

''हां। और उसके बाद हमारा एक चक्कर जॉर्जटाउन में भी लगना चाहिए। दिन के उजाले में वहां कोई ऐसी बात हमारे सामने आ सकती है जो रात के अन्धेरे में छुपी रही हो।''

तुरन्त हम लोग हडसन लेन की ओर रवाना हो गए। रवानगी से पहले प्रभूदयाल ने जॉर्ज सैमसन को बताना तक जरूरी न समझा कि तलाशी का सिलसिला आगे चलाने का इरादा उसने फिलहाल छोड़ दिया था।

''साहब'' – हडसन लेन के रास्ते में मैं बड़े विनीत भाव से बोला – ''जान की अमान पाऊं तो मैं कुछ अर्ज करूं?''

''शौक से करो, पाठक साहब।'' – प्रभूदयाल बोला – ''तुम्हारे हाथों की कठपुतलियां क्या तुम्हें कुछ कहने से रोक सकती हैं?''

''साहब'' – मैं पूर्ववत् विनीत भाव से बोला – ''मैं – हवलदार जगदीशप्रसाद सिंह – आपसे कुछ अर्ज करना चाहता हूं।''

''करो, भाई, करो।''

''साहब, आप मुझे पाठक साहब . . .''

''अब कुछ कहोगे भी!''

''साहब, मैं यह कहना चाहता था कि मेरे खयाल से तो आपको मिसेज कॉटन को गिरफ्तार कर लेना चाहिए।''

''अच्छा!''

''जी हां।'' – मैं तनिक उत्साहपूर्ण स्वर में बोला – ''उसके खिलाफ तो ढेरों बातें जमा हो गई हैं हमारे पास। उसके खून के धब्बों वाले कोट का खयाल कीजिए, पादरी की घड़ी और अंगूठी का खयाल कीजिए, उसके द्वारा बोले गए बेशुमार झूठों का खयाल कीजिए।''

''पाठक साहब, क्या मुझे घिसने की कोशिश कर रहे हो?''

''नहीं तो!'' – मैं बड़ी मासूमियत से बोला।

''तो फिर ऐसी बातें क्यों कह रहे हो? तुमसे बेहतर यह बात और कौन जानता है कि मिसेज कॉटन को गिरफ्तार कर लेना पुलिस के लिए कोई बड़ी बात नहीं, लेकिन उसको गिरफ्तार किए रखना निश्चय ही बड़ी बात है। विधवा के खिलाफ सरकमस्टांशल एवीडेंस शतिया हमारे पास बहुत हैं लेकिन कोई ठोस, कोई अकाट्य सबूत, कोई चशमदीद गवाह हमारे पास अभी भी नहीं है।''

''लेकिन . . .''

''सुनते रहो। पादरी की घड़ी और अंगूठी उसकी लाश पर से गायब थीं, एक मर्दाना घड़ी और अंगूठी विधवा की ड्रेसिंग टेबल में से बरामद हुई हैं लेकिन हमारे

पास यह साबित करने का कोई साधन नहीं है कि वह घड़ी और अंगूठी लाश पर से उतारी गई थीं। इसी प्रकार खून के धब्बों वाले कोट की बात अपने-आपमें बहुत दमदार और सस्पैंसफुल लगती हैं लेकिन साबित कुछ नहीं करती। हम यह तो साबित कर सकते हैं कि कोट विधवा का है लेकिन बिना किसी चश्मदीद गवाह के यह साबित नहीं कर सकते कि कल रात विधवा ने ही उसे पहना था। हम तो यही साबित नहीं कर सकते कि वह कोट किसी औरत ने पहना था।''

''जी!''

''टोनी फ्रांकोजा छोटे कद का दुबला-पतला आदमी है। जिस आदमी ने धनीराम के नाम तारकपुर से तार भेजी थी और जिसने हरनामसिंह से किश्ती के लिए लकड़ी खरीदी थीं, वह भी छोटे कद का दुबला-पतला आदमी था। पाठक साहब, या जगदीश प्रसाद सिंह, जो भी तुम इस वक्त हो – बहस के लिए पूछता हूं, क्या वह कोट कल रात टोनी ने नहीं पहना हो सकता? जवाब इस बात को निगाह में रखकर देना कि उस आदमी का दिमागी तवाजन खराब है और सूसन का गला जिस हौलनाक ढंग से काटा गया था, वह ढंग टोनी बाखूबी अख्तियार कर सकता था।''

मैंने प्रंशसात्मक भाव से अपने निहायत काबिल इंस्पेक्टर की तरफ देखा।

''बंसल!'' – प्रभूदयाल बंसल की ओर घूमकर बोला – ''तुमने तार बाबू और हरनामसिंह को पादरी की लाश दिखाई?''

''अभी नहीं, साहब।'' – वह खेदपूर्ण स्वर में बोला – ''उस काम की अभी बारी ही नहीं आई।''

''टोनी का और पादरी का कद-काठ और हुलिया मोटे तौर पर एक जैसा ही है। जब भी उन दोनों आदमियों को तलब करो तो उनका आमना-सामना टोनी से भी कराना।''

''जरूर! लेकिन साहब, बात विधवा की हो रही थी। जगदीश की बात तो वैसे सही है – उसने जो झूठ बोले हैं, उनके बारे में आप क्या कहते हैं?''

''वे झूठ भी निहायत मामूली सरकमस्टांशल एवीडेन्स का दर्जा रखते हैं।

अगर वह कहती है कि उसके पति का मिसेज डेनिंग से अफेयर नहीं था या वह जिद करती है कि कल रात साढ़े ग्यारह बजे उसके घर कोई नहीं आया था तो इससे साबित क्या होता है? कुछ भी साबित नहीं होता इससे।''

''साहब, अगर उसको पिछली रात कुछ लोगों के घर आए होने की खबर नहीं थी तो इससे यह नतीजा भी तो निकाला जा सकता है कि यह खबर उसे इसलिए नहीं थी क्योंकि वह खुद उस वक्त घर पर नहीं थी!''

''मंजूर! लेकिन अगर वह घर पर नहीं थी तो इससे यह कहां साबित होता है कि वह जॉर्जटाउन में थी?''

''लेकिन'' – बंसल ने जिद की – ''अगर वह घर पर नहीं थी तो वह जॉर्जटाउन वाले खाली मकान में हो सकती थी।''

''और नहीं भी हो सकती थी।'' – प्रभूदयाल बोला – ''सकने से हमारा काम नहीं चलता, बंसल। खास तौर से तब जबकि हमारा मुकाबला जॉर्ज सैमसन जैसे घाघ वकील से है। इस वक्त, वक्त की जरूरत सरकमस्टांशल एवीडेन्स नहीं, कंक्रीट एवीडेन्स है। हमें अकाट्य सबूत चाहिए विधवा के खिलाफ। और वह अकाट्य सबूत कोई चश्मदीद गवाह ही हो सकता है। कोई चश्मदीद गवाह, जिसने विधवा को या उसके किसी भाई को कल रात खाली मकान में, उसके आसपास या जॉर्जटाउन के इलाके में कहीं भी देखा हो।''

''ईज़ियर सैड दैन डन।'' – मैं धीरे से बोला।

प्रभूदयाल ने कहरभरी निगाह से मेरी तरफ देखा लेकिन मैंने उससे निगाह न मिलाई।

हडसन लेन की चौदह नम्बर इमारत चारमंजिला थी जिसकी दूसरी मंजिल के एक फ्लैट में डेनिंग परिवार रहता था। वहां एक ए.एस.आई. और दो हवलदार वहां की निगरानी के लिए पहले से ही तैनात थे।

उनमें से ए.एस.आई. को तलब किया गया।

मालूम हुआ कि वहां परिवार के कई सम्बन्धी और शुभचिन्तक सूसन की

मौत का अफसोस करने आ चुके थे और सूसन की एक बहन अभी भी फ्लैट में मौजूद थी।

सुबह से ही वहां प्रैस रिपोर्टरों के भी चक्कर लग रहे थे।

''सब रिपोर्टर तुम्हारी पहचान के थे?'' – प्रभूदयाल ने पूछा।

''हां, साहब।'' – ए.एस.आई. तत्पर स्वर में बोला।

''उनमें सुनील भी था?''

'''''ब्लास्ट'' वाला?''

''वही।''

''नहीं, साहब। उसके कदम तो यहां नहीं पड़े!''

''तुम शायद भूल रहे हो'' – मैं धीरे से बोला – ''कि सुनील अस्पताल में है।''

''अस्पताल में ही तो है, जेल में तो नहीं है!''

''वह बिस्तर के हवाले है।''

''मैंने अपनी आंखों से नहीं देखा।''

''मैं कह रहा हूं।''

''अच्छा-अच्छा।'' – प्रभूदयाल तनिक झुंझलाकर बोला और फिर ए.एस. आई. से सम्बोधित हुआ – ''और वह बहन, जो इस वक्त फ्लैट पर मौजूद बता रहे हो, इतनी जल्दी बड़ौदा से यहां पहुंच भी गई?''

''यह बड़ौदा वाली बहन नहीं है, साहब।'' – ए.एस.आई. ने बताया – ''यह बहन यहीं राजनगर में रहती है।''

''आई सी। यहां की तलाशी हो गई?''

''यस, सर।''

''कुछ हाथ लगा?''

''नो, सर। मेरा मतलब है सिवाय एक चाबी के।''

''चाबी?''

''जी हां। यहां से एक ऐसी चाबी बरामद हुई है जो यहां के किसी ताले में

नहीं लगती।''

''कहां है वह चाबी?''

''मेरे पास है।''

''दिखाओ।''

ए.एस.आई. ने उसे एक चाबी दिखाई।

प्रभूदयाल कुछ क्षण चाबी का मुआयना करता रहा, फिर बोला – ''अभी लपककर लिटन रोड पहुंचो और जाकर देखो क्या यह चाबी चर्च के मुख्य द्वार को लगती है?''

''राइट, सर।''

''और सुनो।''

''यस, सर।''

''यह तुम्हारी बगल में क्या है?''

''अखबार है, सर। ईवनिंग न्यूज।''

''आज का?''

''यस, सर।''

''मुझे दो।''

ए.एस.आई. ने तुरन्त अखबार प्रभूदयाल को सौंप दिया और प्रभूदयाल के इशारे पर स्वयं फौरन यहां से विदा हो गया।

प्रभूदयाल कुछ क्षण अखबार का मुआयना करता रहा। तकरीबन अखबार उस डबल मर्डर की खबर से रंगा हुआ था। उसके मुख पृष्ठ पर मरने वालों की और केस से सम्बन्धित लगभग सभी व्यक्तियों की तस्वीरें छपी थीं।

फिर प्रभूदयाल ने अखबार बंसल को सौंप दिया और आगे बढ़ा।

हम हत्प्राण के फ्लैट में पहुंचे।

विलियम डेनिंग वहां मौजूद था। उसकी आंखें अंगारों की तरह लाल लग रही थीं। और समीप आने पर मालूम हुआ कि उसके मुंह से रम के भभूके छूट रहे थे। वह उस वक्त भी पिए हुए था लेकिन गनीमत थी कि टुन्न नहीं था।

''तो आप भी वैसे ही निकले।'' – प्रभूदयाल को देखते ही वह हाथ नचाकर बोला।

''कैसा निकला मैं?'' – प्रभूदयाल सकपकाया।

''नाकारे! करप्ट! पैसे और रुतबे के रोब में आ जाने वाले!''

''क्या बकते हो?''

''हां, मैं बकता हूं। मैं छोटा आदमी जो ठहरा! मैं बकता हूं लेकिन पादरी के परिवार के लोग फरमाते हैं और आप बड़े अदब से सुनते हैं।''

''तुम कहना क्या चाहते हो?'' – प्रभूदयाल नर्मी से बोला।

''मैं यह कहना चाहता हूं कि अगर आप एक ईमानदार पुलिस इंस्पेक्टर हैं तो अभी तक मिसेज कॉटन आजाद कैसे है? क्या कातिल को पकड़कर जेल की हवा खिलाना आपका फर्ज नहीं है?''

''तुम्हारे खयाल में मिसेज कॉटन कातिल है?''

''हां, और यह मेरा खयाल नहीं, दावा है।''

''इस दावे की बुनियाद?''

''वह नफरत जो मिसेज कॉटन को मेरी बीवी से थी।''

''मिसेज कॉटन को तुम्हारी बीवी से नफरत थी?''

''हां।''

''तुम्हें कैसे मालूम?''

''खुद उसने अपनी जुबानी कहा था।''

''किसे? तुम्हें?''

''नहीं, मुझे नहीं। मेरे सामने उसने ऐसी कोई बात कही होती तो मैं उसकी जुबान न खींच लेता!''

''तो फिर मिसेज कॉटन ने किसे कहा था कि उसे तुम्हारी बीवी से नफरत थी?''

''हेलेन रीडली को।''

''पादरी की पुरानी, पहली, सेक्रेट्री को?''

''हां।''

''यह बात तुमने हमें कल रात क्यों नहीं बताई थी?''

''कल रात यह बात मेरे दिमाग में नहीं आई थी। कल रात मैं नशे में जो था।''

''अभी कौन से होश में हो!''

''मैं एकदम होश में हूं।''

''हेलेन रीडली ने तुम्हें यह बात बताई थी?''

''हां।''

''कब बताई थी?''

''कोई एक साल पहले।''

''क्या कहा था उसने?''

''उसने कहा था कि मिसेज कॉटन कहती थी कि मेरी बीवी पंजे झाड़कर पादरी के पीछे पड़ी हुई थी। मैंने कहा, वह बकवास करती थी, सूसन तो अब पादरी की सेक्रेट्री की नौकरी भी छोड़ चुकी थी। वह बोली, मिसेज कॉटन कहती थी कि फिर भी सूसन की पादरी से मेल-मुलाकात जारी थी। हेलेन कहती थी कि उसके सामने मिसेज कॉटन ने मेरी बीवी को खूब गालियां दी थीं और कहा था कि उसे सूसन की जात से नफरत थी और कहा था कि ''कम्बख्त मरे न पीछा छूटे''। अब तो मर गई सूसन! अब तो उसका पीछा छूट गया मेरी बीवी से! अब तो बहुत खुश होगी वो!''

विलियम की सुर्ख आंखों से एकाएक आंसुओं की दो बूंदे ढुलक पड़ीं।

प्रभूदयाल ने बड़े सांत्वनापूर्ण ढंग से उसका कंधा थपथपाया।

वह अपने-आपको सम्भाल चुका तो प्रभूदयाल बोला – ''आज सुबह हेलेन रीडली से मेरी बात हुई थी। उसने तो मुझे ऐसा कुछ नहीं बताया था!''

''उसने जान-बूझकर नहीं बताया होगा।''

''क्यों?''

''वह एक नेकनीयत और खुदा का खौफ खाने वाली लड़की है। उसकी कांशस को यह बात गवारा न हुई होगी कि उसकी वजह से पुलिस की इल्जाम

लगाती उंगली मिसेज कॉटन की तरफ उठे।''

''तुम ठीक कह रहे हो। लड़की तो वह ऐसी ही थी! वह तो पादरी और तुम्हारी बीवी के अफेयर को भी एक ओछी अफवाह का दर्जा दे रही थी।''

वह खामोश रहा।

तब प्रभूदयाल की तवज्जो रोज़ की तरफ गई जो एक कोने में लगे एक दीवान पर चुपचाप बैठी थी।

''जरा इधर आओ, बेटी।'' – प्रभूदयाल मीठे स्वर में बोला।

रोज़ दीवान से उठकर उसके सामने आ खड़ी हुई।

''क्या तुमने अपनी ममी को शिकायत करते सुना था कि उसकी कोई चाबी खो गई थी?''

''आपको कैसे मालूम?'' – वह अचरजभरे स्वर में बोली।

''यानी तुमने ममी को चाबी खो जाने की शिकायत करते सुना था?''

''हां।''

''कब की बात है यह?''

''कोई दो महीने पहले की।''

''बाद में वह चाबी मिली थी या नहीं?''

''अगले ही दिन मिल गई थी।''

''अच्छा!''

''चाबी खोई होगी ही नहीं। ममी ही उसे इधर-उधर रखकर भूल गई होगी।''

''वह चाबी कहां की थी?''

''यह मुझे नहीं पता।''

''ममी ने कुछ बताया तो होगा?''

''नहीं बताया था।''

''तुम्हें'' – प्रभूदयाल ने विलियम से पूछा – ''इस बारे में कुछ मालूम हो?''

''मुझे कुछ नहीं मालूम।'' – विलियम इनकार में सिर हिलाता बोला – ''मैं तो चाबी की यह चर्चा पहली बार सुन रहा हूं।''

तभी वह ए.एस.आई. वहां पहुंच गया जिसे चाबी के साथ चर्च की तरफ भगाया गया था।

प्रभूदयाल ने प्रश्नसूचक नेत्रों से उसकी तरफ देखा।

''वह चाबी'' – ए.एस.आई. ने बताया – ''चर्च के मुख्य द्वार के ताले को बड़े आराम से लगती है।''

''आई सी।'' – प्रभूदयाल बड़े सन्तुष्टिपूर्ण भाव से गरदन हिलाता बोला – ''तो इसका मतलब यह हुआ कि सेंट माइकल के भूत के पास चर्च के मुख्य द्वार की चाबी थी और वह भूत और कोई नहीं सूसन थी जो रात के सन्नाटे में चर्च में से अपने लव लेटर निकालने जाती थी।''

हमारा अगला पड़ाव जॉर्जटाउन था।

बंसल के कथनानुसार वहां कई पुलसिए तैनात थे और वहां सुबह से ही नदी के तल को खंगालने का काम चल रहा था, जिसे कि एक नहीं, दो-दो बड़े दक्ष गोताखोर अंजाम दे रहे थे।

वहां पहुंचने पर हमें मालूम हुआ कि गोताखोर अपने काम में काफी कामयाबी हासिल कर चुके थे।

खाली मकान के कम्पाउंड में उन चीजों की नुमायश लगी हुई थी जो नदी में से निकाली गई थीं। उस सामान में वे दोनों चीजें भी मौजूद थीं, जिनकी नदी में से बरामदगी की प्रभूदयाल को पूरी उम्मीद थी।

पहली चीज बढ़ईगिरी के मुकम्मल औजारों से भरा एक लकड़ी का बक्सा था।

और दूसरी चीज अड़तीस कैलीबर की स्मिथ एण्ड वैसन ब्रांड की एक रिवॉल्वर थी।

रिवॉल्वर में चार बिना चली गोलियां और दो खाली कारतूस मौजूद थे।

''दो खाली कारतूस अपनी कहानी आप कह रहे हैं।'' – प्रभूदयाल बोला – ''जरूर इसी रिवॉल्वर से हत्याएं हुई हैं, लेकिन फिर भी बैलेस्टिक्स एक्सपर्ट

द्वारा इसकी बातरतीब तसदीक जरूरी है। अब तक मरने वालों के जिस्मों में से घातक गोलियां निकाल ली गई होंगी। बैलेस्टिक्स एक्सपर्ट इस रिवॉल्वर में से टैस्ट बुलेट चलाकर और उसका घातक गोलियों से मिलान करके इस बात की तसदीक कर सकता है कि यहीं मर्डर वैपन है। फिर इसके सीरियल नम्बर की सहायता से फायरआर्म्स के रजिस्ट्रेशन के रिकार्ड में से इस रिवॉल्वर के मालिक का नाम भी जाना जा सकता है।''

''इस पर से हत्यारे की उंगलियों के निशान भी तो बरामद हो सकते हैं?'' – बंसल बोला।

''उम्मीद नहीं। यह मत भूलो कि रिवॉल्वर बड़े वेग से बहते पानी में से निकाली गई है। इस पर से और बढ़ईगिरी के औजारों पर से भी उंगलियों के निशान धुल चुके होंगे।''

''ओह!''

''फिर भी फिंगरप्रिंट्स एक्सपर्ट से इन चीजों का मुआयना करवाने में कोई हर्ज नहीं है। रिवॉल्वर के साथ ये औजार भी फिंगरप्रिंट्स और बैलेस्टिक्स एक्सपर्ट के लिए आवश्यक निर्देशों के साथ हैडक्वार्टर भिजवाने का इन्तजाम करो।''

तुरन्त एक हवलदार रिवॉल्वर और औजारों की पेटी के साथ वहां से विदा हो गया।

''यह क्या है?'' – प्रभूदयाल ने एक बंडल की तरफ संकेत किया।

''यह पोलीथीन की एक चादर है, साहब'' – एक पुलिसिए ने बताया – ''जो कि हमने तह करके रख दी है।''

''यह भी नदी में से निकली है?''

''हां, साहब। वहीं से, जहां से रिवॉल्वर और औजारों वाली पेटी निकली थी।''

''पोलीथीन की यह चादर इतनी बड़ी है कि यह एक आम आकार के कमरे के फर्श को ढंक सके?''

''है, साहब।''

''इसे लेकर भीतर चलो।''

हम लोग दूसरी मंजिल के उस कमरे में पहुंचे जो कि प्रभूदयाल के खयाल से घटनास्थल था और जहां से सूसन का खोया हुआ बाला बरामद हुआ था।

''चादर को फर्श पर बिछाओ।'' – प्रभूदयाल ने आदेश दिया।

आदेश का पालन किया गया।

चादर फर्श पर यूं फिट आई जैसे यह बनाई ही फर्श के नाप-जोख को निगाह में रखकर गई हो।

''हूं।'' – प्रभूदयाल बोला – ''तो यह चादर थी वजह फर्श पर से खून न बरामद होने की। सारा खून पोलीथीन की इस चादर में समेट लिया गया था और चादर नदी में डुबो दी गई थी।''

''साहब!'' – बंसल बोला – ''जब लाशें बहाने के लिए किश्ती पहले से तैयार करके रखी गई, खून समेटने के लिए इस पोलीथीन की चादर का पहले से इन्तजाम करके रखा गया तो फिर तो यह प्रीमेडीटेटिड, डैलीब्रेट, कोल्डब्लडिड मर्डर का केस हुआ!''

''सरासर हुआ। इसी संदर्भ में उस कैनवस के बोरे और लोहे के बट्टों का भी खयाल करो जो नीचे बिलियर्ड रूम में से बरामद हुए थे।''

''फिर तो, साहब, मिसेज कॉटन तो इतना कुछ करने में सक्षम मुझे नहीं लगती।''

''लेकिन उसके भाई कुछ भी कर पाने में सक्षम हैं। यह पूरे परिवार की मिलीभगत भी हो सकती थी। बंसल!''

''सर!''

''अब मैं उस नदी किनारे कुटिया वाले साधु से बात करना चाहता हूं जिसके पास पादरी और सूसन अपना भविष्य जानने जाया करते थे। वह इस वक्त अपनी कुटिया में होगा?''

''जरूर होगा, साहब। मैंने सुना है कि वह साधु कभी कहीं नहीं जाता।''

''वह यहां आना कबूल कर लेगा या हमें वहां जाना पड़ेगा?''

''मैं मालूम करके आता हूं, साहब।''

''ठीक है।''

बंसल वहां से विदा हो गया।

''सुधाकर'' – उसके जाते ही प्रभूदयाल सुधाकर से सम्बोधित हुआ – ''जैसी बारीकी से हमने पादरी के घर की, चर्च की और विलियम के घर की तलाशी कराई, वैसी तलाशी पिछली रात को यहां की नहीं हो सकी थी। मैं चाहता हूं कि एक बार फिर इस मकान को पूरी बारीकी से टटोला जाए।''

''यस, सर!'' – सुधाकर तत्पर स्वर में बोला।

''बाहर हमारे बहुत आदमी मौजूद हैं। उन्हें आवश्यक निर्देश देकर इस काम पर लगा दो।''

''राइट, सर!''

''और खुद उल्टे पैर वापस यहां लौट के आना।''

''वैरी वैल, सर!''

सुधाकर बाहर को लपका।

प्रभूदयाल मेरी तरफ घूमा।

''साधु से कुछ हासिल होगा, पाठक साहब?'' – वह बोला।

''होगा।'' – मैं तनिक मुस्कुराया – ''क्यों नहीं होगा?''

''क्या हासिल होगा?'' – वह आशापूर्ण स्वर में बोला।

''वही जो पीर-फकीर की झोली में होता है।''

''क्या?''

''उसका आशीर्वाद।''

''लानत! तुमसे तो बात करना गुनाह है!''

''सिर्फ गुनाह ही नहीं, मना भी है, यूं मुझसे सवाल कर-करके केस को हल करना चाहते तो तो मैं अभी तुम्हें बता देता हूं कि हत्यारा कौन है। फिर घर जाकर आराम करना। आखिर सारी रात के जागे हुए हो।''

''तुम मुझे बताओगे कि हत्यारा कौन है?''

''मैं नहीं। सुनील।''

''वह यहां कैसे पहुंच जाएगा? वह तो अस्पताल में पड़ा है!''

''जब मैं पहुंचाऊंगा तो पहुंच जाएगा।''

''उसे क्या पता यहां क्या खिचड़ी पक रही है?''

''जब मैं बताऊंगा तो पता लग जाएगा।''

''खबरदार!'' – उसने आंखें तरेरीं – ''अगर ऐसी कोई हरकत की तो मैं इसे वादाखिलाफी का दर्जा दूंगा।''

मैं हंसा।

तभी बंसल एक बेहद विकराल सूरत वाले काले भुजंग साधु के साथ वहां पहुंचा। उसकी आंखें दहकते अंगारों की तरह लाल थीं जो कि उसके सुल्फे का शौकीन होने की चुगली कर रही थीं। उसका कद सवा छ: फुट से भी निकलता हुआ था और पेट मटके की तरह बाहर को निकला हुआ था। शरीर पर वह एक भगवे रंग का चोला-सा पहने था। उसकी दाढ़ी उसकी छाती तक आ रही थी और सिर के बालों में जटाओं की तरह बल पड़े हुए मालूम हो रहे थे। उसके गले में रुद्राक्ष के मोटे-मोटे मनकों की माला थी।

प्रभूदयाल ने चेहरे पर श्रद्धा के भाव लाकर, आगे बढ़कर उसे प्रणाम किया।

''कल्याण हो, बच्चा।'' – साधु आशीर्वाद में एक हाथ उठाता बोला। वह बड़े सहज स्वर में बोला था लेकिन फिर भी उसकी आवाज में घुमड़ते बादलों जैसी गरज का आभास होता था।

तभी सुधाकर वहां लौटा।

उसने इशारे से ही प्रभूदयाल को समझा दिया कि वह मकान की फिर से तलाशी का सब इन्तजाम कर आया था।

प्रभूदयाल ने संतुष्टिपूर्ण ढंग से सिर हिलाया।

''विराजिए, भगवन्।'' – प्रभूदयाल विनीत भाव से साधु से बोला।

साधु एक कुर्सी पर बैठ गया।

हम सब लोग उसके सामने खड़े रहे।

''मेरा नाम प्रभूदयाल है।'' – प्रभूदयाल बोला – ''मैं पुलिस का इंस्पेक्टर

होता हूं। ये सब मेरे मातहत हैं।''

सबने प्रणाम किया।

''कल्याण हो।'' – साधु ने सबको सामूहिक आशीर्वाद दिया।

''मैं'' – प्रभूदयाल बोला – ''यहां एक कत्ल के केस की तफ्तीश के लिए मौजूद हूं। मुझे मालूम हुआ है कि जिन लोगों का कत्ल हुआ है, वे आपके डेरे पर आया करते थे।''

''कौन? कौन आया करते थे?''

''फादर कॉटन नाम का एक पादरी और सूसन नाम की एक युवती।''

''हम समझे। बच्चा, तुम उन लोगों की बात कर रहे हो जो हमारे सामने अंग्रेजी बोला करते थे?''

''जी, वही।''

''ओह! पहली बार जब तुम्हारा यह बालक'' – उसने बंसल की तरफ इशारा किया – ''हमारे पास आया था तो इसने यह संकेत नहीं किया था कि उन दोनों की हत्या हो गई थी। परन्तु इस बार इसने हमें ऐसा बताया। इसीलिए तुम लोगों की सहायता को अपना कर्तव्य समझकर हम यहां चले आए।''

''हम आपके बहुत आभारी हैं, भगवान्।''

''मैंने उस बालिका का कई बार हाथ देखा था और हर बार यही भविष्यवाणी की थी कि वह अतिशीघ्र अपनी समस्त सांसारिक विषमताओं से मुक्ति पा जाने वाली थी।''

''भविष्यवाणी तो आपकी एकदम ठीक थी, भगवान्।'' – प्रभूदयाल प्रभावित स्वर में बोला – ''मौत ने वाकई उसे उसकी तमाम दुश्वारियों से निजात दिला दी है।''

''लेकिन उसकी जीवन-रेखा देखकर हमने उसकी लम्बी उम्र की भी तो भविष्यवाणी की थी!''

प्रभूदयाल सकपकाया।

''हमें याद नहीं कि जीवन में पहले कभी प्रभु ने हमारे मुख से ऐसा असत्य भाषण कराया हो।''

''ऐसा हुआ तो जरूर उसकी कोई वजह होगी भगवान्।''

''हां। एक सम्भावना है। स्त्री जब किसी पुरुष से हृदय से प्रेम करती है, जब वह मन, वचन और कर्म से पुरुष की हो जाती है तो पुरुष के भविष्य का प्रभाव स्त्री पर पड़े बिना नहीं रह पाता। हमने स्पष्ट रूप से अवलोकित किया था कि वह स्त्री उस पुरुष के साथ प्रणयबद्ध थी, इसीलिए स्त्री के भविष्य के बारे में कुछ कहने के पूर्व हमने पुरुष की हस्तरेखाएं देखने की भी इच्छा व्यक्त की थी लेकिन उस पुरुष की क्योंकि हमारे में आस्था नहीं थी, इसलिए उसने कभी हमें अपना हाथ नहीं दिखाया था। वह हमें अपना हाथ दिखाता तो हमारे माध्यम से उसे अपने सिर पर मंडराती मृत्यु का पूर्वाभास हो सकता था। प्रत्यक्षत: उसी के कलंकित भविष्य के ग्रहण ने स्त्री को दीर्घजीवी न होने दिया।''

प्रभूदयाल बहुत प्रभावित दिखाई देने लगा।

''वे दोनों आपके पास अक्सर आते थे?''

''हां। लेकिन सदा भविष्य जानने के लिए ही नहीं। हमारी कुटिया के सामने एक छोटा-सा उद्यान है, जिसमें बारह मास फूल खिले रहते हैं तथा जहां से नदी का दृश्य बहुत लुभावना लगता है। कई बार वे प्रकृति की छटा निहारने के लिए भी वहां आ बैठा करते थे। बच्चा, हमने बहुत समय से इतनी प्रेम-विभोर युगल जोड़ी नहीं देखी थी। स्त्री तो विशेष रूप से उस पुरुष पर पूर्णतया समर्पित थी।'' – साधु ने एक दीर्घ नि:श्वास ली – ''बेचारी!''

''आपने आखिरी बार उन दोनों को कब देखा था?''

''कदाचित् एक मास पूर्व। तब भी मेरी कुटिया में उनका आगमन हुआ था।''

''तब उनका मूड कैसा था?''

''दोनों बहुत चिन्तित थे। उनके वार्तालाप के जो कुछ अंश हमने सुने थे तथा उनकी सूरतों से, दोनों से ही हमें ऐसा आभास मिला था।''

''भगवन्, आप तो त्रिकालदर्शी हैं, इतना तो आप भांप ही गए होंगे कि वे दोनों विवाहित थे!''

''सत्य वचन, बच्चा। लेकिन एक-दूसरे से नहीं।''

''जी हां, जी हां।''

''स्त्री विवाहित थी। हमारी स्थापित सांसारिक मान्यताओं के लिहाज से उसका प्यार अवैध था। लेकिन उसके प्यार पर जो निष्ठा और आस्था की छाप थी, वह नित्य-प्रतिदिन दृष्टिगोचर नहीं होती। उस स्त्री में ऐसी कोई विशेषता थी कि उसे देखकर हमारे हृदय में पितातुल्य अनुराग उमड़ने लगा था।''

''धन्य हो!'' – प्रभूदयाल बड़े नाटकीय स्वर में बोला।

मैं बड़ी कठिनाई से अपनी हंसी रोक पाया।

''भगवन्!'' – प्रभूदयाल फिर बोला – ''आपने कभी कोई उनका मुकम्मल वार्तालाप सुना हो?''

''ऐसा संयोग हमारे साथ कई बार हुआ। उदाहरणतया हम आपको गत चैत्र मास की एक बात बताते हैं।''

''चैत्र मास, वह अप्रैल हुआ न, पाठक साहब?''

''तकरीबन।'' – मैं धीरे से बोला।

''तब हमने'' – साधु बोला – ''पुरुष को अपने किसी सम्बन्धी का जिक्र स्त्री के सामने करते सुना था।''

''कौन सम्बन्धी?''

''पीटर नाम सुना था हमने।''

''वह उसका साला है। बड़ा साला। क्या कहा था उसने पीटर के बारे में?''

''उसने कहा था कि पीटर उसके पास आया था और पीटर ने उससे कहा था कि वह अपना अनाचार का जीवन त्याग दे क्योंकि उससे उनके समाज में उनकी निन्दा हो रही थी। पीटर ने कहा था कि या तो वह उस स्त्री को छोड़ दे और या फिर वह अपनी चर्च की नौकरी से त्यागपत्र दे दे।''

''उसने ऐन यही कहा था?''

''जो उसने कहा था, उसका भावार्थ यही था, शब्द उसने ये प्रयोग नहीं किए थे।''

''आई सी।''

''प्लीज डू। एक्चुअली ही – आई मीन पीटर – टोल्ड हिम दैट ही वाज़ मेकिंग ए स्कैण्डल एण्ड दैन ही वुड हैव टु गिव अप दिस वुमैन आर एल्स बी आस्क्ड टु रिजाइन फ्राम दि चर्च। दीज वर हिज एग्जैक्ट वर्ड्स। वुई वैल रिमैम्बर दैम।''

साधु ऐसे सलीके की इंगलिश बोला था कि प्रभूदयाल हक्का-बक्का-सा उसका मुंह देखने लगा।

''भगवन्! भगवन्!'' – प्रभूदयाल विनीत भाव से बोला – ''असली बातों को छोड़िए। भावार्थ ही चलने दीजिए।''

''अपने सम्बन्धी की उस चेतावनी की छत्रछाया में'' – साधु बड़े सहज भाव से आगे बढ़ा – ''वे दोनों भाग जाने के विषय में विचार करने लगे। पुरुष ने कहा कि उसके पास धन का समुचित प्रबन्ध था। उसके पास कुछ शेयर और यूनिट थे जिनका वह तत्काल विक्रय कर सकता था, प्रत्युत्तर में स्त्री ने प्रश्न किया – ''रोज़ का क्या होगा?'' पादरी ने कहा – ''तुम चाहो तो उसे भी साथ ले चलना लेकिन अच्छा यही होगा कि वह पीछे अपने पिता के ही पास रहे।'' स्त्री ने कहा कि इस विषय में वह अपनी कोई इच्छा पुरुष पर आरोपित नहीं करना चाहती। उसकी हर इच्छा उसके लिए ईश्वर का आदेश था। इसलिए अगर वह कहेगा तो वह रोज़ को साथ ले जाएगी, नहीं कहेगा तो नहीं ले जाएगी। प्रत्युत्तर में पुरुष बोला कि वह इस विषय में विचार करेगा। तदुपरान्त उसने कहा कि वह उसे कुछ धन देगा, जिससे वह अपनी पलायन की तैयारी में अपने लिए नए परिधान इत्यादि क्रय कर सके। उसने यह भी कहा कि क्योंकि अब उनका भेद खुल गया था इसलिए अब वे खाली मकान में और नहीं मिल सकते थे और इसलिए भविष्य में सम्पर्क बनाए रखने के लिए उन्हें पत्राचार का सहारा लेना होगा। तभी उन्होंने यह निर्णय लिया कि वे चर्च के किसी स्थान को डाकखाने की भांति प्रयोग में लाएंगे। मैं तुम्हारे इस बालक को'' – उसने फिर बंसल की तरफ संकेत किया – ''इस विषय में पहले ही बता चुका हूं।''

''उस दिन के बाद आपने उन्हें दोबारा कब देखा?''

''कभी भी नहीं।''

''ओह!'' – प्रभूदयाल एक क्षण ठिठका और फिर बोला – ''भगवन्, मुझे मालूम हुआ है कि आप हर क्षण अपनी कुटिया में मौजूद होते हैं।''

''हर क्षण तो नहीं, बच्चा।'' – साधु तनिक मुस्कराया – ''उदाहरणतया हम इसी क्षण अपनी कुटिया में मौजूद नहीं हैं।''

''मेरा मतलब है'' – प्रभूदयाल हड़बड़ाया – ''आप अक्सर वहां मौजूद होते हैं।''

''सत्य वचन, बच्चा। किसी लम्बे अन्तराल के लिए हम कभी वहां से अनुपस्थित नहीं हुए।''

''कुटिया में जहां आप विराजते हैं, वहां से यह इमारत दिखाई देती है?''

''हां। इस भवन का अग्रभाग अपने आसन से हमें स्पष्ट रूप से दृष्टिगोचर होता है।''

''कल रात आप अपने आसन पर विराजमान थे?''

''सदा ही होते हैं, बच्चा।''

''कल रात किसी वक्त आपकी तवज्जो इस इमारत की तरफ गई थी?''

''क्या गई थी?''

''तवज्जो। मेरा मतलब है, कल रात किसी समय आपका, वो क्या कहते हैं, ध्यानाकर्षण इस इमारत की तरफ हुआ था?''

''हुआ था।''

''आपने कुछ देखा?''

''देखा।''

''क्या देखा?''

''कल रात ग्यारह बजे के समीप हमने इस भवन के प्रांगण में कई प्राणियों को देखा। बात हमें बहुत विचित्र लगी। जिस भवन में कभी दिन में कोई दृष्टिगोचर नहीं होता था, वहां रात्रि में इतने प्राणियों का क्या काम! फिर आचरण से सब बहुत उत्तेजित प्रतीत हो रहे थे और शीघ्रातिशीघ्र बोलते लग रहे थे।''

‘‘उनके बोलने की आवाजें तो आप तक पहुंची नहीं होगी?’’

‘‘नहीं। वे लोग उत्तेजित थे किन्तु फुसफुसाकर बातें कर रहे थे।’’

‘‘किसी की तरफ आपकी खास तवज्जो गई हो?’’

‘‘तवज्जो! अच्छा, अच्छा। ध्यान। हां, वार्तालाप के मध्य उन प्राणियों में से एक प्राणी समूह से तनिक अलग हटा था तो हमने अवलोकन किया था कि वह एक स्त्री थी। सड़क पर लगी बिजली का प्रकाश क्योंकि सीधा उस पर पड़ रहा था इसलिए हमने उसे स्पष्ट देखा था। उस स्त्री की छाप अभी भी हमारे मानसपटल पर अंकित है।’’

‘‘यानी कि आप उसे दोबारा देखें तो फौरन पहचान लेंगे?’’

‘‘सत्य वचन, बच्चा।’’

‘‘बंसल!’’

‘‘यस, सर!’’

‘‘भगवन् को जरा ईवनिंग न्यूज दिखाओ।’’

‘‘यस, सर!’’

‘‘जरा देखिए तो, भगवन्’’ – प्रभूदयाल बोला – ‘‘क्या इस अखबार में छपी तस्वीरों में उस स्त्री की तस्वीर दिखाई दे रही है, जिसे कल रात आपने यहां बाहर कम्पाउण्ड में देखा था?’’

साधु ने तुरन्त सहमति में सिर हिलाया।

‘‘अच्छा!’’ – प्रभूदयाल आतुर स्वर में बोला – ‘‘कौन थी वो स्त्री?’’

साधु ने निसंकोच मिसेज कॉटन की तस्वीर पर उंगली रख दी।

अब यह बात निर्विवाद रूप से सिद्ध हो गई कि मिसेज कॉटन झूठ बोल रही थी कि पिछली रात उसने घर से बाहर कदम नहीं रखा था।

पुलिस को अब हत्या के समय मिसेज कॉटन की घटनास्थल पर मौजूदगी का साधु की सूरत में एक चशमदीद गवाह उपलब्ध था।

‘‘वह स्त्री क्या पहने थी?’’ – प्रभूदयाल ने तनिक उत्तेजित भाव से प्रश्न किया।

''एक लम्बा कोट जो उस स्त्री के गले से लेकर पैरों तक आच्छादित था। कोट के गले और बांहों पर फर लगा हुआ था।''

साधु के इस बयान ने रही-सही कसर भी पूरी कर दी। उसने निश्चय ही कल रात मिसेज कॉटन को उस मकान के कम्पाउण्ड में देखा था।

''भगवन्!'' – प्रभूदयाल विनीत भाव से बोला – ''एक छोटी-सी तकलीफ और उठानी होगी आपको हमारी खातिर।''

''वह क्या, बच्चा?'' – साधु बोला।

''आपकी जानकारी के लिए जिस स्त्री की आपने अभी शिनाख्त की है, वह हत्प्राण व्यक्ति की पत्नी है। खानापूरी के लिए आपको असल में भी उसकी शिनाख्त करनी होगी।''

''तुम उस स्त्री से हमारा साक्षात्कार कराना चाहते हो?''

''जी, महाराज!''

''हमें कोई आपत्ति नहीं।''

''धन्यवाद। धन्यवाद, भगवन्!''

''तो हम प्रस्थान करें?''

''एक क्षण और रुकिए। एक आखिरी जहमत और गवारा कीजिए आप मेरे लिए।''

''तुम्हारे लिए?''

''जी हां। सिर्फ मेरे लिए।''

''वह क्या, बच्चा?''

प्रभूदयाल ने अपने दायें हाथ की हथेली उसके सामने कर दी।

''अपना भविष्य जानना चाहते हो, बच्चा?'' – साधु मुस्कराता हुआ बोला।

''पूरा भविष्य नहीं। उसका सिर्फ एक पहलू। मैं सिर्फ यह जानना चाहता हूं'' – प्रभूदयाल ने एक उड़ती निगाह मुझ पर डाली – ''कि इस वक्त डबल मर्डर के जिस केस की तफ्तीश मैं कर रहा हूं, उसमें कामयाबी मेरे हाथ लगेगी या नहीं! आप तो त्रिकालदर्शी हैं, भगवन्! इतनी-सी बात बता देना तो आपके

लिये चुटकियों का काम होगा!''

''बच्चा, तुम विशेष रूप से यही बात क्यों जानना चाहते हो?''

''क्योंकि इसी बात पर मेरी सारी प्रतिष्ठा और मान-सम्मान दांव पर लगा हुआ था।''

''ऐसी बात है?''

''जी हां।''

''फिर तो देखते हैं, क्या कहती हैं तुम्हारी हस्तरेखाएं!''

''धन्यवाद, प्रभो।''

साधु ने अपने विशाल हाथ में उसका दायां हाथ थाम लिया। कुछ क्षण वह उसके हाथ का मुआयना करता रहा और फिर बोला – ''दूसरा हाथ दिखाओ।''

प्रभूदयाल ने दूसरे हाथ की हथेली भी उसके सामने कर दी।

कितनी ही बाद देर साधु ने उसके दोनों हाथ छोड़े।

''बच्चा!'' – अन्त में वह गम्भीर स्वर में बोला – ''सफलता दो प्रकार की होती है। एक सफलता वह होती है जो आत्मिक संतोष देती है और दूसरी वह होती है जिससे सांसारिक यश प्राप्त होता है। तुम कौन-सी सफलता प्राप्त करना चाहते हो?''

''क्षमा करें, भगवन् सवाल मेरे चाहने का नहीं है, सवाल यह है कि केस में मुझे सफलता प्राप्त होगी या नहीं?''

''होगी। लेकिन तुम्हें प्रथम प्रकार की सफलता प्राप्त होगी, बच्चा।''

''प्रथम प्रकार की! यानी आपके कथनानुसार जो आत्मिक संतोष देती है?''

''सत्य वचन, बच्चा।''

''लेकिन फर्क क्या हुआ, भगवन्? जब मैं हत्यारे को पकड़ पाऊंगा तो मुझे सांसारिक यश भी क्यों नहीं . . .''

''तुम हत्यारे को नहीं पकड़ पाओगे।''

''तो फिर मैं सफल कैसे हुआ? आप तो कहते हैं कि सफलता मुझे प्राप्त होगी!''

''हमने कभी असत्य भाषण नहीं किया, बच्चा। सफलता तुम्हारे हाथ लगेगी लेकिन हत्यारे को तुम नहीं पकड़ पाओगे।''

''ये परस्पर विरोधी बातें हैं। दोनों कैसे हो सकती हैं?''

''दोनों ही होंगी, बच्चा।'' – साधु एकाएक उठ खड़ा हुआ – ''यही इस साधु की भविष्यवाणी है।''

''लेकिन।''

''अब हमें आज्ञा दो, बच्चा।''

''आपने तो मुझे उलझन में डाल दिया, भगवन्!''

''यह उलझन अस्थायी है, बच्चा।''

''बंसल, साधु महाराज को छोड़कर आओ।''

''आवश्यकता नहीं, बच्चा। हम स्वयं चले जाएंगे। कल्याण हो।''

आखिरी बार सबको आशीर्वाद देकर साधु वहां से विदा हो गया।

प्रभूदयाल का ध्यान मेरी तरफ आकर्षित हुआ।

''यह मन्द-मन्द मुस्करा क्यों रहे हो, पाठक साहब?'' – वह भुनभुनाया – ''क्या माजरा है?''

''बहुत पहुंचा हुआ साधु निकला!'' – मैं बोला – ''एकदम सही भविष्यवाणी करके गया है।''

''बकवास करके गया है। मैं पास भी हूं, फेल भी हूं। यह दिन भी है, रात भी है। मैं सफल भी होऊंगा लेकिन हत्यारा पकड़ा नहीं जाएगा। कोई बात हुई भला!''

''तुमने वह मसल सुनी है न?''

''कौन-सी?''

''नाई-नाई बाल कितने, जजमान सामने आ जाएंगे।''

''मतलब?''

''बाल सामने आने तक इन्तजार करो।''

प्रभूदयाल खामोश हो गया।

''साहब!'' – बंसल बोला – ''अब तो केस दिन की तरह स्पष्ट हो गया है, अब जबकि साधु ने निर्विवाद रूप से मिसेज कॉटन का शिनाख्त कर ली है तो ...''

''केस पहले से ज्यादा उलझ गया है।'' – प्रभूदयाल गम्भीरता से बोला।

''जी!''

''अब केस पहले से ज्यादा उलझ गया है।''

''लेकिन साहब, इस बात में तो शक की कोई गुंजाइश ही नहीं है कि मिसेज कॉटन से आमना-सामना होते ही साधु ने उसे फौरन पहचान लेना है। फिर उसकी गिरफ्तारी के लिए क्या साधु की शिनाख्त काफी नहीं होगी? फिर क्या हम उससे बड़े आराम से हकीकत नहीं कुबुलवा लेंगे?''

''जॉर्ज सैमसन के होते कोई काम बड़े आराम से नहीं होने वाला। तुम जानते नहीं हो कि वह कितना कांइयां आदमी हैं। मिसेज कॉटन के खिलाफ हमारे केस में वह इतने नुक्स निकाल देगा और उसकी गिरफ्तारी पर वह इतना कोहराम मचा देगा कि हमें उसे छोड़ते ही बनेगा।''

''खामखाह कैसे नुक्स निकाल देगा?''

''खामखाह नहीं। नुक्स हैं, इसलिए नुक्स निकाल देगा।''

''लेकिन, साहब, गुस्ताखी माफ हो, नुक्स हैं कहां?''

''सुनो। साधु ने इस मकान के कम्पाउंड में ग्यारह बजे के करीब मिसेज कॉटन को देखा था। लेकिन इस इलाके की तुम्हारे द्वारा ही खोजकर निकाली गई लीलावती और मानक नामक दो अन्य विटनेसों के बयान के मुताबिक गोली पौने नौ बजे चली थी। कत्ल हो चुकने के सवा दो घण्टे बाद मिसेज कॉटन का यहां के कम्पाउंड में देखा जाना क्या मायने रखता है?''

''सर, मेरी विटनेसें गलत हो सकती हैं। लीलावती ने और मानक ने जो आवाजें पौने नौ बजे सुनी थीं, हो सकता है, वे गोली की न हों। हो सकता है, उन्होंने कोई और आवाज – जैसे किसी कार के बैकफायर करने की आवाजें – सुनी हों।''

''यानी कि असल में गोली ग्यारह बजे के आसपास – मिसेज कॉटन की यहां मौजूदगी के वक्त के आसपास – चली होगी?''

''हां।''

''तो फिर वह आवाज और किसी को नहीं तो साधु को तो सुनाई दी होती!''

''उसे सुनाई दी होगी लेकिन उसकी समझ में नहीं आया होगा कि वह गोली की आवाज थी या उस वक्त उसका ध्यान कहीं और होगा।''

''अब तुम अपनी विटनेसों की गवाही को इसलिए नजरअन्दाज करने की कोशिश कर रहे हो क्योंकि साधु की ज्यादा दमदार गवाही सामने आ गई है। साधु से हमारी बात न हुई होती तो अपनी विटनेसों के एकदम खरी और भरोसे की होने की जिद तुमने हरगिज न छोड़नी थी। बंसल, हमने तुक्केबाजी से इस केस को हल नहीं करना है। हमने तथ्यों के आधार पर इस केस का हल निकालना है।''

''तथ्यों की कमी नहीं है, साहब।'' – बंसल जिदभरे स्वर में बोला।

''कबूल। लेकिन वे तथ्य मिसेज कॉटन को सिर्फ झूठा करार दे सकते हैं, उसे हत्यारी साबित नहीं कर सकते। अदालत में अपराधी को सजा दिलाने के लिए उसे 'बियांड आल रीजनेबल डाउट' अपराधी साबित करना पड़ता है, यह बात तुम भूल गए मालूम होते हो।''

''साहब, झूठ बोलने की भी कोई वजह होती है।''

''होती है।''

''और सीधे-सीधे वह वजह बताने को मिसेज कॉटन तैयार नहीं। अगर हम उसे गिरफ्तार कर लें तो वह वजह हम उससे कुबुलवा सकते हैं।''

''शायद न कुबुलवा सकें। जो जबरदस्ती तुम्हारे जेहन में है, वह हम एक औरत पर, एक पादरी की बीवी पर, इस्तेमाल नहीं कर सकते।''

''लेकिन . . .।''

''सुनते रहो। अगर उसे गिरफ्तार कर भी लें तो एक खून से रंगे कोट और एक साधु की गवाही के दम पर हम उसे गिरफ्तार किए नहीं रख सकते। कोई ऐसा

कदम उठाने से क्या फायदा जिसमें हमें थूककर चाटना पड़े। यह मत भूलो कि हमारा मुकाबला किन्हीं मामूली हस्ती के लोगों के साथ नहीं है, किन्हीं कॉमन क्रिमिनल्स के साथ नहीं है, बल्कि बहुत पढ़े-लिखे समझदार साधनसम्पन्न लोगों के साथ है। ऐसे लोगों के साथ है जिन्हें उनके हकूक समझाने के लिए जॉर्ज सैमसन जैसा कांइयां वकील मौजूद है। नहीं, बंसल, कोई अकाट्य सबूत हाथ आ पाने से पहले केवल मनोवैज्ञानिक दबाव डालने के लिए मैं मिसेज कॉटन की गिरफ्तारी का आदेश नहीं दे सकता।''

''साहब, मैं यह नहीं कहता कि हत्यारी मिसेज कॉटन है। उससे हकीकत कुबुलवाने से मेरा मन्तव्य है कि वह जानती हो सकती है कि हत्यारा कौन है! यह तो निश्चित बात है कि है यह पूरे परिवार की मिलीभगत।''

''कैसे? क्या थ्योरी है तुम्हारी इस बारे में?''

''मेरी थ्योरी तथ्यों पर ही आधारित है, साहब।''

''मैं जरा सुनूं तो!''

''सुनिए। पादरी और सूसन में लव अफेयर था। पादरी परिवार को उसकी खबर लग गई। उस अफेयर को लेकर चर्च में एक मीटिंग हुई जिसमें पादरी को इस बारे में चेतावनी दी गई। उसने उस चेतावनी पर अमल करने का वादा किया लेकिन उसने अपना वादा न निभाया। चर्च के एक गुप्त स्थल को अपना पोस्ट ऑफिस बनाकर वह पत्राचार द्वारा सूसन से सम्पर्क बनाए रहा। उसी पत्राचार के माध्यम से उन्होंने भाग जाने का फैसला कर लिया। पासपोर्ट पर लगाने के लिए तस्वीरें मुहैया की गईं। पासपोर्ट के लिए अर्जी तक भरी गई। पादरी का पासपोर्ट बन तक गया।''

''लेकिन सूसन का नहीं।''

''साहब, यह बात हमारे में पहले ही हो चुकी है कि किसी वजह से सूसन का पासपोर्ट ऑफिस में अटक गया होगा।''

''लेकिन सूसन तो अपने घर-परिवार को अलविदा कह भी चुकी थी! याद नहीं उसकी बेटी ने क्या कहा था? उसने कहा था कि ममी रो रही थी और वह

उससे यूं मिलकर गई थी जैसे दोबारा लौटकर न आने वाली हो। भागने से पहले उसने पासपोर्ट हासिल हो जाने तक इन्तजार क्यों नहीं किया?''

''साहब, पादरी का पासपोर्ट, जो कि उसे हासिल हो चुका था, पड़ा तो वह भी पीछे उसकी मेज के दराज में था! इससे क्या ऐसा नहीं लगता कि सूसन के पासपोर्ट में कोई ऐसा अड़ंगा लग गया था कि उन लोगों ने परदेस निकल लेने का खयाल छोड़ दिया था। उन्होंने भारत के ही किसी और शहर में जा बसने का फैसला किया होगा। इसीलिए पादरी ने अपना पासपोर्ट साथ ले जाने की कोशिश नहीं की होगी।''

''कबूल। लेकिन वह खाली मकान में खाली हाथ क्यों पहुंचा? सूसन की तरह अपने साजोसामान साथ क्यों न लेकर आया?''

''जरूर अपने लिए हर साजोसामान वह नया खरीदना चाहता होगा। इसीलिए उसकी जेब में नोटों का एक मोटा पुलिन्दा मौजूद था। आखिर सूसन को भी तो उसने हर चीज नई खरीदने के लिए पैसे दिए थे।''

''लेकिन सूटकेस पुराने थे।''

''वह इसलिए कि घर में अच्छे-भले सूटकेस होते हुए सूसन नये सूटकेस खरीदती तो उसका पति शक करता। कपड़ों वगैरह की और बात होती है। उनकी खरीद छुपाई जा सकती है।''

''आज दलीलें बहुत उम्दा दे रहे हो, बंसल!''

''साहब, जो मैं कहना चाहता हूं, उसमें पासपोर्ट की बात कोई अहम नहीं है।''

''खैर, आगे बढ़ो।''

''किसी प्रकार परिवार को पादरी और सूसन के भाग जाने के इरादे की खबर लग जाती है। फिर उन दोनों की निगरानी शुरू हो जाती है। उस निगरानी से बेखबर वे भागने की अपनी तैयारी कर लेते हैं। इसी सन्दर्भ में कल रात उनकी मीटिंग तय होती है। परिवार के लोग, जो कि उनके हर एक्शन की खोज-खबर रखते थे, जानते थे कि अगर अब भी उन्हें न रोका गया तो फिर बाद में सारी

कहानी ही खत्म हो जानी थी। उनको भागने से रोकने के लिए मिसेज कॉटन और उसका भाई टोनी फौरन यहां पहुंचते हैं। यहां दोनों पार्टियों में जमकर तकरार होती है। तब यहीं से मिसेज कॉटन अपने दूसरे भाई पीटर को फोन करती है। वह दौड़ता हुआ यहां पहुंचता है। उसके आगमन के बाद तकरार लड़ाई का रुख अख्तियार कर लेती है। उस लड़ाई के दौरान पीटर आपे से बाहर हो जाता है और पादरी और सूसन को शूट कर देता है। फिर वे उनकी लाशों को किश्ती में लादते हैं और रात के अन्धेरे में किश्ती को नदी में बहा देते हैं।''

''वैरी गुड। काफी समझदार हो गए हो, बंसल!''

''थैंक्यू, सर।''

''अब ऐसी ही समझदारी को थोड़ा और आगे तक इस्तेमाल करते हुए मेरे चन्द सवालों का जवाब दो।''

''पूछिए, साहब।''

''कत्ल की अगर तुम्हारी यह थ्योरी ठीक है तो फिर धनीराम को तार किसने दी? कत्ल अगर गर्मागर्मी में हुए थे तो किसी को एडवांस में धनीराम को तार देकर उसे वहां से चालू कर देना कैसे सूझा? किसी को एडवांस में किश्ती तैयार रखना कैसे सूझा? किसी को इस कमरे में एडवांस में पोलीथीन की चादर बिछाकर रखना कैसे सूझा? किश्ती के लिए लकड़ी खरीदने वाला कौन था? घर में लोहे के बाट कौन लाया? किसलिए लाया? सूसन का गला क्यों कटा हुआ था? और सौ सवालों का एक सवाल – यहां इस अलमारी में कौन छुपा हुआ था?''

बंसल बगलें झांकने लगा।

प्रत्यक्षत: उसके पास प्रभूदयाल के एक भी सवाल का जवाब नहीं था।

''फिर भी तुम्हारी थ्योरी के कुछ पहलुओं से मुझे इत्तफाक है।'' – प्रभूदयाल सहानुभूतिपूर्ण स्वर में बोला – ''जैसे यह हकीकत है कि परिवार के सदस्य कोई बहुत ही अहम बात छुपा रहे हैं। कोई भी किसी भी कीमत पर अपनी ज़ुबान खोलने के लिए तैयार नहीं। इसीलिए यह और भी जरूरी है कि हम तुम्हारी

ढीली-ढाली थ्योरी की किस्म की थ्योरियों पर अम्ल करके अपने पत्ते उनके सामने नंगे न करें। यह तुमने देखा ही है कि अपने खिलाफ जो बात उनकी जानकारी में आ जाती है, उसका वे लोग आनन-फानन कोई डिफेंस सोच लेते हैं। मिसेज कॉटन को यह मालूम हो गया कि उसके खिलाफ कोई चश्मदीद गवाह है तो वह जरूर कल रात ग्यारह बजे अपनी यहां मौजूदगी की कोई सजती हुई कहानी हमें गढ़कर सुना देगी।''

''यह तो आप ठीक कह रहे हैं, साहब!''

''और फिर जैसी थ्योरी तुमने मिसेज कॉटन के खिलाफ गढ़ी है, वैसी तो मैं इस केस से ताल्लुक रखते किसी भी शख्स के खिलाफ गढ़कर दिखा सकता हूं।''

''जी!'' – बंसल अविश्वासपूर्ण स्वर में बोला।

''पहले विलियम डेनिंग की मिसाल लो। देखो, कितनी बातें जमा की जा सकती हैं उसके खिलाफ? वह बढ़ईगिरी का काम जानता है, उसने खुद कबूल किया है कि गोवा में वह पहले किश्तियां बनाने वाला कारीगर था। यहां मैं एक बात पहले ही कह देना चाहता हूं। तुम अभी अपनी थ्योरी में इसे हालात की गर्मी में हो गये खून बताकर हटे हो, जबकि अभी थोड़ी देर पहले पोलीथीन की चादर देखकर तुम्हीं ने इस ''प्रीमैडीटेटिड, डैलीब्रेट, कोल्डब्लडिड मर्डर्स'' का दर्जा दिया था। रिमैम्बर?''

''आई एम सॉरी, सर।''

''यह मेरी गारण्टी है कि ये कत्ल किसी पूर्वनिर्धारित योजना के अनुसार हुए हैं। पोलीथीन की चादर का पहले इन्तजाम करके रखा गया था। किश्ती पहले गढ़कर रखी गई थी, लोहे के बाट, कैनवस का बोरा पहले से मुहैया करके रखा गया था। विलियम ये तमाम काम बाखूबी कर सकता था। उसे इस खाली मकान की खबर हो सकती थी और इस मकान की जो चाबी उसकी बीवी के अधिकार में थी, वह उसे चुपचाप चोरी कर सकता था और अपने लिए उसकी डुप्लीकेट बनवाकर उसे वापस यथास्थान रख सकता था।''

''सर!'' – सुधाकर पहली बार बोला – ''आपने रोज़ से चाबी के बारे में सवाल किया था।''

''एग्जैक्टली! और रोज़ ने कहा था कि उसने अपनी मम्मी को यह शिकायत करते सुना था कि उसकी कोई चाबी खो गई थी जो कि अगले ही दिन मिल गई थी।''

''तब मैं समझा था कि आप चर्च वाली चाबी का जिक्र कर रहे थे।''

''मैं भी।'' – बंसल बोला।

''बहरहाल विलियम वह व्यक्ति हो सकता था जिसने इस मकान की डुप्लीकेट चाबी तैयार की थी। एक ही घर में रहते होने की वजह से अपनी बीवी पर भी वही बाखूबी निगाह रख सकता था कि कब वह घर पर होती थी – यानी कब यह मकान खाली होता था। फिर ऐसे तमाम वक्तों का इस्तेमाल करते हुए वह यहां लकड़ी लाया, जिससे कि उसने किश्ती तैयार की, और बाट, कैनवस का बोरा और पोलीथीन की चादर वगैरह लाया।''

''लेकिन, साहब, जिस आदमी ने चौकीदार को तार भेजी थी और जिसने हरनामसिंह के टिम्बर स्टोर से लकड़ी खरीदी थी, उसका हुलिया विलियम के हुलिए से मेल नहीं खाता।''

''क्यों नहीं मेल खाता? अगर वह पादरी हो सकता है, टोनी हो सकता है तो विलियम भी हो सकता है। पादरी और टोनी के मुकाबले में विलियम जरा मोटा है, बाकी बातें तो मेल खाती हैं विलियम के हुलिए की!''

''लेकिन अगर तार बाबू ने या हरनामसिंह ने उसकी शिनाख्त न की तो?''

''तो इसका मतलब होगा कि वे काम उसने खुद न करके अपने किसी सहयोगी, किसी यार-दोस्त से कराए होंगे। उसकी बेटी रोज़ ही मरदाना कपड़े पहन ले तो वैसी लग सकती है।''

''यह बहुत दूर की कौड़ी है, साहब।''

''कबूल। लेकिन मेरी थ्योरी में फिट बैठती है।''

बंसल खामोश रहा।

''कत्ल का उद्देश्य भी विलियम के पास सबसे तगड़ा है। तुम्हें मानना पड़ेगा कि बीवी की गैर मर्द से आशनाई को झेल लेने वाली किस्म का मर्द विलियम नहीं है। इस बात को भी याद करो कि कैसे उसने कई गवाहों के सामने पादरी को मार डालने की धमकी दी थी। उसके बाज न आने पर उसका अपनी बीवी समेत पादरी का कत्ल कर देने पर आमादा हो जाना क्या बड़ी बात है!''

''कोई बड़ी बात नहीं।'' – बंसल ने स्वीकार किया।

''अब सस्पैक्ट नम्बर दो, चर्च के चेयरमैन हेनरी सिलवेस्टर पर आओ।''

''आपके खयाल से उसके पास भी इस डबल मर्डर का कोई उद्देश्य है?'' – बंसल सकपकाकर बोला।

''क्यों नहीं! थ्योरी के तौर पर तो है ही! उसे पादरी और सूसन की आशनाई की खबर थी। वही वह शख्स था, जिसने पादरी के पीछे प्राइवेट डिटेक्टिव लगाए थे। वही वह शख्स था, मिसेज कॉटन के पादरी से एकाएक शादी कर लेने से पहले जिसकी मिसेज कॉटन से आशनाई थी। पादरी की वर्तमान सेक्रेट्री सिल्विया ने मुझे बताया था कि चेयरमैन इसलिए मिसेज कॉटन को अपने पर आशिक करवाने पर तुला हुआ था क्योंकि वास्तव में उसकी मिसेज कॉटन की पैतृक सम्पत्ति पर निगाह थी। बंसल, वह निगाह आज भी वहीं टिकी हो सकती है।''

''जी!''

''सिल्विया ने ही मुझे बताया था कि सिलवेस्टर ने हाल में ही किसी फॉरेन कम्पनी में अपनी ढेर सारी जमा पूंजी लगाई थी, वह कम्पनी फेल हो गई थी और सिलवेस्टर की सारी इनवैस्टमेंट डूब गई थी। कहने का मतलब यह है कि आज की तारीख में चर्च का चेयरमैन हेनरी सिलवेस्टर आर्थिक रूप से तबाह हो चुका आदमी है। और मिसेज कॉटन में उसे अपने लिए कोई आशा की किरण दिखाई दे रही हो सकती थी। मिसेज कॉटन तलाक के सख्त खिलाफ है, ऐसा मिसेज कॉटन ने खुद मुझे कहा था, इसलिए सिलवेस्टर की यह उम्मीद तो बेकार थी कि वह पादरी को तलाक देकर उससे शादी कर लेगी। लेकिन अगर मिसेज कॉटन

विधवा हो जाती तो विधवा को अपने से शादी करने को तैयार कर लेना उसके लिये मुमकिन हो सकता था।''

''लेकिन कत्ल अकेले पादरी का नहीं, सूसन का भी हुआ है!''

''पादरी के कत्ल के दौरान सूसन व्यवधान के तौर पर पेश हुई हो सकती है और उसके लिए दोनों का कत्ल कर देना जरूरी हो गया हो सकता है। सूसन के कत्ल की कोई और भी जरूरत हो सकती है जो कम-से-कम इस वक्त हमारी समझ से बाहर है।''

''यह बहुत दूर की कौड़ी है, साहब।''

''लेकिन है। अब मैं तुम्हारे सामने उससे ज्यादा दूर की कौड़ी पेश करता हूं।''

''वह कौन-सी?''

''हेलेन रीडली।''

''पादरी की पहली सेक्रेट्री?''

''हां। फर्ज करो वह सूसन से जलती थी।''

''इस वजह से क्योंकि सूसन का पादरी से अफेयर था?''

''हां।''

''लेकिन साहब, वह तो एक साध्वियों जैसी, पिचकी हुई-सी, मरघिल्ली-सी औरत है . . .''

''वह वो सब कुछ है जो तुमने अभी उसे बताया है। लेकिन आज है। वह हमेशा तो ऐसी नहीं थी! कभी वह नौजवानी के जोश और जलाल से चमचमाती हुई निहायत खूबसूरत लड़की थी।''

''आपको कैसे मालूम?''

''मैंने उसकी पांच साल पुरानी तस्वीर देखी थी।''

''अच्छा!''

''वह तस्वीर तुमने भी देखी थी लेकिन तुमने उसे पहचाना नहीं था।''

''कहीं आप उस तस्वीर का जिक्र तो नहीं कर रहे जो पादरी की स्टडी में लटकी हुई थी और जो अब हैडक्वार्टर भिजवाई जा चुकी है?''

''मैं सौ फीसदी उसी तस्वीर का जिक्र कर रहा हूं जिसमें एक ग्रुप में वह तस्वीर के दायें कोने में खड़ी थी। वह तस्वीर पांच साल पुरानी थी और पांच सालों में हेलेन में बेशुमार तब्दीलियां आ चुकी हैं लेकिन फिर भी मैंने उसे फौरन पहचान लिया था।''

''वह हेलेन की तस्वीर थी!'' – बंसल मन्त्रमुग्ध स्वर में बोला – ''इतनी आधुनिकता, इतनी सुन्दरता, फिल्म अभिनेत्रियों जैसी चंचलता-चपलता! वही आज की साध्वी जैसी लगने वाली हेलेन थी!''

''सरासर थी।''

''कमाल है!''

''अब सवाल यह पैदा होता है कि ऐसी इन्कलाबी तब्दीली हेलेन में आई तो क्योंकर आई?''

''क्योंकर आई?''

''मेरी निगाह में इसका एक ही जवाब मुमकिन है।''

''वह क्या?''

''कि हमारे कामदेव जैसे सुन्दर और प्रत्यक्षत: औरतों के बेहद रसिया पादरी की उससे भी आशनाई थी। सूसन से पहले वह पादरी की मिस्ट्रेस थी। किसी वजह से वह पादरी की निगाहों से उतर गई थी और उसने उसे त्यागकर सूसन को अपना लिया था।''

''और इसी वजह से अपने में पैदा हुई ईर्ष्या की भावना से प्रेरित होकर हेलेन ने दोनों का खून कर दिया था?''

''एग्जैक्टली!''

''हैल हैथ नो फ्यूरी लाइक ए वुमेन स्कान्र्ड।'' – मैं धीरे से बोला।

''साहब, यह जगदीश ने अंग्रेजी में क्या कहा?''

''जो कहा, ठीक कहा। मेरी थ्योरी को बल देने वाला कहा।''

''साहब, गुस्ताखी माफ हो, उद्देश्य तक तो आपकी बात दमदार लगती है, पुरुष वेश में उसने चौकीदार को टेलीग्राम भेजी हो और हरनामसिंह से लकड़ी

खरीदी हो, यह भी आपकी जिद पर मैं मान सकता हूं, लेकिन किश्ती ठोकना, लाशों को किश्ती में लादकर बहाना, सूसन का इतनी बेरहमी से गला काटना, ये सब हेलेन के बस के काम नहीं।''

''इसका मतलब साफ है कि उसका कोई पुरुष सहयोगी भी था। अभी हमारी तफ्तीश खत्म नहीं हो गई है। ऐसा कोई सहयोगी बाद में सामने आ सकता है।''

''लेकिन सूसन का गला क्यों काटा गया? उसका गला काटा गया तो पादरी का गला क्यों न काटा गया?''

''यह एक ऐसा सवाल है जिसका जवाब अभी किसी भी थ्योरी से – तुम्हारी अपनी मिसेज कॉटन के अकेले या अपने भाइयों के साथ सामूहिक रूप से अपराधी होने वाली थ्योरी से भी – कवर नहीं होता। यह एक कतई न समझ में आने वाला अत्यन्त रहस्यपूर्ण कृत्य है इसलिए इसे अभी मौजूदा बहस से अलग ही रखो।''

''यस, सर।''

''सन्दिग्ध व्यक्तियों में मेरा अगला कैन्डीडेट सिल्विया नोरिस है।''

''वह भी?''

''हां। जैसी ईर्ष्या की भावना सूसन की वजह से पादरी की भूतपूर्व सेक्रेट्री में हो सकती है, वैसी ही ईर्ष्या की भावना उसकी वर्तमान सेक्रेट्री से भी हो सकती है।''

''साहब, इस प्रकार तो आप किसी पर भी शक कर सकते हैं। इस प्रकार तो आप जॉर्ज सैमसन पर भी शक कर सकते हैं। आखिर हेनरी सिलवेस्टर की तरह कभी वह भी मिसेज कॉटन का प्रेमी हुआ करता था। अगर . . .''

''अपने अगले कैन्डीडेट के तौर पर'' – प्रभूदयाल बड़े इत्मीनान से बोला – ''मैं उसी का नाम लेने वाला था।''

''साहब, यह तो हद से – बाहरी बात है!''

''क्यों?''

''उसने तो आज दोपहरबाद कहीं राजनगर में कदम रखा है। कल रात हत्या

के समय तो वह इस शहर में भी नहीं था!''

''तुम्हें कैसे मालूम है कि कल रात वह यहां नहीं था?''

''क्योंकि वह दिल्ली में था।''

''तुम्हें कैसे मालूम है कि कल रात वह दिल्ली में था?''

प्रश्न ऐसा पूर्वाग्रहपूर्ण था कि बंसल को तुरन्त जवाब न सूझा।

''साहब'' – फिर वह सकपकाए स्वर में बोला – ''हवलदार चेतनकुमार ने आज सुबह खुद पीटर फ्रांकोजा को ट्रंककाल पर उससे दिल्ली बात करते सुना था।''

''आज सुबह सुना था। मैं कल रात की बात कर रहा हूं।''

''आप यह कहना चाहते हैं कि कल रात जॉर्ज सैमसन दिल्ली से यहां आया और कत्ल करके वापस दिल्ली चला गया?''

''हां।''

''कैसे आया होगा?'' – बंसल के स्वर में व्यंग्य का पुट आ गया – ''उड़ कर?''

''हां। दिन में ट्रंककाल सुनने के बाद भी तो वह उड़ कर ही पहुंचा था!''

''आपका मतलब है कि पिछली रात दिल्ली से राजनगर और राजनगर से वापस दिल्ली कोई ऐसी प्लेन सर्विस उपलब्ध थी जो उसके कुकर्म को सूट करती थी?''

''अगर इन्डियन एयरलाइन्स की ऐसी कोई सर्विस उपलब्ध नहीं थी तो उसे कोई प्राइवेट प्लेन या हैलीकॉप्टर इस्तेमाल करने की सुविधा उपलब्ध होगी! आखिर वह नामी वकील है। उसके क्लायन्ट भी बहुत बड़े-बड़े लोग होंगे! उसका कोई क्लायन्ट उसकी यह सेवा बाखूबी कर सकता है।''

बंसल कुछ न बोला।

''उसका प्राइवेट सेक्रेट्री इब्राहीम।'' – प्रभूदयाल बोला – ''उसकी ऐसी किसी करतूत में उसके साथ शरीक हो सकता है। तार बाबू और हरनामसिंह द्वारा बयान किया पतले ठिगने आदमी का हुलिया उससे मिलता भी है।''

''उद्देश्य?'' – बंसल बोला – ''वकील के पास हत्या का उद्देश्य?''

''वही जो चेयरमैन के पास है।''

''पुरानी आशिकी?''

''और विधवा की दौलत पर निगाह।''

बसंल खामोश रहा।

''इतनी सम्भावनाओं के बारे में सुन लेने के बाद अब भी तुम्हारी यह राय है कि हमें विधवा को गिरफ्तार कर लेना चाहिए?''

बंसल ने फौरन इनकार में सिर हिलाया।

''कहने का मतलब यह है'' – प्रभूदयाल बोला – ''कि इस केस में सब्र और इत्मीनान से कदम बढ़ाने की जरूरत है।''

''आप ठीक कह रहे हैं, साहब।'' – बंसल बोला।

''फिर भी मैं सोचता हूं कि मिसेज कॉटन का साधु से आमना सामना तो करवा ही दिया जाए! हो सकता है कि अपने खिलाफ एक चश्मदीद गवाह की गवाही से घबराकर वह खुद ही कुछ उगल बैठे।''

''हो सकता है, साहब।''

''साहब!'' – सुधाकर संकोचपूर्ण स्वर में बोला – ''मैं कुछ अर्ज करूं?''

''हां, हां।'' – प्रभूदयाल प्रोत्साहनभरे स्वर में बोला – ''बोलो, क्या कहना चाहते हो?''

''साहब, हम जानते हैं कि चेयरमैन हेनरी सिलवेस्टर ने पादरी के पीछे प्राइवेट डिटेक्टिव लगाए हुए थे। ऐसा उसने क्यों किया?''

''क्योंकि वह पादरी की सूसन से आशनाई वाली बात की तसदीक करना चाहता था।''

''वह तो वह चाहता था लेकिन उसे ऐसी तसदीक की जरूरत कैसे महसूस हुई? उसे किसने पादरी की सूसन से आशनाई की खबर की? किसी ने उसे ऐसी कोई खबर दी होगी तभी तो उसने हकीकत जानने के लिए पादरी के पीछे प्राइवेट डिटेक्टिव लगाए होंगे! मैं महसूस करता हूं कि हमें मालूम होना चाहिए कि यूं

चेयरमैन के सामने पादरी की चुगली करने वाला शख्स कौन था! उस शख्स की शिनाख्त से केस के कई पहलुओं पर रोशनी पड़ सकती है।''

''बात तो तुम ठीक कह रहे हो।'' – प्रभूदयाल प्रभावित स्वर में बोला – ''हमें यह सवाल चेयरमैन से करना चाहिए था। बंसल!''

''यस, सर।''

''कल हेनरी सिलवेस्टर को हैडक्वार्टर तलब करो।''

''राइट, सर।''

तभी एकाएक वहां लगे टेलीफोन की घण्टी बज उठी।

बंसल ने आगे बढ़कर फोन उठाया। वह कुछ क्षण फोन सुनता रहा, फिर तनिक उत्तेजित स्वर में प्रभूदयाल से बोला – ''साहब, हैडक्वार्टर से नदी से निकली रिवॉल्वर के बारे में रिपोर्ट है।''

''रिपोर्ट ले लो।'' – प्रभूदयाल ने आदेश दिया।

बंसल कुछ क्षण फोन सुनता रहा, फिर उसने रिसीवर वापस क्रेडल पर रख दिया।

''साहब'' – वह बोला – ''रिवॉल्वर की शिनाख्त हो गई है। वही मर्डर वैपन है। उसी से दोनों घातक गोलियां चलाई गई थीं।''

''और?'' – प्रभूदयाल बोला।

''और फायरआर्म्स के रजिस्ट्रेशन के रिकॉर्ड के मुताबिक वह रिवॉल्वर पीटर फ्रांकोजा की मिल्कियत है।''

''वैरी गुड। इस रिपोर्ट से मेरी कई थ्योरियों में से उस एक को बल मिलता है जो मैंने पीटर फ्रांकोजा के खिलाफ बयान की थी।''

तभी एक हवलदार वहां पहुंचा।

उसके हाथ में सूती दस्तानों का एक जोड़ा था।

उसने प्रभूदयाल को सैल्यूट मारा, फिर बोला – ''साहब, ये दस्ताने बगल के कमरे में से बरामद हुए हैं। इनमें से बारूद की गन्ध आ रही है।''

प्रभूदयाल ने दस्ताने उसके हाथ से ले लिए। उसने दस्तानों को सूंघा।

जले बारूद की हल्की-सी गन्ध दोनों दस्तानों में थी लेकिन दायें हाथ के दस्ताने में वह अपेक्षाकृत ज्यादा थी।

एक दस्ताने के भीतर धागे से इंगलिश के दो अक्षर कढ़े हुए थे।

''ई.सी.।'' – प्रभूदयाल ने उन अक्षरों को पढ़ा – ''ई.सी. से बनता है, एलिजबेथ कॉटन। पादरी की बीवी का नाम। बंसल!''

''यस, सर।'' – बंसल बोला।

''कूच करो यहां से। मुझे अपना मनपसन्द सूत्र मिल गया है।''

रात के दस बजे हैडक्वार्टर में प्रभूदयाल के पास इकबालपुर से ट्रंककाल आई।

फोन सब-इंस्पेक्टर चन्द्रकांत का था जो कि दिन में आंधी-तूफान की तरह इकबालपुर रवाना किया गया था।

''बोलो, चन्द्रकांत!'' – प्रभूदयाल फोन में बोला – ''क्या! . . .'' – कैप्सूलों में जहर था? कब की बात है यह? . . . सन् अठहत्तर की? यानी कि तकरीबन पांच साल पहले की? इस बात की तसदीक करने वाला कोई गवाह है वहां? . . . है? . . . वैरी गुड? . . . अब मिशन स्कूल की बताओ। काम बन गया? गुड! गुड-गुड! चन्द्रकांत, अब कान खोलकर सुन लो। कल सुबह अपनी तफ्तीश के मुकम्मल नतीजों के साथ तुमने हर हाल में यहां राजनगर में मेरे पास पहुंच जाता है। कोताही न हो। . . . शाबाश!''

प्रभूदयाल ने रिसीवर रख दिया और मेरी तरफ घूमा।

उस क्षण उसके चेहरे पर परम संतुष्टि के भाव थे।

''पाठक साहब!'' – वह बोला – ''तुमने इस केस को हद से ज्यादा उलझाने में कोई कसर न उठा रखी, लेकिन मैं भी वादा करता हूं, कल सुबह मैं इस केस की सारी उलझने सुलझा दूंगा। कल हत्यारा मेरी गिरफ्त में होगा।''

''यानी तुम यह केस भी सुलझा लोगे'' – मैं मुस्कराता हुआ बोला – ''और उस साधु को भी झूठा करार दे दोगे जो कहता है कि इस केस में सांसारिक यश तुम्हें नहीं मिलेगा।''

''हां। कल की प्रेस कान्फ्रेंस में देखना, कैसी तुम्हारे इंस्पेक्टर प्रभूदयाल की जयजयकार होती है! परसों सुबह तुम्हारा ग्लैमर ब्वॉय जो भी अखबार उठाएगा, उस में मेरी वाहवाही की दास्तान छपी होगी। देख लेना, अंगारों पर लोट जाएगा पट्ठा।''

''देखेंगे।''

''तुम तो यूं कह रहे हो जैसे तुम्हें विश्वास न हो कि ऐसा हो पाएगा।''

''एक सवाल का जवाब दो, प्रभू।''

''पूछो।''

''एक निरीह भेड़ अगर किसी खूंखार भेड़िये पर हमला कर दे और किसी करिश्मासाज तरीके से भेड़िये को मार गिराए तो भेड़ को तुम सजा का हकदार मानोगे या शाबाशी का? इसका कोई हमदर्दीभरा जवाब सोच लोगे तो तुम्हारी समझ में यह भी आ जाएगा कि तुम्हारी कामयाबी के बारे में साधु ने जो बात कही थी उसमें क्या भेद था। अब'' – मैंने उसे प्रतिवाद का अवसर न दिया – ''सुबह तक के लिए नमस्ते।''

□□□

अगले दिन नगर के तमाम प्रमुख अखबारों के मुख पृष्ठ पर उस डबल मर्डर के केस की खबर छपी।

खबर के साथ पुलिस का यह स्टैण्डर्ड जवाब भी छपा कि पुलिस तेजी से कई उपलब्ध सूत्रों पर काम कर रही थी और अगले अड़तालीस घण्टों में अपराधी के गिरफ्तार हो जाने की पूरी सम्भावना थी।

अगले रोज इंस्पेक्टर प्रभूदयाल नौ बजे ही पुलिस हैडक्वार्टर में मौजूद था।

सबसे पहले जो दो रिपोर्टें उसे मिलीं, वे पीटर फ्रांकोजा के बेटे के पास से बरामद किए गए कोट की बाबत थीं।

कोट पर जिस दर्जी का बिल्ला लगा हुआ था, उसे तलाश कर लिया गया

था। उसने कोट को फौरन पहचान लिया था और कहा था कि वह कोट उसने मिसेज एलिजाबेथ कॉटन के लिए तैयार किया था।

कोट पर लगे धब्बों की लैबोरेट्री में जांच की जा चुकी थी।

वे इन्सानी खून के ही धब्बे साबित हुए थे।

''फिंगरप्रिंट्स एक्सपर्ट की रिपोर्ट कहां है?'' – प्रभूदयाल उन रिपोर्टों को मेज पर उछालता उतावलेपन से बोला – ''ये रिपोर्टें सिर्फ उन बातों की तसदीक करती हैं जो हमें पहले से मालूम हैं जबकि फिंगरप्रिंट्स एक्सपर्ट की रिपोर्ट से नई बातें मालूम होने की सम्भावना है।''

''साहब'' – बंसल बोला – ''प्रिंट्स कोई दो-चार तो हैं नहीं! कितनी ही जगहों से हासिल हुए कितने ही प्रिंट्स की क्लासीफिकेशन में टाइम लगेगा ही!''

''कितना टाइम चाहिए उसे?''

''मैंने उससे बात की थी, साहब। फिंगरप्रिंट्स एक्सपर्ट और दो घण्टों में अपनी मुकम्मल रिपोर्ट पेश कर देगा।''

''अभी भी और दो घण्टे!'' – प्रभूदयाल बेसब्रेपन से बोला – ''हेनरी सिलवेस्टर को यहां तलब किया?''

''किया साहब!''

''वह आया?''

''मैं देखकर आता हूं।''

बंसल फौरन कमरे से निकल गया।

लगभग उलटे पांव वह वापस लौटा।

उसके पीछे-पीछे चर्च का चेयरमैन हेनरी सिलवेस्टर भीतर दाखिल हुआ।

प्रभूदयाल ने उठकर उससे हाथ मिलाया, उसे कुर्सी पेश की और बोला – ''आपने यहां आने की जहमत फरमाई, उसके लिए शुक्रिया, मिस्टर सिलवेस्टर। लेकिन मैं आपका ज्यादा वक्त नहीं लूंगा। मैं आपसे सिर्फ एक सवाल पूछूंगा। एक निहायत अहम सवाल . . .''

''कि मैं कल रात हत्या के वक्त कहां था?'' – वह तनिक रोषपूर्ण स्वर में बोला – ''यही सवाल है न आपका? यही जानना चाहते हैं न आप कि मेरे पास कत्ल के वक्त की कोई एलीबाई है या नहीं?''

''नहीं।''

''नहीं?''

''नहीं। यह सवाल मैं आपसे इसलिए नहीं पूछूंगा, मिस्टर सिलवेस्टर क्योंकि इसका जवाब मुझे आपसे पूछे बिना भी मालूम है।''

''क्या?''

''कल रात हत्या के समय आप अपने बैंकर एस.डी. अग्रवाल के साथ होटल शाहजहां में थे जहां कि आपने उसे डिनर के लिए आमन्त्रित किया हुआ था।''

वह हैरानी से प्रभूदयाल का मुंह देखने लगा।

''मिस्टर सिलवेस्टर, असल में मैं कुछ और ही पूछना चाहता हूं आपसे।''

''पूछिए।''

''आपने फादर कॉटन के पीछे प्राइवेट डिटेक्टिव लगाए हुए थे!''

''हां। ऐसा मैंने इसलिए किया था . . .''

''वजह मुझे मालूम है। आप चुपचाप मालूम करना चाहते थे कि इस बात में कोई सच्चाई थी या नहीं कि फादर कॉटन एक विवाहित स्त्री के प्रेम में गिरफ्तार था। ओके?''

सिलवेस्टर ने सहमति में सिर हिलाया।

''लेकिन फादर कॉटन के प्रेम सम्बन्ध की बात आपको सूझी कैसे? खामखाह तो आपको यह सूझ नहीं गई होगी! जरूर कोई बुनियाद रही होगी इस बात की!''

''खामखाह नहीं सूझी थी।'' – सिलवेस्टर धीरे से बोला।

''तो कैसे सूझी थी?''

उत्तर देने के स्थान पर सिलवेस्टर ने अपनी जेब में हाथ डालकर अपना बटुवा निकाला। उसमें से उसने एक तह किया हुआ कागज निकाला और उसे खोलकर

प्रभूदयाल के सामने रख दिया। प्रभूदयाल ने कागज उठाया और उच्च स्वर में उस पर लिखी इबारत पढ़ी।

लिखा था:

मिस्टर चेयरमैन,

आपके चर्च के पादरी फादर जोसेफ कॉटन का मिसेज सूसन डेनिंग से भयंकर लव अफेयर चल रहा है। इस अफेयर पर फौरन रोक न लगाई गई तो बहुत जल्द बहुत बड़ा स्कैण्डल खड़ा हो जाएगा और चर्च की भारी बदनामी होगी। अपनी चेयरमैन की हैसियत में आपका फर्ज बनता है कि आप हकीकत का पता लगाएं और वक्त रहते अपने पादरी के कुकृत्यों पर अंकुश लगाएं। अगर आपने फौरन कोई कदम न उठाया तो कोई बड़ी बात नहीं कि सारी कहानी खून-खराबे पर जाकर खत्म हो।

चर्च का एक सदस्य

''इंस्पेक्टर साहब'' – प्रभूदयाल ने कागज पर से सिर उठाया तो सिलवेस्टर बड़ी गम्भीरता से बोला – ''आप मेरी जगह होते और ऐसी कोई चिट्ठी आपको मिली होती तो आप बताइये, आप क्या करते?''

''वही, जो आपने किया।'' – प्रभूदयाल को स्वीकार करना पड़ा – ''पहले चुपचाप हकीकत जानने की कोशिश करता।''

''एग्जैक्टली! हकीकत जान चुकने के बाद भी मैंने कोशिश की थी कि बात किसी प्रकार भी हवा न पकड़ने पाए। मैंने पादरी के परिवार के सदस्यों की मौजूदगी में पादरी से बात की थी और उसे कहा था कि हर किसी के हित में या तो वह उस औरत को छोड़ दे और या चर्च को छोड़ दे। अपनी अक्ल के मुताबिक मैंने बेहतरीन कदम उठाया था, पादरी ने वादा किया था कि वह उस औरत से फिर कभी नहीं मिलेगा, लेकिन खून-खराबे की नौबत फिर भी आ गई।''

''आपकी राय में उनके अवैध सम्बन्ध ही उनके कत्ल की वजह बने थे?''

''और क्या वजह हो सकती थी?''

''आपने पता लगाने की कोशिश की कि यह चिट्ठी किसने लिखी थी?''

''मैं कैसे पता लगा सकता था?''

''यह हाथ से लिखी चिट्ठी है। हस्तलेख से लिखने वाले की शिनाख्त हो सकती थी।''

''मैं इस हस्तलेख को नहीं पहचानता और हस्तलेख पहचनवाने के लिए हर किसी को यह चिट्ठी दिखाते फिरना मुझे मुनासिब नहीं लगा था। मैं ऐसा करता तो बात की गोपनीयता नष्ट हो जाती।''

''आप ठीक कह रहे हैं। वैसे आप ऐसा करते भी तो शायद ही कोई नतीजा हासिल होता।''

''क्यों?''

''लिखने वाले ने जान-बूझकर अपना हस्तलेख बिगाड़ कर यह चिट्ठी लिखी है। यह भी हो सकता है कि इस इबारत को उलटे हाथ से लिखा हो।''

''आई सी।''

''आपको यह चिट्ठी कैसे मिली थी?''

''डाक से।''

''लिफाफा कहां है इसका?''

''वह तो मैंने उसमें से चिट्ठी निकालते ही फेंक दिया था।''

''चिट्ठी कब मिली थी आपको?''

''तारीख तो मुझे याद नहीं!''

''महीना तो याद होगा?''

''हां, महीना याद है। अप्रैल का महीना था जब यह चिट्ठी मुझे मिली थी।''

''यह चिट्ठी हम रख सकते हैं?''

''शौक से रखिए, लेकिन यह प्रेस वालों के पास न पहुंचने पाए।''

''नहीं पहुंचेगी।''

उसके बाद हेनरी सिलवेस्टर को वहां से विदा कर दिया गया।

''बंसल!'' – प्रभूदयाल उसके जाते ही बोला – ''इम्पीरियल होटल फोन

करो और मालूम करो कि क्या मद्रास के मिस्टर एस. कृष्णाराव वहां पहुंच गए हैं।''

''एस. कृष्णाराव!'' – बंसल सकपकाया – ''यह नाम तो मैंने पहले कहीं सुना है?''

''यह'' – सुधाकर तुरन्त बोला – ''जॉर्जटाउन के खाली मकान के मद्रासी मालिक का नाम है।''

''वह राजनगर में है?'' – बंसल बोला।

सुधाकर ने प्रभूदयाल की तरफ देखा।

''कृष्णाराव जिस प्रॉपर्टी एजेन्ट के माध्यम से'' – प्रभूदयाल ने बताया – ''अपना मकान सर्दियों में किराये पर दिया करता था, उससे मैंने कृष्णाराव का मद्रास का पता हासिल किया था और कल रात अपने घर से वहां उसे फोन किया था। उसने मुझसे फोन पर बात करने के स्थान पर मुझे बताया था कि एकाएक कोई जरूरी काम आन पड़ने की वजह से आज सुबह की फ्लाइट से वह राजनगर पहुंच रहा था। उसने मुझे बताया था कि वह आकर इम्पीरियल में ठहरेगा। मालूम करो, अगर वह वहां आ गया हो तो हम अभी उससे वहां बात करने चलेंगे।''

बंसल ने फोन किया।

एस. कृष्णाराव इम्पीरियल में पहुंच चुका था।

एक क्षण भी नष्ट किए बिना हम लोग इम्पीरियल की ओर रवाना हो गए।

एस. कृष्णाराव एक कम-से-कम सत्तर साल का बहुत कृशकाय वृद्ध निकला।

उसने बड़े सब्र के साथ प्रभूदयाल की बात सुनी।

''लेकिन इंस्पेक्टर'' – अन्त में वह बोला – ''जॉर्जटाउन की उस प्रॉपर्टी से मेरी अब कोई रिश्तेदारी नहीं। इसलिए मुझसे वहां घटी घटना के बारे में कुछ पूछना बेकार है।''

''आपकी कोई रिश्तेदारी नहीं!'' – प्रभूदयाल हैरानी से बोला – ''आप क्या उस मकान के मालिक नहीं?''

''नहीं।''

''लेकिन चौकीदार धनीराम तो कहता है . . .''

''उसे खबर नहीं है। अब मैं उस मकान का मालिक नहीं।''

''अब? अब से क्या मतलब है आपका?''

''अब मैंने वह मकान बेच दिया है।''

''ओह! ऐसा कब किया आपने?''

''फरवरी में।''

''वजह?''

''यह मकान मेरे कोई खास काम नहीं आ रहा था। कुछ ही महीने तो मैं यहां आकर रहा करता था! मैं बहुत बूढ़ा हो गया हूं इसलिए अब हर साल मौसम बदलने पर राजनगर से मद्रास और मद्रास से राजनगर शिफ्ट करना मेरे बस का नहीं रहा था। इस बार मैंने पक्के तौर पर मद्रास में ही रहने का फैसला कर लिया था। इत्तफाक से तभी मुझे एक निहायत मुफीद ग्राहक भी मिल गया था, सो मैंने मकान बेच दिया था।''

''जबकि पहले आप सर्दियों-सर्दियों के छ: महीने उसे किराए पर दे दिया करते थे!''

''हां। मेरा एजेन्ट ही कोई मुनासिब, इज्जतदार सीजनल किरायेदार ढूंढ लिया करता था। पिछली बार उसने मकान मिसेज सूसन डेनिंग नामक एक महिला को दिया था। एजेन्ट ने मुझे बताया था कि वह महिला बहुत ही सिक्केबन्द सिफारिश लाई थी।''

''किसकी?''

''एक खुदा के बन्दे की। चर्च ऑफ सेंट माइकल के पादरी की।''

''आई सी।''

''फिर पिछली फरवरी में मेरे पास मकान की खरीद की एक ऑफर आई। विशालगढ़ की किसी पार्टी ने मेरे एजेन्ट से टेलीफोन पर सम्पर्क स्थापित किया था और वह मकान खरीदने की इच्छा व्यक्त की थी। मेरे एजेन्ट ने उसे बताया

था कि मकान उस वक्त खाली नहीं था और उसके खाली होने में छः महीने लग सकते थे। उत्तर में खरीदार ने कहा था कि उसे मकान खाली कराने की कोई जल्दी नहीं थी। वह छः महीने इन्तजार कर सकता था। दरअसल वह मकान को इन्वैस्टमेंट के तौर पर खरीदना चाहता था। वह कहता था कि उसे किसी ने बताया था कि दो-तीन साल में उस इलाके में प्रॉपर्टी की कीमत दुगनी-तिगुनी हो जाने वाली थी। मकान की जो कीमत वह ऑफर कर रहा था, वह मेरी उम्मीद से कहीं ज्यादा थी। मकान बेचने का इच्छुक मैं था ही, इसलिए मैंने बेहिचक वह कीमत कुबूल कर ली। खरीदार ने फौरन पूरी रकम अदा कर दी।''

''यानी कि जिस शख्स ने आपका मकान खरीदा, उसकी कभी आपने सूरत नहीं देखी?''

''मैंने क्या, मेरे एजेन्ट ने भी नहीं देखी।''

''ऐसा कैसे हो सकता है? आपके एजेन्ट को आखिर खरीदार ने कीमत तो अदा की होगी! एजेन्ट ने खरीदार को प्रॉपर्टी का मुआयना तो कराया होगा! उसने कोई ऐसा इन्तजाम तो किया होगा कि किरायेदार से किराया अब उसे मिले?''

''मेरे खयाल से उसने ऐसा कुछ भी नहीं किया था। मकान की कीमत विशालगढ़ के किसी प्रॉपर्टी डीलर ने अपने चैक की सूरत में अदा की थी।''

''विशालगढ़ के उस प्रॉपर्टी डीलर का नाम क्या था?''

''मुझे नहीं मालूम।''

''खरीदार का क्या नाम था?''

''वह भी मुझे नहीं मालूम।''

''कमाल है!''

''इंस्पेक्टर, मुझे जब मद्रास में बैठे-बैठे अपनी उम्मीद से बाहरी कीमत मिल गई अपनी प्रॉपर्टी की तो इन बातों को जानकर मैंने क्या लेना था?''

''लेकिन ये बातें आपके एजेन्ट को तो मालूम होंगी!''

''होंगी तो सही!''

''आप फोन करके अपने एजेन्ट से मालूम कीजिए।''

उसने एजेन्ट को फोन किया।

मालूम हुआ कि खरीदार का नाम जॉन स्मिथ था, पता हाउस-नम्बर 25, रिचमंड रोड, विशालगढ़ था और वहां के प्रॉपर्टी डीलर का नाम सरदार प्रीतम सिंह था, उसकी फर्म का नाम अशोका प्रॉपर्टी डीलर्स था जो कि कमर्शियल स्ट्रीट में कहीं स्थित थी।

उस जानकारी के साथ हम वापस लौट पड़े।

''विशालगढ़ में इंस्पेक्टर सक्सेना को फोन लगाओ।'' – हैडक्वार्टर लौटते ही प्रभूदयाल ने हुक्म दनदनाया।

राजनगर और विशालगढ़ के बीच में ट्रंक डायलिंग की सुविधा प्राप्त थी। दो मिनट में वांछित काल लग गई।

इंस्पेक्टर सक्सेना के लाइन पर आते ही बंसल ने फौरन रिसीवर प्रभूदयाल को सौंप दिया।

''हल्लो, सक्सेना!'' – प्रभूदयाल तुरन्त माउथपीस में बोला – ''मैं प्रभूदयाल बोल रहा हूं। कैसे हो? . . . मैं भी ठीक हूं . . .नहीं, नहीं, उस रिपोर्टर के बारे में फोन नहीं किया मैंने। मदन वर्मा के कत्ल के केस के बाद से तो सुनील ने तुम्हारे शहर में कदम भी नहीं रखा होगा। तुम्हें परसों रात यहां राजनगर में हुए डबल मर्डर के केस की खबर लगी? . . .अच्छा! यानी यहां का आज का अखबार वहां पहुंच चुका है! कौन-सा अखबार? ब्लास्ट! नहीं, कवरेज सुनील की नहीं है। वह तो आजकल अस्पताल में पड़ा है। तुम उसका किस्सा छोड़ो और मेरी वह बात सुनो जिसके लिए मैंने तुम्हें फोन किया है। मुझे 25, रिचमंड रोड पर रहते जॉन स्मिथ नामक एक आदमी की मुकम्मल जानकारी जल्द-से-जल्द चाहिए। मुझे मालूम हुआ है कि हाल ही में उस शख्स ने यहां जॉर्जटाउन में स्थित वह इमारत खरीदी थी जिसमें कि उस डबल मर्डर का वाकया हुआ है। इमारत उसने कमर्शियल स्ट्रीट में स्थित अशोका प्रॉपर्टी डीलर्स के माध्यम से खरीदी थी . . . क्या? उसके मालिक सरदार प्रीतमसिंह को तुम व्यक्तिगत तौर से जानते हो! फिर तो बड़ी अच्छी बात है। उससे जॉन स्मिथ के बारे में पूछताछ करो। वैसे मुझे

यह नाम फर्जी लगता है! लेकिन कथित जॉन स्मिथ का हुलिया तो उसे याद ही होगा! आज के ''ब्लास्ट'' में कत्ल से सम्बन्धित हर व्यक्ति की तस्वीर छपी है। अखबार तुम्हारे पास होगा ही! उसमें छपी पीटर फ्रांकोजा, जॉर्ज सैमसन, एस. इब्राहीम, हेनरी सिलवेस्टर, विलियम डेनिंग और टोनी फ्रांकोजा की तस्वीरों की तरफ सरदार प्रीतमसिंह का ध्यान दिलाना और उससे पूछना कि क्या उन्हीं में से किसी को वह जॉन स्मिथ के नाम से तो नहीं जानता था! और सक्सेना, यह काम फौरन होना चाहिए। सौ काम छोड़कर होना चाहिए। शुक्रिया। जो बात सामने आए, उसकी फौरन मुझे खबर करना। मैं बन्द कर रहा हूं।''

प्रभूदयाल ने रिसीवर रख दिया।

तभी इन्टरकॉम टेलीफोन की घन्टी बजी।

बंसल ने रिसीवर उठाया।

वह कुछ क्षण फोन सुनता रहा, फिर प्रभूदयाल से बोला – ''साहब, नीचे अपनी बीवी की लाश क्लेम करने की खातिर विलियम डेनिंग आया है।''

''उससे पूछो'' – प्रभूदयाल तनिक उत्तेजित स्वर में बोला – ''क्या उसके साथ उसकी बेटी भी आई है?''

बंसल ने पूछा।

''आई है, साहब।'' – उसने प्रभूदयाल को बताया।

''बहुत अच्छे मौके पर आए ये लोग।'' – प्रभूदयाल बोला – ''मैं याद ही कर रहा था इन लोगों को। फौरन ऊपर बुलाओ उन्हें।''

बंसल ने फोन पर प्रभूदयाल का आदेश दोहरा दिया।

दो मिनट बाद डेनिंग पिता-पुत्री प्रभूदयाल के कमरे में पहुंच गए।

''मैं यहां लाश क्लेम करने आया था।'' – विलियम बोला।

गनीमत थी कि वह सुबह-सवेरे भी पिए हुए नहीं था।

''लाश मिल जाएगी।'' – प्रभूदयाल हमदर्दीभरे स्वर में बोला – ''मैं अभी सब इन्तजाम करा देता हूं। तुम जरा एक मिनट बैठो। बैठो, रोज बेटी!''

दोनों बैठ गए।

''विलियम'' – प्रभूदयाल बोला – ''तुम्हारी बीवी की मौत का मुझे अफसोस है, लेकिन होना तो वही होता है जो ऊपर वाले को कबूल होता है! अब तो तुम्हें यह सोचना चाहिए कि दिवंगत आत्मा को तभी शान्ति मिलेगी जबकि उसका हत्यारा गिरफ्तार हो जाएगा!''

''वह तो है!'' – विलियम धीरे से बोला।

''अब तो तुम यह बात मानते हो कि तुम्हारी बीवी के पादरी से ताल्लुकात थे?''

''ताल्लुकात थे या नहीं थे, जब वह कहानी ही खत्म हो गई तो इन बातों का क्या फायदा?''

''सामाजिक तौर से तो कोई फायदा नहीं, विलियम, लेकिन पुलिस इन्वैस्टिगेशन में फायदा हो सकता है। इसलिए जवाब दो।''

''थे मेरी बीवी के पादरी से ताल्लुकात।''

''तुम्हें इन ताल्लुकात की भनक बहुत पहले ही नहीं पड़ गई थी?''

उसने धीरे से सहमति में सिर हिलाया।

''रोज़ बेटी!'' – प्रभूदयाल ने रोज़ से पूछा – ''तुम्हें कुछ मालूम था इस बारे में?''

''नहीं।'' – रोज बोली।

''लेकिन बात तो यह सच थी! अब हमें यह भी मालूम है कि जॉर्जटाउन की पन्द्रह नम्बर इमारत में वे दोनों छुप-छुपकर मिला करते थे। मेरे जेहन में इस अपराध की एक थ्योरी है। उस थ्योरी में मैं यह मानकर चलता हूं कि तुम्हारी मम्मी का या पादरी साहब का कोई दुश्मन उनकी टोह में लगा हुआ था और वह चुपचाप उस खाली मकान में दाखिल होने का कोई जरिया भी पैदा कर चुका था। अब जानना मैं यह चाहता हूं कि कोई ऐसा कैसे कर पाया? रोज़ बेटी, मैंने कल तुम्हारे घर तुमसे एक सवाल पूछा था कि क्या कभी तुम्हारी मम्मी ने अपनी कोई चाबी खो जाने की शिकायत की थी? मेरी थ्योरी यह है कि किसी ने तुम्हारी मम्मी की खाली मकान की चाबी चुराकर उससे अपने लिए एक डुप्लीकेट चाबी

तैयार करवा ली थी और तुम्हारी मम्मी की चाबी यथास्थान वापस रख दी थी। इसकी इस बात से भी तसदीक होती है कि अगले दिन तुम्हारी मम्मी को वह चाबी मिल गई थी। यानी कि चाबी खामखाह खोई थी और खामखाह मिल गई थी। अब घर से चाबी चुराने की सुविधा तो किसी घर के आदमी को या किसी घर में आने वाले आदमी को ही हो सकती है।''

''घर का आदमी कौन?'' – विलियम तनिक भड़का – ''मैं या रोज़? आप हम पर इल्जाम लगाना चाहते हैं कि चाबी हम दोनों में से किसी ने चुराई थी?''

''मैं किसी पर कोई इल्जाम नहीं लगाना चाहता। मैं केवल हकीकत जानना चाहता हूं।''

''मुझे तो चाबी के वजूद की भी खबर नहीं थी! मुझे तो जॉर्जटाउन के उस मकान की भी खबर नहीं थी! जिस चीज की बाबत मैं कुछ जानता तक नहीं था, उसे मैं चुराता क्या?''

''मैंने भी चाबी नहीं चुराई थी।'' – रोज़ बड़ी मासूमियत से बोली।

''फिर तो यह काम घर में आए किसी मेहमान का था। रोज़, तुम घर में ज्यादा होती हो। तुम बताओ, क्या तुम्हारी निगाह में घर में आया ऐसा कोई मेहमान है जो चाबी चुरा सकता हो?''

वह सोचने लगी।

''ज्यादातर मिलने-जुलने कौन लोग आते थे तुम्हारी मम्मी से?''

''ज्यादा तो मम्मी की सहेलियां ही आती थीं।'' – रोज बोली।

''कौन-सी सहेलियां?''

''जो मम्मी की तरह चर्च की नौकरी या कोई सोशल सर्विस करती थीं।''

''मम्मी क्या सोशल सर्विस करती थी?''

''मम्मी चर्च में समूहगान में हिस्सा लेती थी। उसकी तरह समूहगान में हिस्सा लेने वाली और लड़कियां अक्सर हमारे घर आती थीं। चर्च के स्कूल की टीचरें भी आती थीं। पादरी की सेक्रेट्री भी आती थी।''

''कौन-सी? पुरानी या नई?''

''दोनों। हेलेन रीडली भी और सिल्विया नोरिस भी।''

''दो महीने पहले जब तुम्हारी मम्मी ने चाबी चोरी होने की शिकायत की थी, तब तुम्हारे घर में कौन आया था?''

''सभी आई थीं।''

''मर्द कोई नहीं आता था?''

''नहीं।''

''तुम्हारे खयाल से घर में आने वाली औरतों में से कौन चाबी चुरा सकती थी?''

''कोई भी चुरा सकती थी।''

''लेकिन कोई खास नाम तुम्हारी निगाह में नहीं?''

उसने इनकार में सिर हिलाया।

''अच्छा, यह बताओ, जिस दिन चाबी चोरी हुई थी उससे अगले दिन तुम्हारे घर में कौन-कौन आया था?''

''तब हेलेन रीडली आई थी। सिल्विया नोरिस आई थी। पादरी की बीवी आई थी।''

''ये सब लोग इकट्ठे आए थे?''

''नहीं। अलग-अलग।''

''रोज़, तुम चाहती हो कि तुम्हारी मम्मी के हत्यारे को उसकी करतूत की सजा मिले?''

उसने सहमति में सिर हिलाया।

''तो फिर सोचकर बताओ कि क्या कोई ऐसी बात है जो केस से दूर-दराज का भी रिश्ता रखती हो, लेकिन तुमने हमें न बताई हो?''

''हां'' – वह सहज स्वर में बोली – ''एक बात है।''

उसका वह उत्तर सुनकर खुद विलियम हैरानी से उसका मुंह देखने लगा।

''क्या?'' – प्रभूदयाल उत्सुक भाव से बोला, ''क्या बात है?''

''एक बड़ी अजीब बात है।''

''बात?''

''मम्मी के नाम एक गुमनाम चिट्ठी आई थी।''

''कब?''

''मार्च या अप्रैल के महीने में।''

''क्या लिखा था उस चिट्ठी में?''

''बड़ी अजीब बात लिखी थी उसमें, मम्मी के नाम एक चेतावनी लिखी थी। लिखा था कि कोई मम्मी को जहर देने की कोशिश कर सकता था इसलिए वह सावधान रहे।''

''इस चिट्ठी की बात!'' – विलियम बोला – ''मुझे तो नहीं बताई थी सूसन ने!''

रोज़ खामोश रही।

''वह चिट्ठी कहां गई?'' – प्रभूदयाल ने पूछा।

''उसे तो मम्मी ने तभी फाड़कर फेंक दिया था।''

''आई सी।''

प्रभूदयाल ने अपनी जेब से वह गुमनाम चिट्ठी निकाली जो उसे हेनरी सिलवेस्टर से हासिल हुई थी। उसने उसे खोलकर रोज़ के सामने रखा।

''जरा इसे देखो, बेटी।'' – वह बोला – ''तुम्हारी मम्मी के नाम आई वह गुमनाम चिट्ठी क्या ऐसे ही हैण्डराइटिंग में लिखी हुई थी?''

''हां।'' – वह निसंकोच बोली – ''बिल्कुल ऐसे ही ऊबड़-खाबड़ शब्दों में थी वह चिट्ठी भी।''

प्रभूदयाल ने एक गहरी सांस ली। उसने चिट्ठी को तह करके वापस जेब में रख लिया।

तभी बगल में कागजात का एक मोटा पुलिन्दा दबाए फिंगरप्रिंट्स एक्सपर्ट वहां पहुंचा।

प्रभूदयाल ने तुरन्त विलियम और उसकी बेटी का धन्यवाद किया और लाश की रिलीज का तुरन्त इन्तजाम करने के लिए सुधाकर के साथ उन्हें वहां से विदा कर दिया।

फिंगरप्रिंट्स एक्सपर्ट प्रभूदयाल के सामने बैठ गया। उसने अपना पुलिन्दा खोला और उसमें मौजूद फिंगरप्रिंट्स की तस्वीरों की अपने सामने मेज पर दुकान-सी लगाने लगा।

प्रभूदयाल गहरी दिलचस्पीभरी निगाह से उसे देख रहा था।

''मैंने सारे प्रिंट्स को क्लासीफाई कर लिया है'' – एक्सपर्ट बोला – ''और उन्हें स्टडी कर लिया है।''

''शुक्र है।'' – प्रभूदयाल बोला।

''मेरा काम बड़ा कठिन, बड़ा लम्बा, बहुत जिम्मेदारी का और बहुत सब्र के साथ किया जाने वाला है इसलिए देर . . .''

''मालूम है। मालूम है। भूमिका छोड़ो।''

''ये सारे प्रिंट।'' – उसने तस्वीरों के एक ढेर को तनिक प्रभूदयाल की तरफ सरकाया – ''मैंने चर्च के उस झरोखे से उठाए थे जहां बाइबल रखे थे।''

''पादरी और सूसन के पोस्ट ऑफिस से।'' – बंसल गहरी दिलचस्पीभरे स्वर में बोला।

''ये तीन विभिन्न व्यक्तियों के प्रिंट हैं।''

''उनकी शिनाख्त हुई?''

''हुई। पानी के गिलासों के माध्यम से हमारे पास केस से सम्बन्धित तकरीबन हर व्यक्ति के प्रिंट हैं। और पादरी और सूसन के प्रिंट मैंने उनकी लाशों पर से उतार लिए थे।''

''मतलब की बात पर आओ।'' – प्रभूदयाल बेसब्रेपन से बोला।

''ये प्रिंट पादरी के, सूसन डेनिंग के और उस स्त्री के हैं जिसका नाम मुझे हेलेन रीडली बताया गया था।''

''हेलेन रीडली!'' – प्रभूदयाल ने एक अर्थपूर्ण निगाह बंसल पर डालते हुए नाम दोहराया – ''फिर तो गोंद की जो शीशी मैंने तुम्हें दी थी, उस पर भी हेलेन रीडली के ही निशान होंगे।''

''बड़े स्पष्ट निशान थे। एक अंगूठा तो शीशी की गरदन के गिर्द जमी गोंद पर

ऐसा चिपका था कि निशान उठाने की जरूरत ही नहीं थी, उसे सीधे शीशी पर से ही पढ़ा जा सकता था।''

''हूं। तो हेलेन रीडली वो स्त्री थी जो पादरी और सूसन के प्रेम-पत्र खोल-खोलकर पढ़ा करती थी और पढ़कर उन्हें फिर से गोंद लगाकर, चिपकाकर, वापस यथास्थान रख दिया करती थी।''

''फिर तो, साहब'' – बसंल बोला – ''सूसन की खाली मकान की चाबी भी उसी ने चुराई होगी! बकौल रोज़, चाबी चोरी होने के दिन और चाबी वापस मिलने के दिन, दोनों दिन, हेलेन सूसन के घर गई थी।''

''तुम ठीक कह रहे हो, लेकिन केस की किसी मेजर घटना के साथ उसका रिश्ता जोड़ना मुहाल है तुम'' – वह फिंगरप्रिंट्स एक्सपर्ट से बोला – ''आगे बढ़ो!''

''बढ़ईगिरी के औजार'' – एक्सपर्ट बोला – ''पानी में एकदम धुल गए थे लेकिन फिर भी एक आरी पर से फिंगरप्रिंट्स मिले हैं। उस पर ग्रीज़ लगी हुई थी जिसकी वजह से ग्रीज़ पर लगे फिंगरप्रिंट्स पानी में धुल नहीं सके थे।''

''किसकी उंगलियों के निशान थे आरी पर?''

''पादरी की।''

''क्या!'' – प्रभूदयाल हैरानी से बोला।

''और लोहे के बाटों पर भी पादरी की ही उंगलियों के निशान थे।''

''और खाली मकान की उस अलमारी के भीतर से जिसमें कि कोई छुपकर खड़ा हुआ था . . .''

तभी सुधाकर ने भीतर कदम रखा।

उसके साथ एक सफेद दाढ़ी वाला सरदार और एक युवक था।

''साहब'' – बंसल बोला – ''यह टिम्बर स्टोर का मालिक हरनामसिंह और यह युवक तारकपुर डाकखाने का तार बाबू है। इन्हें पादरी की लाश दिखाने के लिए आज यहां तलब किया गया था।''

''मैंने'' – सुधाकर बोला – ''पादरी की लाश इन्हें दिखाई है, साहब।''

''आपने लाश को पहचाना, सरदार साहब?'' – प्रभूदयाल ने पूछा।

''आहो जी।'' – हरनामसिंह बोला – ''साफ-साफ ओहो ही बन्दा मरा पड़ा था जो हमारे पास लकड़ी और बढ़ईगिरी के औजार खरीदने आया था।''

''आपने उसे ठीक से पहचाना है?''

''पक्का पैचाना है, जी। हम इक वारी जो शकल देख लें, उसे भूलते नहीं है। आज के अखबार में भी फोटू छपी है उसकी। हमने तो उसे फोटू से ही पैचान लिया था।''

''और आप!'' – प्रभूदयाल तार बाबू से बोला – ''आप क्या कहते हैं लाश के बारे में?''

''साहब'' – युवक तत्काल बोला – ''परसों शाम वही आदमी मेरे पास तार देने आया था।''

''पक्की बात?''

''एकदम पक्की बात, साहब।''

प्रभूदयाल कुछ क्षण बड़े चिन्तित भाव से गरदन हिलाता रहा, फिर बोला – ''सहयोग के लिए बहुत-बहुत धन्यवाद। आप लोग तशरीफ ले जा सकते हैं।''

दोनों प्रभूदयाल का अभिवादन करके वहां से विदा हो गये।

''टेलीग्राम भी पादरी के टाइपराइटर पर टाइप की गई थी।'' – पीछे बंसल धीरे से बोला।

''और हम समझ रहे थे कि टाइपराइटर इस्तेमाल करने वाला कोई और था।'' – प्रभूदयाल बोला – ''लेकिन अब लगता है टेलीग्राम किसी और ने नहीं, पादरी ने खुद टाइप की थी और खुद ही तारकपुर जाकर बुक कराई थी।''

बंसल खामोश रहा।

''लकड़ी उसने खरीदी।'' – प्रभूदयाल यूं बोला जैसे अपने आपसे बात कर रहा हो – ''किश्ती उसने बनाई। लोहे के बाट उसने मुहैया किए। कत्ल के वक्त चौकदार धनीराम को इलाके से दूर रखने के लिए तार उसने भेजी। यह क्या

गोरखधन्धा है, पाठक साहब? मारने वाला और मरने वाला एक ही शख्स कैसे हो सकता है? कातिल ही मकतूल कैसे बन गया?''

कोई कुछ न बोला।

मेरे बोलने का तो मतलब ही नहीं था।

प्रभूदयाल फिर फिंगरप्रिंट्स एक्सपर्ट की तरफ आकर्षित हुआ।

''तुम पहले अपनी बात पूरी करो, यार।'' – वह बोला – ''मैंने क्या पूछा था तुमसे?''

''आप पूछ रहे थे'' – एक्सपर्ट बोला – ''कि खाली मकान में कत्ल का घटनास्थल बने कमरे की अलमारी में से किसी की उंगलियों के निशान . . .''

तभी टेलीफोन की घण्टी बज उठी।

हमेशा अपने किसी मातहत को फोन उठाने के लिए कहने वाले प्रभूदयाल ने जैसे उस व्यवधान से चिढ़कर खुद फोन उठाया।

वह कुछ क्षण फोन सुनता रहा, फिर उसने धीरे से रिसीवर क्रेडल पर रख दिया।

''विशालगढ़ से इंस्पेक्टर सक्सेना का टेलीफोन था।'' – कुछ क्षण बाद उसने घोषणा की – ''उसके कथनानुसार वहां रिचमंड रोड की पच्चीस नम्बर इमारत में कोई जॉन स्मिथ नहीं रहता। कभी रहता था, लेकिन अब नहीं रहता।''

कोई कुछ न बोला।

पता नहीं क्यों कमरे में एकाएक बड़ा रहस्यपूर्ण सन्नाटा छा गया था। यूं लगता था जैसे हर कोई – मेरे अलावा – किसी बहुत बड़े रहस्योदघाटन की प्रतीक्षा में सांस रोके खड़ा था।

''लेकिन वहां के प्रॉपर्टी डीलर सरदार प्रीतमसिंह ने'' – प्रभूदयाल आगे बढ़ा – ''कथित जॉन स्मिथ को अखबार में छपी उसकी तस्वीर से फौरन पहचान लिया था। केस से सम्बन्धित जिन छ: व्यक्तियों की अखबार में फोटो छपी थीं, उनमें से ही एक हमारा जॉन स्मिथ था।''

''कौन?'' – बंसल सस्पेंसभरे स्वर में बोला।

''चर्च ऑफ सेंट माइकल का पादरी रेवरेंड डॉक्टर जोसेफ कॉटन। हमारा

मकतूल पादरी वह शख्स था जिसने जॉन स्मिथ के फर्जी नाम से जॉर्जटाउन का पन्द्रह नम्बर वाला खाली मकान खरीदा था।''

तभी कमरे में सब-इंस्पेक्टर चन्द्रकान्त ने कदम रखा।

''तुम'' – प्रभूदयाल बड़े बेसब्रेपन से फिंगरप्रिंट्स एक्सपर्ट से बोला – ''जो कुछ जुबानी बता रहे हो, उसको रिपोर्ट की सूरत में लिखकर भी लाए हो?''

''हां।'' – एक्सपर्ट बोला। उसने अपने सामने फैले कागजात में से दो फूलस्केप, टाइपशुदा कागज अलग किए।

''रिपोर्ट मुझे दो।'' – प्रभूदयाल बोला – ''और सब कुछ यहीं छोड़ जाओ। मैं तुमसे फिर बात करूंगा।''

''बेहतर।'' – एक्सपर्ट बोला।

वह तुरन्त वहां से विदा हो गया।

''आओ, चन्द्रकान्त।'' – फिर प्रभूदयाल सब-इंस्पेक्टर चन्द्रकान्त की ओर आकर्षित हुआ।

''साहब!'' – चन्द्रकान्त बोला – ''मैं सीधा इकबालपुर से आ रहा हूं।''

''काम बना?'' – प्रभूदयाल बोला – ''अकेले आए हो?''

''अकेला नहीं आया, साहब।'' – चन्द्रकान्त गर्वपूर्ण स्वर में बोला – ''जिसे लेने गया था, उसे साथ लेकर आया हूं।''

''गुड!'' – प्रभूदयाल सन्तुष्टिपूर्ण स्वर में बोला।

''गवाह के तौर पर मैं साथ में स्कूल की मेट्रन को भी ले आया हूं।''

''वैरी गुड। अब कहां हैं वे लोग?''

''नीचे कार में बैठे हैं।''

''गुड! उन्हें थोड़ा आराम का मौका दो, नाश्ता-पानी कराओ और फिर अब से ठीक'' – प्रभूदयाल ने वॉलक्लॉक पर निगाह डाली – ''तीन घण्टे बाद उनके साथ जॉर्जटाउन के मकान में पहुंचो। वहां उन्हें दूसरी मंजिल के कोने वाले कमरे में बिठा दो और दरवाजा बन्द कर दो। तुम्हारे यहां पहुंचने के बाद वहां बहुत लोग पहुंचेंगे लेकिन किसी को उनकी मौजूदगी की भनक भी नहीं मिलनी

चाहिए। समझ गए?''

''यस, सर।''

''और जब तक मैं न बुलाऊं, तुमने उस दरवाजे के पास से नहीं हटना है।''

''यस, सर।''

''जब बुलाऊं तो तुमने उन दोनों के साथ मेरे सामने पेश होना है।''

''यस, सर।''

''जाओ।''

चन्द्रकान्त वहां से विदा हो गया।

''अब तुम'' – प्रभूदयाल बंसल से सम्बोधित हुआ – ''सुधाकर को पकड़ लो और जितने आदमी और जरूरी हों, साथ ले जाओ। तुम्हारा काम यह है कि आने वाले तीन घण्टों के भीतर तुमने इस केस से सम्बन्धित हर व्यक्ति को जॉर्जटाउन के खाली मकान में जमा करना है। वहां तुमने सबको पहली मंजिल पर स्थित ड्राइंगरूम में बिठाना है और मेरे अगले आदेश की प्रतीक्षा करनी है।''

''अगर किसी ने वहां आने से इन्कार किया तो?'' – बंसल संशक स्वर में बोला।

''तो उसे गिरफ्तार करके वहां लाना है।'' – प्रभूदयाल सख्त स्वर में बोला।

''चाहे वह कोई हो!''

''चाहे वह कोई हो। चाहे वह चर्च का चेयरमैन हो या परिवार का वकील। हर कोई अब से तीन घण्टे बाद खाली मकान में होना चाहिए। जो मर्जी से न आए, उसे घसीटकर लाओ। सारी जिम्मेदारी मैं लूंगा। समझे?''

''यस, सर।''

□□□

15, जॉर्जटाउन।

खाली मकान।

मैंने जीप को उस मकान के सामने ला खड़ा किया।

प्रभूदयाल जीप से उतरा।

मैं भी जीप से उतरा और हम दोनों ने आगे-पीछे चलते हुए इमारत के कम्पाउंड में कदम रखा।

बंसल हमें मुख्य द्वार पर मिला।

''सब लोग पहुंच गए?'' – प्रभूदयाल ने पूछा।

''यस, सर।'' – बसंल बोला।

''किसी ने हुज्जत तो नहीं की?''

''नो, सर।''

''कहां हैं वे लोग?''

''वहीं, जहां बिठाने का आपने मुझे हुक्म दिया था। पहली मंजिल के ड्राइंगरूम में।''

''कुल कितने जने हैं?''

''ग्यारह।''

''कौन-कौन हुए ग्यारह?''

''विधवा और उसके दोनों भाई। विधुर और उसकी बेटी। पादरी की पुरानी और नई दोनों सेक्रेट्रियां। वकील। चेयरमैन। चौकीदार। और साधु महाराज।''

''वे मान गए आने के लिए?''

''खुशी से मान गए। कहने लगे कि वे अपनी भविष्यवाणी को सच होती देखना चाहते थे।''

''आई सी। पाठक साहब, तुम्हें अभी भी मेरी कामयाबी पर शक है?''

मैं केवल मुस्कराया।

''हत्यारा ऊपर मौजूद ग्यारह आदमियों में से एक है। जब मैं यहां से जाऊंगा तो हत्यारा मेरे साथ जाएगा।''

''देखते हैं, क्या होता है।'' – मैं सहज भाव से बोला।

प्रभूदयाल कई क्षण मुझे घूरता रहा।

प्रत्युत्तर में मैं भी अपलक उसे देखता रहा।

फिर एकाएक वह घूमा और इमारत में दाखिल हो गया।

हम दूसरी मंजिल के उस कमरे में पहुंचे जहां कत्ल हुए थे।

''आपके आने से पहले'' – बंसल बोला – ''मैंने साधु महाराज का ध्यान मिसेज कॉटन की तरफ आकर्षित किया था। वे कहते हैं, वही वह स्त्री थी जिसे उन्होंने परसों रात ग्यारह बजे कुछ अन्य लोगों के साथ इस मकान के कम्पाउंड में देखा था।''

''किसी और को भी पहचाना उन्होंने?'' – प्रभूदयाल उत्सुक भाव से बोला।

''नहीं, और किसी को नहीं पहचाना।''

''कोई बात नहीं।''

''साहब, मुझे एक बात पूछने की इजाजत दीजिए।''

''पूछो।''

''आपको मालूम है हत्यारा कौन है?''

''अभी नहीं मालूम।'' – प्रभूदयाल संजीदगी से बोला – ''अभी मेरे पास कुछ बड़े मजबूत सूत्र हैं जिन पर आधारित कत्ल की अपनी थ्योरी को अभी मैं तुम्हारे सामने आजमाऊंगा।''

''ओह!''

''लेकिन'' – प्रभूदयाल दृढ़ स्वर में बोला – ''आज इस केस का निपटारा करके ही मैं इस इमारत से बाहर कदम रखूंगा। इसीलिए यहां आज मुझे एक ऐसा काम भी करना पड़ेगा जो तुम्हें बहुत अमानवीय लगेगा लेकिन मेरी मजबूरी है। केस की तह तक पहुंचने के लिए वह अमानवीय काम करना जरूरी है।''

''कौन-सा काम?''

''अभी सब कुछ तुम्हारे सामने आ जाएगा।''

बंसल खामोश रहा।

''नीचे मौजूद लोगों में एक विटनेस ऐसी है जिसकी तरफ हमने बहुत कम तवज्जो दी है लेकिन मुझे यकीन है कि वही हमें हत्यारे तक पहुंचाएगी।''

''कौन? टोनी फ्रांकोजा?''

''नहीं। हेलेन रीडली।''

''पादरी की पहली सेक्रेट्री?''

''हां। जो कभी फिल्म अभिनेत्रियों जैसी शानदार युवती होती थी और जो आज तपेदिक की मरीज कोई साध्वी मालूम होती है। जो बढ़िया नौकरी करती होने के बावजूद पार्ट टाइम भी करती है और जो इतनी कंजूस है कि अपनी कमाई का एक काला पैसा खर्च करती नहीं मालूम होती। जो पैसा खर्च नहीं करती तो अपनी सारी कमाई को कौन-से कुएं में झोंकती है? बंसल, हेलेन रीडली को पहले बुलाओ। शायद इन्हीं सवालों के पीछे हत्या का हल भी छुपा हो!''

बंसल हेलेन रीडली को बुला लाया।

हेलेन ने एक भयभीत मेमने की तरह कमरे में कदम रखा।

''आइए।'' – प्रभूदयाल मीठे स्वर में बोला – ''बैठिए।''

वह झिझकती हुई उसके सामने एक कुर्सी पर बैठ गई।

''डरने या घबराने की कोई बात नहीं है।'' – प्रभूदयाल ने उसे आश्वासन दिया।

उसने बेचैनी से पहलू बदला।

''मुझे आपके सहयोग की जरूरत है, मिस रीडली। कत्ल के जिस पेचीदा केस की मैं तफ्तीश कर रहा हूं, हो सकता है वह आपकी ही मदद से हल होने वाला हो।''

''लेकिन'' – वह व्याकुल भाव से बोली – ''मैं तो कुछ भी नहीं जानती! मुझे तो खामखाह यहां . . .''

''शायद आप कुछ जानती हों लेकिन आपको यह गलतफहमी हो कि आप कुछ नहीं जानतीं!''

''ऐसा कैसे हो सकता है?''

''ऐसा होना कोई बड़ी बात नहीं। मेरी पुलिस की नौकरी में दर्जनों बार ऐसे गवाहों से मेरा वास्ता पड़ा है जो आपकी ही तरह समझते थे कि वे कुछ नहीं जानते थे लेकिन उन्हीं से हमें ऐसी कारआमद बातें मालूम हुई कि केस चुटकियों

में हल हो गया।''

''अच्छा!''

''मैं हकीकत बयान कर रहा हूं।''

''आप मुझसे क्या सहयोग चाहते हैं?''

''पहले तो मैं यह चाहता हूं कि आप मेरे चन्द सवालों का पूरी सच्चाई और पूरी संजीदगी से जवाब दें।''

''कैसे सवाल?''

''मामूली, आम सवाल। लेकिन'' – प्रभूदयाल बड़े अर्थपूर्ण स्वर में बोला – ''उनमें से कोई एकाध सवाल आपकी जाती जिन्दगी से भी ताल्लुक रखता हो सकता है।''

''जी!'' – वह सकपकाई।

''मिसाल के तौर पर मैं आपसे आज से पांचेक साल पहले आपके चर्च द्वारा झेरी में आयोजित उस पिकनिक के बारे में सवाल करना चाहता हूं जिसमें आप भी शामिल थीं।''

''मैं भी शामिल थी?''

''सवाल के बदले में सवाल मत कीजिए, मिस रीडली।'' – प्रभूदयाल मीठे स्वर में बोला – ''बल्कि मेरे सवाल का जवाब देने की तरफ तवज्जो दीजिए। मैंने पिकनिक वाली बात ठीक कही है?''

उसने उत्तर न दिया। उसने बेचैनी से पहलू बदला।

''उस पिकनिक की बाबत आपकी याददाश्त को तरोताजा करने के लिए'' – प्रभूदयाल सुसंयत स्वर में बोला – ''मैं आपको याद दिलाता हूं कि तब आप क्या पहने थीं। तब आप एक चैक की स्कर्ट और बिना बाजुओं का काले रंग का ब्लाउज़ पहने थीं। स्कर्ट पर आपने सफेद रंग की गोल बक्कल वाली बैल्ट बांधी हुई थी। आप वैसी सैंडलें पहने हुए थीं जिनके फीते एक-दूसरे को क्रॉस करते हुए घुटनों से थोड़ा नीचे पिंडलियों तक बांधे जाते हैं। और तब भी आप वही इयरिंग्स पहने थीं जो कि इस वक्त भी मैं आपके कानों में देख रहा हूं।''

वह एकाएक बहुत व्याकुल हो उठी। उसने फिर बेचैनी से पहलू बदला।

''उस पिकनिक में बहुत स्त्रियां शामिल थीं'' – प्रभूदयाल बोला – ''लेकिन उनमें आपसे ज्यादा खूबसूरत, शानदार और फिल्म अभिनेत्रियों जैसी चमचमाती हुई स्त्री कोई नहीं थी।''

वह खामोश रही।

''जिसने आपके रूप की पांच साल पहले की जगमग देखी हो, उसके लिए आज आपको पहचान पाना भी मुहाल हो सकता है।''

''आपने'' – उसने अपने सूखे होंठों पर जुबान फेरी – ''पांच साल पहले मुझे देखा था?''

''नहीं। लेकिन मैंने आपकी पांच साल पहले की एक तस्वीर देखी थी जो कि उस पिकनिक की दस्तावेज के तौर पर आप चाहें तो मैं आपके सामने पेश कर सकता हूं।''

''ओह!''

''तो आप उस पिकनिक की बात कबूल करती हैं?''

''इंस्पेक्टर साहब, उस पिकनिक का जिक्र अब किसलिए?''

''मैडम, तब में और आज में जो इन्कलाबी तब्दीली आपमें दिखाई दे रही है, वह बेवजह नहीं हो सकती। पांच साल पहले का खूबसूरती और नौजवानी का उमड़ता हुआ सैलाब यकायक शान्त कैसे हो गया? एक तितली जैसी रंगीन और हिरनी जैसी चंचल-चपल युवती ने साध्वी का-सा रूप क्यों धारण कर लिया? सजने-संवरने की आपकी इच्छा क्यों समाप्त हो गई? क्यों आज की तारीख में आप मर्द की उन तारीफी निगाहों की तलबगार नहीं जो कि उस तरह के बेपनाह हुस्न के लिए महफूज होती हैं जिसकी कि कभी आप भी मलिका थीं?''

''इन बातों का कत्ल के केस से कोई रिश्ता नहीं।''

''शायद हो! हमने आपकी वाकफियत के दायरे में जो पूछताछ करवाई है, उससे हमें मालूम हुआ है कि आपके व्यक्तित्व में यह इन्कलाबी तब्दीली तब आई थी जब आप पादरी साहब की नौकरी से छुट्टी लेकर आराम करने की नीयत

से, बकौल आपके, विश्वनगर जाने के बाद वहां से वापस लौटी थीं और आपने पाया था कि आपकी गैरहाजिरी में पादरी साहब की सेक्रेट्री की आपकी जगह सूसन डेनिंग ले चुकी थी।''

''मैंने आपको कल भी बताया था कि पादरी साहब की नौकरी ने मुझे इतना थका दिया था कि मुझे आराम की सख्त जरूरत थी। ओवरवर्क ने मेरी तन्दुरुस्ती बिगाड़ दी थी और वक्त रहते उसकी तरफ तवज्जो न देना मुझे हॉस्पिटल केस बना सकता था। मैं आराम की खातिर विश्वनगर चली गई। मेरी गैरहाजिरी में पादरी साहब ने अगर अपने काम का हर्जा होता देखा और किसी और को मेरी जगह अपनी सेक्रेट्री के तौर पर रख लिया तो इसमें हैरानी की क्या बात है?''

''इसमें हैरानी की कोई बात नहीं लेकिन हैरानी की बात यह है कि वह नौकरी जाने का आपको ऐसा गम लगा कि आप, जो कभी एक दहकता हुआ शोला हुआ करती थीं, बुझकर राख का ढेर बन गईं।''

''मुझे तो नौकरी जाने का कोई गम नहीं लगा था! उससे बढ़िया नौकरी मैंने लगभग फौरन ही हासिल कर ली थी।''

''तो कोई और वजह होगी आपमें आई इस इन्कलाबी तब्दीली की!''

वह खामोश रही।

''कब छोड़ी थी आपने पादरी साहब की नौकरी?''

''पांच साल पहले। अगस्त में। तारीख याद नहीं।''

''इस बात की तरफ आपकी तवज्जो कैसे गई थी कि आपकी तन्दुरुस्ती बिगड़ रही थी और आपको आराम की जरूरत थी?''

''पादरी साहब ने तवज्जो दिलाई थी।''

''और उन्हीं की जिद पर आपने आराम फरमाने की खातिर लम्बी छुट्टी ली थी?''

''हां।''

''यह आराम इसी शहर में नहीं हो सकता था?''

''हो सकता था। लेकिन . . .''

''लेकिन क्या?''

''मेरा ही दिल चाहने लगा था कि मैं कहीं और जाऊं।''

''इसलिए आप विश्वनगर चली गई थीं?''

''हां।''

''जहां कि आपके कोई रिश्तेदार रहते हैं।''

''हां।''

''कौन रिश्तेदार?''

''मेरी मौसी।''

''सगी?''

''नहीं। सगी तो नहीं!''

''वहां कितना अरसा रही थीं आप?''

''तीन-चार महीने।''

''वहां आपने अपनी तन्दुरुस्ती के बारे में किसी डॉक्टर की सेवाएं भी प्राप्त की होंगी?''

''हां।''

''क्या मर्ज बताया था डॉक्टर ने आपको?''

''मर्ज कोई नहीं था। उसने मुझे सिर्फ थकावट और नर्वस ब्रेकडाउन का केस बताया था।''

''आप पादरी साहब से नफरत करती थीं?'' – प्रभूदयाल ने हथौड़े की चोट की तरह सवाल किया।

''हरगिज भी नहीं।'' – वह हड़बड़ाकर बोली।

''लेकिन आपके मन में उनके प्रति तीव्र विद्वेष की भावना थी।''

''कौन कहता है?''

''मैं कहता हूं।''

''यह झूठ है।''

''अगर यह झूठ है तो आप पादरी साहब की किन्हीं गोपनीय चिट्ठियों की

ताक में क्यों रहती थीं? आप क्यों उन्हें चोरी-छिपे खोल-खोलकर पढ़ती थीं और उन्हें दोबारा बन्द करके यथास्थान रख देती थीं?''

''मैंने ऐसा कुछ नहीं किया था।''

''झूठ मत बोलिए। यह साबित किया जा सकता है कि आपने ऐसा किया था। चर्च के उस गुप्त स्थान पर से, जिसके माध्यम से पादरी साहब और सूसन में चिट्ठियों का आदान-प्रदान होता था, आपकी उंगलियों के निशान मिले हैं। नीचे बेसमेंट वाले हाल में से एक गोंद की शीशी बरामद हुई है जिस पर साफ-साफ आपकी उंगलियों के निशान हैं।''

वह बद्हवास दिखाई देने लगी।

''जगदीश!'' – प्रभूदयाल कर्कश स्वर में बोला।

''यस, सर।'' – मैं तत्पर स्वर में बोला।

''मैडम को कागज, पैन्सिल दो।''

तुरन्त मैंने उसके सामने एक कागज और एक बाल प्वॉयन्ट पैन रख दिया।

''पैन सम्भालिए।'' – प्रभूदयाल ने आदेश दिया – ''और बायें हाथ से कागज पर लिखिए – मिस्टर चेयरमैन, आपके चर्च के पादरी का मिसेज सूसन डेनिंग से भयंकर लव अफेयर चल रहा है।''

''बायें हाथ से लिखना मुझे नहीं आता।''

''कोई बात नहीं। जैसा भी लिखा जाए, लिखिए।''

''मैं दायें से . . .''

''नहीं। बायें से लिखिए। जैसा भी लिखा जाए, लिखिए।''

उसने पैन की तरफ हाथ न बढ़ाया।

''या तो मैं जैसा कह रहा हूं, कीजिए या कबूल कीजिए कि चर्च के चेयरमैन को यह गुमनाम चिट्ठी'' – प्रभूदयाल ने उसे चेयरमैन से हासिल हुई चिट्ठी दिखाई – ''आपने लिखी थी।''

उसने जोर से थूक निगली।

''मैडम'' – प्रभूदयाल कहरभरे स्वर में बोला – ''कबूल कीजिए कि पादरी

साहब और सूसन के लव अफेयर की खबर इस चिट्ठी की मार्फत चेयरमैन को आपने दी थी। कबूल कीजिए कि सूसन को यह चेतावनीभरी चिट्ठी आपने लिखी थी कि कोई उसे जहर देने की कोशिश कर रहा था। कबूल कीजिए। कबूल कीजिए।''

''मैं कुछ कबूल नहीं कर सकती।'' – एकाएक वह चिल्लाई – ''मैं कुछ नहीं जानती।''

''आप सब कुछ जानती हैं।'' – प्रभूदयाल गरजकर बोला – ''लेकिन कबूल नहीं करना चाहतीं।''

''मैं कुछ नहीं . . .''

''आज से पहले आपने कभी इस इमारत में कदम रखा है?''

''नहीं।''

''तो फिर उस सामने की अलमारी में'' – प्रभूदयाल ने बड़े ड्रामेटिक अन्दाज से एक उंगली उस अलमारी की तरफ उठाई, जिसके भीतर की डिस्टर्ब हुई धूल वहां किसी के खड़े रहे होने की चुगली करती थी – ''जमी धूल में आपकी उंगलियों के निशान क्या जादू के जोर से बन गए?''

एकाएक उसने अपने हाथों में अपना मुंह छुपा लिया।

''जीसस!'' – वह सिसकती हुई बुदबुदाई – ''जीसस!''

''हकीकत को छुपाने की कोशिश मत कीजिए, मिस रीडली, हकीकत छुपाने की स्टेज गुजर चुकी है। जो सच है, उसे कबूल कीजिए।''

''नहीं।''

''सच बोलिए, मैडम। सच बोलिए। आप एक धर्मपरायण, खुदा का खौफ खाने वाली स्त्री हैं। आपका मजहब भी आपको यही सिखाता है कि आपको सच बोलना चाहिए। सच बताइए, क्या छुपा रही हैं आप?''

''कुछ नहीं। मैं आपको कुछ नहीं बता सकती।'' – वह लगभग रोती हुई बोली।

''और कुछ नहीं तो इस खामोशी की वजह ही बताइए।''

''नहीं! नहीं! नहीं!'' – वह विक्षिप्तों की तरह चिल्लाई – ''आप मेरी जान ले लीजिए। मुझे फांसी पर लटका दीजिए लेकिन मैं आपको कुछ नहीं बताऊंगी।''

प्रभूदयाल ने असहाय भाव से गरदन हिलाई।

कमरे में सन्नाटा छा गया था। उस सन्नाटे में केवल हेलेन की सिसकियों की आवाज गूंज रही थी।

''मैडम'' – कई क्षण की खामोशी के बाद प्रभूदयाल फिर बोला – ''अगर आप कुछ बता नहीं सकतीं तो जो मैं आपको बता रहा हूं, कम-से-कम उससे तो हां या न कीजिए। इतना तो कबूल कीजिए कि पांच साल पहले अपनी बिगड़ती तन्दुरुस्ती की खातिर आराम फरमाने के लिए आप विश्वनगर नहीं, इकबालपुर गई थीं।''

हेलेन का सिसकना फौरन बन्द हो गया। उसने एक झटके से सिर ऊपर उठाया। उसके चेहरे पर ऐसे भाव आए जैसे वह कोई बकरी हो जो अभी जिबह होने वाली हो।

''मैं फिर कहता हूं कि हकीकत छुपाने से आपको कोई फायदा नहीं होने वाला। आपकी उम्मीद से कहीं ज्यादा हम पहले से जानते हैं। बहुत-सी बातें महज तकल्लुफ में आपसे पूछी जा रही हैं। बहुत-सी बातों की हमारी जानकारी आपकी तसदीक की मोहताज नहीं। सच पूछिए तो हम यह भी जानते हैं कि पहले आप इतनी सज-धज से क्यों रहती थीं और अब आप इतनी सादा जिन्दगी क्यों गुजार रही हैं!''

उसके मुंह से एक तीखी सिसकारी निकली।

''इतना पैसा कमाते हुए भी आप अपने पर पैसा इसलिए नहीं खर्च करतीं क्योंकि पैसे की आपको किसी और ज्यादा जरूरी काम के लिए जरूरत है। आप कंजूस नहीं। आप अपनी कमाई जमा नहीं कर रही हैं बल्कि उसे किसी और काम के लिए खर्च कर रही हैं।''

''इंस्पेक्टर साहब!'' – उसने दोनों हाथ जोड़े और फरियाद करती बोली – ''अगर आप जानते हैं तो खुदा के वास्ते किसी और को मत बताइएगा। अगर

आपने यह बात किसी को बताई तो यह मेरे साथ बहुत बड़ी नाइंसाफी होगी। मेरी सारी मेहनत पर, मेरे सारे किए-धरे पर पानी फिर जाएगा, इंस्पेक्टर साहब, इंस्पेक्टर साहब, प्लीज! प्लीज!''

''आप अभी भी कहती हैं कि आपको पादरी से नफरत नहीं थी?''

''नहीं। नहीं। खुदा के वास्ते मुझे टॉर्चर करना बन्द कीजिए।''

''बावजूद इसके कि उसने आपको मार डालने की कोशिश की थी!''

उस बात की मार से हेलेन यूं तड़पी जैसे उसके बदन से कोड़ा टकराया हो।

''म . . . मुझे।'' – वह कम्पित स्वर में बोली – ''मार डालने की कोशिश . . . यह क्या कह रहे हैं आप?''

''पांच साल पहले पादरी ने कैप्सूलों की सूरत में आपको एक दवा दी थी जो आपने खाई नहीं थी। बाद में आपको मालूम हुआ था कि उन कैप्सूलों में जहर था।''

''ओ, मेरे परमात्मा!'' – वह बिलखती हुई बोली – ''रहम! रहम!''

''मैडम, आपको सताने की या आपके साथ बेरहमी से पेश आने की हमारी कोई मर्जी नहीं। लेकिन आपको भी तो अपने-आपको ऐसी स्थिति में नहीं ला खड़ा करना चाहिए जहां कि आप कानून की मुखालफत करती दिखाई दें।''

वह सिसकती रही।

''मैं आपसे आखिरी बार पूछ रहा हूं। इस केस की बाबत जो कुछ आप जानती हैं, वह आप हमें बताएंगी या नहीं बताएंगी?''

''नहीं!'' – उसने आर्तनाद किया – ''हरगिज नहीं। आप लोग मेरी जान ले सकते हैं, लेकिन मेरी जुबान नहीं खुलवा सकते।''

प्रभूदयाल धीरे से अपने स्थान से उठा। उसके चेहरे से साफ लग रहा था कि जो जिम्मेदारी उसे उस वक्त भुगतनी पड़ रही थी, वह उसे बहुत बद्‌मजा लग रही थी और हालात के मौजूदा रुख से वह खुश नहीं था। उसकी आंखों में हेलेन के प्रति गहरी हमदर्दी का भाव था लेकिन उसकी ड्यूटी उसे मजबूर कर रही थी कि वह उसके साथ बेरहमी से पेश आता।

उस सिचुऐशन के लिए मुझे जिम्मेदार ठहराने की नीयत से उसने एक शिकायतभरी निगाह मुझ पर डाली और बोला – ''चन्द्रकांत को बुलाओ।''

मैंने उसके आदेश का पालन किया।

एक मिनट बाद उस कमरे की चौखट पर चन्द्रकांत प्रकट हुआ।

उसके पीछे दो जने और थे।

वह चौखट से परे हट गया।

पीछे से एक अधेड़ आयु की क्रिश्चियन स्त्री प्रकट हुई। उसके साथ एक लगभग पांच साल का घुंघराले बालों वाला निहायत खूबसूरत बच्चा था, जो बड़ी मजबूती से स्त्री की एक उंगली थामे था।

हेलेन की उधर पीठ थी इसलिए उसे दरवाजे पर किसी के आगमन की खबर नहीं हुई थी।

प्रभूदयाल भारी कदमों से चलता दरवाजे के पास पहुंचा।

हेलेन ने तब भी सिर न उठाया।

''जरा इधर देखिए।'' – प्रभूदयाल ने आवाज लगाई।

उसने सिर उठाया और घूमकर अपने पीछे देखा।

दरवाजे पर निगाह पड़ते ही वह स्प्रिंग लगे खिलौने की तरह कुर्सी पर से उछली और फिर तोप से छूटे गोले की तरह दरवाजे की तरफ लपकी।

प्रभूदयाल ने चन्द्रकांत को संकेत किया।

चन्द्रकांत ने स्त्री और बालक के मुंह पर दरवाजा बन्द कर दिया और दरवाजे के सामने जमकर खड़ा हो गया।

प्रभूदयाल ने दरवाजे की तरफ झपटती हेलेन को रास्ते में ही थाम लिया।

''मेरा बच्चा!'' – वह प्रभूदयाल की मजबूत बांहों में छटपटाती हुई बोली – ''मेरा बच्चा! जालिमो! छोड़ दो मेरे बच्चे को।''

''हौसला रखो, मिस रीडली।'' – प्रभूदयाल सान्त्वनापूर्ण स्वर में बोला – ''आपके बच्चे को किसी ने पकड़ा नहीं हुआ, वह अपनी मेट्रन की हिफाजत में है और हम लोगों की वजह से, या किसी की भी वजह से, उसका बाल भी

बांका नहीं हो सकता।''

''मेरा बच्चा!'' – वह फफककर रो पड़ी।

''अभी आपका बच्चा एकदम सुरक्षित है। अब अपने बच्चे के ही भविष्य की सुरक्षा के लिए आपको सच बोलकर दिखाना चाहिए। आपने अपनी जिद न छोड़ी तो मजबूरन मुझे आपको गिरफ्तार करना पड़ सकता है। जरा सोचिए, आप जेल में बन्द हो गईं तो आपके बच्चे का क्या होगा? और किसी का नहीं तो उसी का खयाल करके बताइए कि सच क्या है।''

कई क्षण वह खामोश रही।

फिर ये दो शब्द एक कलेजा चाक कर देने वाली कराह की तरह उसके अन्दर से निकले।

''बताती हूं।''

प्रभूदयाल की आस्तीन में मौजूद तुरुप का वह आखिरी पत्ता ही काम आया। पुलिस की कोई धमकी, उसका अपना कोई अंजाम हेलेन रीडली को उसकी जुबान खोलने के लिए तैयार नहीं कर सका था लेकिन अपने बच्चे को उस स्थिति में देखकर उसका सारा विरोध समाप्त हो गया। उस स्थिति को लाने में प्रभूदयाल की इस अतिअमानवीय धमकी का भी हाथ था कि हकीकत बयान किए बिना उसका अपने बच्चे से मिलना तो दूर, वह उसके करीब भी नहीं फटक सकती थी।

प्रभूदयाल ने उसे वापस उसकी कुर्सी पर बिठाया, उसे एक गिलास पानी पिलाया और फिर उसके सामने बैठ कर उसके दोबारा बोलने की प्रतीक्षा करने लगा।

''समझ में नहीं आता'' – हेलेन एक दीर्घ निश्वास लेकर बोली – ''क्या कहूं? कहां से शुरू करूं?''

''वहां से शुरू कीजिए'' – प्रभूदयाल मीठे स्वर में बोला – ''जहां से आपके पादरी साहब से ताल्लुकात शुरू हुए थे।''

''हां।'' – वह एक व्याकुल निगाह बन्द दरवाजे की तरफ डालती बोली – ''कितनी बड़ी प्रशंसक थी तब मैं फादर कॉटन की! कितना रोब था मुझ पर उसकी काबिलियत का और उसके आकर्षक व्यक्तित्व का! लेकिन तब उसके प्रति मेरी निष्ठा वैसी ही थी जैसी एक ईमानदार सेक्रेट्री की अपने भले एम्पलायर के प्रति होनी चाहिए थी। लेकिन फिर पता नहीं कैसे उसके प्रति मेरा सम्मोहन बढ़ता गया और कब हम कर्मचारी और बॉस के रिश्ते की हद लांघ गए। इसमें वजह वह हमदर्दी भी हो सकती थी जो उसकी घरेलू जिन्दगी की विषमताएं सुनकर मुझे उससे होती थी।''

''घरेलू जिन्दगी अच्छी नहीं थी उसकी?''

''नहीं। वह अपनी बीवी से परेशान रहता था। उसकी बीवी अपनी पैतृक धन-सम्पत्ति का उस पर बहुत रौब जमाती थी और एक डिक्टेटर की तरह उसके साथ पेश आती थी। हर काम में अपनी टांग अड़ाती थी, हर बात में उसे राय देती थी। यह राय तक उसे वह देती थी कि धर्मोपदेशक के तौर पर चर्च में उसके भाषण का विषय क्या होना चाहिए था, कौन-से आदमी से उसे ताल्लुकात बढ़ाने चाहिए थे और कौन-से आदमी को दूर-दूर रखना चाहिए था।''

''यानी कि बीवी की दखलअन्दाजी पादरी को बहुत खलती थी?''

''हां। और वह यही जाहिर करता था कि ऐसी बीवी से किसी प्रकार उसका पीछा छूट जाता तो उसकी जान सांसत से निकल जाती। इंस्पेक्टर साहब, यह बात मुझे तब मालूम नहीं थी लेकिन आज मालूम है कि उसकी कोई मर्जी ही नहीं थी अपनी बीवी से पीछा छुड़ाने की। अपनी बीवी की दौलत से उसे बहुत सुख हासिल थे। वह उनसे किनारा करना अफोर्ड नहीं कर सकता था। अपने घरेलू हालात का दुखड़ा वह रोता था मेरी हमदर्दी हासिल करने के लिए। यह उस की सेल्स टाक थी, जिसके दम पर उसने मेरे में अपने प्रति आसक्ति की भावना जगाई थी। अपनी बीवी से तो उसकी बिजनेस पार्टनरशिप जैसी रिश्तेदारी थी। दोनों की जिन्दगियों में एक-दूसरे का कोई-न-कोई ऐसा महत्त्व था, जिसकी वजह से वे दोनों एक-दूसरे को नापसन्द करते हुए भी एक-दूसरे का साथ नहीं

छोड़ सकते थे। लेकिन मर्द को औरत से और भी बहुत कुछ दरकार होता है। उसकी अधेड़ बीवी उसके हजार काम आ सकती थी लेकिन जिस हमदर्दी, प्यार, अन्डरस्टैंण्डिग – और शारीरिक सुख भी – का वह तलबगार था वह उसे बीवी से हासिल नहीं हो सकता था। यह उसकी सेल्समैनशिप का ही कमाल था कि उसकी दुखभरी दास्तानें सुनकर धीरे-धीरे मुझे लगने लगा कि ऐसे आदमी को वह सब कुछ देना मेरा कर्तव्य था जो कि उसे अपनी बीवी से हासिल नहीं था। मैं जानती थी कि मैं उसकी बीवी नहीं बन सकती थी लेकिन फिर भी पता नहीं क्यों मैं उन अवैध सम्बन्धों से भी असन्तुष्ट नहीं थी जो कि बाद में मेरे और उसके बीच स्थापित हो गए थे। उसका ऐसा सम्मोहन सवार था मुझ पर कि मैंने कभी अपने भविष्य के बारे में नहीं सोचा था। मैंने कभी नहीं सोचा था कि ऐसी रिश्तेदारियों के दम पर जिन्दगी नहीं कट सकती थी और न ही ऐसी रिश्तेदारियां जिन्दगी-भर साथ देती थीं। बाद में हुआ भी यही। एक बेहद अप्रत्याशित व्यवधान आन खड़ा हुआ।''

''क्या?''

''मैं गर्भवती हो गई। देर-सवेर यह बात पादरी को बतानी पड़नी ही थी इसलिए मैंने बताई। सुनते ही वह आगबगूला हो उठा और सारी स्थिति के लिए मुझे जिम्मेदार ठहराने लगा।''

''वो कैसे?''

''कहने लगा कि मैंने जानबूझकर गर्भ रह जाने दिया था। मैंने जानबूझकर ऐसी स्थिति पैदा की थी जिसमें मैं उस पर हावी हो सकती थी और उसे बाकायदा ब्लैकमेल कर सकती थी। उसके वो खयालात सुनकर तब पहली बार मेरा भरम टूटा। पहली बार मुझे मालूम हुआ कि खुदा के उस बन्दे का दिल कितना काला था और उसके कामदेव जैसे खूबसूरत चेहरे के पीछे कितना घिनौना चेहरा छिपा हुआ था। फिर उसने मुझे कहा कि वह मुझे कोई ऐसी दवाई ला देगा, जिसको खाने से सब कुछ ठीक हो जाएगा। अगले दिन उसने मुझे कुछ कैप्सूलों से भरी एक शीशी दी और कहा कि आने वाले तीन दिनों में मैं वे सारे कैप्सूल खा लूं

लेकिन तब तक क्योंकि मेरा विश्वास उस पर से हट चुका था इसलिए वे कैप्सूल खाने को मेरा दिल न माना। उसे तो मैंने यही कहा कि कैप्सूल खा लूंगी लेकिन वास्तव में मैंने उस शीशी को खोलने की भी जहमत नहीं की। कैप्सूल मैं एक और वजह से भी खाने को तैयार नहीं थी।''

''वह क्या वजह थी?''

''मुझे हमेशा यही शिक्षा मिली थी कि भ्रूण हत्या महापाप था। मैं अपने पेट में पलते जीव की जान नहीं ले सकती थी। वैसे भी मैंने फादर कॉटन से तहेदिल से, निस्वार्थ प्रेम किया था और अपने पेट में पलती उसकी इकलौती निशानी को मैं नष्ट करने को तैयार नहीं थी। मेरा जीवन तो नष्ट हो ही गया था, मेरा बच्चा और कुछ नहीं तो कम-से-कम मुझे जीवित रहने की प्रेरणा तो दे सकता था! मेरी आने वाली जिन्दगी का एक उद्देश्य तो बन सकता था! एक मिशन तो बन सकता था जिसे मैंने पूरी हिम्मत, मेहनत, निष्ठा और ईमानदारी से अन्जाम देना था!''

''आई अन्डरस्टैण्ड।''

''तब मैंने उसे कहा कि हार्ड वर्क का मेरी तन्दुरुस्ती पर बुरा असर पड़ रहा था और मुझे आराम की जरूरत थी। उसने भी फौरन मुझे यह राय देनी शुरू कर दी कि मुझे कहीं किसी शान्त वातावरण में जाकर आराम करना चाहिए था। मैंने साफ नोट किया था कि मेरे यूं चले जाने की बात सुनकर कैसे उसने चैन की सांस ली थी। साफ जाहिर हो रहा था कि वह खुश था कि एक भारी जहमत से उसका पीछा छूट रहा था। मैं चली गई।''

''इकबालपुर?''

''हां। मैं कहां गई थी, इसकी किसी को खबर नहीं थी लेकिन मुझे हैरानी है कि आपको खबर है – पांच साल बाद आपको खबर है!''

''उसमें हैरानी की कोई बात नहीं। हम आपको बता देंगे, हमें कैसे खबर लगी। फिलहाल आप आगे बढ़िए। इकबालपुर में आपने पादरी साहब के बच्चे को जन्म दिया!''

''हां। वहां अस्पताल में मैंने एक बार एक नर्स से, जो कि मेरी सहेली

बन गई थी, कैप्सूलों की शीशी का जिक्र किया और उसे वह शीशी दिखाई। उत्सुकतावश मैंने उससे पूछा कि क्या वह कोई गर्भपात की दवा थी। उसने कहा कि वह मालूम करके बताएगी और शीशी साथ ले गई। दो दिन बाद उसने मुझे बताया कि वे ताकत के मामूली कैप्सूल थे लेकिन उनमें से एक कैप्सूल में प्राणलेवा जहर भरा हुआ था। पादरी की राय मानकर अगर मैं वे कैप्सूल खाना शुरू करती तो उस जहर वाले कैप्सूल की भी बारी आनी ही थी और फिर मेरी ईह लीला समाप्त हो जाना निश्चित था।''

''आपसे यह नहीं पूछा गया था कि कैप्सूल आपको कहां से हासिल हुए थे?''

''बहुत पूछा गया था लेकिन मैंने नहीं बताया था। मैं इसी बात से बहुत सन्तुष्ट थी कि मेरी जान बच गई थी। अब मैं और ज्यादा बखेड़ों में नहीं पड़ना चाहती थी।''

''फिर?''

''फिर अपने नवजात शिशु का इकबालपुर में ही पालन-पोषण का अत्यन्त गोपनीय इन्तजाम करके मैं वापस यहां लौटी। यहां आकर मैंने पाया कि सूसन डेनिंग पहले ही मेरी जगह ले चुकी थी।''

''आपने लौटकर इस बारे में पादरी से कोई बात न की?''

''बात करना तो दूर, मैंने उससे मिलने तक की कोशिश न की। उसे यह जताने तक की कोशिश न की कि मैं वापस लौट आई थी। वह तो यही समझ रहा होगा कि उसका दिया जहर खाकर मैं कब की मर-खप चुकी थी।''

''फिर उसे पता कैसे लगा?''

''मेरे चर्च जाना न छोड़ पाने की वजह से। रविवार को मैं चर्च जरूर जाती थी। मैं लोगों से छुपकर सबसे पीछे बैठती थी। लेकिन फिर भी एक रविवार को उसने मुझे वहां बैठा देख लिया।''

''फिर?''

''फिर कुछ भी नहीं।''

''उसने आपसे मिलने, बात करने की कोशिश नहीं की?''

''मैंने वैसी नौबत ही नहीं आने दी थी। अपने पादरी के रुतबे की वजह से वह मेरे पीछे तो भाग नहीं सकता था और मेरा उसके करीब आने का कोई इरादा नहीं था।''

''आगे बढ़िए।''

''फिर मुझे मालूम हुआ कि सूसन डेनिंग ने पादरी के ऑफिस में ही मेरी जगह नहीं ली थी, उसके पहलू में भी मेरी जगह ली थी। पहले तो मेरे जी में आया कि मैं उसे वार्निंग दूं कि पादरी के पवित्र चोगे के भीतर वास्तव में एक खौफनाक शैतान छुपा हुआ था, लेकिन फिर मैंने सोचा, मुझे क्या! वैसे भी वह विवाहित औरत थी इसलिये उसका मेरे जैसा खाना-खराब नहीं हो सकता था। दो साल इस प्रकार गुजर गये। लेकिन फिर एकाएक पादरी के सूसन से नाजायज ताल्लुकात के चर्चे होने लगे। वे चर्चे बहुत ज्यादा जोर पकड़ते दिखाई देने लगे तो सूसन ने अपनी नौकरी से इस्तीफा दे दिया और उसकी जगह पादरी की वर्तमान सेक्रेट्री सिल्विया नोरिस ने ले ली। उसके बाद फरवरी तक सिलसिला ठीक चला लेकिन फिर हालात ने ऐसी करवट बदली कि भीषण तूफान का अन्देशा होने लगा।''

''क्या हुआ?''

''सूसन उम्मीद से हो गई – वैसे वह हुई नहीं थी। उसे ऐसी गलतफहमी ही हुई थी। उसके पति विलियम के बारे में हमारी कम्यूनिटी में सबको मालूम था कि वह . . . वह नपुंसक था। शराब पी-पीकर वह पुरुषत्वहीन हो चुका है। ऐसे शख्स की बीवी का गर्भवती होना हमारी कम्यूनिटी में बहुत बड़े स्कैंडल का रूप धारण कर सकता था।''

''आपको कैसे पता चला कि वह अपने-आपको गर्भवती समझ रही थी?''

''इत्तफाक से। मैंने यह बात खुद सूसन की जुबानी सुनी थी। चर्च के एक गलियारे में एक बार वह पादरी से बात कर रही थी। तभी एक दूसरे गलियारे में से मैं उधर आ रही थी। उनके वार्तालाप की आवाज सुनकर मैं मोड़ पर ही ठिठककर खड़ी हो गई थी। मैंने सूसन को पादरी को यह बात बताते सुना था।

वह उसे कह रही थी कि उन्होंने ऐसा सोचा बहुत बार था कि वे भाग खड़े हों, लेकिन अब तो सबब से भाग निकलने की घड़ी आ ही गई थी। तब मुझे सूसन की फिक्र सताने लगी। मुझे याद आने लगा कि ऐन वही स्थिति मेरे साथ पैदा होने पर पादरी ने मेरे साथ क्या सलूक किया था! मेरा दिल गवाही देने लगा कि जैसे उसने जहर देकर मुझे अपने रास्ते से हटाने की कोशिश की थी, उसके साथ भी वह वैसा ही कर सकता था। तब अपना फर्ज समझकर मैंने सूसन को वार्निंगभरी गुमनाम चिट्ठी लिखी और चर्च के चेयरमैन हेनरी सिलवेस्टर को भी वह चिट्ठी लिखी जो आपने मुझे अभी दिखाई थी।''

''बायें हाथ से? हैंडराइटिंग छुपाने के लिए?''

''हां।''

''फिर?''

''फिर मैंने सिल्विया की जुबानी सुना कि पादरी भाग जाने की फिराक में था। अब यह बात मेरे से बेहतर कौन समझ सकता था कि वह भाग जाने जैसा कोई कदम उठा ही नहीं सकता था। जो आदमी लाट पादरी बनने के सपने देख रहा था, वह अपनी तरक्की की सीढ़ी अपने चर्च को छोड़कर भला कैसे भाग सकता था! मैं समझ गयी कि वह सूसन को सिर्फ बेवकूफ बना रहा था। इसीलिये दिखावे के लिए उसने लन्दन और रोम के लिये प्लेन फेयर की बाबत पूछताछ की, पासपोर्ट की अपनी और सूसन की अर्जी भरी जो कि जमा उसने कभी भी न कराई और सूसन से उसकी पासपोर्ट साइज तस्वीरें मंगवाई। वह आखिरी क्षण तक सूसन को अन्धेरे में रखना चाहता था, भुलावे में रखना चाहता था, इस बात को मुझसे बेहतर कौन समझ सकता था!''

''आप ठीक कह रही हैं।''

''तब सिर्फ इसलिए कि पादरी एक और जिन्दगी तबाह न कर सके, मैंने उस पर निगाह रखनी शुरू की। उस निगाहबीनी का पहला नतीजा यह सामने आया कि चर्च में बाइबलों के रैक के पीछे छुपे उनके गुप्त पोस्ट ऑफिस की मुझे खबर लग गई। मैंने अपनी आंखों से एक बार पादरी को वहां चिट्ठी रखते

देखा। मैंने उन लोगों की चिट्ठियां पढ़नी शुरू कर दीं। मैं लिफाफे को स्टीम देकर खोलती थी और फिर दोबारा से गोंद लगाकर उसे बन्द कर देती थी। मेरा इरादा हर हाल में पादरी को उसके कुकर्म से रोकने का था। अगर मुझे लगता कि वह अब निश्चित रूप से सूसन की जान लेने की दिशा में कोई कदम उठाने वाला था तो मैं उसके रूबरू होकर उसकी पोल खोल सकती थी और उसे खुदा का खौफ दिला सकती थी।''

''आई सी।''

''उसकी निगाहबीनी का दूसरा नतीजा यह निकला कि मुझे जॉर्जटाउन में स्थित उनके प्रेम घरौंदे की खबर लग गई। दोनों को मैंने क्योंकि वहां अलग-अलग जाते भी देखा था इसलिए मैं समझ गई कि जरूर सूसन के पास अलग से उसकी चाबी थी। एक दिन मैं उसके घर गई तो मेरे हाथ वह चाबी चुरा लेने का मौका लग गया। मैंने अपने लिए उस चाबी की एक डुप्लीकेट तैयार करवाई और अगले रोज वह चाबी सूसन के घर में वापस वहीं रख दी जहां से मैंने वह चुराई थी। उसे पता भी नहीं लगा था कि वह चाबी चौबीस घण्टे उसके घर से गायब रही थी।''

''उसे पता था। उसकी बेटी रोज़ ने उसे चाबी के गायब हो जाने की शिकायत भी करते सुना था।''

''अच्छा! मैं तो समझी थी कि . . .''

''नैवर माइंड दैट। आप आगे बढ़िए।''

''फिर उनमें कुछ चिट्ठियों का आदान-प्रदान हुआ जिनसे मुझे खबर लग गई कि वे क्या करना चाहते थे! सूसन ने अपनी बहन के पास बड़ौदा जाने का बहाना बनाना था लेकिन वास्तव में स्टेशन का रुख करने के स्थान पर उसने जॉर्जटाउन पहुंच जाना था। वहां से आधी रात को उन्होंने नदी में खड़े एक याट में सवार होना था, और वहां से कूच कर जाना था। उसी याट के माध्यम से उन्होंने भारत छोड़ जाना था।''

''पादरी के पास याट कहां से आया?''

"कहां रखा था याट! मैं तो आपको वह बता रही हूं जो कि चिट्ठी में लिखा था। वास्तव में मैं तभी भांप गई थी कि सूसन को गुमराह करने के लिए उसे वह झूठी तसल्ली दी जा रही थी। अब मुझे सूसन की चिन्ता सताने लगी। वह पादरी का कहना मानती तो वह यहां इस खाली मकान में उसके साथ अकेली होती जबकि उसके घर वाले समझ रहे होते कि वह बड़ौदा गई हुई थी। इस प्रकार अगर यहां सूसन को कुछ हो जाता तो कई दिन तो किसी को कोई खबर ही न लगती। इसीलिए मन में सूसन को बचाने का दृढ निश्चय लिए परसों रात मैं सूसन से पहले यहां पहुंच गई और इसी कमरे में बैठ कर उसके आगमन की प्रतीक्षा करने लगी। तब मैंने यहां एक बड़ी अजीब बात नोट की थी लेकिन तब उसका कोई महत्त्व मेरी समझ में नहीं आया था।"

"कौन-सी बात?"

"यहां सारे फर्श पर एक पोलीथीन की चादर बिछी हुई थी।"

"ओह! फिर?"

"फिर कोई सवा आठ बजे के करीब मुझे नीचे से मुख्य द्वार खुलने की आवाज आई। तब एकाएक मैं भयभीत हो उठी। तब पहली बार मुझे ये अहसास हुआ कि सूसन की जान बचाने की कोशिश में मैं अपनी जान खतरे में डाल रही थी। पादरी एक बार मेरी जान लेने की कोशिश कर चुका था। अब वह कोशिश दोबारा भी हो सकती थी। उस क्षण मेरे अंजाम ने और मेरे किसी खौफनाक अंजाम के बाद मेरे बेटे के भविष्य ने मुझे ऐसा त्रस्त किया कि सूसन को बचाने का जो इरादा लेकर मैं वहां आई थी, वह मैंने छोड़ दिया। पादरी के खिलाफ मुंह भी खोलने के लिए मुझे जरूरी लगने लगा कि कुछ और लोग मौजूद हों, ताकि पादरी मेरे खिलाफ कोई हिंसक कदम न उठा सके। अब स्थिति ऐसी पैदा हो गई थी कि मैं वहां से चुपचाप भाग तो नहीं सकती थी, इसलिए उस वक्त मुझे यही मुनासिब लगा कि मैं कहीं छुप जाऊं। तब छुपने के लिए मुझे यह अलमारी ही मुनासिब लगी। मैं इसमें जा छुपी। फिर नीचे से मुख्य द्वार दोबारा खुलने की आवाज आई। फिर मुझे पादरी की आवाज आई – 'सूसन डार्लिंग, सॉरी, मुझे

देर हो गई'। जवाब में सूसन ने भी कुछ कहा जो कि मेरी समझ में न आया। फिर मुझे उनके सीढ़ियों पर पड़ते कदमों की आवाज आई। वे लोग इधर ही आ रहे थे। मैंने अलमारी का दरवाजा भीतर से बन्द करने की कोशिश की तो पाया कि अलमारी के पल्लों में कोई नुक्स था। वे ठीक से बन्द नहीं होते थे। उन्हें मैं कितना भी खींचकर बन्द करती थी उनमें झिरी जरूर रह जाती थी। अब मैं बुरी तरह से आतंकित हो उठी। अब मुझे लगने लगा कि उन्हें मेरी वहां मौजूदगी की खबर जरूर लग जाएगी लेकिन अब मैं कुछ कर नहीं सकती थी। अब पिंजरे की तरह वहां फंसी रहने के अलावा मेरे पास कोई चारा नहीं था। तब तक वे दोनों वहां पहुंच चुके थे। वे एक-दूसरे के आलिंगन में बद्ध हो गए थे और उनमें चुम्बनों का आदान-प्रदान हो रहा था। थर-थर कांपती मैं भीतर अलमारी में खड़ी थी। फिर मैंने पादरी को कहते सुना – 'मेरी चिट्ठियां लाई हो डार्लिंग?'। उत्तर में सूसन ने उसे बताया कि अधिकतर चिट्ठियां उसने नष्ट कर दी थीं, जो अभी बाकी थीं, उन्हें वह ले आई थी। लेकिन उसकी समझ में यह नहीं आ रहा था कि पादरी वह चिट्ठियां वापस क्यों चाहता था? पादरी ने उसे बिना कोई सफाई दिए उसके हाथ से चिट्ठियों का एक पुलिन्दा ले लिया और उसे अपने चोगे के नीचे अपनी पतलून की जेब में रख लिया। . . . मैंने अखबार में पढ़ा था कि वैसी एक चिट्ठी पादरी की जेब में पाई गई थी। जरूर किसी तरह वह उस पुलिन्दे में से निकल गई होगी और पादरी की जानकारी के बिना जेब में पड़ी रह गई होगी!''

''अलमारी के पल्लों की झिरी में से आपको वे दोनों दिखाई दे रहे थे?''

''हां। वे दोनों कमरे के बीचोबीच वहां'' – उसने एक स्थान की तरफ संकेत किया – ''ऐन मेरे सामने खड़े थे। पादरी का मेरी तरफ मुंह था इसलिए वह तो मुझे बिल्कुल ही साफ दिखाई दे रहा था और यह देखकर मुझे बड़ी हैरानी हुई थी कि वह अपने हाथों में सूती दस्तान पहने था।''

''आई सी।''

''फिर पादरी ने सूसन से बड़ा अजीब सवाल किया। उसने पूछा – 'सूसन डार्लिंग, तुम खुदा को मानती हो?'। उत्तर में सूसन बोली – 'यह बात आपसे

बेहतर कौन जानता है कि खुदा में मेरी कितनी आस्था है!'। फिर पादरी बोला – 'तो फिर एक मिनट के लिए आंखें बन्द कर लो और अपने बनाने वाले से अपनी आत्मा की शान्ति की दुआ मांगो'। सूसन को यह बात बड़ी अजीब लगी। उसने पादरी से पूछा भी कि ऐसा किसलिए, लेकिन पादरी ने यही जिद की कि वह उस पर भरोसा रखे और ऐसा करे। सूसन ने फिर प्रतिवाद न किया। उसने आंखें बन्द कर लीं, अपने हाथ अपने सामने बांध लिए और होंठों में प्रार्थना बुदबुदाने लगी। पादरी ने अपने चोगे के भीतर कहीं हाथ डाला। अगले ही क्षण उसके हाथ में मुझे एक रिवॉल्वर दिखाई दी। फिर इससे पहले कि मैं सूसन को चेतावनी के तौर पर चिल्लाने के लिए मुंह भी खोल पाती, उसने सूसन को शूट कर दिया। उस वक्त सूसन ने अपनी प्रार्थना समाप्त की थी और उस क्षण उसके मुंह से 'आमीन' निकल रहा था जबकि पादरी की चलाई गोली उसके दिल से आकर टकराई और वह पछाड़ खाकर यहां फर्श पर ढेर हो गई। उसकी छाती में से खून का फव्वारा फूट निकला। मैं सकते की हालत में अलमारी में खड़ी थी। मुझे लग रहा था कि अभी पादरी को मेरी भी खबर लग जाएगी और फिर मेरा भी वही अंजाम होगा जो मेरी आंखों के सामने सूसन का हुआ था। अनायास ही अब मैं मन-ही-मन अपनी आत्मा की शान्ति के लिए ईश्वर से प्रार्थना दोहराने लगी थी। मुझे अपनी आंखों के सामने मौत नाचती दिखाई दे रही थी। किसी भी क्षण पादरी की रिवॉल्वर से निकली अगली गोली मेरी भी ईह लीला समाप्त कर सकती थी। लेकिन नहीं, ऐसा नहीं हुआ। पादरी ने रिवॉल्वर फर्श पर फेंक दी। उसने अपने हाथों से दस्ताने भी उतारकर परे फेंक दिए। फिर वह इस बात की तसदीक करने के लिए, कि सूसन मर चुकी थी या नहीं, उसके ऊपर झुका। उस वक्त खुदा के उस बन्दे के चेहरे पर मुझे ऐसे भाव दिखाई दिए जिन्हें देखकर शैतान भी शरमा जाता। जब उसे विश्वास हो गया कि वह मर चुकी थी तो वह सीधा हुआ और दीवार की तरफ बढ़ा। उस क्षण भय के आधिक्य से मुझे अपनी सांस रुकती महसूस हुई। मैंने यही समझा कि अलमारी में मेरी मौजूदगी की उसे खबर लग गई थी और अब वह मेरी ही तरफ आ रहा था। दीवार की तरफ बढ़ता-बढ़ता वह

मुझे दिखाई देना बन्द हो गया था। अगर वह अलमारी की तरफ आ रहा होता तो वह मुझे आखिरी क्षण तक दिखाई देता। कुछ क्षण बाद जब वह मुझे दोबारा दिखाई देना शुरू हुआ तो उसके हाथ में वह खुखरी थी जो मैंने अलमारी के पहलू में दीवार पर टंगी देखी थी।''

एकाएक हेलेन के शरीर ने एक जोर की झुरझुरी ली।

''इन्स्पेक्टर साहब'' – वह कम्पित स्वर में बोली – ''उसके बाद उस कसाई ने जो हरकत की, उसका अक्स मैं उम्र-भर अपने जेहन से नहीं मिटा सकती, उसे दोहराने की कोशिश भर से इस वक्त मेरा कलेजा हिला जा रहा है।''

''क्या किया उसने?''

''वह फर्श पर पड़ी सूसन के पास पहुंचा, उसने खुखरी उठाई और उसके एक ही वार से . ..''

वह फफककर रो पड़ी।

''उसका गला काट दिया?'' – प्रभूदयाल ने पूछा।

रोते हुए उसने सहमति में सिर हिलाया। बड़ी कठिनाई से उसने अपने-आपको सम्भाला, फिर भर्राए स्वर में बोली – ''वह कसाई उस खुखरी से सूसन की लाश के टुकड़े-टुकड़े कर देने का इरादा रखता था। ज्योंही उसने सूसन का गला काटा, मेरी चीख निकल गई। मैंने अलमारी का दरवाजा खोला और उससे अपनी हरकत से बाज आने की फरियाद करती, रोती-बिलखती उसकी तरफ भागी। मुझे यहां यूं एकाएक देखकर वह हैरान तो हुआ लेकिन डरा नहीं। खुखरी तब भी उसके हाथ में थी और उस क्षण उसने यूं मेरी तरफ देखा जैसे कोई कसाई जिबह होने को तैयार किसी भेड़ को देखता है। फिर उसने मेरी तरफ एक कदम बढ़ाया। मैं समझ गई कि वह मुझ पर कोई रहम नहीं खाने वाला था। जैसी सरलता से उसने सूसन की जान ले ली थी, वैसी ही सरलता से वह मेरी भी जान ले लेने वाला था।''

हम सब लोग मन्त्रमुग्ध उस स्त्री का बयान सुन रहे थे।

''फिर आपने क्या किया?'' – प्रभूदयाल ने सस्पेंसभरे स्वर में पूछा।

''इंस्पेक्टर साहब, फिर जो कुछ मैंने किया, वह मैं खुद नहीं जानती मैं कैसे कर पाई। अपनी औलाद की खातिर ही शायद मैं वह काम करने की हिम्मत अपने-आपमें पैदा कर पाई। उस शैतान पादरी की सूरत में मौत मेरे सिर पर खड़ी थी। उससे रहम की उम्मीद में मैंने एक क्षण भी नष्ट किया होता तो मैं भी सूसन के पहलू में मरी पड़ी होती। लेकिन वह एक क्षण मैंने नष्ट न किया। आसमानी बाप ने मुझे निर्णय की शक्ति दी, मेरा हौसला मजबूत किया और मैंने जमीन पर पड़ी रिवॉल्वर उठा ली। रिवॉल्वर मैंने धीरे-धीरे अपनी तरफ बढ़ते पादरी की तरफ तान दी और चिल्लाकर उसे रुक जाने के लिए कहा लेकिन वह न रुका। हाथ में खुखरी, आंखों में खून और होंठों पर एक शैतानी मुस्कराहट लिए वह मेरी तरफ बढ़ता रहा। वह बहुत करीब आ गया। वह इतने करीब आ गया कि अब मैं खुखरी के वार की जद में थी। मैंने फिर उसे पीछे हटने के लिए कहा लेकिन पीछे हटने के स्थान पर उसने अपना खुखरी वाला हाथ ऊंचा उठाया। मजबूर होकर मैंने रिवॉल्वर का घोड़ा खींच दिया। गोली उसके माथे में लगी और वह पछाड़ खाकर अपनी प्रेमिका के पहलू में ढेर हो गया। वह मर गया। वह शैतान मर गया।''

वह खामोश हो गई। उसने अपने हाथों में अपना मुंह छुपा लिया और धीरे-धीरे सिसकियां भरने लगी।

कई क्षण कोई कुछ न बोला।

प्रभूदयाल के संकेत पर मैंने उसे फिर पानी पिलाया।

''फिर?'' – प्रभूदयाल हमदर्दीभरे स्वर में बोला।

''फिर मैं बेहोश हो गई।'' – वह कातर स्वर में बोली – ''पता नहीं यह उस पर गोली चलाने की दहशत का असर था या फर्श पर बेतहाशा बहते खून के हाहाकारी नजारे का असर था कि मेरी चेतना लुप्त हो गई। जब मुझे होश आया तो मैंने अपने-आपको भी लाशों के पहलू में पड़ा पाया। तब पहली बार मुझे अहसास हुआ कि मैंने क्या कर डाला था! मैं वहां एक खूनी को उसके नापाक इरादों से रोकने की नीयत से आई थी और खुद खूनी बन बैठी थी। अब मेरी

समझ में नहीं आ रहा था कि मैं क्या करूं! उस संकट की घड़ी में मैंने पादरी के परिवार के किसी सदस्य को हकीकत में राजदार बनाने का फैसला किया। मैंने उसके बड़े साले पीटर फ्रांकोजा को फोन किया।''

''पीटर को वह फोन आपने किया था जिसमें वार्तालाप के बाद लाइन हैल्डअप हो गई थी, फिर फोन में होती खड़खड़ की वजह से आपने फोन फिर उठाया था और किसी के पूछने पर आपने यहां का फोन नम्बर बताया था और कहा था कि आपकी बात तो हो चुकी थी?''

''हां। दोबारा फोन मैंने यह सोचकर उठाया था कि शायद पीटर ही अभी लाइन पर था।''

''यहां का फोन नम्बर आपको मालूम था?''

''मालूम नहीं था लेकिन नम्बर तो डायल पर लिखा था।''

''फिर? पीटर आया?''

''फौरन आया। गोली की मानिन्द आया। मेरी बात सुनकर उसके छक्के छूट गए थे।''

''अकेला आया था वह?''

''हां। यहां आकर उसने जब इस कमरे का हौलनाक नजारा देखा था तो मुझे डर लगने लगा था कि मेरी तरह कहीं वह भी बेहोश न हो जाए। फिर वह मुझे नीचे ले गया। फिर जो कुछ मैंने अभी आपको बताया है, ठीक वही उसको भी बताया। अभी हम बातें ही कर रहे थे कि एकाएक इमारत की कालबैल बज उठी। घण्टी की आवाज ने हमारे छक्के छुड़ा दिए। हमें लगा कि उस नापाक काम के लिए अब हम रंगे हाथों पकड़े जाने वाले थे। पता नहीं गोलियों की आवाज सुनकर किसी पड़ोसी ने पुलिस को फोन कर दिया था और पुलिस वहां पहुंच गई थी।''

''पुलिस नहीं पहुंची थी। पुलिस पहुंची होती तो मुझे मालूम होता।''

''लेकिन तब मैंने तो यही सोचा था!''

''वास्तव में कौन आया था?''

''पादरी की बीवी और उसका छोटा भाई।''

''वे वहां कैसे पहुंच गए?''

''जब मैंने पीटर को फोन किया था तो एक्सटेंशन टेलीफोन पर उसकी बीवी ने हमारा वार्तालाप सुन लिया था। उसी ने फोन पर उस वार्तालाप की खबर मिसेज कॉटन को कर दी थी। मिसेज कॉटन ने टोनी को जगाया था और उसे लेकर यहां पहुंच गई थी।''

''ओह!''

''मिसेज कॉटन तब एक फर के कालर और आस्तीन वाला टखनों तक लम्बा कोट पहने थी। उसने अपने पति की लाश देखी थी तो अनायास ही झुककर उसकी कलाई पर से उसकी घड़ी और उंगली पर से उसकी अंगूठी उतार ली थी। उसी कोशिश में उसके कोट के निचले घेरे को फर्श पर फैला खून लग गया था।''

''फिर?''

''फिर वहां मौजूद हम चारों लोगों में से पीटर ने ही स्थिति को अपने अधिकार में ले लेने की दानाई दिखाई। वह बोला कि पादरी और सूसन का कत्ल अपने-आपमें ही एक बहुत बड़ा स्कैण्डल था, ऊपर से अगर यह बात भी जाहिर हो गई कि पादरी की असल नीयत क्या थी, कैसे वह सूसन का कत्ल करके उसकी लाश के टुकड़े-टुकड़े करके उन्हें किश्ती में डालकर नदी में बहा देना चाहता था तो उनके परिवार के लिए तो क्या, हमारी सारी क्रिश्चियन कम्यूनिटी के लिए ही तबाही आ जानी थी। इससे चर्च की भी भारी बदनामी होती कि ऐसा चरित्रहीन और नृशंस व्यक्ति उस चर्च का पादरी था। तब हम लोगों में यह फैसला हुआ कि जो मर गए थे, उनका खयाल छोड़कर हमें उनका खयाल करना चाहिए था जिन्होंने उस हौलनाक घटना के जेरेसाया जिन्दा रहना था। सबको इसी में सबकी भलाई दिखाई दी कि वास्तव में जो कुछ हुआ था, उसकी खबर किसी को न लगे। हम लोगों की यहां मौजूदगी की खबर पुलिस को लग जाने की सूरत में हम सभी शक के दायरे में आ सकते थे। फिर अपनी गरदनें बचाने के लिए हमें हकीकत बयान करनी पड़ती और जो हकीकत थी, उसे तो जुबान पर लाने में हर किसी की रूह कांपी जा रही थी, वह हकीकत तो एक भारी सर्वनाश की

भूमिका बन सकती थी।''

''फिर?''

''फिर पीटर की ही तवज्जो नीचे मौजूद किश्ती की तरफ गई। उस किश्ती की वहां मौजूदगी का मकसद समझते उसे देर न लगी। वह समझ गया कि पादरी ने किस इस्तेमाल को निगाह में रखकर वह किश्ती गढ़ी थी। उसने किश्ती को उसी इस्तेमाल में लाने का फैसला कर लिया। हालांकि मिसेज कॉटन को इस बात से इत्तफाक नहीं था। वह लाश की यह दुर्दशा होती नहीं देखना चाहती थी कि उसका अन्तिम संस्कार भी न होने पाता लेकिन उसके भाइयों ने उसे समझा-समझाकर चुप करा दिया था। फिर किश्ती को खिड़की के रास्ते चुपचाप वहां से निकाला गया था और उसे ले जाकर इलायची के पेड़ के नीचे रख दिया गया था। फिर खिड़की के रास्ते ही दोनों भाइयों ने लाशें भी निकाली थीं और उन्हें किश्ती में लाद दिया था और किश्ती को बहाव के साथ समुद्र की तरफ बहने के लिए नदी में उतार दिया गया था।''

''साधु की कुटिया से'' – प्रभूदयाल मुझसे सम्बोधित हुआ – ''नीचे के कमरे की खिड़की दिखाई नहीं देती होगी। इसीलिए उसे कम्पाउंड में मौजूद ये लोग तो दिखाई दिए लेकिन इमारत से किश्ती और लाशें निकाली जाने की उसे खबर न हुई।''

मैंने सहमति में सिर हिलाया।

''आप आगे बढ़िए।'' – प्रभूदयाल हेलेन से बोला।

''किश्ती को पानी में धक्का दिया ही गया था कि पता नहीं कहां से एकाएक एक बिल्ली प्रकट हुई थी और उसने किश्ती में छलांग लगा दी थी। तब तक किश्ती पीटर के हाथ से छूट चुकी थी इसलिए उसे वापस खींचना सम्भव नहीं था। हैरानी है वह बिल्ली किश्ती में क्यों कूदी।''

''वह बिल्ली सूसन से हिली-मिली हुई थी। यहां के चौकीदार का कहना है कि सूसन उसे डार्लिंग के नाम से पुकारा करती थी। बिल्ली को किश्ती में अपनी मालकिन की मौजूदगी का अहसास हुआ होगा इसलिए उसने मालकिन का

सान्निध्य प्राप्त करने के लिए किश्ती में छलांग लगा दी होगी!''

''मुमकिन है।''

''वह बिल्ली आपकी बेहोशी के दौरान भी इस कमरे में डोलती रही थी, इसीलिए उसके पंजों में खून लग गया था। वह तभी से शायद अपनी मालकिन की ताक में थी लेकिन लोगों की आहट पाकर शायद कहीं छुप गई थी।''

''हो सकता है।''

''जो दस्ताने आपने पादरी को उतारकर फेंकते देखा था, उनका आपने क्या किया था?''

''कुछ भी नहीं। मुझे अब ध्यान आ रहा है कि वे दस्ताने बाद में हमें कहीं नहीं दिखाई दिए थे।''

''वे दस्ताने यहां के एक अन्य कमरे से बरामद हुए थे। शायद उन्हें बिल्ली यहां से घसीटकर ले गई थी।''

उसने सन्दिग्ध भाव से सहमति में सिर हिलाया।

''फिर? फिर क्या हुआ?''

''फिर फर्श पर बिछी पोलीथीन की चादर को खून सहित समेटकर वहां से उठाया गया और उसे और रिवॉल्वर को और नीचे मौजूद बढ़ईगिरी के औजारों के बक्से को नदी में फेंक दिया गया। जिस खुखरी से पादरी ने सूसन का गला काटा था, उसे भी अच्छी तरह से साफ करके दीवार पर वापस यथास्थान लटका दिया गया।''

''यानी कि अपनी तरफ से आपने वहां हुए अपराध के तमाम निशानात मिटा दिए?''

''हां।''

''लेकिन अलमारी में रह गए अपने फिंगरप्रिंट्स की तरफ आपकी तवज्जो नहीं गई। किश्ती वाले कमरे में मौजूद कैनवस के बोरे और लोहे के बाटों का भी महत्त्व आपमें से किसी को न सूझा? यहां गिरे सूसन के कान के एक बाले की तरफ किसी का ध्यान न गया?''

''जाहिर है।''

''फिर?''

''फिर यहां हम चारों ने जीसस क्राइस्ट और वर्जिन मेरी को हाजिर-नाजिर जानकर कसम खाई कि चाहे कुछ हो जाए, हममें से कोई हरगिज-हरगिज भी हकीकत को अपनी जुबान पर नहीं लाएगा। यह कसम पादरी के परिवार ने मेरी हिफाजत के लिए खाई थी, क्योंकि पादरी पर गोली चलाकर उसकी जान लेने का अपराध तो मैंने किया था लेकिन भाग्य की विडम्बना देखिए कि मैंने ही वह कसम तोड़ दी। मेरे नाजायज बच्चे का राज खोलकर, मेरे बच्चे को यूं यहां लाकर आपने मुझे अपनी कसम तोड़ने पर मजबूर कर दिया। अपनी सलामती की खातिर मैंने उन लोगों के विश्वास की हत्या कर दी, जिन्होंने अपने अंजाम की परवाह किए बिना मेरे संकट की घड़ी में मेरा साथ दिया था।''

वह फिर रोने लगी।

प्रभूदयाल अपने स्थान से उठा, वह हेलेन के समीप पहुंचा, उसने बड़े हमदर्दीभरे ढंग से उसका कन्धा थपथपाया।

''तुमने'' – वह बोला – ''बहुत अच्छा किया जो हकीकत बयान कर दी। और भी अच्छा होता कि ये तमाम बातें पहले ही पुलिस की जानकारी में आ गई होतीं।''

''अब मेरा क्या होगा?'' – वह त्रस्त भाव से बोली।

उत्तर देने से पहले प्रभूदयाल ने बड़े असहाय भाव से मेरी तरफ देखा।

कितनी ही देर खामोशी छाई रही।

''तुम्हारा बाल भी बांका नहीं होगा।'' – अन्त में प्रभूदयाल बोला – ''यह मेरा – एक ठाकुर का – वादा है तुमसे।''

उपसंहार

''साहब!'' – बंसल ने पूछा – ''कैसे आपने इस रहस्य को हल कर लिया?''

हम लोग पुलिस हैडक्वार्टर में प्रभूदयाल के कमरे में मौजूद थे जबकि बंसल ने वह सवाल किया था।

''यह कहना तो गलत होगा कि रहस्य को मैंने हल किया है!'' – प्रभूदयाल बोला – ''रहस्य को तो हेलेन रीडली के बयान ने ही हल किया है। हम जितने मर्जी अक्ल के घोड़े दौड़ा लेते, उसके बताए बिना हमें असलियत का पता नहीं लगने वाला था।''

''लेकिन आपको यह कैसे सूझा कि हेलेन असलियत जानती हो सकती थी?''

''दो में दो जोड़कर जवाब चार निकालने से।''

बंसल के चेहरे पर उलझन के भाव आए।

''देखो'' – प्रभूदयाल ने समझाया – ''पादरी अगर खुद न मर गया होता तो हर बात उसी के हत्यारा होने की तरफ इशारा करती थी। जॉर्जटाउन वाला मकान उसने खरीदा था। हरनाम सिंह के टिम्बर स्टोर से किश्ती बनाने के लिए लकड़ी और बढ़ईगिरी के औजार उसने खरीदे थे। धनीराम को तार उसने दी थी। तार का फार्म उसके टाइपराइटर पर टाइप किया गया था। रिवॉल्वर उसके बड़े साले की थी और दस्ताने उसकी बीवी के थे। यह भी साफ जाहिर हो रहा था कि सूसन के साथ भागने का उसका कोई इरादा नहीं था।''

''वो कैसे?''

''वो ऐसे कि सूसन तो खास सजधज के साथ और अपने तमाम साज़ोसामान के साथ अपने घर को अलविदा कहके अपने प्रेमी के साथ भागने के लिए घर से

निकली थी जब कि पादरी खाली हाथ लटकाता खाली मकान में पहुंच गया था। उसने अपना पासपोर्ट तो बनवा लिया था लेकिन सूसन के पासपोर्ट की अर्जी तक जमा कराने की कोशिश नहीं की थी। पासपोर्ट आफिस से यह मालूम किया जा चुका है कि सूसन के नाम की कोई अर्जी वहां जमा नहीं करवाई गई थी।''

''पादरी ने अपने लिए पासपोर्ट क्यों बनवाया था?''

''ताकि सूसन के कत्ल की उसकी प्रत्यक्षतः सिक्केबन्द योजना फिर भी अगर खटाई में पड़ जाती और यह बात जाहिर होने का अन्देशा हो जाता कि कातिल वह था तो सजा से बचने के लिए वह इस मुल्क से कूच कर जाने में कामयाब हो सकता। लन्दन और रोम के किराए की बाबत जो पूछताछ वह किया करता था वह अपने भागने के लिए किया करता था, न कि सूसन के साथ फरार होने के लिए। इसीलिए वह हमेशा सिंगल फेयर के बारे में पूछता था, न कि डबल फेयर के बारे में।''

''ओह!''

''सूसन के साथ भागने की योजना बनाने के बाद भी उसका भागने का कोई इरादा न होना भी उसके कातिल होने की तरफ इशारा करता है। जाहिर है कि वह पहले ही सूसन के कत्ल का इरादा लिए बैठा था। इसीलिए उसने पहले किश्ती तैयार की हुई थी जिसे वह अपनी बीवी से अपनी स्टडी में होने का बहाना करके चुपचाप वहां से यहां खिसक आकर रात को ठोका करता था। दूसरी मंजिल के फर्श पर बिछाने के लिए फर्श के नाप की पोलीथीन की चादर का उसने पहले से इन्तजाम किया हुआ था जो सूसन के खाली मकान में पहुंचने से पहले उसने फर्श पर बिछाकर रखी हुई थी। कहने का मतलब यह है कि वह हर लिहाज से परसों रात सूसन के कत्ल के लिए तैयार था।''

''पहले आपने'' – सुधाकर बोला – ''उसकी ताजा हुई हजामत को बड़ी अहमियत दी थी!''

''जैसे वह भी'' – बंसल बोला – ''उसके फरार होने की तैयारी का हिस्सा हो!''

''वह महज इत्तफाक था'' – प्रभूदयाल बोला – ''कि पादरी ने उसी शाम को हजामत बनवाई थी। हकीकतन उस बात का केस से कोई रिश्ता नहीं था। ऐसे ही पहले जब पादरी के हाथों से जले बारूद की गन्ध नहीं आ रही थी तो उससे हमने यह नतीजा निकाला था कि गोली पादरी ने नहीं चलाई थी लेकिन अब हम जानते हैं कि उसके हाथों से बारूद की गन्ध इसलिए नहीं आ रही थी क्योंकि गोली चलाते वक्त वह दस्ताने पहने था।''

''यू आर राइट, सर।'' – बंसल बोला।

''साहब'' – सुधाकर ने बताया – ''उस स्कूटर वाले को भी तलाश किया जा चुका है जिसके स्कूटर पर परसों रात अपने सूटकेसों के साथ सूसन सवार हुई थी। वह कहता है कि पहले सूसन ने उसे स्टेशन चलने को ही कहा था लेकिन लिटन रोड के इलाके से बाहर निकलते ही उसने कहा था कि स्टेशन जाने की जगह वह जॉर्जटाउन का रुख करे।''

''बहरहाल'' – प्रभूदयाल बोला – ''बात यह हो रही थी कि हर बात पादरी के हत्यारा होने की तरफ इशारा करती थी लेकिन उसका भी सूसन के साथ ही सूसन के तरीके से ही मरा पाया जाना हमें भुलावे में डाल रहा था। फिर लीलावती के इस बयान से, कि दोनों गोलियां एक साथ नहीं चली थीं बल्कि उनमें तीन-चार मिनट का वक्फा था, पहली बार मेरे जेहन में यह बात आई कि शायद एक ही शख्स ने दोनों बार गोली न चलाई हो। अलमारी का मुआयना इस बात की चुगली पहले ही कर रहा था कि वहां कोई मौजूद था। कोई सवा पांच फुट कद का दुबले-पतले शरीर वाला आदमी वहां छुपकर खड़ा रहा था। फिर पादरी की स्टडी में लगी हेलेन की तस्वीर से पहली बार मेरी तवज्जो उसकी तरफ गई और पहली बार मुझे सूझा कि अलमारी में खड़ा होने वाला शख्स कोई औरत भी हो सकती थी। और वह औरत और कोई नहीं हेलेन थी, इस बात की तसदीक अलमारी में से उठाए गए उसके उंगलियों के निशानों से हो गई। फिर उंगलियों के निशानों की स्टडी ने ही यह भी साबित कर दिया कि वही पादरी और सूसन की चिट्ठियां चुरा-चुराकर पढ़ती थी। तब तक चन्द्रकान्त ने इकबालपुर के मिशन

स्कूल में पढ़ते उसके बच्चे को खोज निकाला। अब हेलेन के खिलाफ बातें तो बहुत जमा हो गयी, कत्ल की थ्योरी की एक स्थूल-सी रूपरेखा भी मेरे जेहन में पनपी लेकिन फिर भी हालात साफ जाहिर कर रहे थे कि हेलेन के खुद हकीकत बयान किए बिना बात नहीं बनने वाली थी। और हेलेन का मुंह खुलवाने का मुझे एक ही तरीका मुमकिन लगा।''

''उसे यह जताया जाता'' – बंसल बोला – ''कि उसके चुप रहने से उसके बच्चे का कोई बुरा अंजाम हो सकता था?''

''बिल्कुल! यह एक बहुत अमानवीय कृत्य था लेकिन तुम लोगों ने देखा था कि कितनी दृढ़प्रतिज्ञ थी हेलेन हकीकत जुबान पर न लाने के लिए। उसके बच्चे वाले स्टंट पर हमारा काबू न होता तो हम उससे सब कुछ कुबुलवाने में कभी कामयाब न हो पाते।''

''अगर आप उसे गिरफ्तार कर भी लेते तो उसका बरी हो जाना तो निश्चित था! आखिर उसने आत्मरक्षा के लिए पादरी पर गोली चलाई थी! वह अगर ऐसा न करती तो पादरी ने खुखरी के एक ही वार से उसका काम तमाम कर देना था!''

प्रभूदयाल ने बड़ी संजीदगी से सहमति में सिर हिलाया।

कुछ क्षण खामोशी रही।

''उस बेचारी पर तो हवन करते हाथ जलने वाली मिसाल चरितार्थ होती थी।'' – प्रभूदयाल धीरे से बोला – ''एक नाजायज बच्चें की मां बनकर वह पहले ही क्या कम दुख झेल रही थी! जो कुछ वह कर रही थी, वह एक तपस्या थी जिसमें वह अपना आपा खराब करके, अपनी जिन्दगी का सर्वनाश करके अपनी औलाद की जिन्दगी संवारने की कोशिश कर रही थी। उसकी गिरफ्तारी उसके बच्चे पर बहुत बुरा असर डालती। सैल्फ डिफेंस की प्ली पर बाद में चाहे वह बरी हो ही जाती लेकिन वह एक लम्बी प्रक्रिया होती जिसमें उस बेचारी अबला को झोंकना मुझे गवारा न हुआ।''

सबने सहमति में सिर हिलाया।

''फिर कोर्ट-कचहरी का चक्कर पड़ता तो सबकी तवज्जो पादरी के परिवार की तरफ भी जाती जो कि उनके लिए भारी बदनामी का बायस बनती। लाशों को नदी में बहाने की हरकत, मुमकिन था, अदालत को माफी के काबिल न लगती। उन लोगों ने जो कुछ किया था, हेलेन से हमदर्दी की खातिर किया था। बेचारी विधवा के लिए तो वह सबसे बड़ी इम्तहान की घड़ी थी कि उसने अपनी आंखों के सामने अपने पति का मुर्दा खराब होता देखा। नहीं बंसल, मैंने जो कुछ किया, ठीक किया। इसी में हेलेन की, उसके अबोध बालक की, पादरी के परिवार की, उनके पवित्र चर्च की और लिटन रोड की तमाम क्रिश्चियन कम्यूनिटी की भलाई थी।''

''लेकिन एक कर्तव्यनिष्ठ पुलिस अधिकारी होने के नाते . . .''

''पुलिस अधिकारी क्या इनसान का बच्चा नहीं होता?''

''होता है लेकिन . . .''

''क्या लेकिन? अभी तुमने खुद कबूल किया था कि सैल्फ डिफेंस की प्ली पर वह बरी हो सकती थी। तुम समझ लो कि मैं ही उसका जज था जिसने सरकारी लाल फीताशाही के चक्कर में पड़े बिना उस स्त्री को बाइज्जत बरी कर दिया।''

''अब इस केस का क्या स्टेटस होगा।''

''ऑफिशियली यह केस कभी हल नहीं होगा। अब यह केस उन दर्जनों केसों का हिस्सा बन गया समझो जिन्हें पुलिस कभी हल न कर सकी।'' – वह एक क्षण ठिठका, फिर बोला – ''उस साधु ने कितनी सही भविष्यवाणी की थी! उसने कहा था कि सफलता मेरे हाथ लगेगी लेकिन हत्यारे को मैं नहीं पकड़ पाऊंगा। कितना ठीक कहा था उसने! तब मैंने उसकी बात को बकवास का दर्जा दिया था। लेकिन यही हकीकत निकली। मैं कामयाब होते हुए भी नाकामयाब हूं। मैं पास होते हुए भी फेल हूं। उसने ठीक था कि इस केस से मुझे सफलता का आत्मिक संतोष तो मिलेगा, लेकिन सांसारिक यश नहीं।''

कोई कुछ न बोला।

''तुम भी तो कुछ बोलो, पाठक साहब!'' – प्रभूदयाल मुझसे सम्बोधित हुआ – ''तुम क्यों चुप बैठे हो? तुम्हारा क्या विश्लेषण है इस केस में मेरी परफारमेंस का?''

''तुमने कमाल कर दिखाया है।'' – मैं बोला।

''मस्का मत मारो।''

''यह मस्का नहीं है। तुमने साबित कर दिखाया है कि तुम किसी लिहाज से भी सुनील से कम योग्य नहीं हो।''

''अगर दिल से कह रहे हो तो शुक्रिया। वैसे अपनी तरफ से तो मुझे फेल करने के लिये इस केस को ज्यादा से ज्यादा पेचीदा बनाने में तुमने कोई कसर नहीं छोड़ी थी।''

''लेकिन साथ ही मैंने दर्जनों सूत्र प्लेट में सजाकर तुम्हारी खिदमत में पेश किए। मैंने शुरू में ही कहा था कि जासूसी उपन्यासों में प्रचलित रेडिमेड सूत्र नहीं आएंगे, फिर भी मैंने ऐसे रेडिमेड सूत्र तुम्हारे लिए मुहैया कराए। आखिर मुझे तुम्हारे इमेज की भी तो फिक्र थी।''

''कौन-सा रेडिमेड सूत्र मुहैया कराया था तुमने मेरे लिए?'' – प्रभूदयाल आंखें निकालता बोला।

''इतने नाशुक्रे मत बनो, इंस्पेक्टर साहब। हेलेन के उस पर्स को ही याद करो। वही, जो वह यहां थोड़ी देर के लिए भूल गई थी। उस पर्स की वजह से ही तुम्हें उसके लड़के की इकबालपुर में मौजूदगी की खबर लगी थी।''

''वह मैं वैसे भी मालूम कर लेता।''

''साल-छः महीने में जरूर मालूम कर लेते। यूं आनन-फानन तो न मालूम कर पाते जैसे कि मालूम हुआ।''

''और क्या कहते हो?''

''और पादरी ने जो अपनी चिट्ठियां सूसन से वापस ली थीं, उनमें से एक पादरी की जेब में रह जाने का रेडीमेड इत्तफाक! बिल्ली के पंजों में लगे खून से खाली मकान में बने सारे निशान मिटा दिए जाने के बावजूद एक पंजे का

निशान बरामद! खुद बिल्ली ही एक रेडिमेड सूत्र थी। फिर इलायची की टहनी, एक कान का बाला, एकदम नई किश्ती, टेलीग्राम, कैनवस का बोरा और बट्टे, खुखरी, साधु, प्रेतबाधा वगैरह सब रेडिमेड सूत्र थे। कोट का पैकेट झेरी भिजवाने का स्टण्ट मैंने खास तुम्हारी मदद के लिए गढ़ा वरना वह कोट नष्ट भी किया जा सकता था। जॉर्जटाउन से पीटर फ्रांकोजा के यहां हुई हेलेन की टेलीफोन काल की खबर तो मैंने तुम्हें बहुत ही लचर तरीके से करवाई वरना ऑटोमैटिक एक्सचेंज में काल मुकम्मल हो जाने के बाद कहीं काल ट्रेस होती है! इसके अलावा तुम्हें पुलिस विभाग के सैंतीस आदमियों की मदद हासिल थी।''

''यह तो तुम मेरी मेहनत का मलियामेट करने की कोशिश कर रहे हो!''

''नहीं। इस केस में तुमने कमाल करके दिखाया है। और साबित करके दिखाया है कि एक दक्ष पुलिस अधिकारी अगर अपनी आंखें और कान खुले रखे तो किसी भी क्राइम के हल को किताब की तरह पढ़कर सुनाया जा सकता है।''

''फिर इतनी नुक्ताचीनी किसलिए?''

''ताकि अपनी इस कामयाबी से तुम फूलकर कुप्पा न हो जाओ।''

''ओह!''

''वैसे मुझे प्रभावित करने के तुम्हारे दो स्टण्ट भी काबिलेतारीफ थे।''

''स्टण्ट!''

''हां। स्टण्ट ही तो थे वे!''

''कौन से स्टण्ट?''

''एक तो जो तुमने लाशों समेत पूरी किश्ती ही नदी में से उठवाकर मोर्ग में पहुंचवा दी, और दूसरे जो तुमने बिल्ली के प्रिंट्स लिये।''

प्रभूदयाल हंसा।

एकाएक वह उठ खड़ा हुआ।

सबने प्रश्नसूचक नेत्रों से उसकी तरफ देखा।

''अब मैं चला।'' – वह बोला।

''कहां?'' – बंसल ने पूछा।

''विक्टोरिया जुबली अस्पताल।'' – वह बोला – ''सुनील का हालचाल जानने।''

समाप्त